Das indische Waisenkind

WEITERE TITEL VON SHARON MAAS

IN DEUTSCHER SPRACHE

Das Kind mit den goldenen Händen

Eine indische Rose

Das indische Waisenkind

IN ENGLISCHER SPRACHE

Those I Have Lost

The Far Away Girl

Her Darkest Hour

The Violin Maker's Daughter

The Soldier's Girl

The Orphan of India

The Lost Daughter of India

Of Marriageable Age

DIE QUINT CHRONICLES

The Small Fortune of Dorothea Q

The Secret Life of Winnie Cox

The Sugar Planter's Daughter

The Girl from the Sugar Plantation

Das *indische* Waisenkind

SHARON MAAS

Übersetzt von Andrea Schmittmann

bookouture

Herausgegeben von Bookouture im Jahr 2022

Ein Imprint von Storyfire Ltd.
Carmelite House
50 Victoria Embankment
London EC4Y 0DZ

www.bookouture.com

ISBN: 978-1-80314-460-3
eBook ISBN: 978-1-80314-459-7

Für Yoriko, wo auch immer du bist.

PROLOG

EIN DORF IN MAHARASHTRA, INDIEN, 1977

Jyothis zarter Körper schwankte leicht, als Ma das kleine Bündel auf ihrem Kopf platzierte, aber sie hielt den Kopf hoch, packte es fest mit beiden Händen und fand bald die richtige Balance. Es war eher unförmig als schwer und viel leichter zu tragen als Wasser. Ein einziger voller Eimer vom Brunnen war Knochenarbeit für ein knapp fünf Jahre altes Mädchen, die sie zu Boden zog und immer wieder anhalten ließ, aber Wäsche konnte sie mit Leichtigkeit tragen, wenn sie die Arme zu Hilfe nahm. Sie folgte Ma mit schwingendem Schritt und geradem, aber biegsamem Rücken zum Großen Haus oben auf dem Hügel.

Ma trug ein viel größeres Bündel auf dem Kopf, ohne es festzuhalten, und ging schnell voraus, denn sie waren spät dran. Jyothi beschleunigte ihre Schritte, um nicht den Anschluss zu verlieren. Hin und wieder stolperte sie über ihren zu langen Rock, hielt an, um eine Stofffalte in den lockeren Bund zu stecken, und eilte dann weiter, denn Ma wartete nicht. Sie kamen oben auf dem Hügel an, bogen auf die Einfahrt ein, betraten den Hof und stiegen die drei Stufen zur großen Holztür hinauf.

Ma klopfte zweimal mit dem Elefantenkopf-Türklopfer aus Messing an. Die Tür schwang leise auf und Devi Ma ließ sie ein, mit etwas strengem Blick, da die Sonne bereits über den Türmen im Osten aufging und die Arbeit wartete.

Jyothi folgte Ma, die ihrerseits Devi Ma folgte: Im Gänsemarsch liefen sie durch einen bunt gefliesten und von geschnitzten Holzgittern gesäumten Gang bis in den Innenhof. Ma nahm ihr Wäschebündel vom Kopf, half dann Jyothi mit ihrem und legte beide nebeneinander auf dem Marmorboden des Innenhofs ab.

Devi Ma hockte sich neben Jyothis Ma und gemeinsam machten sie sich daran, die Wäsche zu sortieren und zu zählen: Saris auf einen Haufen, Dhotis auf einen anderen, daneben kleinere Berge von Blusen und Unterwäsche – es musste alles gezählt und die Preise addiert werden.

Jyothis Ma konnte dem Zählen und den Berechnungen nicht folgen, aber nickte die Summen, die Devi Ma nannte, vertrauensvoll ab. Nur gelegentlich waren sie sich uneinig über den Preis eines Teils, etwa bei der großen gelben gewebten Überdecke, die, wie Jyothis Ma sagte, so schwer und schwierig zu waschen war, dass ihr Mann die Hilfe seines ältesten Sohns beim Auswringen gebraucht hatte, und daher fünfzehn Rupien wert war, während Devi Ma fand, dass sie nur zwölf wert sei. Aber die Streiterei war freundschaftlich und schnell beigelegt, und am Ende bekam Jyothis Mutter vierzehn Rupien für die Decke.

Nachdem die saubere Wäsche mit Devi Mas Liste abgeglichen und bezahlt war, musste noch der Berg dreckiger Wäsche in der Ecke sortiert, gezählt und aufgelistet werden. Das war eine gute Stunde Arbeit, während derer Jyothis Ma Devi Ma mit Neuigkeiten aus dem Dorf versorgte, die sich wiederum mit Klatsch aus dem Großen Haus revanchierte.

Während sie ihrer Arbeit nachgingen, saß Jyothi am Springbrunnen in der Mitte des Hofs und spielte mit den wasserspeienden Fischen. Es war ein ovaler, nicht besonders tiefer Brunnen aus türkisfarbenen Kacheln, in dessen Wasser sich die frühe Morgensonne einfing und von den Fischen davontreibende goldene Kreise malte.

Jyothi trug einen roten, knöchellangen Baumwollrock und eine Bluse mit Blumenmuster, ihr Haar war ordentlich geflochten und hing ihr in einem dichten schwarzen Zopf über den Rücken. Sie schwang sich herum, zog den Rock über die Knie und setzte die Füße ins Wasser. Sie lehnte sich vor und schöpfte mit der Hand etwas Wasser aus dem Brunnen, um es mit einem herrlichen Platschen durch die Finger in sich zurückfließen zu lassen. Das Glucksen des blubbernden Wassers war Musik.

Mit einem Mal hörte sie auf zu spielen und neigte den Kopf. Sie hatte etwas gehört, einen Klang, noch lieblicher als die Stimme des Wassers, kaum vernehmbar und doch deutlich, eindringlich. Es erinnerte sie an etwas, doch sie wusste nicht, woran, es rief sie, doch sie wusste nicht, wohin.

Könnte man die strahlende Freude beim Anblick der ersten Sonnenstrahlen über den Bäumen am Dorfrand in einen Klang verwandeln – genau so würde er sich anhören. Genau so würde auch der Duft einer Rose oder der Geschmack einer reifen Mango klingen oder das Gefühl von kühlem Wasser, das durch die Finger rinnt.

Oder eine vor Staunen überquellende Seele ...

Jyothi stand auf.

In der einen Richtung führte der Gang mit den Holzgittern zurück zur Tür. In die andere Richtung war Jyothi noch nie bis zum Ende weitergegangen, sie hatten den Gang immer durch den Bogen zum Innenhof verlassen.

Ein letzter Blick zu ihrer Mutter verriet Jyothi, dass die beiden Frauen mit dem Sortieren, Zählen und Addieren erst halb fertig waren. Ihre Mutter hatte ihre Anwesenheit völlig vergessen.

Jyothi fand sich in einem großen Raum mit Fischgrätparkett wieder, das so auf Hochglanz poliert war, dass sie sich in dem dunkelbraunen Holz ein wenig spiegelte. Eine Reihe Bogenfenster an einer Seite des Raums ließen das frühe Morgenlicht herein, das sich in langen, oben abgerundeten Streifen über den Boden zog. Abgesehen von ein paar geraden Lehnstühlen, die an den Wänden standen, und einem Hutständer mit ovalem Spiegel nahe des Gangs, war das Zimmer unmöbliert. Jyothi durchquerte den Raum und folgte dem Klang zu einem offenen Durchgang auf der anderen Seite. Sie hielt nur eine Sekunde inne, bevor sie über die Schwelle trat.

Sie befand sich in einem weitläufigen, dunklen Korridor, in dem es keine Fenster, sondern nur schwere Holztüren gab, die allesamt geschlossen waren. Doch es war unnötig, die Türen zu öffnen, denn es gab außerdem eine Treppe, und der Klang kam von oben, vom Ende der Treppe. Mit der linken Hand am Geländer und den Blick nach oben gerichtet, als könnte der wunderbare Klang jeden Moment Form annehmen und ihr als Lichtgestalt, als lockende Göttin erscheinen, ging Jyothi die Treppe hinauf.

Vom Treppenabsatz aus erstreckte sich eine Wand, die abermals von verschlossenen Türen unterbrochen war. Wie in Trance lief Jyothi weiter, die Arme vor sich ausgestreckt, als müsste sie den Weg ertasten, obwohl es hier oben nicht dunkel war wie unten im Korridor, sondern hell, und das Licht kam vom Ende des Gangs, genau wie der Klang. Licht und Klang verschmolzen zu einer Einheit, die sie vorwärts zog und die Erinnerung an Ma und das Wäschebündel unten, ja sogar die Erinnerung an sie selbst und wer sie war, auslöschte, ihre Sinne umschlang und sie voll und ganz vereinnahmte. Sie fühlte sich unbeschwert, wie klares Wasser, das im Sonnenlicht glitzert.

Jyothi erreichte das Ende des Gangs und stand auf der Schwelle zu einem Raum, der ganz Licht war: ein strahlend glatter weißer Boden, weiße, kahle Wände und an der anderen

Seite, ihr gegenüber, eine offene Balustrade aus schlanken, durch gewellte Bögen miteinander verbundenen Säulen. Jenseits der Balustrade erblickte Jyothi die grünen Hügel, die sich gen Osten erstreckten, die Sonne, strahlend weiß in ihrer glühenden Mitte, die nun ein gutes Stück über den Hügeln stand, und den ganzen leuchtend weißen östlichen Himmel – ein blendendes Weiß, wohin man sah.

Weiß waren auch die Kleider der beiden Personen im Zimmer, die nun Jyothis Aufmerksamkeit fesselten. Eine von ihnen, das sah sie auf den ersten Blick, war der Urheber des Klangs. Es war ein Mann, der mit überkreuzten Beinen auf einem kleinen roten Teppich saß, dem einzigen Farbklecks im ganzen Raum. Auf seinen Beinen lag eine Sitar, seine Finger zupften sanft an den Saiten, und es war die so entstehende Musik, die Jyothi angezogen hatte.

Musik! Das war Musik! Nichts, was sie je zuvor gehört hatte, hatte diese Bezeichnung verdient. Zwar kamen manchmal Musiker ins Dorf, dann wurde auf der Hauptstraße gesungen und getanzt, und natürlich gab es auch zu allen Festen Musik. Sie hatte auch schon mal eine Sitar gesehen und sogar jemanden darauf spielen gehört.

Aber noch nie auf diese Weise. Reglos blieb sie in der Tür stehen, wie gebannt, ohne den Blick abwenden zu können.

Aus dem Augenwinkel nahm sie die zweite Person im Raum wahr und wandte ihre Aufmerksamkeit nun dorthin. Es war ein Junge, einige Jahre älter als sie. Wie der Musiker trug auch er zwei weiße Tücher, eines um die Hüften und eines um die Schultern, und auch er saß mit überkreuzten Beinen auf dem Boden, dem Musiker zugewandt, und, so dachte Jyothi, genauso gebannt wie sie selbst.

Der Musiker saß bei der hinteren Wand, den Blick zur Balustrade und der aufgehenden Sonne gerichtet. In die Wand neben ihm war eine kleine gebogene Nische eingelassen, die man als Schrein hergerichtet hatte: eine mit Girlanden behangene Statue von Krishna, ein paar einzelne Hibiskusblüten und ein Räucherstäbchenhalter aus Rosenholz mit drei halb abgebrannten Stäbchen. Aus der Nische waberten filigrane weiße Duftranken, die den Raum erfüllten und mit der Musik und dem Licht zu diesem kaum zu fassenden, substanzlosen Entzücken verschmolzen, das Jyothi herbeigelockt hatte.

Wie gefesselt, ohne sprechen oder sich bewegen zu können, blieb sie auf der Schwelle stehen und sog Klang, Licht und Duft in sich auf.

Als hätte er ihre Anwesenheit gespürt, drehte der Junge sich zu ihr um und sah sie unverwandt an. Ohne zu lächeln erwiderte sie den Blick. Ihr kam der Gedanke, dass sie sofort umkehren und zurückrennen sollte, durch den Gang, die Treppe hinunter und zurück zu Ma. Sie wusste, dass sie Schwierigkeiten bekäme, wenn sie erwischt würde, wenn Ma erfuhr, dass sie erwischt wurde.

Und dennoch ... Sie konnte sich nicht vom Fleck rühren. Es war die Musik, die sie gefangen hielt, die Musik und der Blick dieses Jungen, der, das konnte sie selbst auf die Entfernung erkennen, offen und ehrlich war, ernst, aber nicht finster, interessiert, aber nicht allzu neugierig. Ein paar Sekunden lang hielt der Junge sie noch mit seinem Blick in Bann, dann brach er den Zauber, indem er die Hand hob und sie hereinwinkte. Schüchtern ging Jyothi durch den Raum auf ihn zu.

Er deutete neben sich auf den Marmorboden und Jyothi ließ sich nieder, überkreuzte die Beine und bedeckte die Füße mit ihrem Rock, ohne den Blick von ihm abzuwenden. Der Junge zeigte mit dem Kinn in Richtung des Musikers — der immer noch selbstvergessen leise weiterspielte — und als Jyothi den Blick wieder dorthin lenkte, trug sie der zuvor von dem Jungen gebrochene Zauber abermals davon.

Jyothi hätte nicht sagen können, ob sie einen halben Tag oder nur fünf Minuten dort gesessen hatte, sie wusste nur, dass die Musik aufgehört und der Junge zu ihr gesprochen hatte. Sie schüttelte den Kopf zur Erklärung, dass sie ihn nicht gehört hatte, und er wiederholte seine Frage.

»Wie heißt du? Warum bist du hier?«

»Ich heiße Jyothi ... Meine Mutter bringt die Wäsche ... Ich habe die Musik gehört ...«

»Gefällt dir die Musik?«

»Ja! Oh ja.« Jyothis Augen leuchteten. »Sie war wunderschön.«

»Das finde ich auch«, sagte der Junge. »Dieser Mann ist mein Lehrer, meine Musikstunde fängt jetzt an. Er spielt mir jeden Tag vor meinem Unterricht einen Morgen-*Raga* vor. Wenn du willst, kannst du bleiben und mir zusehen. Nicht viele Kinder mögen diese Musik. Meinen Freunden gefällt sie nicht, aber ich liebe sie. Ich werde mal Musiker, wenn ich groß bin, genau wie mein Lehrer. Was wirst du?«

Doch Jyothi sah ihn nur verwundert an und runzelte die Stirn, um anzudeuten, dass sie nicht verstand, wovon er redete. Sie war erst vier Jahre alt, aber kannte bereits die natürliche Ordnung der Dinge: Wenn sie älter war, würde sie Harrichand heiraten, den Enkel des Schwagers der Tante ihres Vaters, ein Junge aus dem Nachbardorf, der wie ihr eigener Vater später *Dhobi* werden würde. Die Angelegenheit war bereits entschieden, das wusste sie so gut wie jeder andere.

Sie machte den Mund auf, um es ihm zu erklären, aber in dem Moment erscholl ein Ruf in der Ferne, sodass sie beide aufschreckten und sich zur Tür umwandten. Doch Jyothi wandte sich nicht nur um, sondern sprang schuldbewusst auf, denn instinktiv wusste sie, dass dieser Ruf ihr galt.

»Ich muss jetzt gehen«, sagte sie eilig und hob zum Abschied die Hand. Doch statt des höflichen Namaste-Grußes nahm der Junge ihre Hand in seine, drückte sie und stand ebenfalls auf, ohne sie loszulassen.

»Warte! Geh nicht!«, sagte er. »Ich will mit dir reden. Kannst du nicht ...«

Doch Jyothi riss ihre Hand los und rannte zur Tür.

Eine Sekunde lang blieb sie dort stehen und drehte sich zu dem Jungen um, der immer noch auf demselben Fleck stand, die Arme gesenkt. Sie sahen einander schweigend an und hoben dann gleichzeitig, wie durch ein unausgesprochenes Signal, das nur sie beide wahrnehmen konnten, die Hände zum *Namaste*. Dann machte Jyothi kehrt und lief davon.

* * *

Jyothi durfte ein paar Tage lang nicht mit Ma zum Großen Haus zurückkehren. Ma und Baba waren sehr wütend, die Khemrajs waren ihre Erwerbsquelle, und dazu keine schlechte. Jeden Tag lagen mindestens fünfzig schmutzige Wäschestücke für Ma bereit, wenn sie das Haus verließ. Oft waren auch schwere, große Teile darunter: Überdecken und Vorhänge, die aufwendig zu waschen waren, aber viel Geld einbrachten, ohne lange gebügelt werden zu müssen, sodass die zusätzliche Zeit, die zum Waschen benötigt wurde, beim Bügeln eingespart werden konnte. Es war eine achtzehn-köpfige Familie – Baby Arun war der Jüngste, Urgroßmutter mit ihren mindestens fünfundneunzig Jahren die Älteste. Dann waren da noch viele junge Mädchen, die jeden Tag einen anderen *Salwar Kamiz* trugen, drei Mütter, die jeden Tag einen sauberen Sari anzogen, genauso viele Väter, die sich täglich in reinem Weiß kleideten, eine Handvoll ungestümer kleiner Jungen, die sich schmutzig machten, sobald sie das Haus verließen, und Rabindranath, der Träumer, der Musiker, der, so scherzte man, eines Tages einen Meter über dem Boden laufen würde, da seine Seele so leicht war.

Niemand verstand, was in Jyothi gefahren war, warum sie es sich in den kleinen Kopf gesetzt hatte, einfach so zu verschwinden. So etwas hatte sie noch nie zuvor getan.

»Es war die Musik«, wiederholte sie immer wieder, aber Ma schüttelte nur den Kopf.

»Ein Kind läuft nicht wegen Musik von seiner Mutter weg«, schimpfte sie. »Dummes Kind. Du bleibst jetzt zu Hause und verliest die *Dhal*.«

Also blieb Jyothi drei Tage lang zu Hause und suchte mit ihren kleinen Fingern die Steinchen und Insekten aus den *Dhal* und träumte dabei von Musik, von echter Musik, von der Musik, die sie im Großen Haus gehört hatte, und von dem Jungen, der ihr die Pforte zu solchem Glück geöffnet hatte.

Am vierten Tag gab Ma jedoch nach und nahm Jyothi wieder mit, denn sie brauchte Hilfe. Es gab so viel saubere Wäsche, dass sie zwei Bündel daraus machen musste, und Jyothi sollte das kleinere davon tragen. Ma setzte es ihr auf den Kopf – es war groß, aber nicht zu schwer, und nachdem Jyothi die richtige Balance gefunden hatte, lief sie mit geradem Kopf und nach vorne gerichtetem Blick neben Ma aus dem Dorf und den Hügel zum Großen Haus hinauf.

Es war früh am Morgen und noch dunkel, doch im Osten wurde der Himmel bereits grau und im Dorf herrschte wie gewöhnlich geschäftiges Treiben – da waren Frauen, die den Vorhof ihrer Häuser fegten, mit Wasser besprenkelten und die aufwendigen Kolams mit Kreide darauf anfertigten. Andere waren auf dem Weg zum Brunnen oder zurück, wobei sie die Messinggefäße gekonnt auf dem Kopf balancierten. Am Straßenrand melkte Kamaraj seine Kuh in einem Schuppen, vor dem noch mehr Frauen mit ihren zerbeulten Gefäßen für Milch anstanden. Ein Ochsenkarren rumpelte gemächlich mitten über die Hauptstraße, die sich durch das Dorf zog, eine von der anderen Richtung herankommende Ziegenherde teilte sich und strömte wie eine schwarze Welle um den Wagen wie Wasser um einen Felsen. Das Rumpeln und Knarren des Wagens, das Meckern der Ziegen, das Platschen des Wassers und Rascheln der Besen bildete eine angenehm bekannte

Geräuschkulisse, die nur gelegentlich vom Muhen einer Kuh oder Bellen eines Hundes durchbrochen wurde.

Für Jyothi war es eine Art Musik: Klänge, zu denen man aus dem Schlaf erwachte. Zuweilen war es jedoch auch anders: wenn Chaitnarain beschloss, dem Dorf einen Gefallen zu tun, und eine seiner Kassetten auf voller Lautstärke abspielte, sodass alles, was man berührte, vibrierte und man sich anschreien musste, um gehört zu werden.

Sookram hatte vor sechs Monaten damit angefangen, in der Hochzeitssaison. Damals war es jeden Morgen so gewesen, seitdem nur noch zwei oder dreimal die Woche, aber Jyothi hatte es nie gemocht. Sie hielt sich die Ohren zu, doch Ma zog ihr die Hände weg. Ma sagte nichts dazu, ob es ihr gefiel oder nicht. Als Jyothi sie danach fragte, zuckte sie nur die Schultern. »Warum sollte es darum gehen, ob es einem gefällt«, sagte sie.

Die Straße war nicht asphaltiert. Vor fünf Jahren war ein Anlauf unternommen worden, sie zu befestigen: Zwanzig Meter von der Hauptstraße bis zum Haus waren mit Asphalt belegt, dann jedoch vernachlässigt worden, und nun löste sich selbst dieser kleine Abschnitt wieder auf und zerbröckelte zu Schutt, auf dem es schmerzhaft war, barfuß zu laufen. Ma und Jyothi gingen vorsichtig am Straßenrand entlang, wo es einen sandigen Pfad ohne Steine gab.

Wie gewöhnlich wurden sie von Devi Ma empfangen, doch Jyothi merkte sofort, dass etwas anders war: Es fehlte der übliche Berg Schmutzwäsche, der darauf wartete, gezählt, gebündelt, auf Mas Kopf gehievt und zum Waschen davongetragen zu werden. Und irgendwie war auch Devi Mas Lächeln anders, ihre Haltung förmlicher.

»Bevor wir beginnen«, sagte Devi Ma zu Ma, »möchte ich Ihnen etwas erzählen. Legen Sie die Bündel ab – wir zählen später – und kommen Sie mit.«

Sie führte Ma und Jyothi ins Haus, durch das Labyrinth aus Räumen und Gängen hindurch zu einem großen, weiß gefliesten Raum im hinteren Teil des Hauses, von dem aus eine offene Tür auf einen Hinterhof hinausführte.

Der Raum war leer bis auf einen strahlend weißen, hohen Kasten, so groß wie Jyothi, der an einer Wand stand. Er schien aus Metall zu bestehen. Darauf lagen die Überreste einer *Puja*: ein Kupferteller mit einem Räucherstäbchenhalter in der Mitte, kleine Asche- und Kumkumhäufchen, vertrocknete Rosenblätter, darum eine Girlande aus Jasminblüten, deren Blätter an den Rändern bereits braun wurden, drei kleine braune Bananen und eine halbe Kokosnuss. Auf der Vorderseite des Dings war das rote Zeichen der Shiva aufgetragen, rote Markierungen auf dem ansonsten makellosen Weiß – Gott war gebeten worden, es zu segnen. Devi Ma ging darauf zu und legte in einer besitzergreifenden Geste die Hand darauf.

»Das hier«, erklärte Devi Ma stolz, »ist eine Waschmaschine.«

* * *

Die Waschmaschine war ihr Ruin. Es war ein armes Dorf, die Hausfrauen wuschen ihre Wäsche selbst. Die Khemrajs waren ihre einzigen regelmäßigen Kunden. Ramkumar, Jyothis Vater, war Sohn und Enkel von *Dhobis*, die sich seit Generationen um die Wäsche der Khemrajs im Großen Haus gekümmert hatten. Der ungeschriebene Vertrag mit dem Großen Haus war ihr einziger Lebensunterhalt. Ramkumar war der älteste Sohn, und so hatte er die Arbeit für seine Generation übernommen. Seine beiden Brüder waren in die nächste Stadt gezogen und hatten dort Arbeit gefunden. In der Stadt gab es reiche Leute und die wohlhabenderen Hausfrauen dachten nicht im Traum daran, ihre eigene Wäsche zu waschen. Arbeit gab es schon – aber nicht für Ramkumar. Die Stadt war weder besonders groß noch besonders klein: Die *Dhobis* kannten die Familien, für die sie arbeiteten, und die Familien kannten sie, und alles funktionierte nach einem bekannten, vorherbestimmten Muster. Für einen Neuankömmling gab es keinen Platz, noch nicht einmal für einen alten Neuankömmling. Die damals noch jungen Brüder waren bei Onkeln untergekommen und in die Arbeit hineingewachsen. Für Ramkumar, der bald auf die fünfzig zuging, gab es keinen Platz, keine Arbeit.

Doch Ramkumar hatte ohnehin bereits einen anderen Traum.

Letztes Jahr hatte sein Neffe Ganesh geheiratet, und auf der Hochzeit hatte Ganeshs Großvater Bholanauth, Ramkumars Onkel mütterlicherseits, ihm eine Geschichte erzählt, die Ramkumar nicht vergessen hatte.

Ein Jahr zuvor hatte ebenjener Neffe, Ganesh, einen Unfall gehabt: Er war von einem Motorrad angefahren worden und hatte drei Wochen lang im Krankenhaus gelegen, auf der Schwelle zwischen Leben und Tod.

»Ich wusste, dass es nur eine Möglichkeit gab, meinen ersten Enkelsohn zu retten«, erzählte Bholanauth Ramkumar. »Ich musste den Ganesh-Schrein in Bombay besuchen. Ganesh ist die persönliche Gottheit des Jungen – ich wusste, wenn ich zu ihm bete, würde er eingreifen und ihn retten. Also haben wir den Goldschmuck meiner Frau verkauft und ich bin nach Bombay gereist und zum Schrein gegangen.«

Bholanauth beschrieb den Schrein in lebhaften Details, beschrieb die Stadt in Worten der Ehrfurcht und des Staunens. Ramkumar hörte ihm zu, doch das Beschriebene überstieg seine Vorstellungskraft. Er konnte sich einen Ort von solch gewaltigen Dimensionen einfach nicht ausmalen: einen Ort, an dem es so hohe Gebäude gab, dass man nie den Sonnenaufgang sah; wo die Straßen so breit und voller Verkehr waren, dass man auf ein grünes Licht warten musste, bevor man es auch nur wagen konnte, sie zu überqueren; einen Ort, wo die Menschen nicht in Hütten, sondern in ebensolchen hohen Gebäuden wohnten, eine Familie über der anderen, und ihre Wäsche vor den Fenstern aufhängten; einen Ort voller Straßen und Gebäude und Menschenschwärme, wo man einen ganzen Tag lang laufen und immer weiter laufen konnte, ohne das andere Ende zu erreichen.

Bholanauth erzählte ihm von all den Wundern, die er in Bombay gesehen hatte: von Geschäften, die Palästen glichen, und von Autos, die wie goldene Kutschen waren, und vom Meer, das bis zum Himmel reichte. Doch das größte Wunder von allen war das *Dhobi Ghat*.

Das *Dhobi Ghat*, so berichtete Bholanauth, war die große Freiluft-Wäscherei von Bombay, der wundersamste Ort auf Erden. Dergleichen hatte er in seinen ganzen einundsechzig Jahren noch nicht gesehen. Hunderte, nein, Tausende *Dhobis* an einem Ort versammelt! Die *Dhobis*, die dort arbeiteten, waren beinahe königlich. Sie bedienten eine Millionenstadt. Jeden Morgen schwärmten die *Dhobi-Wallahs* durch die Stadt wie Ameisen durch ein riesiges Steinlabyrinth. Sie sammelten die dreckigen Wäschestücke ihrer Einwohner ein und brachten sie dorthin; sie wuschen, rieben, drehten, schlugen, wrangen, spülten, kochten und klopften die Wäsche; sie hingen die Kleidung auf Leinen auf, die zwischen Pfählen gespannt waren, um sie in der windlosen Stadthitze zu trocknen; sie nahmen sie herunter, bügelten sie, falteten sie, legten sie zu adretten, duftenden Paketen zusammen und lieferten sie bis vor die Tür ihrer Eigentümer, pünktlich auf die Minute, ohne je ein Teil zu verlieren!

Bholanauth war beinahe gelb vor Neid geworden, als er die Professionalität der *Dhobis* von Bombay geschildert hatte. Das *Bombay Ghat* war sogar eigens für *Dhobis* gebaut worden, praktisch angelegt, mit Betonbecken, Waschzellen und einem Abflussbereich. Es gab Maschinen, um die Kleider auszuwringen. Hier musste die Wäsche nicht auf den Steinstufen einer *Tirtha*, einem steinernen Becken, geschlagen oder zum Trocknen auf Büschen ausgelegt werden. In einem Gebäude, so

Bholanauth, gab es Tonöfen, durch deren Feuer das Wasser in großen Kesseln erhitzt wurde, was den Schmutz auf wundersame Weise aus den Stoffen löste. Von jenem Gebäude sprach er mit großer Ehrfurcht, wie von einem Tempel. In seinem Inneren sei alles schwarz und rauchig von den vielen Feuern, man könne kaum etwas sehen und kaum atmen, halb nackte Aufseher stünden an den Kesseln und bewegten die Wäsche mit langen Stöcken in dem heißen Wasser, es gebe ganze Türme aus schlangenförmig gewrungener Wäsche, die in Kreisen übereinandergelegt wurde, und Hunderte Leinen mit Kleidung, die in der Sonne trocknete, es wurde blaue Farbe verwendet, um die weiße Kleidung noch weißer zu machen und ...

Ramkumar konnte dieser Beschreibung nicht mehr folgen, seine Vorstellungskraft versagte.

»Und wie groß ist das *Ghat*? So groß wie das *Durga Tirtha*?«

»Größer, größer!«, rief Bholanauth aus. »Viel größer! Ach, du kannst es dir nicht vorstellen! So groß wie diese ganze Stadt! Und es gibt angelegte Wege, über die man zu den Waschzellen gelangt! Und die *Dhobis* waschen den ganzen Tag lang, waschen, waschen, waschen, für Millionen Menschen – du kannst es dir nicht vorstellen, Ramkumar! Ich habe so etwas noch nie gesehen. Noch nicht einmal der Ganesh-Tempel hat mich so beeindruckt, obwohl Ganesh gut zu mir war und meinen Enkel geheilt hat – Shiva Shiva Shiva – aber was für ein unglaublicher Ort!«

Und er erzählte und erzählte, jede Beschreibung der weiteren Besonderheiten des *Dhobi Ghat* und der dort arbeitenden Menschen übertraf die andere, sodass Ramkumar leicht glauben konnte, dass das *Dhobi Ghat* der eine Ort auf der Welt war, den er sehen musste, bevor er starb, das Paradies auf Erden für einen bescheidenen *Dhobi*.

Und nun, ohne Arbeit und von den Umständen gezwungen, zu neuen Ufern aufzubrechen, erinnerte sich Ramkumar an Bholanauths Worte und sie erschienen ihm als Omen.

»Im *Dhobi Ghat* zu arbeiten, mein Neffe, ist der größte Segen, der einem Mann unserer Kaste zuteilwerden kann. Was müssen diese glücklichen *Dhobis* in ihren früheren Leben getan haben, um sich ein so gutes Karma verdient zu haben! Während wir auf den Stufen des *Tirtha* stehen und unsere Wäsche schlagen, regieren diese *Dhobis* wie die Könige! Ich kann nur dafür beten, in meinem nächsten Leben in dieser wunderbaren Stadt geboren zu werden, und unter diesen glücklichen *Dhobis* zu arbeiten!«

Und Ramkumar, der bereits als Kind behauptet hatte, Visionen zu haben, auch wenn ihm niemand geglaubt hatte, dachte nun bei sich:

Dies ist ein Zeichen. Es kann sicher kein Zufall sein, dass Bholanauth mir vom Dhobi Ghat *erzählt hat und eine solche Sehnsucht in meinem Herzen geweckt hat. In meinem früheren Leben habe auch ich so gebetet und mein Leben auf eine Weise geführt, dass ich solchen Segen verdienen möge. Dass ich meine Arbeit bei den Khemrajs verloren habe, war Gottes Wille, um mich auf die nächste Stufe meines Lebens zu führen und die Früchte der Taten aus meinem früheren Leben zu ernten. Ich werde mit meiner Familie, meiner Frau und meinen Söhnen und meiner Tochter, nach Bombay ziehen und dann werde auch ich im* Dhobi Ghat *arbeiten!*

Die kleine Jyothi verstand nichts von den Gesprächen über das *Dhobi Ghat*. Sie hörte ihre Eltern darüber streiten, denn Ma wollte das Dorf nicht verlassen. Bombay war so weit weg, und sie hätte dort keine Freunde, keine Verwandten, kein Dorf mehr. Aber Ramkumar war Feuer und Flamme, ein Mann mit einer Vision. »Wir werden ein gutes Leben haben!«, sagte er. »Jyothi kann einen *Dhobi* aus Bombay heiraten, und die Jungs werden dort die besten Chancen haben. Hier im Dorf gibt es keine Arbeit für sie. Es ist das Beste für die Familie.« Schließlich lenkte Ma ein.

Und so kam es, dass Jyothi eines Morgens, ein paar Wochen nach der Ankunft des großen Rivalen, der Waschmaschine, an Mas Sari-Rock geklammert hinter Ramkumar herlief, der sich durch die Menschenmenge an der Bushaltestelle kämpfte.

»Komm, meine Kleine«, sagte Ramkumar und hob Jyothi hoch, um sie ihrer Mutter anzureichen, die sich mit ausgestreckten Armen aus der Tür lehnte, um das Kind entgegenzunehmen. Ramkumar stieg nach ihnen ein und kümmerte sich um einen guten Sitzplatz für Ma und Jyothi, bevor er selbst sich weiter durch den Gang drängte, um weiter hinten im Bus unterzukommen. Endlich hatten alle Passagiere einen Platz gefunden, der Fahrer hupte einmal und der Bus setzte sich im Schneckentempo in Bewegung, während sich das Menschengewühl teilte, um den Weg freizumachen. Jyothi kuschelte sich in Mas Schoß, rieb sich die Augen, schloss sie, gähnte und versank ins Land der Träume, eingelullt vom sanften Rattern des Busses. Sie fuhren Richtung Norden, nach Bombay, in ein herrliches neues Leben.

TEIL I

BOMBAY, 1978

»Musik wäscht die Seele vom Staub des Alltags rein.«
Berthold Auerbach

KAPITEL 1

»Wir hätten ein Taxi nehmen sollen«, sagte Monika Kingsley zu ihrem Mann Jack. »Ich habe dir noch gesagt, wir sollten ein Taxi nehmen!«

»Oder anständige Schuhe tragen!«, lachte Jack. »Du hättest auch Turnschuhe mitnehmen sollen, so wie ich.«

Monika schnaubte nur, sie hatte eine Schwäche für schöne Schuhe und hatte beim Packen nicht auf ihn gehört. Das hätte sie besser getan. Sie war keine außergewöhnlich hübsche Frau, ihr Gesicht war zu flach, ihre Augen zu nah beieinander, ihre Lippen zu dünn. Ihr Lächeln jedoch war breit, ihre Zähne perfekt und aus ihren Augen strahlte eine Wärme, und darin lag Jacks Meinung nach ihre wahre Schönheit. Doch Monika war sich auch dessen bewusst, dass sie lange und gut geformte Beine hatte, und die brachte sie nun mal gerne mit schönen Absatzschuhen zur Geltung.

Vorsichtig bahnte sie sich einen Weg um einen Haufen Schutt aus losgelösten Asphaltbrocken, getrockneten Schlamm-klumpen, Kies und Sand, der sich über den halben Gehweg bis auf die Straße erstreckte, und stolperte schon wieder. Neben dem Schutt auf der Straße klaffte ein tiefes Loch, knapp einen Meter tief und zwei Meter breit. Klapprige Absperrungen, verziert mit roten Warnbandresten, sorgten dafür, dass der Verkehr nicht geradewegs in dem Loch landete, sondern stattdessen im Stop-and-go-Tempo darum herumruckelte und einen permanenten Stau verursachte. Das Loch war bereits dagewesen, als sie gestern in Bombay angekommen waren. Da nirgendwo Straßenarbeiter zu sehen waren, die in dem Loch oder darum herum zugange waren, würde es höchstwahrscheinlich auch noch mindestens ein, zwei oder drei Tage dort bleiben, vielleicht auch Wochen, vielleicht für immer. Ihre Schuhe wären bis dahin jedenfalls ruiniert.

Doch in Bombay, ermahnte sie sich, gab es weitaus Schlimmeres als ruinierte Absätze.

»Ich werde mir heute Nachmittag ein paar billige flache Schuhe kaufen«, gab sie nach. »Sandalen. Das war's dann mit meiner Eitelkeit.«

»Es ist eigentlich nicht mehr weit«, sagte Jack ruhig. »In der Mittagshitze kommt es einem viel weiter vor. Wir sind gleich zurück beim Hotel. Vom Restaurant aus sind es fünf Blocks, jetzt nur noch ein Block. Ich habe mitgezählt. Komm, gib mir deine Tasche.«

Er legte ihr sanft die Hand an den Arm, um sie um den Schutt herumzuführen, und Monika ließ ihre voluminöse Handtasche, die sie überall mit hinnahm, von der Schulter gleiten, reichte sie ihm und nahm seine Hand. Dann musste sie die Luft anhalten, denn ein vorbeifahrender Lastwagen hatte ihr eine stinkende Abgaswolke direkt ins Gesicht gepustet.

»Also, wenn wir da sind, brauche ich erstmal ein Fußbad«, sagte sie, als sie wieder atmen konnte. »Ich verliere bald meine ...«

»Hey, guck mal, die Mädchen da!«, rief Jack. Er blieb stehen und zeigte zu ihnen hinüber.

Sie hatten den weitläufigeren Bereich an der Ecke vor

ihrem Hotel erreicht. Zwei oder drei Hütten standen dort an eine Hauswand gelehnt, Verschläge aus Stoff- und Plastikstreifen, aufgerissenen Pappkartons und alten Brettern. Dort lebten Familien mit mehreren Generationen zusammen – sie hatten sie schon einmal gesehen. Frauen, die ihre Babys in den Sari gebunden vor sich hertrugen, eine runzelige Alte, die mit dem Rücken zur Wand saß und vor sich hin murmelte, unzählige zerlumpte Kinder. Jack hatte seit ihrer Ankunft in Bombay immer wieder zu ihnen hingesehen, während Monika den Blick lieber abwendete. Sie fand, so viel Elend könne man gar nicht mit ansehen. Wenn man die Last der Ungerechtigkeit der Welt auf den eigenen Schultern spürte, in dem Wissen, wie wenig man dagegen ausrichten konnte – nun, es war einfach zu schwer, hinzusehen.

Diesmal waren sie zu viert hier an der Ecke: kleine Mädchen. Drei von ihnen saßen an einem alten umgedrehten Karton. Darauf lagen Blätter verschiedener Größe, die wie Teller auf dem »Tisch« platziert waren, und auf den Blättern angerichtet war Essen in Mini-Portionen: kleine Stückchen Zwiebel, Möhre und Banane, sorgfältig geschnitten und arrangiert wie die Gerichte bei einer echten Mahlzeit. Es war allem Anschein nach das Werk des vierten Mädchens, das am ältesten aussah, ein dürres kleines Ding mit zwei langen Zöpfen, das den anderen – alle im Kleinkindalter – winzige Portionen gekochten Reis servierte, drei Körnchen hier, vier Körnchen da. Sie hielt den Reis in einem zusammengerollten Stück Papier in der linken Hand und zählte für jedes »ihrer« Kinder die Körnchen einzeln aus – dabei ging es offenbar nach Größe, das kleinste Kind bekam die wenigsten Körner. Mitten im dröhnenden Verkehr und Gassengestank, zwischen widerlichen Abfallbergen voller Ungeziefer und bröckelnden, schmutzverkrusteten Wänden genossen sie still und selig ihr Essen, Gäste eines himmlischen Festmahls.

Die kleine Mädchen-Mutter musste Jack bemerkt haben,

der bei ihnen stehengeblieben war. Sie sah auf. Monika zupfte Jack am Hemd und ermahnte ihn ärgerlich, endlich weiterzugehen, während sie innerlich ihr Herz verschloss und sich die größte Mühe gab, nicht sehnsüchtig zu den kleinen Gassenmädchen hinüberzusehen. Sie drohte sich innerlich mit dem Zeigefinger und hielt sich nur mit Mühe davon ab, die vier kleinen Flickenpüppchen – denn genauso sahen sie aus – in die Arme zu nehmen, ins Hotel zu verfrachten, in ein warmes Schaumbad zu setzen und abzuschrubben, in frisch duftende neue Kleider zu stecken und im Gepäck mit nach Hause zu nehmen.

»Komm schon! Lass uns gehen!«, flüsterte sie. »Es gibt nichts, was wir tun können.«

Dieser Ort war unerträglich. Direkt neben dem Gehweg verlief eine Rinne, in der eine Art schwarzer, öliger Schlamm stand, eine Plastikflasche trieb unbewegt an der Oberfläche. Im Schneckentempo krochen Autos vorbei und spuckten stinkende Abgase in die heiße, stickige Luft. Alles an diesem Ort war quälend; geistig, aber auch körperlich, sie konnte immer noch kaum atmen, denn ihr Körper kam mit den Abgasen nicht klar und ihre Lungen streikten.

Doch dann wanderten die großen schwarzen Augen des Mädchens von Jack zu ihr und suchten ihren Blick, und sie schmolz dahin. Das Lächeln des Mädchens war so voller Freude, so offen und herzlich, dass sie Jacks Hemd losließ und unbeholfen, mit einer unausgesprochenen Ermahnung auf den Lippen, reglos und mit offenem Mund dastand. Unwillkürlich trat sie an das Festmahl heran und stellte sich zu Jack in diesen magischen Kreis inmitten von Schmutz und Chaos.

Das kleine Mädchen saß mit überkreuzten Beinen an ihrem Tisch und sah vergnügt zu ihnen auf. *Ist das hier nicht wunderbar?*, schienen ihr breites Lächeln und ihr strahlender Blick auszudrücken, *ist das hier nicht ein tolles Spiel, haben wir nicht ein herrliches Festessen, und wollt ihr nicht dazukommen?* Sie lachte und sprang auf, nahm ihr eigenes Blatt und hielt es Monika hin. Dann sagte sie etwas, hielt den kleinen »Teller« hoch und bot ihr das kleine »Gericht« an. *Guckt mal*, schien sie zu sagen, *das köstliche Essen! Bedient euch! Ich lade euch ein!*

Monika konnte nicht anders, sie musste einfach lächeln – wobei sie genau genommen nur leicht die Mundwinkel hob, während sie die Aufwallung von mütterlicher Rührseligkeit mühevoll zurück in die Ecke ihres Gehirns verbannte, wo derart alberne Launen hingehörten. Das kleine Mädchen trug das Blatt wie eine Darbringung in beiden Händen und hielt es näher an Monika heran, wie um zu sagen, *Na los! Nimm dir! Iss doch!*

»Nimm doch etwas«, drängte Jack. »Na los! Sie bietet es dir an – es wäre eine Beleidigung, es abzulehnen!«

»Ja, aber ...« Monika zögerte kurz, hob dann aber ablehnend die Hände. Verstand siegte über Rührseligkeit. Sie sah zu Jack und rümpfte die Nase. »Ich meine – von der Straße! Das ist doch voller Keime!«

»Nimm doch einfach ein Stückchen Möhre und tu so, als würdest du sie essen. So.« Er lächelte das Mädchen an, deutete auf das Blatt und dann auf sich. Das Mädchen verstand sofort und wirbelte herum, um ihm das Blatt anzubieten. Jack nahm sich einen der winzigen Möhrenwürfel und legte ihn auf die Zunge.

»Mmm! Köstlich!« Jack kaute demonstrativ und genüsslich darauf herum.

Das Mädchen kicherte, hielt die Hände wieder zu Monika und versuchte sie mit kleinen Stupsern zum Probieren zu bewegen. »Jack, du hast es wirklich gegessen! Du ...«

»Ich habe es wirklich gegessen, du kannst ja nur so tun. Na los. Sei kein Unmensch.«

Monika kämpfte gegen den Ekel an, der ihr die Kehle hochstieg, und zögerte. Ihr Blick wanderte von Jack zu dem Blatt und dann zum Gesicht des Mädchens, aus dem ihr ein Paar erwartungsvoll strahlender Augen entgegenblinzelte, und sie konnte nicht widerstehen. Die verkrampften Fältchen um ihren Mund entspannten sich, und noch einmal deutete sich auf ihren dünnen Lippen ein kleines Lächeln an. Sie ließ die Hand einen Moment über dem Blatt kreisen, als müsste sie ihre Entscheidung sorgfältig abwägen, und pickte dann schnell ein Reiskorn heraus (da es gekocht war, überlegte sie, war es wahrscheinlich keimfrei) und nahm es in den Mund. Dem Kind zuliebe machte auch sie übertrieben kräftige Kaubewegungen.

»Du hast es auch wirklich gegessen!«, sagte Jack erfreut, während Monika ein Papiertaschentuch aus ihrer Handtasche fischte. Sie wischte sich die Lippen ab und steckte es wieder in die Tasche.

»Ja, und wenn ich morgen Durchfall habe, ist es allein deine Schuld!« Sie suchte weiter in ihrer Tasche herum und holte schließlich ihre Geldbörse hervor.

»Was hast du vor?«

»Wir sollten ihr etwas Geld geben.«

»Sei nicht albern. Das wäre eine Beleidigung.«

»Wovon redest du? Du bist doch derjenige, der den Bettlern immer was gibt. Glaub ja nicht, ich hätte das nicht bemerkt.«

»Aber sie ist doch keine Bettlerin! Sie hat uns eingeladen! Wir können sie doch nicht bezahlen dafür, dass ...«

Doch Monika hatte bereits eine Rupie aus der Geldbörse geholt und hielt sie dem Mädchen hin. »Das sind doch arme Leute. Wir können nichts von den Armen annehmen, ohne ihnen etwas zurückzugeben.«

»Ein Eckchen Möhre und ein Reiskorn, Herrgott nochmal!«

»Es geht ums Prinzip«, sagte Monika geziert. Sie runzelte verärgert die Stirn, als das Mädchen die Münze nicht annahm, sondern mit den Händen hinter dem Rücken einen Schritt zurücktrat. Sie versuchte es noch mal mit einem Lächeln, hielt die Münze zwischen Daumen und Zeigefinger hoch und drehte sie verlockend hin und her. Doch das Kind nahm sie nicht an. Monika sah sich das Mädchen genauer an.

Es war winzig. Im Gegensatz zu den meisten Straßenkindern, die sie bisher gesehen (oder eher flüchtig aus dem Augenwinkel betrachtet) hatte, war ihr langes schwarzes Haar nicht ungepflegt und dreckverkrustet, sondern ordentlich gebürstet. Irgendjemand hatte sich offenbar die Mühe gemacht, es zu zwei langen Zöpfen zu flechten, die ihr vorn über die Schultern hingen und an den Enden mit roten Bändern zusammengebunden waren. Das kleine, ihr zugewandte Gesicht war etwas dreckig, das schon – wie sollte es bei den ewigen Abgasen und dem Staub auch anders sein? –, aber nicht schmutzverkrustet.

Das Mädchen zu betrachten machte ihr geradezu Freude. Für den Augenblick vergaß Monika die angebotene Rupie und ihr Gefühlschaos und sah sich dieses Gesicht genauer an. Es hatte eine ätherische Schönheit an sich, ein Schimmern, das selbst hinter den Schmutzflecken auf den schmalen Wangen nicht verborgen blieb. Die Augen glänzten, die leicht geöffneten Lippen legten perfekte, perlweiße Zähne frei. Das Lächeln war unwiderstehlich, Monika erwiderte es und hielt dem Mädchen die Münze vor das ihr zugewandte Gesicht.

»Na los, nimm sie! Die ist für dich!«, sagte sie. »Hab dich doch nicht!«

Doch das Mädchen wich nur noch weiter zurück und hob, immer noch mit einem Lächeln, ablehnend die Hand. Sie sagte irgendetwas, doch sie konnten sie beide nicht verstehen. Das Mädchen drückte die Hand mit der Münze von sich weg und sprach noch einmal, dann faltete sie den Blatt-Teller zu einem kleinen Päckchen zusammen und reichte es Monika mit zwei, drei weiteren Worten.

Monika sah hilflos zu Jack. »Sie will es mir schenken! Soll ich ablehnen? Ich kann es doch nicht annehmen.«

»Du musst«, sagte Jack. »Es ist wahrscheinlich eine Ehre –

wenn du es ablehnst, verletzt du womöglich ihre Gefühle, oder es wirkt einfach unhöflich.«

»Oh«, sagte Monika. Sie glaubte Jack. Er hatte unbestreitbar einen guten Instinkt, was die Bewohner von Bombay betraf, er schien zu wissen, was sie meinten, ohne ihre Sprache zu beherrschen. Die meisten von ihnen sprachen ein rudimentäres Englisch, eine Pidgin-Sprache, die Jack in kürzester Zeit zu deuten gelernt hatte. Mithilfe einer Kombination aus Gestik und Mimik konnten sie sich Jack verständlich machen, und umgekehrt. Sie mochten ihn und vertrauten ihm automatisch. Zwar waren sie erst seit einem Tag in der Stadt, doch Monika war es bereits aufgefallen: wie sich Jack während der Fahrt vom Flughafen mit dem Taxifahrer austauschte oder in der Lobby mit einem Kellner außer Dienst oder draußen auf dem Gehweg mit dem Portier. Als der junge Mann vom Zimmerservice gekommen war, um ihnen ihr Frühstück zu bringen, oder die Putzfrau, um ihr Zimmer in Ordnung zu bringen, war es Jack gelungen, mit ihnen zu kommunizieren, obwohl sie nur wenige Worte gemein hatten. Von dieser unerwarteten Fähigkeit war Monika zugleich amüsiert und beeindruckt, doch es kränkte sie auch, bei den improvisierten Gesprächen außen vor zu sein. Sie wünschte, sie könnte auch so beliebt sein – sie sehnte sich sogar förmlich nach einer solchen Akzeptanz und Zuneigung. Sie beneidete Jack um seine allgemeine Beliebtheit. Ihr war wohl bewusst, dass sie dagegen streng, spröde und unsozial wirkte. Sie wusste auch, dass das ihre eigene Schuld war, weil sie dieses Image schließlich selbst pflegte, da sie nur so mit der Diskrepanz zwischen der ihr eigenen Sensibilität und der harten Realität klarkam. Denn tief in ihrem Inneren verborgen lag eine Sanftheit, die sie überwältigen würde, wenn sie ihr auch nur einmal nachgab. Und das konnte sie nicht zulassen. Sanft zu sein bedeutete, verletzlich zu sein, Menschen zum Opfer zu fallen, die rücksichtslos über einen hinwegtrampelten. Doch sich mit Unverletzbarkeit zu rüsten, schnitt einen von anderen

Menschen ab. Sie wünschte, sie könnte so sein wie Jack: von Natur aus liebevoll und bei allen beliebt. Wie gerne würde sie auch solche Zuneigung genießen, ihre Rüstung ablegen und einfach *sie selbst* sein. So instinktiv Beziehungen herstellen zu können, wäre jedenfalls ziemlich nützlich bei ihrem Unterfangen. Denn sie und Jack waren keine gewöhnlichen Touristen. Ihr Besuch in Bombay hatte einen sehr wichtigen Grund.

KAPITEL 2

Als Monika Jack vor zehn Jahren geheiratet hatte, waren ihre Freundinnen allesamt der Meinung gewesen, die Ehe würde nicht lange halten. Undenkbar: Wie konnte Monika, eine gut erzogene, gebildete, im Wesentlichen konservative Tochter aus gutem Elternhaus der oberen Mittelschicht sich in einen langhaarigen, hippiemäßigen Straßenmusiker verlieben, ihn aus einem Bauchgefühl heraus mit nach Hause nehmen, ihn baden und neu einkleiden, ihn auf die Beine stellen und heiraten in der Hoffnung, dass es auch nur länger als ein Jahr halten würde?

Sie wurden oft das »ungleiche Paar« genannt, aber darüber lachten sie nur und erwiderten, dass sie ganz im Gegenteil perfekt zusammenpassten. Monika, die in jener liebestrunkenen ersten Zeit noch viel häufiger gelacht hatte als heute, erinnerte ihre Spötter daran, dass sich Gegensätze anziehen. Sie analysierte gerne, war ein Kopfmensch, eine Denkerin, Jack hingegen ein Gefühlsmensch. Die Chemie zwischen ihnen stimme einfach, behauptete sie, sie ergänzten sich gegenseitig. Jack, der oft in den Tag hineinlebte, brauchte ihre Bodenständigkeit und ihren Präzisionssinn in praktischen wie intellektuellen Angelegenheiten.

»Und wenn ich nicht mehr aus meinem Kopf rauskomme, zeigt er mir, wo mein Herz ist«, erklärte sie ihren Freundinnen und warf kess die Haare zurück. »Man lebt nicht von Brot allein, und er ist mein Honig! Ein Schatz, den ich auf der Straße gefunden habe!«

Noch dazu war Jack auf eine verwegene Art gutaussehend, die Frauen verlässlich den Kopf verdrehte, und Monika war trotz ihrer doch eher gesetzten Herkunft keine Ausnahme. Seine strahlenden Augen, sein freches Grinsen, sein ausgeprägtes Kinn mit dem Zweitagebart – sie fühlte sich sofort zu ihm hingezogen. Normalerweise war Monika nicht der Typ für spontane verrückte Abenteuer. Sie studierte damals Sozialarbeit an der *University of Sussex*; er, ein junger Amerikaner, studierte Amerikanische Literatur, war auf Low-Budget-Europareise und verdiente sich mit Geigespielen in der Fußgängerzone etwas Kleingeld dazu.

Monika war wie bezaubert von der Musik, die Jack spielte: Mendelssohns Violinkonzert in e-Moll war schon immer eines ihrer Lieblingsstücke gewesen, und Jack spielte es mit Leidenschaft und gekonnter Leichtigkeit. Sie warf ihm eine Pfundmünze in den Geigenkoffer und wartete, bis er zu Ende gespielt und sich die Zuschauermenge aufgelöst hatte, um mit ihm ins Gespräch zu kommen. Monika erkannte Talent, wenn sie es hörte: Sie war in einer musikalischen Familie aufgewachsen, in der man es sich zur Gewohnheit gemacht hatte, jeden Abend nach dem Essen gemeinsam zu musizieren. Sie selbst beherrschte drei Instrumente einigermaßen sicher, aber Jack, das hörte sie sofort heraus, hatte echtes Talent – dieses mysteriöse, undefinierbare, besondere Etwas. Kein Wunder, dass sich, wie sie nachher beim Durchzählen mitbekam, in seinem Geigenkoffer knapp zwanzig Pfund befanden.

Monika wartete, um sich danach mit ihm zu unterhalten, und lud ihn dann zu sich zum Abendessen ein. Wie sie später erklärte, sah er aus, als hätte er seit einem Jahr keine anständig gekochte Mahlzeit mehr bekommen, was auch tatsächlich stimmte, und Monika war eine gute Köchin. Die Einladung kam natürlich erst, nachdem sie sich eine ganze Weile unterhalten hatten. Zuerst redeten sie über Musik, tauschten Meinungen aus und warfen sich verstohlene Blicke zu, während Jack sorgfältig seine Geige verstaute.

Hätte er Gitarre gespielt, wäre Monika vielleicht gar nicht erst stehen geblieben. Straßenmusiker, die Gitarre spielten, gab es wie Sand am Meer, vor allem in Brighton. Aber Geige – das zeugte von Bildung. Und wäre er ein unansehnlicher Rüpel gewesen, hätte sie ihn nicht angesprochen. Aber Jack war attraktiv, alles andere als ein verlotterter Streuner. Monika hatte bereits seine Füße inspiziert: Sie waren sauber und die Zehennägel geschnitten. Auch seine Kleidung war tadellos, wenn auch etwas verschossen – jedenfalls stank er nicht. Er trug verwaschene Jeans, ein schlichtes rotes T-Shirt mit dem Logo einer amerikanischen Universität und Ledersandalen, abgetragen, aber von guter Qualität.

Ihr gefiel seine Stimme, die gedehnt, tief und sehr beruhigend war, und irgendetwas an seinem amerikanischen Akzent ließ sie erzittern. Er hatte schulterlanges, dunkelbraunes, beinahe schwarzes Haar, einen Schnurrbart und lange Koteletten, hellbraune Augen und ein einnehmendes schiefes Lächeln – irische Augen, dachte sie sofort, verschmitzt und lebenslustig. Wie sich herausstellte, war er tatsächlich halber Ire.

Sie merkte sofort, dass auch er sie interessiert musterte. Monika war damals keine Schönheit, aber definitiv gutaussehend. Ihr dunkelblondes Haar wurde von einem schwarzen Samtband aus dem Gesicht gehalten, was ihre hohe Stirn und ihre klassischen Züge betonte. Auch sie trug Jeans, ihre jedoch neu und dunkelblau, und eine gut geschnittene weiße Bluse, adrett und frisch gebügelt. Ihre Augen waren blau und forsch, und sie hatte zwar schmale Lippen, aber lächelte damals viel. Sie war neugierig, immer interessiert an fremden Kulturen. Irgendwann einmal, sagte sie, wolle sie nach Amerika reisen. Und Irland finde sie auch spannend, obwohl sie noch nie dagewesen sei – die Landschaft müsse spektakulär sein.

Jack erzählte, dass er dort Verwandte habe und kürzlich zu Besuch dagewesen sei. Sie seien sehr gastfreundlich dort: Wenn sie irgendwann einmal nach Irland fuhr, müsse sie unbedingt dort vorbeischauen. Und wenn sie nach Amerika kam, solle sie ihn doch besuchen. Das würde sie gerne, gab sie zurück.

Auf dem Weg zu Monikas Studentenwohnung in Kemptown – Jack mit seiner Geige, die er wie einen Rucksack auf dem Rücken trug, Monika mit einer Plastiktüte voll neuer Bücher in der Hand – tauschten sie Informationen aus, bewusst, aber auch auf subtile Weise. Hin und wieder sahen sie beide gleichzeitig auf, sodass sich ihre Blicke für ein paar Sekunden fragend und zögerlich trafen und sie komprimierte Botschaften in einem nicht zu entziffernden Code austauschten, und sahen dann schnell wieder weg, um ja nicht zu viel preiszugeben. Sie spürten es beide: Die Chemie zwischen ihnen stimmte. Sie fühlten sich zueinander hingezogen, sowohl körperlich – Augen, Hände, Körper suchten den Kontakt zueinander – als auch geistig – ihre Gedanken kreisten um das Bild des anderen, träumten von Zweisamkeit. Die Lücken in ihren Seelen schlossen sich, ihre Herzen reichten einander die Hand. Ja: Das war Liebe. Für Monika war es die erste. Für Jack, so hoffte er, die letzte.

Jack war damals für eine Weile in Brighton. Es dauerte einige Wochen, bis sie entschieden hatten, wie es mit ihnen beiden weitergehen würde und vor allem, wo. Jack war am

Ende seiner Europareise angelangt und bereit, sich niederzulassen, und ihr war von Anfang an klar, dass keiner der englischen jungen Männer, mit denen sie bislang ausgegangen war, Jack das Wasser reichen konnte. Sie wollten zusammenbleiben, aber wo sollten sie sich niederlassen: in Amerika oder in England? Oder vielleicht als Kompromiss in Irland?

Jack kehrte zurück nach Amerika, und sie besuchte ihn dort. Monika fühlte sich unwohl, zu britisch, zu gestelzt. Sie fühlte sich fehl am Platz und irgendwie benachteiligt – sie fiel überall auf, jeder meinte, sie auf ihren Akzent ansprechen zu müssen, der ja so »süß« oder »wunderbar« sei, und sie fand es unerträglich, dadurch immer als Ausländerin enttarnt zu werden. Jacks Freunde und Bekannte waren alle enorm lässig – genau das Gegenteil von ihr. Dann war da noch die Frage nach einem Job: Natürlich wollte Monika gerne arbeiten, aber was konnte sie mit einem englischen Abschluss in Sozialarbeit in den USA schon groß anfangen? Jack dagegen war flexibel und hatte hunderte Ideen, wie er Geld verdienen konnte, ohne an einen festen Arbeitsplatz gebunden zu sein, was seine einzige Abneigung war. Also entschieden sie sich für England.

Monika erhielt eine begehrte Stelle als Sozialarbeiterin im öffentlichen Dienst. Jack fand eine Anstellung bei der örtlichen InLingua-Sprachschule, wo er an vier Abenden die Woche Englisch als Fremdsprache sowie Deutsch unterrichtete (seine Mutter war deutscher Abstammung – Jack war zweisprachig aufgewachsen und hatte einen Abschluss in Deutsch). Tagsüber las er neu erschienene englische Bücher und verfasste Rezensionen, die regelmäßig in verschiedenen englischen und amerikanischen Zeitungen und Magazinen abgedruckt wurden. Daneben ging er nach Herzenslust seiner wahren Leidenschaft nach: der Musik.

Jack hatte sich mit einigem Erfolg Gitarrespielen beigebracht und widmete sich nun der Konzertgitarre. Neben der Geige hatte er als Kind außerdem Klavier gelernt und auch diesem Talent widmete er täglich mindestens eine Stunde Übung. Monika, die sich in Sachen Musik für eine Expertin hielt, erklärte ihm, er sei ein geborener Musiker mit dem »gewissen Etwas«.

»Wenn wir irgendwann Kinder haben«, sagte Monika, denn sie waren sich schnell einig gewesen, dass sie heiraten wollten, »werden wir eine Musikerfamilie. Jedes Kind lernt ein anderes Instrument, und abends gibt es statt Fernsehen Familienkonzerte!«

Ihre Tochter, beschloss Monika bereits im Vorfeld, würde Querflöte oder Geige spielen – das sollte sie sich aussuchen können – und der Junge auf jeden Fall Cello.

Es waren ideale Voraussetzungen, wie Monika bei jeder Gelegenheit betonte: Wenn irgendwann Kinder kämen, würde Jack tagsüber zu Hause sein und sie abends, und so könnten sie sich die Betreuung teilen.

Doch die Kinder kamen nie.

In den ersten Jahren wollten sie noch keine. Monika war zu sehr mit ihrer Karriere beschäftigt und Jack war ohnehin mit allem einverstanden. Monika schlug vor, dass sie nach fünf Jahren aufhören würden zu verhüten. Sie zahlte regelmäßig in einen Bausparvertrag ein, und zusammen mit der Summe, die ihre Eltern ihr zugesichert hatten, wären sie dann in der Lage, die Anzahlung für ein Fünf-Zimmer-Haus in einem idyllischen Vorort von Brighton zu leisten: Poynings oder Ditchling. Sie stellte sich zwei Kinder im Abstand von zweieinhalb Jahren vor, am liebsten einen Jungen und ein Mädchen, aber wichtiger war, dass sie gesund waren.

Doch es kamen keine Kinder. Nicht nach einem Jahr, nicht nach zwei Jahren.

Nach dem zweiten Jahr ließen sich Monika und Jack (auf Monikas Drängen hin) durchtesten, aber offenbar lag kein medizinischer Grund für den ausbleibenden Erfolg vor.

»Versuchen Sie es einfach weiter«, sagte Dr Halliday mit

einem anzüglichen Grinsen. Monika, die ihm das Grinsen übel nahm, wechselte den Arzt. Die Natur brauche einfach ihre Zeit, erklärte sie Jack, ihren Eltern und anderen ungeduldigen Familienmitgliedern. Früher oder später würden sie schon ein Kind bekommen. Aber es klappte nicht.

Jack war traurig, Monika untröstlich. Mit jedem Monat nahm ihre Verzweiflung weiter zu, ein Kind schien ihr das einzige, was sie sich je gewünscht hatte, was sie je vom Leben erwarten würde.

Mit verschiedenen Mitteln – allem außer künstlicher Befruchtung – versuchten sie, die Natur auszutricksen und ihren Plan doch noch umzusetzen, aber die Natur wollte einfach nicht mitspielen. Also gingen sie über zu Plan B.

Plan B war Adoption. Aber, so erklärte die blonde hakennasige Dame von der Adoptionsabteilung des Sozialamts, in dem auch Monika arbeitete, neugeborene Babys gab es selten und sie müssten sich auf eine Warteliste setzen lassen, wobei noch nicht einmal Monikas Position als Mitarbeiterin ihr einen Vorteil verschaffen würde. Sie müssten damit rechnen, dass es zwei oder drei Jahre dauern würde, wahrscheinlich noch länger, bis sie ihren Plan B umsetzen könnten. Wenn sie dagegen bereit wären, ein älteres Kind aufzunehmen oder ein Kind mit Behinderung ... Monika runzelte die Stirn und sah zu Jack. Sie wünschte sich so sehr ein Baby. War ihr Herz groß genug für ein älteres Kind? Oder ein Kind mit Einschränkungen? »Wir denken darüber nach«, sagte sie. Nichtsdestotrotz ließen sie ihre Namen auf die Liste setzen und willigten ein, sich der strengen Inspektion zu unterziehen, die für die Zulassung als Adoptiveltern notwendig war.

Sie ließen das Büro der respekteinflößenden Dame hinter sich und durchquerten den Flur in Richtung der Treppen. Jack drückte tröstend Monikas Hand. »Ist schon gut, Süße«, sagte er. »Wir können warten. Was machen schon ein paar Jahre? Und wir versuchen es einfach weiter ... Wir sind noch jung. Meine

Mom war fünfunddreißig, als sie mich bekommen hat! Früher oder später, wenn wir am wenigsten damit rechnen, wird es klappen.«

Aber es klappte nicht.

Aus ihrer Kinderlosigkeit wurde mit der Zeit ein chronischer dumpfer Schmerz, der sich in Monikas Bewusstsein festsetzte und den sie so gut es ging versuchte zu verbergen. Das Thema wurde zu einer Obsession. Sie lief von einem Arzt zum nächsten, immer mit der einen Frage: »WARUM?« Aber niemand hatte eine Antwort parat.

Mit jedem Monat, der verging, fraß sich dieser Schmerz weiter in sie hinein, schuf sich dort einen Platz und nistete sich ihrer Seele ein. Es war beinahe wie ein Krebsgeschwür, das alles Gute und Gesunde in ihr zerfraß. Es ärgerte sie maßlos, dass Jack das anscheinend überhaupt nicht wirklich nachvollziehen konnte, dass es ihm fast gleichgültig zu sein schien. Jack sah es so, dass er zwar sehr gerne ein Kind hätte, aber wenn es nun mal nicht klappte – nun, dann mussten sie das eben akzeptieren und darüber hinwegkommen, oder? Sie liebten sich doch, oder nicht? War das nicht die Hauptsache? Und außerdem würde vielleicht doch irgendwann ein Baby oder ein kleines Kind auf sie warten. Vielleicht war es nur eine Frage der Zeit. Wenn es so sein sollte, dann würde es auch passieren, so lief es eben mit dem Schicksal. Man konnte es nicht erzwingen. Je mehr man die eigenen Wünsche losließ, desto eher würden sie einem im unerwartetsten Moment in den Schoß gelegt. So war Jack nun mal: unbeschwert, er nahm das Leben, wie es kam – genau das Gegenteil von ihr. Jack machte niemals Pläne, Monika dagegen kam gar nicht klar ohne einen Plan, ohne alles unter Kontrolle zu haben.

Und überhaupt: »Für dich ist es nicht so schlimm«, warf sie Jack an den Kopf. »Du bist ein Mann. Männer empfinden so etwas nicht so stark wie Frauen.«

In der Zwischenzeit kauften sie ein hübsches Häuschen mit

Garten im Dörfchen Ditchling, nahmen all die nötigen bürokratischen Hürden und wurden schließlich zur Adoption zugelassen, allerdings, so erinnerte man sie erneut, könne es noch Jahre dauern, bis ein Baby oder ein kleines Kind verfügbar würde. Jahre der Sehnsucht, die Monika irgendwie ausfüllen musste.

Nach einiger Überlegung kam sie zu dem Schluss, dass sie mit ihrer Kinderlosigkeit am besten durch gemeinnützige Aktivitäten klarkäme. Über eine gute Freundin hörte sie von einer Gruppe Frauen, die eine neue Wohltätigkeitsorganisation für die Dritte Welt gründen wollten. »Obwohl man das heute so nicht mehr sagen soll. Es sind Entwicklungsländer«, sagte Mrs Cotton, die noch inoffizielle Leiterin der Gruppe. »Wir hätten Sie sehr gerne dabei – wir brauchen so viele kluge Köpfe wie möglich. Im Moment sind wir noch dabei zu entscheiden, wie wir vorgehen und wie und wo wir uns engagieren werden.«

Es war genau, was Monika brauchte, und sie kniete sich eifrig in die Arbeit. Sie beschlossen, es langsam angehen zu lassen. Ihr erstes Ziel sollte Indien sein. Im *Guardian* hatte Mrs Cotton einen Artikel über die schrecklichen Zuständen gelesen, in denen die vielen Straßenkinder dort lebten. »Wir müssen dorthin, wo die Not am größten ist!«, erklärte sie. Indien hatte außerdem eine weit zurückreichende historische Verbindung zu Großbritannien, und viele Inder sprachen Englisch. Und es war eine Demokratie, in der Armut und Kinderverwahrlosung ein großes Problem waren, wie der Artikel darlegte. Indien war perfekt.

Und dann war da noch Dr Prashad, Mrs Cottons Schwager, der jetzt in Birmingham lebte und arbeitete, aber ursprünglich aus Bombay stammte, und dessen Cousine, eine gewisse Mrs Rajpaul, dort selbst gemeinnützig aktiv war. Dr Prashads Cousine war schon mal ein guter Kontakt, und Kontakte würden sie natürlich brauchen, um überhaupt anfangen zu können. Und so fiel die Wahl für ihr erstes Projekt auf Bombay.

»Wir brauchen einen Namen«, erklärte Mrs Cotton bei ihrem ersten Treffen. »Da es bei uns ja um Kinder gehen soll, dachte ich an ›Kinderglück‹.«

»Das ist zu kitschig«, warf Monika ein. »Damit nimmt man uns nicht ernst. Das klingt nach einem Haufen rührseliger Frauen.«

»Was wir ja im Grunde auch sind«, meinte Mrs Spears, eine sehr verständige Frau mittleren Alters. »Mir gefällt es aber auch nicht. Wir brauchen etwas, was richtig professionell klingt. Vielleicht einen lateinischen oder griechischen Namen.«

Sie steckten die Köpfe zusammen, bis Mrs Spears plötzlich die Hände hochwarf. »Ich hab's!«, rief sie aufgeregt, was so gar nicht ihrer sonstigen Art entsprach. »Caritas! Lateinisch für Wohltätigkeit!«

»Perfekt!«, sagte Monika. Alle wussten, dass Mrs Spears die renommierte *Roedean School* besucht hatte und wahrscheinlich sehr gut in Latein war. Alle lachten und jubelten – alle außer Mrs Cotton, die eine Hand hob. Abrupt brach das Gejubel ab.

»Caritas können wir nicht nehmen«, sagte sie. »Es gibt bereits eine Caritas. In Deutschland, eine katholische Wohlfahrtsorganisation. Und eine ziemlich große noch dazu.«

Alle stöhnten enttäuscht auf. Es war wirklich nicht leicht! Noch schwieriger als einen Babynamen zu finden. Sie mussten also noch mal von vorne anfangen.

»Es sollte kurz und knackig sein und gleichzeitig klar machen, worum es geht«, sagte Monika, die sich schnell zu einer der Wortführerinnen gemausert hatte. »Und am besten vermeiden wir auch das Wort *Kind*. Wir sollten die ganze Familie in den Blick nehmen, und dabei nicht nur reden, sondern tatsächlich etwas bewegen. Wohltätigkeit in Aktion.«

Und in dem Augenblick fiel es Monika ein: ein wahrhaftiger Geistesblitz, der ihr durch den Kopf fuhr.

»Caritacts!«, rief sie. »Wie Caritas, aber mit kleinem Extra.«

Die Frauen jubelten begeistert, und CaritActs war geboren – das große A in der Mitte hob den zweiten Wortteil hervor: *Acts of Charity*, gute Taten. Perfekt!

Nach und nach wurden weitere Entscheidungen getroffen. Die Hauptarbeit der Organisation war Fundraising, die gesammelten Mittel sollten für einen guten Zweck mit Bezug zu Kindern gespendet werden, angefangen bei Straßenkindern in Bombay. Organisationen, aber auch Einzelpersonen konnten sich um Unterstützung bewerben. Mrs Spears wurde zur Vorsitzenden gewählt. Ihr Mann war leitender Angestellter bei der örtlichen Filiale der *Barclays Bank*, und sie wurde schon bald zu einer ernst zu nehmenden Größe bei der Anwerbung neuer Mitglieder: Frauen, die selbst geschäftlich tätig waren, gelangweilte Rentnerinnen, Managergattinnen, Frauen von der Kirche, Bankvorsitzende, Unternehmerinnen und dergleichen; allesamt wohlhabend und sozial gesinnt, einige mit viel Freizeit, andere mit viel Geld oder auch beidem, und alle vereint in dem Wunsch, Gutes zu tun und Bedürftigen zu helfen. Manche dieser Frauen hatten sich bereits bei der Organisation von Spendenbasaren, Kuchenverkäufen und zahlreichen Spendenaktionen für kirchliche Wohlfahrtsverbände engagiert, aber die Gründung von CaritActs war noch mal eine Nummer größer und spornte sie alle an.

Nun mussten sie nur noch entscheiden, welchem konkreten wohltätigen Zweck sie sich in Bombay widmen wollten. Eine von ihnen musste also hinreisen und einen solchen guten Zweck ausfindig machen – Pionierarbeit. Monika meldete sich freiwillig.

Sie hatten nur vage Pläne für die Stadt. Viele der Frauen hielten es für die beste Idee, eine Unterkunft für Straßenkinder einzurichten. Andere wollten eine Schule für sie auf die Beine stellen. Wieder andere waren dafür, einen Bildungsfonds zu gründen, um diesen Kindern den Besuch einer lokalen Schule zu ermöglichen. Monika, da waren sie sich einig, musste sich persönlich vor Ort umsehen und die Möglichkeiten erkunden.

Eine andere junge Frau, Mrs Wood, willigte ein, Monika zu begleiten, stellte aber kurz vor Abreise fest, dass sie schwanger war, und musste einen Rückzieher machen. Jack sprang für sie ein. Und da waren sie nun, in Bombay.

KAPITEL 3

Monika hätte sich im Traum nicht ausmalen können, welche Hölle sie in der Stadt erwarten würde. Sie hatte nicht damit gerechnet, dass der bloße Gedanke daran, die kühle, saubere, abgeschiedene Hotelumgebung verlassen und sich nach draußen in den Tumult wagen zu müssen, sie jeden Morgen beim Aufwachen mit Grauen erfüllen würde.

Sie war mit großen Zielen nach Bombay gekommen, aber nun tat sie sich schwer. Das Chaos auf den Straßen war ihrem ausgeprägten Ordnungssinn zuwider, das Elend ihrem Mitgefühl. Ihre Unfähigkeit, alles zu richten, und ihr Mangel an Kontrolle brachten sie zur Verzweiflung. Nichts Böses sehen, nichts Böses hören, nichts Böses sagen ... was in diesem Drecksloch noch ergänzt werden musste durch ›nichts Böses riechen‹. Alle Sinne abschalten, wegschließen und den Schlüssel wegwerfen; sich gegen das Elend immun machen, es ignorieren – wie sonst konnte ein Menschenherz es ertragen?

Also verstaute Monika all ihre Empörung, ihr Entsetzen und ihr Mitleid in einer praktischen kleinen Schachtel in ihrem Herzen und legte sich eine Rüstung an, die ihr derartige Gefühle vom Leibe hielt. Rational und vernünftig geleistete wohltätige Hilfe, das war die Lösung. Mit aufrichtigem Elan und guten Absichten getätigte Unterstützung, ohne auch nur das kleinste Körnchen Sentimentalität durch die Rüstung dringen zu lassen. Und vor allem: nicht interagieren.

Aber dann war da noch Jack. Er durchkreuzte ihren großen Plan zur Förderung der Bedürftigen in einem fort. Ihn schien das alles nicht aus der Ruhe zu bringen. Wenn sie durch die Straßen liefen, sah Jack sich interessiert um und schien die Geräusche, Gerüche und Anblicke physisch in sich aufzunehmen und mit Freude zu einem neuen Teil seines Wesens zu machen. Er sah jeden Passanten an und versuchte, mit einem Lächeln Blickkontakt herzustellen. Wenn ihn etwas interessierte, blieb er überall sofort stehen, um sich alles genauer anzusehen oder ein paar Worte mit dem Akteur zu wechseln – oder wenn schon keine Worte, dann zumindest Gesten. Die Leute schienen Jacks Gesten zu verstehen, und er verstand ihre.

Monika hielt es für falsch, Bettlern etwas zu geben. Armut sollte durch Bekämpfung der Ursache abgeschafft werden, durch Verbesserung der Umstände, durch ganzheitliche Zusammenarbeit mit einem spezialisierten Team. Für Jack war Hilfe etwas Direktes, Persönliches. Er trug immer einige Ein-Rupien-Münzen mit sich herum und hatte die Kunst perfektioniert, eine Münze aus der Jeanstasche zu holen, die Hand unauffällig hinter den Rücken zu nehmen und das Geld direkt vor dem Bettler fallen zu lassen, ohne sich auch nur einmal umzusehen.

Noch dazu kannte Jack ihr Geheimnis, ihren kleinen wunden Punkt, und legte so oft und so genau wie möglich den Finger darauf.

Dieser wunde Punkt waren Kinder. Monika konnte ihnen nicht widerstehen, und Jack wusste das. Wenn Monika sich von bettelnden Kindern abwandte, dann nicht aus Verachtung, sondern aus einem Übermaß an Mitgefühl. Sie sehnte sich danach, sie in die Arme zu nehmen, sie zu baden, einzukleiden und aufzupäppeln, sie mit ihren Eltern in einfachen, aber sauberen Häuschen mit fließend Wasser und hübschen Vorgärten unterzubringen und überhaupt ihr Leben auf wundersame Weise zu verbessern.

Sie musste all ihre Kraft aufbringen, um sich nicht bei Gott oder dem Schicksal über all die Ungerechtigkeit zu beschweren. So viele bettelnde Kinder. So viele obdachlose, unterernährte Kinder: Wie konnten all diese Frauen so einfach schwanger werden und Kinder in die Welt setzen, wenn sie es sich überhaupt nicht leisten konnten, sie aufzuziehen, während ihr eigener Mutterleib leer blieb? Es war nicht fair – es war einfach nicht fair.

»Überall«, stöhnte sie, »überall herrscht so große Not! Ich wünschte, wir könnten ihnen allen helfen!«

Ihr kam der Gedanke, dass sie vielleicht eines dieser armen Kinder adoptieren könnten. Oder sogar ein Baby. Monikas Herz machte einen Sprung – warum hatten sie nicht früher daran gedacht? Das war die Lösung, auf die sie und Jack gewartet hatten, ihre Chance auf eine Familie. Es wäre gleich eine dreifache gute Tat: Sie würden ein Kind aus elendiger Armut befreien, einer Familie ein hungriges Mäulchen abnehmen und zugleich den Schmerz ihrer eigenen Kinderlosigkeit stillen. Jack war einverstanden und sie wandten sich an ihre Kontaktperson in Bombay, Mrs Rajpaul, die ihnen jedoch sofort davon abriet. Die bürokratischen Hürden, meinte sie, seien größer, als ein gesunder Menschenverstand ertragen könne.

»Ich kenne eine Dame, eine Französin, die versucht hat, ein kleines Mädchen zu adoptieren«, sagte Mrs Rajpaul eindringlich. »Und es hat sieben Jahre gedauert, bis sie es bekommen hat! Sieben Jahre! Wollen Sie sich das antun?«

Also hatten sie die Idee wieder verworfen, in England würden sie sicher schneller ein Kind adoptieren können. Sie würden warten.

Monika war streng mit sich. Sie war sich ihrer eigenen Sentimentalität sehr wohl bewusst und erkannte, dass sie ihren Kinderwunsch auf seinen Platz verweisen musste, in eine kleine weiße Schachtel in einer geordneten Ecke ihres Verstands, wo er sich nicht einmischen konnte in die Entscheidungen, die sie hier und jetzt im Chaos Bombays treffen musste. Solche Dinge musste man rational angehen, und Monikas rationale Fähigkeiten funktionierten – im Gegensatz zu Jacks – (von ihrem einen persönlichen wunden Punkt einmal abgesehen) einwandfrei.

* * *

Sie hatten eine geschäftige Woche hinter sich. An den ersten Tagen hatte Mrs Rajpaul sie durch die Stadt geführt und ihnen verschiedene Kinderheime gezeigt, die CaritActs in sein Förderprogramm aufnehmen könnte. Zuletzt hatten sie eine Kindertagesstätte, eine Schule und die Kinderstation eines Armenkrankenhauses besucht.

Einige dieser Einrichtungen hatten sie für ihr Vorhaben bereits als nicht geeignet abgelehnt. Heute Morgen würde Mrs Rajpaul ihnen noch das *Sri Krishnaji* Waisenhaus zeigen.

Jack packte seine Gitarre ein, stand auf und schwang sich den Gitarrenkoffer über den Rücken.

»Die willst du ja wohl nicht mitnehmen, oder?«, sagte Monika und sah von ihrer geöffneten Handtasche auf, einem geräumigen Teil, in dem sie alles Nötige verstauen konnte: zwei Packungen Taschentücher, eine kleine Flasche Mineralwasser, zwei kleine Packungen Kekse, einmal süß und einmal salzig, ein Röhrchen Glukosetabletten, Bürste und Kamm, ein feuchtes Tuch im Plastik-Zipbeutel (gut bei verschwitztem Gesicht). Und natürlich ihr Portemonnaie mit nicht allzu vielen Hundert-Rupien-Scheinen und ihrer Kreditkarte. Alle anderen Wertgegenstände wie Travellerschecks und Reisepass lagen im

Hotelsafe. Schmuck trug sie ohnehin so gut wie nie, und sie würde nicht im Traum daran denken, ihren Wohlstand vor den Armen zur Schau zu stellen. Auch schlicht gekleidet machte sie einen eleganten, gutsituierten Eindruck: hellblaue Hose mit Bügelfalte, ein sorgfältig gebügeltes, strahlend weißes T-Shirt mit einem aufgedruckten Blumenstrauß und schwarze Lederballerinas, die sie schließlich doch noch in einem indischen Laden gekauft hatte, um ihre Absatzschuhe zu ersetzen. Sie hatte Probleme mit ihren Füßen, die an den Knöcheln geschwollen waren, weshalb die Ballerinas etwas drückten, aber Sandalen kamen auch nicht infrage, das hatte sie aus Jacks Erfahrung gelernt. Als sie nach ihrem ersten Tag in Bombay zurück ins Hotel gekommen waren, waren seine Füße schwarz mit hellen Streifen gewesen. Daher trug sie nun Schuhe mit dünnen Baumwollkniestrümpfen, durch die ihre Haut atmen konnte, ohne schmutzig zu werden. Sollten ihre Füße noch weiter anschwellen, würde sie sich jedoch größere Schuhe kaufen müssen. Jack hatte ihre Füße und Knöchel am vorigen Abend noch massiert. Er konnte gut massieren.

Sie ließ ihre Tasche zuschnappen und sah Jack an, der ihre Frage immer noch nicht beantwortet hatte. »Jack! Warum nimmst du die Gitarre mit?«

Jack beugte die Knie und lehnte sich zurück, um einen Blick in den Spiegel zu werfen. Er fuhr sich mit den Fingern durchs Haar und schob eine schwarze Strähne beiseite, die ihm in die Stirn gefallen war.

»Nur so eine Idee«, erwiderte er. »Ich dachte, es wäre nett, den Kindern etwas vorzusingen. Vielleicht könnten sie sogar mitsingen.«

»Jack, denk daran, was Mr Metzger gesagt hat! Wir können nur Autorität wahren, wenn wir *Distanz* wahren! In einem Waisenhaus Gitarre zu spielen und zu singen wäre viel zu familiär – vor allem jetzt in der Anfangsphase. Wir sollten uns um eine effiziente, nüchterne Atmosphäre bemühen. Wenn wir uns jetzt direkt verbrüdern, könnte das all unsere Bemühungen sabotieren!«

Mit Mr Metzger und seiner Frau hatten sie sich am Abend zuvor zum Essen getroffen. Mr Metzger war der Vorsitzende der deutschen katholischen Organisation *Sacred Heart*, die das Missionskrankenhaus führte, das sie gestern besucht hatten, und bereit war, CaritActs als (sehr untergeordneten) Junior-Partner in ihr gemeinnütziges Unternehmen aufzunehmen. Die Metzgers lebten bereits seit zehn Jahren in Indien, hielten sich für ausgesprochen erfahren und waren mehr als gewillt, ihr Insiderwissen rund um die Zusammenarbeit mit den Einheimischen mit Monika und Jack zu teilen. Mr Metzger war der festen Überzeugung, dass die Kluft zwischen ausländischen Spendern und indischen Empfängern so groß wie möglich gehalten werden musste, um, wie er sich ausdrückte, zu verhindern, dass man sich ausnutzen ließ.

»Wir Ausländer werden schnell etwas weichmütig bei dem Anblick von so viel Elend«, erklärte er. »Es weckt unser schlechtes Gewissen. Die Inder spüren das und nutzen es aus. Man reicht ihnen den kleinen Finger und sie nehmen die ganze Hand. Sie sind außerdem ziemlich gerissen und versuchen mit allen möglichen hinterhältigen Tricks, einem immer noch mehr abzuschwatzen. Bevor wir nach Bombay gezogen sind, waren wir in einem kleinen Dorf in Andra Pradesh, und glauben Sie mir, einige der Bettler dort hatten Berge von Geld in ihren Lumpen versteckt! Wir konnten es nicht fassen.«

An dieser Stelle nickte Mrs Metzger eifrig und schien selbst einen Kommentar dazu loswerden zu wollen, doch ihr Mann fuhr einfach fort, sodass sie mit offenem Mund dasaß und ziemlich dämlich aussah.

»So einige erbetteln sich ein kleines Vermögen und geben es dann für Frauen, Alkohol und Zigaretten aus. Und nehmen Sie sich in Acht vor Bettlern mit kranken oder verkrüppelten Kindern. Manchmal richten sie die absichtlich so zu, um mehr

Geld zu bekommen. Man muss solche Arbeit also nüchtern und rational angehen – Gefühle sollten nicht ins Spiel kommen. Wir sehen es als heilige Mission, als gottgegebene Aufgabe, die wir nach bestem Ermessen und so fair und objektiv wie möglich ausführen. Unser Motto ist: Großzügig sein, in dem Wissen, dass man es für Jesus tut, nicht für diese armen Kreaturen. ›Was ihr getan habt einem von diesen, das habt ihr mir getan.‹ Was Sie auch tun, seien Sie immer auf der Hut. Wir haben in den ersten Jahren viele Fehler gemacht, weil wir unerfahren und weichherzig waren – vor allem meine Frau. Ulrike, erinnerst du dich an die Geschichte mit der leprakranken Frau und wie du ausgetrickst wurdest? Vielleicht willst du das jetzt erzählen?«

Mrs Metzger setzte mit großen Augen zu ihrer Erzählung an und Monika und Jack hörten zu, wobei Monika jedes Wort aufsog. Diese Einstellung, so wurde ihr klar, war genau das, was sie brauchte. Mit einer solchen Einstellung konnte sie Berge versetzen! Sie schob die kleine weiße Schachtel der Sentimentalität tiefer in ihre Ecke und streckte den Rücken durch.

Jack dagegen hatte keine kleine weiße Schachtel und war wie immer immun gegen ihre guten Ratschläge. So tätschelte er jetzt liebevoll seine Gitarre und sagte: »Ach was, die werden sich freuen über ein paar Lieder, kann doch nicht schaden. Das kann man doch nicht gleich Verbrüderung nennen. Außerdem ist es nur für die Kinder.«

»Aber ...«

Doch Jack war mit seiner Gitarre bereits verschwunden. Er erwartete Monika am Aufzug.

Als sie an der Hütte beim Hotel vorbeikamen, war das kleine Mädchen wieder da. Sie spielte mit einem kleinen Zweig, den sie in einen alten Lumpen eingewickelt hatte, offenbar eine improvisierte Puppe, die sie aufrecht hielt und durch einen Spalt im Gehweg schob.

Sie war ganz vertieft ins Gespräch mit dieser kleinen Person und merkte überhaupt nicht, dass Jack keinen Meter von ihr entfernt stehen blieb. Dann sagte er »Hi!« und sie sah auf.

Als sie ihn erkannte, begann sie übers ganze Gesicht zu strahlen und sprang auf, um ihn zu begrüßen, die Puppe ließ sie achtlos auf dem Gehweg liegen.

»Na los, Jack, wir kommen noch zu spät!«, sagte Monika und zog ihn am Arm. Jack ignorierte sie.

»Soll ich dir was vorsingen?«, fragte er das kleine Mädchen. Sie antwortete in ihrer eigenen Sprache und hüpfte auf und ab, als hätte sie ihn verstanden.

»Jack! Dafür haben wir jetzt keine Zeit!« Monika sah auf die Uhr und zog Jack noch einmal am Hemd.

Jack hob den Gurt von der Schulter und ließ ihn über den Arm gleiten. Er lehnte den Gitarrenkoffer an die Wand, öffnete ihn und nahm das Instrument heraus. »Ist schon okay, Monika, es dauert nur fünf Minuten. Nur ein kleines Lied.«

Frustriert schüttelte Monika den Kopf. Genau das hasste sie an Jack, er hatte keinerlei Zeitgefühl und Eile war ihm fremd. Jack kam grundsätzlich überall zu spät. Er trug nie eine Uhr, erledigte einfach alles in seinem Tempo, eine Sache nach der anderen, wie es ihm gerade passte. Sie hätten ein Taxi nehmen sollen. Aber da das Hotel an einer stark befahrenen, vierspurigen Straße lag, hätten sie dafür einen weiten Umweg die Straße entlang und auf der anderen Seite zurück in Kauf nehmen müssen. Es war schneller, praktischer und billiger, die vier Blocks zum Fahrradladen von Mrs Rajpauls Mann, wo sie sich an diesem Morgen verabredet hatten, zu Fuß zu laufen.

Jack hatte sich den Gitarrengurt umgelegt und bequem auf die Schulter gleiten lassen. Er lehnte sich mit dem Hintern an die Wand und fing an, die Gitarre zu stimmen.

»Jack! Die Wand ist total dreckig!«, rief Monika, aber Jack war mit der E-Saite beschäftigt. Das kleine Mädchen, immerzu lächelnd, stand reglos wie eine Statue da und sah ihm zu. Sie war in Lumpen gekleidet, zerrissene, fadenscheinige Stofffetzen in verschiedenen Grautönen, die ihr von den Schultern und Hüften herabhingen.

Jack sang »Paff, der Zauberdrachen«. Zum Ende der ersten Strophe war das Mädchen dicht an ihn herangerückt. Mal hielt sie den Blick auf die Gitarrensaiten, mal auf seine Lippen gerichtet, dann wieder streckte sie die Hand nach dem glänzenden Kastanienholzkorpus des Instruments aus, zog sie aber im letzten Augenblick zurück. Jack betrachtete die Kleine. Ihr Fuß bewegte sich im Takt und sie begann, sich zur Musik zu drehen. *Ein lebendiger Tanz, der nur darauf wartet, befreit zu werden*, dachte Jack.

Die Leute blieben stehen, um zuzusehen. Die alte Frau, die auch gestern dagewesen war, trat hinter einem Flickenvorhang aus der zweiten Hütte hervor. Eine Frau mit einem Baby an der Brust kam ihr hinterher, gefolgt von zwei kleinen Mädchen, die an ihrem Rockzipfel hingen – dieselben Mädchen, die sie am Tag zuvor gesehen hatten. Eine erschöpft aussehende Frau mittleren Alters kam aus der ersten Hütte und legte dem kleinen Mädchen eine Hand auf die Schulter, wie um sie zurückzuziehen, aber das Mädchen nahm ihre Hand, zeigte auf Jack und lächelte, und dann hörte auch diese Frau ihm zu. Zwei Radfahrer hielten an, um zu lauschen. Ein Junge, der einen riesigen Korb Bananen trug, blieb stehen und stellte den Korb auf dem Gehweg ab.

»Jack, du machst eine Szene!«, flüsterte Monika, die Szenen hasste. Jack hatte damit überhaupt kein Problem, vor langer Zeit war er auf diese Art durch Europa gereist und liebte es – er fand, wer Musik auf die Straße brachte, erwies der Menschheit einen Dienst.

Monika sah sich die erstaunten Gesichter ringsum an. Gut möglich, dachte sie, dass keiner von ihnen je eine Gitarre gesehen hatte. In ihren Blicken lag eine Faszination, die sie noch in keinem Konzertsaal gesehen hatte, aber das kleine

Mädchen ganz vorne war mehr als fasziniert – sie war wie verzaubert.

Jack spielte einen letzten triumphalen Akkord. Das kleine Mädchen rief etwas, was er nicht verstand, dann fing sie an zu summen, dann die Lippen zu bewegen. Als er sich zu ihr hinunterbeugte, um sie besser zu hören, erkannte er, dass sie dasselbe Lied von eben sang, in genau der richtigen Tonlage, aber mit erfundenen Wörtern. Er stimmte in ihren Gesang ein, sie hielt inne, hörte zu und versuchte, ihre Worte zu korrigieren, wobei sie wieder genau den Ton traf.

»Komm schon, Jack!«, nörgelte Monika.

»Warte kurz, das ist unglaublich!«, sagte Jack und hob eine Hand, die Monika beruhigen sollte, aber ihre Ungeduld stattdessen nur weiter anfachte. Das kleine Mädchen fuhr mit dem Finger über eine der Gitarrensaiten und zupfte daran.

»Versuch es mal«, sagte Jack und hob das Instrument an, um sich den Gurt von der Schulter zu nehmen. Er reichte es ihr. Es war schwer, sie schwankte ein wenig, aber dann setzte sie sich auf den Gehweg, legte es sich auf den Schoß, drehte es hin und her, betrachtete es, zupfte und strich über die Saiten. Sie hielt den Gitarrenhals in der Linken und versuchte mit ihren winzigen Fingern an die Saiten zu kommen, aber ohne Erfolg. Sie gab sich geschlagen, setzte die Hand um und griff die Saiten stattdessen von oben – sie drückte drei Saiten gleichzeitig nach unten, schlug sie an und sang dazu.

»Hey, Monika! Guck dir das an! Mein Gott, das ist ein CDur-Akkord! Sieh sie dir an! Sie spielt einen CDur-Akkord!«

»Jack«, sagte Monika bestimmt. »Wir können keine Minute mehr hier vergeuden. Wir sind schon eine halbe Stunde zu spät. Jetzt pack die Gitarre weg und lass uns gehen! Du kannst ja heute Abend noch mal wiederkommen, aber nicht jetzt!«

Als Jack den Jetzt-reicht's-mir-aber-Ton in ihrer Stimme erkannte, nahm er widerwillig und mit entschuldigenden Gesten dem Mädchen die Gitarre ab.

»Ich komme später wieder«, erklärte er ihr, während er die Gitarre wieder im Koffer verstaute. »Du kannst später noch mal spielen, okay?«

Das kleine Mädchen stand nur mit den Händen hinter dem Rücken da und sah ihn lächelnd an.

»Ich, Jack«, sagte Jack und zeigte auf sich. »Jack, Jack. Wie heißt du? Du? Du?«

Er zeigte auf sie. Sie verstand sofort.

Sie zeigte auf sich und sagte ein Wort.

Jack versuchte, es nachzusprechen. »Schoti?«, sagte er und deutete auf sie.

Sie lachte über seine Aussprache. Ihre Zähne waren ebenmäßig und sehr weiß, wie kleine flache Reiskörnchen. »J-yothi!«, korrigierte sie ihn. »J-yothi!«

»Jyothi«, sagte Jack. Er winkte ihr zum Abschied. »Hey, Monika!«

Aber Monika hatte sich schon abgewandt und war vorausgegangen. Jack lief ein Stück, um sie einzuholen.

»Sie heißt Jyothi! Ist sie nicht ...«

»Wir kommen zu spät!«, rief Monika.

KAPITEL 4

Erst weit nach Mittag kamen sie zurück ins Hotel, und da sie ein Taxi genommen hatten, waren sie nicht bei Jyothis Unterkunft vorbeigekommen. Sie waren beide erschöpft, obwohl sie nur das Waisenhaus besucht und mit Mrs Rajpaul und der Heimleiterin die Möglichkeiten einer zukünftigen Zusammenarbeit besprochen hatten. Monika war optimistisch – genau nach so etwas hatten sie gesucht. Das Waisenhaus war in einer alten Schule untergebracht und nahm nur eine Hälfte des Gebäudes ein. Mit den nötigen Spenden gäbe es zahlreiche Möglichkeiten zum Ausbau. Das einzige Haar in der Suppe war, dass das Haus von einer hinduistischen Organisation geleitet wurde, der *Sri Satyananda Sangham.*

»Das wird einigen Damen zu Hause nicht gefallen«, sagte Monika zu Jack, als sie die Stufen zum Hoteleingang hinaufstiegen. Ein lächelnder Portier in weißer Livree – schmal geschnittener Hose, weißer, doppelreihiger Langarmjacke mit roter Leibbinde und goldenen Knöpfen und weißer Schirmmütze – hielt ihnen die Schwingtür auf, und Monika rauschte an ihm vorbei in die klimatisierte Lobby.

»Mrs Cotton ist eine sehr strenge Katholikin, das weiß ich

sicher. Sie wird schon mal nichts davon halten, dass wir uns mit anderen religiösen Organisationen zusammentun und ...«

Jack, der im Vorbeigehen dem Portier zuwinkte und lächelte, bemerkte beiläufig: »Ich dachte, CaritActs wäre überkonfessionell?«

»Na ja, schon«, sagte Monika und steuerte auf den Lift zu. »Aber nur im christlichen, ökumenischen Sinn. In der Praxis bedeutet überkonfessionell katholisch oder anglikanisch.«

»Das heißt also, du willst es mit den Metzgers versuchen«, sagte Jack. Er drückte den Knopf für die vierte Etage. Die Aufzugtür ging zu und sie setzten sich in Bewegung. »Mit dem *Sacred Heart Hospital*.«

»Ja, wobei das schon wieder *zu* katholisch ist. Viele unserer anglikanischen Damen hätten damit genauso ein Problem. Außerdem hatten wir schon entschieden, dass die Hilfe dem Bereich Bildung und Obdachlosigkeit zugutekommen soll. Und überhaupt ist *Sacred Heart* so eine große Nummer, die würden uns völlig in den Schatten stellen – sie hätten immer das letzte Wort. Aber wenn wir mit Mrs Rajpaul zusammenarbeiten könnten ...«

Monika bekam leuchtende Augen. Mrs Rajpaul und auch die Leiterin vom Waisenhaus waren bemüht gewesen, bei Monika einen guten Eindruck zu hinterlassen. Was die Kinder anging – nun ja. Die Kinder waren sofort auf sie zugerannt, als sie das Grundstück betraten, und hatten sich lachend und winkend um sie geschart, um ihre Aufmerksamkeit zu gewinnen. Erst ein sehr strenges Wort der Heimleiterin hatte irgendwann für Ruhe und Ordnung gesorgt. Die Leiterin, sichtlich verlegen, hatte sich ausgiebig für das schlechte Benehmen entschuldigt.

Monikas kleine weiße Schachtel hatte während des Ansturms ein-, zweimal geruckelt und gerappelt, aber sie hatte sie mit einem stillen Verweis nachdrücklich zurück an ihren

Platz gedrängt: keine Sentimentalität! Die Sache musste allein nach rationalen Maßstäben entschieden werden.

»Sie wären uns so dankbar. Das Waisenhaus muss mit so knappen Mitteln auskommen, sie brauchen dringend finanzielle Hilfe. Jemanden, der ihnen unter die Arme greift. Wenn wir uns jetzt einbringen, wären wir die Hauptspender und hoch angesehen. Wir hätten immer das letzte Wort im Entscheidungsprozess. Wir hätten wirklich ... wirklich ...«

»Macht«, schlug Jack vor. Der Aufzug kam abrupt zum Stehen und sie traten hinaus in den Korridor.

»Nun ja, schon, wenn man es so krass ausdrücken will«, räumte Monika ein. »Aber das ist ja nichts Schlechtes. Irgendwer muss bei einem solchen Unterfangen schließlich die Zügel in der Hand haben. Aber Mrs Cotton wird es nicht gefallen.«

»Sie muss es ja nicht erfahren, oder?«, meinte Jack.

Sie hatten ihr Zimmer erreicht und Monika öffnete ihre Handtasche, um den Schlüssel aus der kleinen Reißverschlusstasche herauszuholen. Sie steckte ihn ins Schloss und machte die Tür auf.

»Das nicht, aber wenn wir uns für das Waisenhaus engagieren, müsste das schon nach unseren eigenen Vorgaben passieren. Wir bräuchten einen englischen Vorstand und irgendjemand müsste auch regelmäßig herkommen und nach dem Rechten sehen. Besser noch wäre es, wenn einer von uns sogar hier wohnen würde ... aber das ist natürlich Träumerei. Obwohl, vielleicht finden wir ja tatsächlich einen britischen Expat in Bombay, der die Aufgabe ehrenamtlich übernehmen würde, als Goodwill-Aktion? Wer weiß.«

»Du klingst, als hättest du dich schon entschieden.«

»Nun ja, ich war von den Metzgers wirklich angetan und es wäre schön, mit jemandem zusammenzuarbeiten, der so viel Erfahrung hat, aber ich befürchte, er würde uns zu sehr kontrollieren und uns nicht die Freiheit geben, unsere eigenen Ideen zu entwickeln. Ganz abgesehen von dem Katholiken-Problem natürlich. Aber dir hat das Waisenhaus doch auch gut gefallen – ich glaube, es wäre auch deine Wahl!«

Monika duschte, zog sich um und sie gingen nach unten, um im Hotelrestaurant zu Mittag zu essen. Danach gingen sie zurück auf ihr Zimmer. Monika zog sich ihren Schlafanzug an, legte sich ins Bett und erklärte, sie wolle bis vier Uhr schlafen – danach hatten sie ihre erste Sightseeing-Tour geplant.

Jack hatte keine Ruhe und konnte nicht schlafen. Er blätterte ein zweites Mal durch die *Times of India*, warf sie beiseite und stellte den Fernseher an. Er fand ein deutsches Programm, Nachrichten in einer indischen Sprache, dann eine ganze Reihe indischer Musicals und schließlich die BBC, wo er eine halbe Stunde lang die Nachrichten verfolgte. Er machte den Fernseher wieder aus, dachte einen Moment nach und stand dann auf, nahm seine Gitarre und verließ das Zimmer.

Jyothi war nicht zu Hause, was Jack einen kleinen Stich der Enttäuschung versetzte. Er hielt kurz inne und ging dann weiter die Straße entlang. Etwa einen Block weiter bog er in eine enge Seitenstraße ein, die zu beiden Seiten von kleinen Läden gesäumt war – auf der rechten gab es Stände mit verschiedenem Kleinkram und Lebensmitteln, auf der linken wurden Zigaretten, Süßigkeiten, Kämme, Obst und Kekse verkauft. Jack kaufte eine Packung Kekse, verschiedene Süßigkeiten, drei Äpfel, ein Pfund Reis, ein Pfund *Dhal*, Bananen und dazu eine Tüte, um alles zu transportieren. Dann ging er zurück zu Jyothis Unterkunft. Sie war immer noch nicht da – er rief nach ihr, aber es kam keine Antwort. Er fragte sich, was wohl mit dem Rest ihrer Familie war.

Der Eingang zu Jyothis Behausung, der armseligen Hütte, aus der er ihre Mutter hatte kommen sehen, war mit einem zerschlissenen roten Stück Stoff verhangen, das vielleicht einmal ein Schultertuch gewesen war. Er streckte die Hand mit der Tüte aus und stellte sie drinnen ab, sodass der Erste, der die

Hütte betrat, sie finden musste. Dann ging er zurück ins Hotel, setzte sich an die Bar, trank ein Bier, lernte einen jungen indischen Geschäftsmann kennen und spielte in der Hotellobby mit ihm Karten, bis Monika ihn um halb vier suchen kam.

Monika schickte ihn zum Duschen und Umziehen zurück ins Zimmer. Danach machten sie sich auf zu ihrer Bombay-Tour. An diesem Tag sah Jack Jyothi nicht wieder.

* * *

In den nächsten Tagen kamen sie oft bei Jyothis Unterkunft vorbei, sahen sie aber nur selten. Wenn sie im Taxi zurück zum Hotel kamen, fuhren sie auf der gegenüberliegenden Straßenseite an ihr vorbei, da das Hotel an einer geschäftigen Durchfahrtstraße lag und nur aus einer Richtung zu erreichen war. Hin und wieder kamen sie zu Fuß dort vorbei. Einmal, als Jack auf eigene Faust die Gegend erkundet hatte, sah er auf dem Rückweg Jyothis Mutter draußen arbeiten. Er lächelte sie an und sprach ein paar Worte zur Begrüßung, wohl wissend, dass sie ihn nicht verstand, und sie winkte ihm zu. Sie war eine kleine, dünne Frau, deren Gesicht alt und jung zugleich wirkte – in den Augen glänzte noch die Hoffnung der Jugend, aber auch Erschöpfung von den Bürden des Alters. Sie trug einen fadenscheinigen Sari von undefinierbarer Farbe und war damit beschäftigt, feuchte Wäscheteile entlang der dreckigen Wand und dem Dach der kleinen Hütte aufzuhängen.

An ihrem zehnten Tag kamen sie gerade im Taxi zurück, als Jack einen Mann sah, der eine sich windende Jyothi an ihrem dünnen Ärmchen festhielt und ihr mit einem dicken Seil auf den Rücken schlug. Die Mutter stand mit abgewandtem Blick und gesenktem Kopf dabei, als hätte sie das Gesicht in den Händen vergraben. Auch zwei Jugendliche standen daneben und sahen mit offenem Mund zu. Aus Jyothis Schreien, die deutlich über den Stadtlärm hinweg zu hören waren, klangen Angst und Entsetzen.

»Halten Sie an«, sagte Jack zu dem Taxifahrer, aber das war unmöglich – die Straßenarbeiten waren gerade jetzt in vollem Gange und eine Gruppe Männer war dabei, die Straße mit Spitzhacken zu bearbeiten. Der Verkehr war auf eine Fahrbahn beschränkt und wälzte sich langsam daran vorbei. Der Fahrer erklärte es Jack und fuhr weiter.

»Hast du das gesehen?«, fragte Jack Monika.

»Ja, allerdings«, sagte Monika. »Dieser furchtbare Mann hat das arme kleine Mädchen geschlagen. Das ist genau so eine Sache, die wir ... Jack, was hast du denn jetzt schon wieder vor?«

Noch bevor das Taxi auf den Hotelvorplatz einbiegen konnte, hatte Jack die Tür aufgerissen und war rausgesprungen.

»Jack, komm zurück! Misch dich da bloß nicht ein, das geht dich nichts an ... Jack? Jack!« Aber Monikas Rufe verhallten ungehört.

Als er die Hütte erreichte, waren Jyothi und der Mann – Jack nahm an, es war ihr Vater – nirgendwo zu sehen. Die Mutter war dabei, den Gehweg mit einem Reisigbesen zu fegen, und sah auf, als er auf sie zukam.

»Wo ist Jyothi?«, fragte Jack ohne Umschweife und hielt eine Hand auf Jyothis Kopfhöhe. Die Frau machte eine Geste, der Jack entnahm, dass sie verschwunden war.

»Wo ist sie hin? War das ihr Vater? Warum ...«

Doch die Frau zuckte nur die Schultern und machte sich wieder an die Arbeit. Jack sah sich frustriert nach anderen Passanten um. Ein Mann in weißem Hemd und dunkelbrauner Hose sah aus, als spräche er Englisch, was er, als Jack ihn anhielt und fragte, auch bestätigte.

»Würden sie diese Frau bitte fragen, wo ihre kleine Tochter ist?«

Der Mann sprach mit Jyothis Mutter und berichtete dann: »Das kleine Mädchen ist bei Arbeit, Sir. Hilft Vater.«

»Was ist die Arbeit ihres Vaters?« Noch einmal übersetzte der Mann für ihn.

»Er ist *Dhobi*.«

»Was ist ein *Dhobi*?«

»Waschmann, Sir. *Dhobi* ist Waschmann.«

»Hören Sie, dieser Mann hat das kleine Mädchen geschlagen. Können Sie sie fragen, warum ...«

Auf einmal schien der Mann es eilig zu haben. »Wenn er sie schlagen, muss sie schlecht benommen haben, Sir. Entschuldigen Sie, ich muss gehen.« Er neigte leicht den Kopf, legte die Fingerspitzen zusammen und ging dann weiter. Als Jack sich wieder umdrehte, sah er, dass auch Jyothis Mutter verschwunden war. Das Tuch vor dem Eingang bewegte sich noch leicht von ihrer eiligen Flucht ins Innere.

Jack lief die Straße hinab, weg vom Hotel. Zwanzig Minuten später kam er mit einer Tüte Kartoffeln und einer Plastikpuppe zurück. Draußen vor der Hütte machte er sich bemerkbar, und eine Minute später wurde der improvisierte Vorhang von einer kleinen Hand zurückgezogen. Jyothis Mutter stand gebückt im Eingang und sah ihn an mit einem Blick, der mehr verbarg als er offenbarte, aber doch Schmerz und Furcht und Argwohn verriet. Jack hielt ihr die Tüte und die Puppe hin. Er zeigte auf die Puppe und sagte: »Für Jyothi.«

Die Frau nickte und nahm ihm beides ab, scheinbar ohne jegliche Überraschung oder Dankbarkeit. Jack holte sein Portemonnaie hervor, zog einen Zwanzig-Rupien-Schein heraus und überreichte ihr auch diesen. Sie nahm ihn mit demselben teilnahmslosen Ausdruck entgegen.

»Ich gehe jetzt«, sagte Jack langsam. »Aber ich komme wieder. Bis morgen.« Die Frau nickte kurz, zeigte aber ansonsten keinerlei Reaktion. Jack ging zurück zum Hotel.

* * *

An jenem Abend waren sie zum Essen bei Mrs Rajpaul eingeladen. Monika war den ganzen Tag lang die verschiedenen Optionen durchgegangen, und das Waisenhaus, das CaritActs so vielfältige Gelegenheiten bot, sich in Indien zu etablieren, war dabei nach und nach auf Platz eins ihrer Liste gerutscht. Der einzige Minuspunkt war die Verbindung zum Hinduismus, aber diese Hürde, dachte Monika, konnten sie bestimmt leicht überwinden, wenn es konkret wurde.

Also sprachen sie gleich beim Abendessen über die konkrete Umsetzung, und als es an der Zeit war, nach Hause zu fahren, war Monika bester Laune. Das war's! Mrs Rajpaul war von der Idee begeistert und es wurde klar, dass das Waisenhaus Monika so gut wie sicher war. Sie unterhielten sich bis spät in die Nacht.

Es war bereits kurz vor Mitternacht, als Monika und Jack im Taxi nach Hause saßen. Etwa hundert Meter vor dem Hotel kam der Wagen zum Stehen. Vor ihnen war ein Stau und sie kamen kein Stück weiter.

»Komm, wir gehen zu Fuß«, schlug Jack vor. Er bezahlte den Fahrer und sie stiegen aus, um sich auf den Heimweg zu machen.

Als sie das Hotel beinahe erreicht hatten, beschleunigte Jack seine Schritte. Irgendetwas stimmte nicht. Im Licht der Straßenlaternen konnte er vor ihnen auf dem Gehweg eine kleine Menschenansammlung erkennen und dahinter noch etwas anderes, etwas Großes und Schwarzes. Da waren ein Polizeiwagen und ein Krankenwagen, beide mit Blaulicht, und lautes Stimmengewirr.

»Ein Unfall«, rief Jack und rannte los.

Als Monika ihn einholte, kämpfte er sich schon durch die Menschenmenge rund um das schwarze Auto, das quer auf dem Gehweg stand und mit dem linken Vorderkotflügel in die

Wand gerammt war. Ein Polizist notierte sich, was ihm ein aufgeregt schreiender Mann zurief, während ein anderer Polizist auf der Straße stand und den Verkehr lenkte. Die Rettungskräfte hatten direkt bei dem verunglückten Auto gehalten. Als Jack und Monika näherkamen, stellten sie zusätzlich zum Blaulicht die Sirene ein, um schnell loszukommen – vergeblich, da die wegen der Bauarbeiten immer noch einspurige Straße von zahlreichen Autos blockiert war.

Auf dem Gehweg war ein feuchter Fleck zu sehen, eine seichte Pfütze, die im Licht der Laternen und des gespenstisch flackernden Blaulichts des Polizeiautos dunkelrot glänzte. Blut, dachte Monika sofort. Von diesem Fleck hatten zwei Männer eben noch eine behelfsmäßige Holzbahre weggetragen, die beiden Holzstangen auf den Schultern, einer vorne, einer hinten. Auf der Bahre ausgestreckt lag eine Person, die man mit einem abgegriffenen grauen Tuch zugedeckt hatte. Die Männer trabten davon, wobei sich die gaffende Menge teilte und hinter ihnen wieder schloss.

Es war nicht schwer zu erraten, was passiert war: Die Baustellenampel war ausgeschaltet, und der Fahrer des verunglückten Wagens hatte das tiefe Loch in der Straße, das lediglich durch ein zwischen zwei rostige Eisenpfosten gespanntes rot-weißes Band abgesichert war, zu spät gesehen, um noch anhalten zu können. Statt nach rechts in den Gegenverkehr zu steuern, war er auf den Gehweg ausgewichen und in die Wand gefahren.

Über den Lärm und das Chaos hinweg hörte Monika nun noch etwas anderes, ein Geräusch, das sie wie auf einer höheren Bewusstseinsebene wahrnahm. »Hörst du das?«, fragte Jack und stürzte sich in das Menschengewühl. Er musste sich unsanft an einigen Männern vorbeikämpfen – die aus irgendeinem Grund über irgendwas oder irgendwen ganz aufgebracht waren – und über die Rinne springen, um hinter den verunglückten Wagen zu gelangen, wobei er eine Schneise hinterließ, in der Monika ihm folgen konnte.

Da war sie. Jyothi. Sie wurde von einem Mann festgehalten, demselben Mann, der sie am Tag zuvor geschlagen hatte, und versuchte, sich aus seinen Armen zu befreien. Sie schrie aus Leibeskräften und zeigte auf das schwarze Auto. Ihr Gesicht war verzerrt vor blankem Entsetzen und Trauer, tränen- und dreckverschmiert, ihr Mund weit aufgerissen, ihr Blick manisch-starr und doch leer. Zwischen den Schreien brabbelte sie irgendwelche Worte hervor. Hin und wieder drehte sie sich zu dem Mann um und trommelte mit den Fäusten auf seine Schulter ein, trat um sich, versuchte sich zu befreien, doch er hielt sie nur noch fester und schien unbeeindruckt von ihrem Gerangel. Hinter Jyothi und dem Mann stand eine Gruppe älterer Kinder, die starr vor Schreck dastanden und nur stumm zusahen.

Monika sah wieder zu Jyothi und bemerkte, dass ein Teil ihres Rocks abgerissen war – er lag auf der Straße und war ebenfalls blutgetränkt. Sie näherte sich dem Mann mit dem strampelnden Kind, das sich in seinen Armen wand und drehte, völlig aufgelöst durch einen Schmerz, der nicht körperlich war. Sie war vornübergebeugt, hatte die Hände nach dem unheilvollen schwarzen Fahrzeug ausgestreckt.

Monika blieb vor dem Kind stehen. »Jyothi!«, sagte sie.

Doch Jyothi hörte nicht, sie schrie einfach nur weiter. Also griff Monika nach ihrem Handgelenk, und für einen Augenblick hörte sie auf zu strampeln und starrte sie stumm und mit einem so gequälten Blick an, dass Monika sie am liebsten aus den Armen des Mannes befreit hätte, aber ihr war klar, dass sie das nicht konnte, nicht sollte.

»Kann mir jemand erklären, was passiert ist?«, fragte Monika an den Mann gerichtet, der aber nur die Schultern zuckte und ein paar Worte in seiner Sprache sagte. Jyothi fing wieder an zu rangeln, aber nicht mehr so verzweifelt wie zuvor, sie versuchte nur noch mit verbissener Entschlossenheit, hinuntergelassen zu werden, sodass der Mann sie schließlich auf dem Gehweg absetzte. Sofort stürzte sie auf das schwarze Auto zu, doch der Mann hielt sie zurück.

»Gibt es denn nirgendwo einen Arzt?«, rief Monika an niemand Bestimmten gerichtet, und als keine Antwort kam, deutete sie auf das Polizeiauto, das immer noch nicht losgefahren war, und auf Jyothi.

»Ist sie verletzt? Warum kümmert sich niemand um sie? Da ist doch bestimmt ein Arzt?« Der Mann machte eine ablehnende Geste.

Jack war verschwunden und Monika überlegte kurz, wo er sein mochte, aber dann zog auch schon wieder Jyothi ihre Aufmerksamkeit auf sich.

Das Mädchen brach zusammen und sank kläglich weinend zu Boden. Für Hysterie schienen ihr nun die Kräfte zu fehlen. Sie hatte sich direkt neben dem Blutfleck niedergelassen, sodass es so aussah, als sei das Blut von ihr.

Dann tauchte Jack wieder auf. »Ich habe nach einem Arzt gesucht«, erklärte er. »Es gibt keinen.«

»Sie scheint nicht verletzt zu sein, das Blut ist wohl von jemand anderem. Irgendwer muss schwer verletzt oder umgekommen sein – wahrscheinlich ihre Mutter. Deshalb schreit sie so. Um Himmels Willen, sieh zu, dass du jemanden findest, der Englisch spricht!«

Unwillkürlich ging Monika neben Jyothi in die Knie und nahm sie in den Arm. Das Kind drehte sich zu ihr um und schlang die Arme um sie. Mit besorgtem Blick sah Monika hilfesuchend zu Jack auf.

Wie auf Kommando tippte jemand Jack auf die Schulter und sagte: »Hallo, Mister!«

Jack drehte sich um und erkannte das Gesicht, auch wenn die Livree inzwischen der Alltagskleidung gewichen war: Es war der Portier vom Hotel. Er grinste Jack an, als sei dieses unerwartete Treffen nichts Ernsteres als eine zufällige Begegnung auf dem Gehweg.

Der Portier sprach etwas Englisch.

»Was ist hier los? Was ist passiert?«, fragte Jack.

»Mutter von Kind haben schlimm Unfall«, erklärte der Portier. »Mutter tot. Kopf schlimm gebrochen.« Er machte eine anschauliche Geste mit den Händen, um zu zeigen, wie schlimm der Kopf gebrochen war.

»Aber was ist mit dem Mädchen? Sie scheint nicht verletzt zu sein, aber sie steht unter Schock und muss behandelt werden – sie sollte zumindest ein Beruhigungsmittel bekommen. Warum hilft die Polizei nicht, warum können die Sanitäter sie nicht im Rettungswagen mitnehmen?«

Der Portier zuckte die Schultern. »Nehmen Autofahrer mit, Sir. Nicht Mädchen. Sagen Mädchen nicht verletzt, Kind schreien zu viel. Vater sagen nicht mitnehmen. Zu viel warten, Krankenhaus warten.« Er senkte die Stimme, warf Jyothi und ihrem Vater einen verstohlenen Blick zu und sagte: »Kopf von Mutter schlimm gebluten, Sir. Mutter tot.« Sein Gesicht nahm einen tragischen Ausdruck an, dann wandte er sich Monika zu. »Arme Leute, leben auf Straße, dort.« Er zeigte auf die Behausung.

»Rettungswagen nehmen Mädchen nicht mit, Madam. Vater sagen kein Krankenhaus, zu viel warten, bleiben hier. Sechs Kinder. Arme Leute, jetzt Mutter tot. Gottes Wille.«

Jack schüttelte frustriert den Kopf. »Aber ...« Er sah auf Jyothi hinab. Nun, da sie aufgehört hatte zu strampeln, fiel ihm eine große Schürfwunde an ihrem Oberschenkel auf. Er zog sein T-Shirt aus, holte sein Messer aus der Hosentasche und schnitt damit in den Stoff, um einen Streifen abzureißen. Prompt nahm Monika ihm die improvisierte Bandage ab und wickelte sie um Jyothis Bein. Im Nu verfärbte sie sich dunkelrot.

»Jack, das Kind muss sofort zu einem Arzt«, sagte Monika.

Die weiße Schachtel hatte sich geöffnet, und was daraus hervorkam, überraschte sie: keine schwammige Gefühlsseligkeit, sondern ehrliche, starke Fürsorge. »Diese Wunde muss genäht werden. Wenn sie nicht versorgt wird, wird sie sich sofort entzünden, bei all dem Dreck, in dem sie hier leben. Armes Kind.«

Sie strich dem Mädchen über den Kopf. Jyothi hatte aufgehört zu weinen und Monika losgelassen. Sie saß mit ausgestreckten Beinen da und sah aus großen, feuchten Augen zu Monika auf.

»Oh, sieh sie dir an. Das arme Ding ... Kann nicht irgendjemand einen Rettungswagen holen, damit sie ins Krankenhaus kann? Sie muss versorgt werden! Jack – bitte kümmere dich darum!«

Wieder verschwand Jack in der Menge. Monika beugte sich zu Jyothi hinab, schloss sie in die Arme und streichelte sie. Das Mädchen schluchzte an ihrer Schulter. Monika setzte sich auf den Bordstein, nahm sie auf den Schoß und wiegte sie sanft. Aus der Wunde sickerte Blut auf ihre Hose, und sie stellte fest, dass es ihr überhaupt nichts ausmachte. Ebenso wenig wie das dreckige Gesicht, das sich an ihr weißes T-Shirt schmiegte, oder die geschwärzten, blutverschmierten Arme um ihre Mitte.

Nicht weit von ihnen zankte sich Jyothis Vater schreiend und wild gestikulierend mit einem der Umstehenden.

Monika sah in Jyothis verängstigte Augen.

»Ist schon gut, Liebes, ist schon gut. Wir kümmern uns um dich«, murmelte sie. Sie sah wieder auf, um noch einmal zu rufen: »Ein Arzt! Hat irgendjemand einen Arzt gerufen? Holt einen Arzt! Warum haben sie sie nicht im Krankenwagen mitgenommen? Sie blutet!«

»Nicht in Krankenwagen, Madam. Keine Arzt um diese Zeit kommen, alle Arzt jetzt schlafen. Kind nicht schlimm verletzt, Vater nicht zu Krankenhaus bringen, Kind schreien zu viel.«

»Aber jetzt schreit sie doch nicht mehr und ... Oh nein, der Polizeiwagen fährt weg! Halt, wir brauchen einen Arzt – dieses Kind ... Oh, warum will denn keiner ... Dann gehe ich eben selbst.«

Monika sprang auf und rannte mit Jyothi im Arm auf die Straße, um die Polizei aufzuhalten, aber das Auto hatte die Baustelle bereits umfahren und fuhr nun mit Vollgas davon. Jetzt, wo der Spaß vorbei war und es keine Toten mehr zu sehen gab, löste sich die Menge allmählich auf. Jack tauchte wieder auf.

»Ach, diese Idioten! Wie konnten sie einfach – Jack? Hast du irgendwen gefunden? Einen Arzt, Krankenpfleger, Polizei?«

Jack schüttelte den Kopf. »Es ist keiner mehr da. Keiner, der helfen könnte.«

Dies war der Augenblick, dies waren die Worte. Etwas in Monika brach hervor. Die Schleuse öffnete sich, und mit einem Mal konnte sie *empfinden*. Gefühle, das wurde ihr in einer Nanosekunde der Erkenntnis klar, waren nicht dasselbe wie Sentimentalität. Etwas zu empfinden hieß zu leben, zu spüren, dass dieser Mensch, dieses Kind, dieses Wesen litt, und sie und Jack die Einzigen waren, die das empfinden konnten. Gefühle, das wusste sie nun, waren eine Stärke. Nicht nur Stärke, sondern Kraft. Sie brachten Mut, Entschlossenheit und Beharrlichkeit mit sich, alles Eigenschaften, die sie bewunderte, aber bis dahin unter einer rationalen Decke aus Pflicht und Ordnung begraben hatte.

Es war, als wäre sie gefangen gewesen, eingesperrt in einem fragilen Konstrukt nüchterner Methode, in dem jeder Gedanke seinen sorgsam zugewiesenen Platz in ihrem Selbstbild einnahm, jede Vorstellung genau auf die andere abgestimmt war: ein akkurates, effizientes Gebilde, das ihre gesamte Weltanschauung beherbergte, sorgfältig strategisch kalkuliert für maximale Effektivität – eine Möglichkeit, sich in dem Chaos zurechtzufinden, aus dem diese Welt, dieses Bombay, bestand.

Aber nun – NEIN! Dies war der Augenblick. Das Gebilde war aus Glas, von Natur aus zerbrechlich, substanzlos, ein reines Gedankenkonstrukt, kaum mehr als ein sprödes Gerüst. Es zerbrach in eine Million Splitter, sodass dahinter die solide Wahrheit zum Vorschein kam und darin Monikas eigenes wahres Wesen, die Seele hinter dem Gerüst.

Sie hielt Jyothi fest an sich gedrückt, warf Jack einen entschlossenen Blick zu, machte eine Bewegung mit dem Kinn und marschierte dann an den wenigen verbliebenen Umstehenden vorbei. Jack folgte ihr. Jyothis Vater, der die Bewegung aus dem Augenwinkel wahrgenommen hatte, vergaß seine Auseinandersetzung und lief ihr aufgeregt rufend hinterer.

»Wohin willst du, Monika?«, rief Jack, der neben ihr herlief.

»Ich bringe sie zum Hotel. Da stehen immer ein paar Taxis rum. Komm schon! Wir bringen sie ins *Sacred Heart* Kinderkrankenhaus.« Sie blieb kurz stehen, um mit dem Portier zu sprechen, der ihr ebenfalls gefolgt war. »Richten Sie das ihrem Vater aus. Er soll sich keine Sorgen machen, wir bleiben bei ihr, bis ihre Wunden versorgt sind, und bringen sie dann zurück. Es ist ein gutes Krankenhaus, privat. Man wird sie dort gut behandeln. Komm schon, Jack. Wir gehen.« Sie machte kehrt und hastete halb im Laufschritt weiter, wobei Jyothis Füße in der Luft umherbaumelten. Jyothi, die nun wieder angefangen hatte zu heulen, vergrub die Finger der linken Hand in Monikas Arm, um sich vorzulehnen, und streckte den rechten Arm mit ausgespreizten Fingern in die entgegengesetzte Richtung – die Richtung, in die der Krankenwagen gefahren war. Ihr Geheul nahm nun eine andere Form an. Es wurde zu einem langgezogenen Klagelaut, der sich zum Auf und Ab von Monikas Schritten hob und senkte, klar erkennbar als ein Wort, das allen Sprachen gemein ist.

»Maaaaa...«, schrie sie.

KAPITEL 5

Nachdem Jyothi in ihrem Krankenhausbett eingeschlafen war, fuhren Jack und Monika zurück zum Hotel. Sie waren zu erschöpft, um über den Unfall und dessen Folgen zu sprechen, aber sie waren einander auf merkwürdige Weise verbunden wie kaum je zuvor, in dem Bewusstsein, dass ihre Rolle in jener nächtlichen Tragödie noch weitreichende Konsequenzen haben würde. Sie hatte ihre Beziehung zu der Stadt und zueinander für immer verändert. Sie waren nicht mehr die wohlmeinenden Touristen auf erhabener Mission. Es war, als hätte das Schicksal, das hier das Leben eines jeden Einzelnen, egal wie armselig oder verloren, in seine Bahnen lenkte, ihnen aus einer plötzlichen Laune heraus eine Rolle zugeschrieben. Als hätte die Hand, welche die Fäden des wundersamen Wechselspiels von Menschenleben führte – Leben, die immer neue Wendungen nahmen, sich begegneten und wieder auseinanderdrifteten –, hinter die Kulissen gegriffen, sie ins Rampenlicht gezerrt und sie dann allein auf sich gestellt zurückgelassen. Sie waren zusammen und doch allein. Die Risse, die sich allmählich in ihrer Beziehung gebildet hatten – mit einem Mal waren sie unsichtbar.

Während sie sich, immer noch schweigend, bettfertig machte, sah Monika zu Jack hinüber, der schon mit den Händen unter dem Kopf verschränkt im Bett lag und mit ungewohnt kummervollem Ausdruck an die Decke starrte. Monika fühlte sich auf einmal einsam und allein und hatte das dringende Bedürfnis, sich mitzuteilen.

»Jack, glaubst du, dieses Kind ...«

Ihre Stimme war viel, viel zu laut und sie unterbrach sich und setzte noch einmal neu an. »Jack ...«

Jack reagierte nicht, also sprach sie doch wieder lauter und brachte das Wort knapp und barsch hervor: »Jack!«

»Hm?« Er wandte sich zu ihr um und reichte ihr dann lächelnd die Hand, als sie zu ihm ins Bett kam.

»Jack, ich denke schon die ganze Zeit ... dieses arme kleine Mädchen. Ich ...«

»Ich weiß, was du denkst«, sagte Jack und zog sie an sich. »Ich denke dasselbe.«

Monika kuschelte sich in seine Armbeuge. »Jack, ich wünschte ... Meinst du, ich traue mich kaum ...«

»Ja, ich weiß. Es laut auszusprechen wäre ...«

»Oh, Jack! Es ist ... ich kann gar nicht ... als hätte das Schicksal ...«

Schweigend lagen sie da, jeder in seiner eigenen kleinen Welt wie in einer Blase, doch irgendwann wurde die Stille unerträglich und Jack stützte sich auf den Ellbogen und sah auf sie hinab. Im schwachen Licht der Nachttischlampe wirkte sie sanft, verletzlich, alle Ecken und Kanten waren verschwunden. In ihrem Blick lag etwas Sehnliches, aber ihre Sehnsucht galt nicht ihm, nicht jetzt, das wusste er, und es war gut so.

»Bist du dir sicher, Monika? Bist du ganz sicher? Kein Baby?«

»Sie ist es, Jack.«

»Sie ist es.«

»Ich glaube, du hast es vor mir erkannt. Aber als ich sie auf dem Gehweg gehalten habe und ihr Blut auf meinen Beinen gespürt habe, ihre Tränen an meinen Händen ...«

»Ich habe es auch gespürt.«

»Sind wir zu besitzergreifend? Sie hat einen Vater.«

»Sie bedeutet ihm nichts. Da bin ich sicher.«

»Vielleicht doch. Er ist immerhin ihr Vater. Er hat Rechte. Wie kannst du dir sicher sein?«

»Ich weiß auch nicht, Monika. Ich kann es nicht erklären. Es ist so ein Gefühl. Eine Gewissheit. Eine Überzeugung.«

»Ich weiß. Ich spüre es auch. Sie ist ...«

»Unsere Tochter.«

»Ja.«

»Es kann sein, dass wir um sie kämpfen müssen.«

»Ich weiß.«

»Aber wenn du es auch spürst, wenn wir beide es spüren ...«

»Dann muss es richtig sein.«

»Dann lass uns kämpfen.«

»Oh Jack, weißt du, manchmal glaube ich, unsere Kinderlosigkeit hat uns auseinandergebracht. Wir sind so verschieden. Aber jetzt ...«

»Jetzt wird alles gut.«

Eine Minute später hörte Monika seinen ruhigen und gleichmäßigen Atem und wusste, dass er eingeschlafen war. Sie selbst lag noch fast eine Stunde wach. Eine stille Freude breitete sich in ihr aus. Sie hatte nicht nur das Kind gefunden, auf das sie gewartet hatte, sondern auch – in einer neuen, sagenhaften und durch und durch erstaunlichen Dimension, die es noch zu erkunden galt, Hand in Hand, endlich zusammen – Jack.

Als sie am nächsten Morgen beim *Sacred Heart Hospital* ankamen, wurden sie schon von Mr Metzger erwartet. Letzte Nacht hatten sie ihn natürlich nicht mehr dort angetroffen. Als sie Jyothi hergebracht hatten, war nur eine rudimentäre Nachtbesetzung im Dienst gewesen. Die Schwester hatte einen Notarzt rufen müssen, der sich Jyothis Wunde angesehen und sie dann gesäubert, genäht und verbunden hatte. Sie hatten versprochen, sie am Morgen abzuholen und nach Hause zu bringen.

»Aber es ist so«, sagte Monika nun an Mr Metzger gewandt, »sie hat ja eigentlich gar kein zu Hause. Sie hat ein Fleckchen zum Schlafen, ja. Aber kann man ein paar an die Wand gelehnte Bretter am Straßenrand ein Zuhause nennen? Es ist ... es ist eine Schande. Was sagen die Behörden dazu? Wie können sie solche Zustände dulden? Gibt es hier nicht irgendein ... na ja, eine Art Jugendamt wie bei uns in England, das dafür sorgt, dass Kinder nicht in solchen erbärmlichen Zuständen leben müssen? Man muss sich doch um diese Kinder kümmern! Sie ...«

Mr Metzger lächelte süffisant, legte die Fingerspitzen auf seinem etwas ausladenden Bauch zusammen und lehnte sich in seinem Drehstuhl zurück, um auf respekteinflößende Distanz zu den Kingsleys zu gehen.

»Eins muss ihnen klar sein, Mrs Kingsley«, setzte er an. »Wir sind hier nicht in England, nicht im Westen, und Vergleiche anzustellen ist absolut sinnlos. Es ist nun mal die Realität, dass hier viele Kinder in solchen Hütten leben, und wir können nichts weiter tun, als vorurteilsfrei hinzuschauen und sinnvolle Hilfe zu leisten. Um zu helfen, braucht man eine realistische Vision, und für eine realistische Vision muss man die Distanz wahren. Ein Armenkrankenhaus zu bauen ist eine solche realistische Vision, die wir verwirklichen konnten. Dass Sie sich emotional auf dieses Mädchen eingelassen haben, war gut gemeint, aber unvernünftig.«

»Aber sie wäre sonst vielleicht verblutet! Ihr Vater hatte kein Interesse daran, sie behandeln zu lassen.«

Mr Metzger zuckte die Schultern. »Es muss sehr kaltherzig auf Sie wirken, aber wenn Sie wie ich zehn Jahre lang hier gelebt hätten, wäre Ihnen klar, dass in dieser Stadt tagtäglich Kinder an Hunger, Misshandlung und unbehandelten Krankheiten sterben. Man kann sie nicht alle retten. Wenn man helfen will, muss man erst alles genau durchdenken und dann erst handeln. Ich hatte Ihnen ja gesagt, Weichherzigkeit ist nicht die richtige Basis für weitreichende Hilfe. Sie erzeugt nur Abhängigkeit und führt dazu, dass man sich ausnutzen lässt. Wie wird es laufen, wenn Sie das Kind zu seinem Vater zurückbringen? Er wird Geld wittern und Sie um mehr anbetteln. Sie werden sich persönlich verpflichtet fühlen und die Familie wird Sie schröpfen. Merken Sie sich meine Worte! Wenn Sie nicht aufpassen, wird man Sie übers Ohr hauen, und Sie werden es mit sich machen lassen, weil Sie so ein schlechtes Gewissen haben. Das ist der Fluch der Westler: Sie fühlen sich für das Elend, das sie hier sehen, verantwortlich und halten es für ihre Pflicht, persönlich zu helfen statt auf umfassendere Weise – etwa indem sie dieses Krankenhaus unterstützen. Sie erleichtern sich vielleicht ihr Gewissen dadurch, aber es ist nichts als Egoismus. Ich war bei dem kleinen Mädchen, sie schläft noch. Ich würde ihnen raten, zurück zum Hotel zu fahren und den ganzen Vorfall zu vergessen. Geben Sie mir die Adresse – sagen Sie mir, wo Sie sie gefunden haben, und wenn sie aufwacht, bringen wir sie dorthin zurück.«

»Aber ihre Mutter ist umgekommen!« rief Jack aus. »Das Kind lebt in entsetzlichen Zuständen! Wir müssen zumindest ...«

»Mr Metzger«, sagte Monika deutlich und bestimmt, »wir möchten dieses Kind adoptieren.«

Mit einer Mischung aus Erleichterung und Gewissheit drehte sie sich zu Jack um. Jetzt war es also raus. Sie hatte ihr behütetes Geheimnis einem praktisch Fremden erzählt. Und das fühlte sich gut an, unglaublich gut.

Unter normalen Umständen würde sie die Argumente, die für oder gegen eine Adoption sprachen, zusammentragen und sorgfältig gegeneinander abwägen, um dann auf dieser Basis zu einer rationalen Entscheidung zu kommen, mit klarem Blick und unter Ausschluss allen Wenn und Abers. Nun aber fürchtete sie nichts mehr als ebenjene Wenn und Aber. Denn ihr war bewusst, dass es noch viel zu viele davon gab, mehr als sie ertragen könnte. Noch wurden sie wie durch einen starken Arm in Schach gehalten, aber sie versuchten, in ihre Seele vorzudringen, um auch den letzten Hoffnungsschimmer zu vernichten. Sie würde kein einziges Wenn oder Aber zulassen. Sie wusste es. Sie *wusste* es einfach.

Herausfordernd sah sie Mr Metzger an. Sollte er ihr doch widersprechen.

Mr Metzger hatte einiges zu sagen. Er legte die Hände auf die Augen und schüttelte den Kopf, als wäre er im Endstadium der Verzweiflung.

»Sie müssen verrückt sein!«, stöhnte er und blickte auf. Seine Verzweiflung war der Frustration gewichen. Mit gerunzelter Stirn und ernstem Blick fixierte er Monika. »Das ist genau, was ich meinte – ihr Touristen habt nicht den blassesten Schimmer davon, wie das Leben hier läuft. Sie können nicht mehr klar denken! Sobald Sie aus dem Flieger steigen, drehen Sie durch. Ein Blick auf einen Bettler, und Sie verlieren jedes Augenmaß.« Er winkte ab. »Ach, was soll es mich kümmern? Warum sollte ich Ihnen eine Predigt halten? Ich kann nur sagen ...« Seine wachsam funkelnden Augen wanderten erst zu Jack, dann zu Monika.

»... tun Sie es nicht! Schlagen Sie es sich aus dem Kopf! Es ist verrückt! Alleine mit dem Gedanken daran stechen Sie in ein ganzes Wespennest von Problemen!«

Er rollte so nah mit dem Stuhl an den Schreibtisch heran, dass ihm die Tischkante in den Bauch drückte, und lehnte sich zu Monika vor. »Mrs Kingsley, ich habe Sie als vernünftige Frau kennengelernt, die für objektive Argumente zugänglich ist. Und Objektivität muss man sich in einer so ernsten Angelegenheit bewahren. Jegliche Träumerei ist hier absolut fehl am Platz. Man muss einen kühlen Kopf bewahren und sich mit klarem Verstand die Tatsachen ansehen, ohne dabei die Vernunft abzugeben. Als Sie das Kind hierhergebracht haben, waren Sie vielleicht überkommen von einer Art ...« Er wedelte mit der Hand herum, auf der Suche nach einem angemessen abschätzigen Ausdruck. »Ach, was weiß ich! Einer Art sentimentaler Herzensrührung, nehme ich an. Sie waren geblendet.«

Monika und Jack sahen einander an. Dann ergriff Monika das Wort.

»Die Sache ist die«, setzte sie an, und ihre Stimme war freundlich und sehr ruhig. »Die Sache ist die, wir lieben dieses Kind. Es fühlt sich an, als wäre sie unsere Tochter. Das muss also genügen. Wir lassen Ihnen eine Spende für ihre Behandlung da. Komm, Jack, lass uns sehen, ob sie wach ist.« Mit einem knappen Nicken in Richtung des fassungslosen Mr Metzger wandte sie sich zum Gehen. Jack, der vollkommen sprachlos war angesichts dieser neuen Monika – denn sie hatte genau die Worte ausgesprochen, die er auf den Lippen gehabt hatte –, stand hastig auf, lächelte Mr Metzger triumphierend zu und folgte ihr aus dem Büro.

KAPITEL 6

Jyothi lag auf einer Station mit zehn Betten, die in zwei Fünferreihen an den Längswänden standen. Die meisten Kinder waren zu krank, um sich aufzusetzen oder auch nur zu bewegen – sie lagen apathisch in ihren Betten, manche weinten leise vor sich hin. Einige hatten Besuch. Zwei saßen auf dem bloßen Betonboden. Als Jack im Vorbeigehen zu ihnen hinabsah, erkannte er, dass sie ein Spiel mit uralten Bildkarten spielten.

Jyothi war wach. Sie saß an die Kopfstütze des Bettes gelehnt und wurde von einer Krankenschwester in verblichener blau-weiß karierter Uniform gefüttert, die das Kind offenbar nicht dazu bekam, den Mund aufzumachen.

Als sie näherkamen, schob Jyothi den Löffel weg, wandte den Kopf zur Seite und sah flehend zu Jack auf. Sie lächelte nicht.

Die Schwester drehte sich um und erblickte sie. Sie sagte etwas in ihrer eigenen Sprache – anscheinend irgendeine Beschwerde über Jyothi –, stand auf, drückte Monika eine gesprungene Emailleschale in die Hand und ging davon.

Monika sah auf die Schale hinab und sagte an Jack gewandt: »Heißt das, ich soll sie füttern?«

»Sieht ganz danach aus«, meinte Jack. »Probier's mal.«

Monika nahm auf dem Stuhl an Jyothis Seite Platz und tauchte den Löffel in die graue Grütze. Es war eine Art gekochtes Getreide, lauwarm und wie dicker Haferbrei, aber mit einem starken Aroma typisch indischer Gewürze. Sie führte den vollen Löffel an Jyothis Lippen, aber wie zuvor weigerte sich das Mädchen, den Mund aufzumachen.

»Das verstehe ich nicht«, sagte Monika. »Warum isst sie denn nichts? Sie hat doch bestimmt seit Ewigkeiten keine richtige Mahlzeit mehr gehabt.«

»Wahrscheinlich ist sie zu aufgewühlt«, meinte Jack. »Sie hat immerhin mit angesehen, wie ihre Mutter umgekommen ist. Sie braucht Zeit, um das zu verarbeiten.«

Als hätte sie Jacks Worte verstanden, füllten sich Jyothis Augen mit Tränen, bis sie ihr überflossen. Wie in einem halbherzigen Versuch, ihre unermessliche private Trauer vor ihren Besuchern zu verbergen, wandte sie sich lautlos weinend den Kopf ab.

»Aber wenn sie nichts isst ...«

»Das wird sie schon irgendwann. Gib ihr Zeit.«

Als sie Jyothi am Abend zurückgelassen hatten, hatte noch der Straßendreck an ihr geklebt. Es hatte weder genug Zeit noch genug Personal gegeben, um sie so gründlich zu waschen, wie es nötig gewesen wäre. Das war heute Morgen vor dem Frühstück nachgeholt worden. Es war das erste Mal, dass sie sie ohne die üblichen dreckschwarzen Zickzacklinien an Wangen und Hals sahen, doch noch immer breitete sich eine gräuliche Färbung wie ein in die Haut eingesunkener Schmutzschleier von ihrem Hals bis in den satten dunklen Kastanienton ihres Gesichts aus.

Sie hielt den Blick gesenkt, und obwohl Jack in dem ihr vertrauten Tonfall sanft auf sie einredete, sah sie ihn nicht an.

»Vielleicht ist sie wütend auf uns, weil wir sie von ihrem Vater getrennt haben?« Automatisch flüsterte Monika, obwohl sie wusste, dass Jyothi sie nicht verstand. »Immerhin ist er ihr Vater. Vielleicht braucht sie ihn jetzt. Wir hätten ihn im Taxi mitnehmen sollen. Womöglich ist er schon krank vor Sorge.«

»Der? Das glaube ich nicht. Je weiter sie von ihm entfernt ist, desto besser für sie«, sagte Jack entschlossen. »Er ist ein Mistkerl. Das habe ich auf den ersten Blick erkannt. Wir können sie nicht zu ihm zurücklassen.«

»Aber Jack, haben wir denn das Recht dazu? Ich mache mir ehrlich gesagt etwas Sorgen über die juristischen Folgen.«

»Glaubst du, ich nicht? Ein leichter Kampf wird das nicht. Aber wir müssen ihn austragen.«

Monika nickte. »Ich weiß. Wir sind ohnehin schon in die Sache verwickelt, ob es uns gefällt oder nicht. Es ist mir egal, ob Mr Metzger in uns nur irgendwelche Ausländer sieht, die sich einmischen. Ich werde jedenfalls nicht klein beigeben. Ich werde dieses Kind nicht seinem Schicksal überlassen. Ich werde meine Nase da reinstecken und dafür sorgen, dass sie die beste Chance bekommt. Es war ja schon schlimm genug, dass sie in einem Müllhaufen auf der Straße gelebt hat, aber da hatte sie ja wenigstens noch eine Mutter. Sie war ein guter Mensch und hat ihr Kind geliebt. Ich werde das durchziehen und es ist mir egal, was Mr Metzger dazu sagt.«

Jack stand auf. »Komm, lass uns fahren. Ich möchte mit Mrs Rajpaul sprechen. Sie wird uns richtig beraten können.«

Er versuchte, Jyothis Aufmerksamkeit zu gewinnen, um ihr zu erklären, dass sie nun fahren würden, doch ihr Blick war noch immer auf das offene Fenster gerichtet, wo die Äste eines Baumes zu sehen waren und ein schwarzer Vogel, der im Blattwerk umherhüpfte.

Die Kingsleys suchten noch den diensthabenden Arzt auf, einen jungen Inder, der ihnen sagte, Jyothi solle lieber noch ein oder zwei Tage länger bleiben, damit ihre Wunde richtig verheilte, und ihnen versprach, sie nicht zu entlassen, ohne ihnen vorher Bescheid zu geben. Er stimmte zu, dass etwas für das Kind getan werden sollte, machte ihnen aber auch unmissverständlich klar, dass wohl kaum etwas daran geändert werden konnte, dass Jyothi nun mal ein Straßenkind war. Das war ihr Schicksal, und es gab nichts, was er, Jack oder Monika daran ändern konnten.

»Es ist alles Gottes Wille«, schloss er seine Rede ab, wobei er lächelnd mit dem Kopf nickte.

»Dann ist es also auch Gottes Wille, dass diese Kinder krank sind, also warum arbeiten Sie hier als Arzt?«

»Es ist Gottes Wille, dass ich Arzt geworden bin, Sir. Es ist Gottes Wille, dass ich das Leid der Menschen lindere. Es ist ihr Glück und mein Karma.«

»Und vielleicht ist es Gottes Wille, dass ich in das Schicksal dieses Mädchens eingreife«, sagte Jack. »Vielleicht war es sogar Gottes Wille, der mich in ein Hotel in ihrer Nähe geführt hat, der mich direkt nach dem Unfall dorthin geleitet und mich dazu bewogen hat, sie hierherzubringen. Wer weiß.«

Der Arzt lächelte wohlwollend. »Sir, Sie hätten als Hindu geboren werden sollen«, sagte er freundlich. »Ihre Argumentation ist einwandfrei. Es ist alles Gottes Wille.«

Gerade als sie das Krankenhaus verließen, kam ihnen ein dünner Mann mit einem Schnurrbart entgegen. Jack erkannte ihn sofort als jemanden, den er schon zweimal gesehen und noch vor fünf Minuten als Mistkerl bezeichnet hatte – Jyothis Vater.

Der Mann bemerkte sie – als Ausländer fielen Jack und Monika überall auf – und als er sie erkannte, breitete sich ein schmieriges Lächeln auf seinem Gesicht aus. Er rief etwas, hob die Hand zum Gruß und eilte zu ihnen hinüber. Monika und Jack tauschten Blicke aus, während er in unverständlichen Worten auf sie einredete.

»Wir gehen besser rein und suchen jemanden, der übersetzen kann«, meinte Jack. »Ich will wissen, was er vorhat.«

Die Krankenschwester, die Jyothi gefüttert hatte, erklärte sich bereit, für sie zu dolmetschen.

»Dieser Mann sagt, er ist der Vater des kleinen Mädchens«, erklärte sie.

»Das wissen wir. Sagen Sie ihm, dass sie gut versorgt wird und in ein, zwei Tagen nach Hause kann«, sagte Jack. »Wir bezahlen die Behandlung.«

Die Schwester übersetzte, der Mann antwortete. Er trug weit geschnittene, khakigraue Shorts, aus denen elendig dürre Beine hervorragten, darunter nackte Füße, die zu den Zehen hin flach wie Paddel waren. Über den Shorts trug er ein verblichenes blaues T-Shirt mit verschlissenem Saum, worauf ein Bild der indischen Flagge gedruckt war. Während er sprach, gestikulierte er aufgebracht mit den Händen, kratzte sich mit den Zehen am Bein und setzte eine tragische Miene auf.

»Er sagt, jetzt, wo seine Frau tot ist, wird das Leben sehr schwer für ihn. Er will, dass Sie ihm tausend Rupien zur Unterstützung geben – Moment, bitte.«

Die Schwester wandte sich wieder zu Jyothis Vater um, der aussah, als würde er jeden Moment in Tränen ausbrechen, und schien dann einige Minuten lang hitzig mit ihm zu diskutieren. Auf Englisch erklärte sie: »Der Mann ist ein arbeitsloser *Dhobi*. Er übernimmt gelegentlich Arbeiten im *Dhobi Ghat*. Damit verdient er nicht viel. Sie sind obdachlos. Er hat sechs Kinder, sie ist das jüngste. Alle Kinder und seine Frau müssen etwas zum Einkommen beitragen. Die Kinder waschen Autoscheiben, der älteste Sohn hilft in einem Restaurant beim Abräumen. Die Frau hat hin und wieder Bügelarbeiten übernommen. Jetzt ist seine Frau nicht mehr da, und er muss immer noch sechs Kinder versorgen. Er will tausend Rupien von Ihnen. Geben Sie ihm die nicht. Dieser Mann ist ein Schurke.«

»Sagen Sie ihm, wir wollen …«

Monika zwickte Jack in den Arm und fiel ihm ins Wort. »Sagen Sie ihm, wir wollen helfen, wo es geht, aber wir können ihm nicht tausend Rupien geben. Wir möchten Jyothi helfen.«

Die Schwester übersetzte. Der Mann sah aufmerksam immer zu dem, der gerade sprach. Sein Ausdruck hilfloser Trauer war abermals einem schmeichlerischen Lächeln gewichen. Er nickte eifrig zu jedem ihrer Worte, als wäre er mit allem einverstanden.

»Seien Sie vorsichtig mit ihm, er ist hinter Ihrem Geld her«, meinte die Schwester.

»Acha, acha«, sagte der Mann, wobei er unablässig nickte und noch breiter grinste. Dann fing er erneut an, auf sie einzureden. Die Schwester warf ihm einen vernichtenden Blick zu und sah auf die Uhr, dann nickte sie Monika kurz zu und marschierte davon. Nun standen sie und Jack allein mit Jyothis Vater auf dem Flur herum, der ihnen immer noch irgendetwas erklärte.

»Vielleicht sollten wir Mr Metzger fragen …«, setzte Monika an, doch nun war es Jack, der sie unterbrach.

»Nein. Seine Einstellung kennen wir. Es interessiert mich nicht, was er dazu sagt. Aber ich würde gerne sehen, wie Jyothi auf diesen Mann reagiert. Wenn ich ihr Vater wäre, wäre ich sofort zu ihr geeilt. Ihm war mehr daran gelegen, an unser Geld zu kommen. Lass uns mit ihm zu Jyothi gehen und sehen, wie sie aufeinander reagieren. Das ist alles, was ich wissen muss.«

Mit diesen Worten lächelte er den Mann an und bedeutete ihm, ihnen zu folgen, dann führte er sie über den Flur zu Jyothis Station und durch den Mittelgang zu dem Bett, wo sie mit angezogenem Knie und mit einem dünnen, grauen Laken zugedeckt lag und das Gesicht zum Fenster gewandt hatte.

»Jyothi!«, rief Jack. Sie schreckte auf und drehte sich zu ihm um, wobei ein kleines Lächeln ihre Lippen umspielte. Doch dann trat ihr Vater hinter Monika hervor, streckte die Arme aus und sprach sie an.

Jyothis Reaktion war unmittelbar, ein automatischer und unmissverständlicher Reflex. Das Lächeln schwand, der Blick wurde panisch und ihr Arm schnellte hoch, als müsste sie einen Schlag abwehren.

KAPITEL 7

Mrs Rajpaul schüttelte den Kopf. Ihr Blick war voller Zweifel und sie machte eine ablehnende Geste mit der Hand.

»Es wäre sehr, sehr schwierig«, sagte sie. »Adoptionen ins Ausland werden nicht gerade gefördert, vor allem, wenn ein Elternteil noch lebt. Selbst arme Leute haben ein Recht auf ihre Kinder, sehen Sie. Vor ein paar Jahren gab es einen ziemlichen Skandal um Ausländer, die Babys gekauft haben, und seitdem sind die Vorschriften sehr streng geworden. Das Ganze ist sehr schwer zu regulieren. Wenn jeder meint, er könnte einfach nach Indien kommen und einer armen Familie ein Baby abkaufen, wo kämen wir da hin?«

»Aber in diesem Fall ...«

Mrs Rajpaul runzelte die Stirn. »Ich weiß, in diesem Fall sieht es etwas anders aus. Wenn der Vater sie misshandelt ... aber es wäre das Beste, wenn ich selbst mit dem Vater spreche. Wenn er sich ihren Unterhalt nicht leisten oder sich nicht richtig um sie kümmern kann, könnte sie vielleicht ins Waisenhaus kommen.«

»Das war auch unser Gedanke«, meinte Monika. »Dieser Verschlag auf dem Gehweg ist doch kein Zuhause und ...«

»Passen Sie auf, was Sie sagen«, ermahnte sie Mrs Rajpaul scharf. »Nur weil sie arm sind und auf der Straße leben, heißt das nicht, dass diesen Kindern Heimatgefühle oder elterliche Liebe fremd sind.«

»Aber der Vater muss arbeiten, die Brüder genauso. Ich glaube, sogar *sie* muss manchmal arbeiten. In ihrem Alter! Das kann doch nicht gut sein für sie. Alles, was der Vater für sie tun kann, ist, sie den ganzen Tag alleine zu Hause zu lassen. Auf der Straße. Nennen Sie das ein sicheres Familienumfeld?«

»Es ist das einzige Zuhause, das sie kennt.«

»Mrs Rajpaul, wir bewegen uns im Kreis. Ist das Waisenhaus nicht genau für solche Fälle da? Selbst wenn wir sie nicht adoptieren, wäre es das Beste, wenn sie für eine Weile hier unterkäme. Sie ist doch eine Waise – eine Halbwaise –, oder nicht? Sind Waisenhäuser nicht dafür da? Die Leiterin ist sehr liebevoll – sie könnte Jyothi über den ersten Schock hinweghelfen, ihr ein bisschen Sicherheit geben, bis ... bis ... und wir könnten uns in der Zwischenzeit um die Adoption kümmern, die ersten Schritte in die Wege leiten, was auch immer.«

»Es wäre sehr schwierig, Adoptionen ins Ausland werden bei den Behörden nicht gerne gesehen«, wiederholte Mrs Rajpaul zum zigsten Mal. Monika schüttelte frustriert den Kopf, Jack verdrehte die Augen. Sie wollten Jyothi einfach nur mit nach Hause nehmen. Monika hatte fast das Gefühl, dass es Mrs Rajpaul vor allem darum ging, ihnen Steine in den Weg zu legen. Sie wollte sie unbedingt von dem Plan abbringen, Jyothi zu adoptieren.

»Wie wäre es, wenn Sie sich einmal selbst mit dem Mann unterhalten? Ich werde ihn suchen und herbringen, dann können Sie mit ihm sprechen, ihm das Waisenhaus zeigen. Ihm klarmachen, dass Jyothi hier gut aufgehoben wäre, dass er ein Kind weniger durchzufüttern hätte.«

»Indische Väter lieben ihre Kinder genauso sehr wie westliche Väter«, bemerkte Mrs Rajpaul bissig. »Unsere Kinder sind wertvoll und stehen nicht zum Verkauf!«

Als sie Jyothis Vater später jedoch endlich ausfindig machten, auf dem Nachhauseweg von der Arbeit mit fünf zerlumpten Jungen im Schlepptau, erklärte dieser sich einverstanden, Jyothi ins Waisenhaus zu lassen – aber er wollte fünftausend Rupien dafür.

Monika war entsetzt. »Er verkauft tatsächlich seine eigene Tochter! Er verkauft sie! Wie soll man das sonst nennen?«

»Nicht ganz«, meinte Jack. »Sie ist immer noch seine Tochter, das Sorgerecht bleibt bei ihm. Für ihn wäre es immerhin eine Erleichterung – sie ist weg von der Straße und er muss sich nicht mehr um sie kümmern.«

»Das würde Mrs Rajpaul auf keinen Fall zulassen. Es kann nicht legal sein.«

»Sie muss es ja nicht erfahren, oder?«

»Willst du damit etwa sagen, dass *du* ihn bezahlen würdest? Aus eigener Tasche?«

Jack nickte. »Das ist die einfachste und unbürokratischste Lösung und das Beste für Jyothi. Sie wäre von der Straße weg und in Sicherheit vor diesem Mann und allem, was er mit ihr vorhat.«

»Aber das ist doch bestimmt illegal!«

Jack zuckte die Schultern. »Wo kein Richter, da kein Henker ... Wer sollte mich denn melden, du etwa?«

»Nein! Aber ...«

»Überlass das mir. Stell einfach keine Fragen, und ich gebe keine Antworten.«

Einen Tag später wurde Jyothi in das Waisenhaus aufgenommen.

* * *

Es war, wie Mrs Rajpaul gesagt hatte: Ein Kind zu adoptieren war keine einfache Angelegenheit. Bei jedem ihrer Termine mit den indischen Beamten, mit denen sie sprechen mussten, lag der Vorwurf des Kinderhandels in der Luft – und sie hatten einige dieser Termine. Zu allem Übel machte Jyothis Vater allzu deutlich, dass er tatsächlich großes Interesse daran hatte, seine Tochter zu verkaufen – und zwar an den Höchstbietenden. Er erwähnte alle möglichen Interessenten, die ihm schwindelerregende Preise für Jyothi boten – angeblich irgendwelche Wohltäter, denen die Familie ans Herz gewachsen war und die ihnen in ihrem Unglück beistehen wollten –, ohne je die wahrscheinlich schreckliche Wahrheit preiszugeben.

»Es ist, als hielte er eine Privatversteigerung ab«, murrte Jack.

»Und jetzt, wo du ihm deine Karten schon gezeigt hast, erwartet er von dir, dass du alle anderen überbietest. Ich hab dir doch gesagt, es gibt nur Schwierigkeiten, wenn du ihn bezahlst.«

Bald mussten sie auch feststellen, dass sie mit Mrs Rajpaul als Dolmetscherin im Nachteil waren, denn ihr verletztes Moralgefühl war bei jedem Schritt der Verhandlungen spürbar – denn als Verhandlung musste man es bezeichnen, und es wurde auch bald klar, dass es ungeachtet des offiziellen Verbots von Kinderhandel gar keine andere Möglichkeit geben würde, Jyothi zu bekommen, und wer weiß, in wessen Hände sie fallen würde, wenn sie nicht zu ihnen kam. Jack hatte den Vater von Anfang an nicht gemocht und es gab nichts, was er ihm nicht zutraute. Jyothi um jeden Preis zu bekommen, war zu einer moralischen Pflicht geworden.

Jacks persönlicher Dolmetscher und Verbündeter (Monika nahm an, dass er es gewesen war, der die erste Transaktion für Jack arrangiert hatte), war ein muslimischer Taxifahrer, der fließend indisches Englisch sprach, ein großer, schlanker, bärtiger Mann namens Salim in weißer Kappe und weißen Kurta-Pyjamas, der ihnen bei ihren Fahrten durch die Stadt die Feinheiten des Islam erläuterte: islamische Speisevorschriften, die islamische Einstellung zu Sex, Alkohol und der Nahostpolitik, islamische Strafen und so weiter. Salim war als Dolmetscher eine gute Wahl, denn er war stets verfügbar, sein Taxi stand üblicherweise vor dem Hotel bereit und er hatte sich für die Dauer ihres Aufenthalts zu ihrem persönlichen Fahrer und Berater ernannt.

Es war auch Salim, der sie darauf aufmerksam machte, dass Jyothis Vater womöglich unsittliche Pläne für sie hatte, und Salim, der ihre Einschätzung des Mannes als – gelinde gesagt – wenig ehrenwert bestätigte.

»Er ist oft in Kamathipura«, bemerkte er kryptisch. »Ich habe ihn dort gesehen.«

»Was ist Kamathipura?«, wollte Monika wissen, aber Salim gab keine Antwort.

Erst später, als Monika schon ins Hotel vorgegangen und Jack noch zurückgeblieben war, um zu bezahlen und eine *Bidi* zu rauchen, flüsterte er verschwörerisch: »Kamathipura ist schlechter Ort, Sir. Schlechter Ort für Frauen« und machte dazu eine unmissverständlich anzügliche Geste. »Kein guter Ort für Männer.« Jack wollte ihn fragen, was er selbst dann dort zu suchen gehabt hatte, aber hielt sich zurück.

Salim sah nervös zum Hoteleingang, um sich zu vergewissern, dass Monika nicht etwa zurückkam, bevor er Jack von den widerlichen Praktiken erzählte, die dort mit jungen Mädchen betrieben wurden, Mädchen in Jyothis Alter.

»Männer kaufen Mädchen und bilden sie aus, Sir. Manchmal als Tempelgöttinnen. Große hinduistische Tradition, schlechte Tradition. Sehr kleine Mädchen verkauft werden für *Devadasi*-Geschäft. Ich glaube, Vater von Jyothi mit solchem Mann gesprochen, Sir. Will jetzt dreitausend Rupien.«

»Was bedeutet *Devadasi*-Geschäft?«

Zur Antwort verzog Salim nur das Gesicht und spuckte auf

den Boden. Er holte zu einer langen Erklärung aus, doch eine so lange und komplexe Rede war zu viel für ihn, sein Englisch glitt ins Pidgin ab und Jack verstand kein Wort mehr.

Später fragte er jedoch Mrs Rajpaul danach, der sie regelmäßig bei ihren Besuchen im Waisenhaus begegneten. Jyothi hatte man mittlerweile aus dem Krankenhaus entlassen und mit dem Einverständnis ihres Vaters fürs Erste im Waisenhaus untergebracht, bis eine Entscheidung über ihre Zukunft gefällt wäre.

Auch Mrs Rajpaul verzog abschätzig das Gesicht. »Das ist eine schreckliche Sitte«, sagte sie, »und gesetzeswidrig. Dabei werden junge Mädchen, manche gerade mal zwei oder drei Jahre alt, an den Höchstbietenden verkauft und der Göttin Yellamma geweiht. Sie enden in Bordellen in der Stadt.«

Sie führte sie eine wacklige Treppe hinauf in die erste Etage und zu den Schlafzimmern der Kinder. Am Ende eines langen, von Türen gesäumten Flurs befand sich ein Spielzimmer, wo Jyothi ihre Tage verbrachte. Noch immer war sie in Trauer versunken und weigerte sich, mit den anderen Kindern zu spielen oder nach draußen zu gehen. Sie saß immer nur im Schneidersitz auf dem Boden und blätterte in einem der abgegriffenen Bilderbücher des Waisenhauses herum, wobei sie den Blick starr auf die Bilder fixiert hatte, ohne dass man den Eindruck hatte, dass wirklich irgendetwas davon zu ihr durchdrang.

»Wir haben Grund zu der Annahme, dass Jyothis Vater so etwas mit ihr vorhat!«

»Wenn das der Fall ist«, sagte Mrs Rajpaul bestimmt, »dann können Sie sicher sein, dass ihm das Sorgerecht entzogen wird – damit hätten Sie dann auch bessere Chancen auf eine Adoption.« Sie öffnete die Tür zum Spielzimmer.

Jyothi wirkte unglaublich klein in dem großen, länglichen Raum. Er war leer und unmöbliert, abgesehen von drei abgetretenen Matten, einem unlackierten Sperrholzregal mit nur drei

anderen Bilderbüchern, einer Spielzeugkiste mit den Überresten einiger kaputter Plastikspielsachen und einem Holzlauf-
stall mit ein paar abgestoßenen Bauklötzen. Heute stand Jyothi
mit dem Rücken zu ihnen und schaute aus dem Fenster auf den
trostlosen Asphaltspielplatz hinab, wo die anderen Kinder sich
beim Fangenspielen austobten. Als sie hereinkamen, drehte sie
sich nicht zu ihnen um. Der Hof lag wie eine tiefe Schlucht
zwischen den verschmutzten Rückwänden dreier riesiger
Gebäude. Irgendwann hatte wohl einmal jemand beschlossen,
ein paar Spielplatzgeräte zu spenden, denn in einer Ecke
standen ein halbherziger Versuch einer Schaukel (mit Stützen,
Querbalken und Ringen für die Seile, aber ohne die Schaukel)
und die Anfänge einer Rutsche (ein wackliger Turm mit Leiter,
aber ohne Rutsche). Ein Haufen dreckiger Sand sah weniger
nach einer Einladung zum Spielen als vielmehr nach einer
Sanitäreinrichtung für die Katzen der Nachbarschaft aus. Zwei
der umliegenden Gebäude waren baufällig, die Fenster mit
Brettern verschlagen, die Wände bröckelig. Das dritte schien
eine Art Bürogebäude zu sein: an der tristen Betonoberfläche
waren mehrere verrostete Klimaanlagen angebracht und hinter
einigen der trüben Fensterscheiben brannte Licht. Die vierte an
den Spielplatz angrenzende Seite war das Waisenhaus selbst
mit dem Parkplatz daneben. Aus den Rissen im Asphalt und
entlang der Wände wuchsen Grasbüschel hervor – der
aussichtslose Kampf der Natur gegen die Rüstung der Zivilisa-
tion. Ansonsten war nicht ein Baum, nicht eine Blume zu
sehen, allein die Weite des Himmels über den Dächern bot
Abwechslung von Beton, Ziegeln und Asphalt.

Ohne sich ihrer abstoßenden Umgebung bewusst zu sein,
flitzten die Kinder unbekümmert fröhlich hin und her, und
Monika bewunderte diese natürliche Fähigkeit von Kindern,
ohne Unterstützung und ungeachtet der äußeren Umstände
aus sich selbst Freude schöpfen zu können. Diese Fähigkeit,
Widrigkeiten zu überwinden und so leicht ins *Jetzt* hinüberzu-

gleiten wie von einem Raum in den anderen, war eine Fähigkeit, die sie Jyothi in diesem Augenblick wünschte.

Jyothi sah immer noch reglos und ungerührt zu den spielenden Kindern hinunter, die vor Freude schrien und umherliefen wie bunte Kugeln, die man in einem schwarzen Kasten durcheinanderkullern ließ. Von ihrer eigenen Regungslosigkeit ging eine solch elende Gleichgültigkeit aus, dass Monika sie am liebsten hochheben und festhalten, sie so lange mit Liebe überschütten wollte, bis sie auftaute. Aber sie wusste, dass Jyothi nicht berührt werden durfte. Noch nicht.

So war es bislang jeden Tag gelaufen. Jyothi reagierte nicht. Seit jenem ersten Treffen mit ihrem Vater, bei dem sie solche Furcht gezeigt hatte, war sie in eine Unterwelt der Trauer versunken, die keinen Raum für andere Emotionen ließ. Jack und Monika hatten alles versucht: Sie hatten mit ihr geschmust, mit ihr geredet, für sie gesungen, ihr Musik vorgespielt – es half alles nichts. In ihrer Trauer war sie wie eine lebensgroßen mechanischen Puppe, die vom Land der Lebenden losgelöst war, als wäre sie selbst einen kleinen Tod gestorben. Aus dem Grund hatten sie ihren Vater auch so leicht dazu überreden können, sie fürs Erste hier wohnen zu lassen – es hatte außer Frage gestanden, sie wieder mit nach Hause auf die Straße zu nehmen. Aber wie sollte es nun weitergehen?

Das Adoptionsverfahren würde Wochen, Monate, vielleicht sogar Jahre dauern, aber Monika und Jack setzten es in Gang. Sie engagierten einen Anwalt und verbrachten ganze Tage in stickigen Büroräumen, die mit Schreibtischen vollgestellt waren, die unter der Last der Akten und Papierstapel und mit bröckelndem Wachs und rotem Siegelband an den Ecken verbundenen Urkunden schier zusammenbrachen. Der Anwalt riet ihnen, alles in seine, oder vielmehr Gottes Hände zu legen: »Mit Gottes Wille wird es geschehen«, sagte er. »Alles ist Gottes Wille.«

Sie unterschrieben diverse Dokumente, wanderten durch

staubige Korridore und warteten unter schwächelnden Ventilatoren, während Telefone unbeantwortet klingelten. Niemand schien hier in Eile zu sein, der ganze Vorgang wurde mit einer Trägheit abgewickelt, die jeder Dringlichkeit entbehrte und Monika beinahe in den Wahnsinn trieb. Aber sie hielt den Mund und lächelte, wenn es angebracht schien, und zwickte Jack, wenn auch er die Geduld zu verlieren drohte. »Wir sind in Indien«, flüsterte sie ihm zu, »so geht es hier eben zu.« Tatsächlich war es merkwürdig, dass Jacks sonst so entspannte Ader ihn offenbar gerade an diesem entscheidenden Punkt ihrer Odyssee im Stich ließ, und Monika dachte, dass man einen Menschen doch nie so richtig kannte, selbst wenn man mit ihm verheiratet war.

Doch endlich brauchten sie nur noch die Zustimmung des Vaters, zu der er jedoch, immer noch auf der Suche nach dem lukrativsten Geschäft, noch nicht bereit schien. Eins wussten sie jedoch genau: Die eine Woche, die ihnen noch in Bombay blieb, würde nicht ausreichen, um die komplizierten Transaktionen abzuwickeln. Und noch etwas wussten sie sicher: Sie wollten dieses Kind. Monikas Kampfgeist war voll und ganz auf dieses eine Ziel gerichtet: Jyothi in ein sicheres und liebevolles Zuhause zu bringen.

Was ihre ursprüngliche Mission in Bombay betraf, gab es nicht mehr den geringsten Zweifel, dass die Entscheidung gefallen war: Das Waisenhaus hatte gewonnen und würde von CaritActs gefördert werden. Der Rest waren lediglich Formalitäten, und jeden Tag, während Jack bei Jyothi war, ihr Gesellschaft leistete und versuchte, den Schlüssel zu ihrer Seele zu finden, traf sich Monika mit Mrs Rajpaul und anderen Mitgliedern des Stiftungsrats des Waisenhauses, um die Details der Förderung auszuarbeiten.

Es waren Dokumente nötig, die sie nur in England bekommen konnten. Sie beschlossen, dass Monika nach Hause fahren sollte – ihre Arbeit rief – und Jack in Bombay bleiben würde, um Jyothi Gesellschaft zu leisten und sie an ihn zu gewöhnen, um ein Auge auf sie zu haben, die Überzeugungsarbeit an ihrem Vater fortzuführen, die von Monika geschickten Unterlagen in Empfang zu nehmen und, allem voran, das Adoptionsverfahren abzuschließen. Sein Visum war für sechs Monate gültig, solange würde er bei Mrs Rajpaul unterkommen und wenn nötig sein Visum verlängern.

Monika packte ihre Tasche und machte sich bereit zur Abreise aus der Stadt, die sie als Hölle auf Erden bezeichnet hatte. Nun, da es an der Zeit war, all das, worüber sie sich zunächst beschwert hatte, zurückzulassen – den Dreck, die Gerüche, den Lärm, das Chaos und Elend – wurde ihr schwer ums Herz, und nicht nur wegen der ungeklärten Frage um Jyothi oder weil sie Jack zurückließ. Irgendwie, so wurde ihr klar, hatte Bombay sie verändert – und zwar zum Guten. Was war geschehen? Wer war sie und was hatte sich verändert, was war anders? Monika betrachtete sich, und allmählich kamen ihr die Antworten in den Sinn.

Der Herzschlag Bombays hatte den Weg in ihre Seele gefunden, hatte langsam und liebevoll ihren eigenen Puls in sich aufgenommen. Indem sie gelernt hatte, ein Kind Bombays zu lieben, durch Dreck und Elend hindurch die Menschlichkeit eines jeden von ihnen zu erkennen, hatte sie ihre eigene Menschlichkeit gefunden. Ihre inneren Dämonen waren geflohen, und an ihre Stelle war eine stille Freude getreten, eine Regung des Geistes, eine Leichtigkeit des Herzens. Hierin lag der Beginn eines Mysteriums: Schönheit und Freude sind überall zu finden, sie wohnen im Herzen. Sie sind nicht von äußeren Umständen abhängig. Das hatte sie selbst gesehen in den strahlenden Augen eines Kindes, in dem Lächeln dieses Kindes, in ihrem vor Freude beschwingten Schritt.

Am Flughafen schloss sie Jack in die Arme, als würde sie ihn nie mehr loslassen. Sie wusste, dass es enden musste, ihre eigene Welt rief sie zurück. Sie hatte einen kurzen Blick auf diese andere Welt erhascht und würde eine süße Nostalgie mit sich nehmen, und die Erinnerung an etwas, das so kostbar war wie das Leben.

Sie war hergekommen, um Gutes zu tun, aber jetzt erkannte sie, dass sie selbst ebenso ein Bettler war wie das ärmste Straßenkind. *Vielleicht*, dachte sie, als sie am Flugsteig wartete, *vielleicht ist noch nicht alles verloren. Vielleicht ist Jyothi deshalb zu mir gekommen, zu uns gekommen. Damit wir wiederfinden, was wir verloren haben.* Und voller Inbrunst betete sie zu den höheren Mächten – *Oh, lasst es gut ausgehen! Lasst sie zu uns gehören!*

KAPITEL 8

Da waren Statuen, die sich bewegten. Vage erinnerte sie sich, dass es Menschen waren. Vage erinnerte sie sich an eine Zeit, als noch eine Verbindung zwischen ihr und ihnen bestanden hatte. Sie redeten auch, die Statuen, doch sie verstand sie nicht. Sie hörte ihnen nicht zu. Hören ist nicht dasselbe wie zuhören. Sie hörte ihre Stimmen, aber sie gab sich keine Mühe, ihnen zuzuhören. Es interessierte sie nicht, war ihr egal. Sie waren außen. Belanglos, ohne jede Bedeutung.

In ihrem Inneren war ein harter Block. Ein schwarzer, unbeweglicher Block. Sie hatte einmal gesehen, wie ein Haus gebaut wurde, wie die Bauarbeiter eine Mischung aus Sand und Zement und Wasser anrührten und in Holzformen gossen, wo sie dann fest wurden: Genauso fühlte sich ihr Inneres an. Als wäre Beton in sie hineingegossen worden und dort erstarrt, sodass sie zu einer mit Beton ausgefüllten Statue wurde, einer Statue, die sich zwar bewegen, aber nichts empfinden konnte.

Manchmal setzte man ihr einen Teller mit Essen vor und legte ihre Hände an den Teller. Sie spürte ihre Finger an dem Essen. Ihre Finger wussten genau, was zu tun war: den Reis mit dem jeweiligen Gemüse zu einer Kugel formen. Auch ihre

Hand und ihr Arm wussten, was zu tun war: die Kugel zum Mund führen. Die Hand wusste, wo der Mund zu finden war, sie selbst wusste es nicht. Der Mund wusste, wie er sich öffnen und das Essen aufzunehmen hatte, das die Finger hineinlegten. Ihr Kiefer wusste, wie er zu kauen hatte, sie wusste es nicht. Bewegung war etwas Oberflächliches, Äußeres, das weder ihr Interesse noch ihre Aufmerksamkeit erforderte. Bewegungslosigkeit war wichtiger. Bewegungslosigkeit war der harte Block.

Sie hatte eine vage Erinnerung an die andere Art des Daseins, aber das war so weit weg, so lange her. Die Sanftheit und das Licht, die Transparenz des Daseins. Die Erinnerung schwebte irgendwo außerhalb von ihr, unerreichbar, für immer verloren. Sie fürchtete ihre Tücke. Sanftheit und Licht lagen nun hinter ihr, verschlossen in der Vergangenheit. Jetzt gab es nur noch das: diese Schwere, diese Dunkelheit, diesen Block aus Nichts.

Da war auch eine weiße Statue. Er schien öfter da zu sein als die anderen, blieb in ihrer Nähe. Sein Gesicht kam manchmal nah an ihres heran, sein Mund sprach Worte, die sie nicht interessierten. Wenn er da war, spürte sie etwas: ein Unbehagen, das den Beton erzittern ließ. Dieses Zittern machte ihr Angst. Wenn sie es zittern spürte, schlang sie die Arme um den Körper, damit sie unversehrt blieb, damit kein Teil von ihr zerbrach, damit der Beton starr und unbeweglich blieb. Denn in dieser Härte lag Geborgenheit, Sicherheit.

* * *

Beinahe widerwillig stieg Jack aus der relativ kühlen Luft des Taxis hinaus auf die Straße. Es war, als trete man aus dem Schatten eines aufgeheizten Ofens in das Inferno eines offenen Feuers. Es war erst zehn Uhr morgens.

»Warte in einer Stunde hier auf mich«, wies er Salim durch das offene Fenster an. Salim legte die Hand an die Stirn und nickte ernst, bevor er den Wagen zurück in den Verkehr lenkte und davonfuhr. Jack sah sich um. Auf der anderen Straßenseite fiel ihm ein Kino auf, das ihm auf dem Rückweg als Orientierungspunkt dienen würde: Es war so leicht, sich in dieser Stadt zu verirren, von ihrem gierigen Durcheinander verschluckt zu werden, seines Denkapparats beraubt und völlig orientierungslos wieder ausgespuckt zu werden.

Die Treppe bei der Brücke runter, dann wäre er da, hatte Salim gesagt, also stieg Jack die bröckelnden Stufen hinab, an Straßenkindern und an der Wand kauernden Bettlern vorbei, und gelangte zum *Dhobi Ghat*. Das *Dhobi Ghat* zählte zu den Wundern von Bombay und war in Monikas Reiseführer unter den Sehenswürdigkeiten aufgeführt. Hierhin, so hatte Jack erfahren, wurde täglich die schmutzige Wäsche aus ganz Bombay geliefert – gebündelt und verschnürt, ob auf den Köpfen einer ganzen Armee von Wäscheträgern, aufgetürmt auf Fahrradträgern oder gestapelt auf Handkarren, die von dahertrabenden Kulis gezogen wurden. Hier wurden die Bündel entbündelt, unter Zehntausenden von Wäschern (*Dhobis* waren, zumindest in Bombay, üblicherweise Männer) verteilt, die Kleidungsstücke geschrubbt, geschlagen und gespült, getrocknet und gebügelt, nach einem mysteriösen Kennzeichnungssystem wieder zu passenden Bündeln sortiert und ihren jeweiligen Eigentümern an die jeweilige Adresse ausgeliefert – und das mit einer organisatorischen Effizienz, die einen deutschen Bürokraten vor Neid und Bewunderung erblassen ließe.

Im Reiseführer wurde zwar das gigantische Ausmaß des *Ghat* erwähnt, aber Jack hatte dennoch die Hoffnung gehegt, Jyothis Vater hier zu finden. Der Mann war untergetaucht, hatte seine Tochter seit drei Wochen nicht mehr besucht, schien jedes Interesse an der Adoption verloren zu haben. Auf dem Gehweg vor dem Hotel Sahil war er nicht mehr aufgetaucht und hatte auch keine neue Adresse bei seinen ehemaligen Nachbarn hinterlegt, die auf Nachfragen hin nur die Schultern zuckten und ein – offensichtlich vorgetäuscht – ahnungsloses Gesicht aufsetzten. Nicht ein einziges Mal hatte er mit dem für das Adoptionsverfahren zuständigen Beamten gesprochen. Der Verschlag, in dem die Familie gelebt hatte, war behördlich durchsucht worden. Der Mann hatte seine Söhne und alles Nützliche mitgenommen und nur Lumpen, Müll und – glücklicherweise – eine schmutzige Papiertüte voller Papiere zurückgelassen, unter denen sich zu Jacks Erleichterung auch Jyothis Geburtsurkunde fand. Doch der Mann selbst war verschwunden.

Also war Jack hierhergekommen, wo der Vater nach allem, was man über ihn wusste, arbeitete. Doch ein Blick auf das vor ihm liegende Chaos genügte, um seine Hoffnung fast gänzlich schwinden zu lassen. Die Chance, hier einen bestimmten Menschen ausfindig zu machen, war minimal, genauso gut hätte er auch nach einer bestimmten Ameise in einem wimmelnden Ameisenhaufen suchen können. Denn als Ameisenhaufen konnte das *Ghat* mit seinem geordneten Chaos tatsächlich am treffendsten bezeichnet werden, wie Ameisen wuselten die gesichtslosen Menschenmassen kreuz und quer und doch genau getaktet durcheinander, jeder einzelne mit seiner Aufgabe, jede Aufgabe ein unersetzliches Rad im Getriebe, das die jämmerlichen Lumpen und prächtigen Gewänder Bombays von Schmutz befreite.

Jack ging die Reihen der Betonbecken auf und ab, an denen die Männer arbeiteten.

Die meisten der *Dhobis* schienen ihre Wäschestücke richtig durchzuprügeln, sie hielten sie wie Spitzhacken in den Händen und peitschten sie energisch gegen die Steinplatten, mit denen die Becken eingefasst waren.

Nach fünf Minuten gestand Jack sich ein, dass die Suche sinnlos war. Salim hatte ihn gewarnt, und auch im Reiseführer war die Größe des *Ghat* hervorgehoben worden. Dass es aber die Ausmaße einer ganzen Stadt hatte, hätte er nicht im Traum gedacht.

Jack lief in einem Zustand wachsamer Verwunderung durch die Reihen und ließ in der Hoffnung, vertraute Züge zu erkennen, den Blick über die Gesichter der Männer streifen. Doch von hinten oder im Profil gesehen, ja sogar von Angesicht zu Angesicht, hätte jeder von ihnen Jyothis Vater sein können. Aus dunklen Augen blickten sie ihn an und wandten sich langsam wieder ab, fast hätte man es für List halten können, als durchschauten sie seinen prüfenden Blick und ärgerten sich über sein Eindringen in ihre Welt, als schlössen sie zum Schutz des gesuchten Mannes die Reihen und nähmen seine Züge an, um ihn durch Anpassung zu tarnen und Jack in die Irre zu führen. Es war ein aussichtsloses Unterfangen, und doch ging Jack immer weiter, bahnte sich einen Weg zwischen all den Darstellern im Schauspiel des Bombayer Alltags, in der Hoffnung, ihm, der unauffindbar war, doch zufällig über den Weg zu laufen.

Als die Stunde vorüber war, gab er schließlich auf und kam schweißdurchnässt und kraftlos wieder an der Ecke vor dem Kino an, wo er in Salims Taxi sank und sich zurück in seine eigene vertraute Welt befördern ließ, jenes Fleckchen von Bombay, das er mittlerweile sein Zuhause nannte.

Er hatte einen geregelten Tagesablauf. Dieser kleine Ausflug zum *Ghat* war etwas Besonderes, eine Unterbrechung der Struktur, die ihm dabei half, bei Verstand zu bleiben und die Hoffnung zu bewahren. Das Adoptionsverfahren war eine langwierige, nervenaufreibende Angelegenheit, wobei es oft zwei Schritte vor und einen zurück ging. Er traf auf Beamte, die bereit waren, jeden Hebel in Bewegung zu setzen, damit Jyothi bei ihm in sichere Hände kam, und auf andere, ebenso entschlossene, die ihn baldmöglichst mit leeren Händen nach Hause schicken wollten und Entscheidungen hinauszögerten,

Vorgänge abbrachen und Papiere verlegten in dem Versuch, seinen Willen zu brechen.

Allein Jyothi motivierte ihn dazu, durchzuhalten, denn mit ihr gab es Fortschritte, und mit jedem Tag wuchs seine Gewissheit, dass sie zu ihm gehörte. In ihrer Trauerfestung befanden sich Risse, und Jack hatte Wege gefunden, durch diese Schwachstellen zu ihr durchzudringen. Sein zaghaftes Vortasten ins Dunkel ihrer Verzweiflung zeigte erste Erfolge, wie winzige grüne Knospen an einem kahlen Zweig.

Jack verbrachte den größten Teil des Tages im Waisenhaus. Die anderen Kinder gingen jeden Tag bis zum Nachmittag zur Schule, doch es war sinnlos, ein kleines Mädchen zum Unterricht zu schicken, das nur wie versteinert dasaß, geradeausstarrte und weder sprach noch zuhörte. Jyothi tat nur, was man ihr sagte, mehr nicht. Auf Kommando, wie eine mechanische Puppe, stand sie auf und setzte sich, aß, wusch sich, zog sich an, legte sich hin und schlief ein. In der Schule hielt sie ihren Stift fest, aber damit war ihr Limit auch schon erreicht. Schon recht früh bot Jack sich daher an, sie selbst zu unterrichten. Denn vom Schulbesuch befreit war sie nicht – kein gesundes Kind war davon befreit, und, wie die Heimmutter sagte, sie konnten jetzt nicht mit Ausnahmen anfangen.

Also bekam Jyothi bei Jack Privatunterricht.

Die Leiterin war von der Sonderbehandlung zuerst nicht gerade begeistert gewesen. »Jedes der Kinder hier hat Schlimmes durchgemacht«, erklärte sie Jack, als er den Wunsch an sie herantrug. »Es sind alles Waisen. Einige von ihnen wurden als Babys auf Müllbergen gefunden, andere wurden von ihren Eltern verlassen oder missbraucht. Warum sollte dieses Kind Einzelunterricht bekommen? Sie ist nicht die Einzige.«

»Ihre Mutter wurde überfahren«, sagte Jack. »Vor ihren Augen. Und ihr Vater hat sie misshandelt, da bin ich sicher.

Ihre Mutter war ihre einzige Sicherheit. Ihre ganze Welt ist zusammengebrochen. Sie braucht Hilfe.«

»Alle Kinder brauchen Hilfe. Kein Kind ist wichtiger als das andere.«

»Aber keines der anderen Kinder ist in ihrem Zustand. Nicht ein einziges. Ich habe sie beobachtet.«

»Ihr Westler meint, ihr könnt einfach hierherkommen und dazwischenfunken«, sagte die Heimmutter. »Allen Kindern steht die gleich schulische Bildung zu. Nur weil für dieses Kind ein Adoptionsverfahren läuft, heißt das nicht, dass sie bevorzugt behandelt werden sollte. Noch ist die Adoption nicht durch, und es kann noch Monate dauern, bis sie bewilligt wird, wenn überhaupt. Und bis dahin muss Jyothi wie alle anderen Kinder behandelt werden.«

Es war nicht so, als verstünde die Leiterin nicht, worauf er hinauswollte. Sie *wollte* es nicht verstehen, und erst, als Jack klar wurde, was sie tatsächlich meinte, kamen sie zu einer Einigung.

»Mir ist aufgefallen«, sagte Jack langsam, »dass die Kinder keine Übungshefte haben – sie schreiben auf die Rückseite von benutztem Büropapier. Vielleicht könnte ich ihnen Hefte besorgen, sodass jedes Kind ein eigenes hat.«

Die Heimmutter sah äußerst zufrieden aus. »Das ist sehr nett von Ihnen«, entgegnete sie, wobei die braune Rundung ihrer Wangen so weit nach oben wanderte, dass ihre Augen vollständig zwischen Hautfalten verschwanden. »Wirklich sehr nett. Sie sind sehr großzügig mit Ihrem Geld und Ihrer Zeit. Und natürlich haben Sie recht mit Jyothi, sie ist emotional blockiert und es ist völlig zwecklos, sie in eine normale Klasse zu setzen. Sehen Sie, ihr Verstand wird erst wieder zugänglich sein, wenn wir uns um die emotionale Seite ihrer Persönlichkeit gekümmert haben. Ich habe noch heute Morgen mit der Lehrerin gesprochen, und die meinte ...«

Sie sprach weiter, während sie die Treppe hinaufstiegen.

Als sie das Zimmer erreichten, in dem Jyothi ihre einsamen Stunden am Fenster mit Blick auf den grauen Hof verbrachte, war alles abgemacht: Bis auf Weiteres war Jack nun allein für Jyothis Unterricht verantwortlich. So einfach war das.

Musik, so beschloss Jack, war bei Jyothi der Schlüssel zum Erfolg. Also brachte er jeden Morgen seine Gitarre mit und spielte und sang ihr vor. Er arbeitete sich durch sein gesamtes Repertoire an Folk-Balladen der Sechziger, Kinderliedern, lateinamerikanischer und spiritueller Musik, ohne dass sie die geringste Reaktion zeigte. Er kaufte einen Kassettenrekorder und versuchte es mit klassischer und Western-Musik: keine Reaktion. Er improvisierte: komponierte eigene Lieder für sie oder sang andere mit veränderten Texten, in denen ihr Name vorkam, damit sie zumindest etwas verstand. Sie blieb ungerührt, ihre Traurigkeit war undurchdringlich.

Doch Jack war überzeugt, dass wenn überhaupt, dann nur Musik die eisige Starre auflösen konnte, die seit dem Tod ihrer Mutter ihre Seele umfing. Er hatte immer noch das Bild im Kopf, wie Jyothi ganz hibbelig vor Aufregung gewesen war, eine Gitarrensaite auch nur zu berühren, wie ihre Augen vor Freude gestrahlt und ihre Füße zu seinem Spiel den Takt geschlagen hatten. Er hatte in ihr eine gewisse Geistesregung erkannt, ein ihm ähnliches Wesen, dessen Inneres nur über den Schlüssel der Musik zu erreichen war. *Du und ich, wir sprechen dieselbe Sprache*, erklärte er ihr immer und immer wieder, nicht mit Worten, sondern mit Musik. Doch sie hörte ihn nicht.

Erst die Heimmutter wies ihn darauf hin, dass sein Ansatz zwar grundsätzlich richtig war, es aber einen entscheidenden Denkfehler darin gab.

»Sie verschwenden Ihre Zeit«, sagte sie mehr als eine Spur herablassend. »Sie hört Ihnen gar nicht zu. Und solche Musik würde ihr auch nicht gefallen. Sie sollten indische Musik spielen. Inder hören gerne *Filmi*-Musik. Wenn Sie wollen, bringe ich Ihnen ein paar Kassetten mit.« Sofort wusste Jack, dass sie im Prinzip recht hatte. Aber er würde Jyothi keine *Filmi*-Musik vorspielen. Er hatte eine andere Idee.

»Wo kann man hier Sitar-Musik hören?«, fragte Jack Mrs Rajpaul noch am selben Abend. »Gute Sitar-Musik.«

Mrs Rajpaul wusste natürlich, wann und wo. Der Schwiegervater einer ihrer Cousins war ein talentierter Sitar-Spieler und Jack würde Jyothi mit dorthin nehmen können, damit sie ihn spielen hörte. Jeden Abend um halb sieben.

Es war kein plötzliches Erwachen, vielmehr ein langsames Dämmern, für einen Fremden vielleicht gar nicht wahrzunehmen, denn Jyothi saß während der gesamten Vorstellung still und leise da, mit ausdruckslosem Gesicht und bis auf ein Zurechtrücken der Füße beinah reglos, doch Jack, der in den letzten fünf Wochen jeden Tag bei ihr gewesen war, spürte es. Er konnte nicht genau sagen, was es war. Vielleicht eine minimale Entspannung in den Schultern oder im Kiefer, oder vielleicht sogar noch etwas viel Subtileres: das Nachlassen einer inneren Anspannung, die nur er, der ihr am nächsten stand, spüren konnte, eine Öffnung des Geistes, die sich in ihm selbst widerspiegelte. Was auch immer es war, es war eine Erleichterung, denn er wusste, dass sie einen Wendepunkt erreicht hatten.

Am nächsten Tag brachte Jack ein tragbares indisches Harmonium und eine *Shruti*-Box mit ins Waisenhaus, die er ihr daließ – er wollte sich ihr nicht aufdrängen und ihr Gelegenheit geben, selbst ihren Weg zu sich zurückzufinden und sich dabei von den in den beiden Holzkisten enthaltenen Tönen leiten zu lassen. Er übergab sie in die Hände der Musik.

Er verließ das Gebäude und lief eine Stunde lang durch die Straßen der Stadt. Als er zurückkam, hörte er es bereits an der Tür, auf dem Weg nach oben wurde es lauter: das eintönig schwingende Dröhnen der Shruti. Er betrat das Zimmer, und dort saß Jyothi im Schneidersitz mitten auf dem Boden, hielt den kleinen Kasten auf dem Schoß und betätigte mit den

Fingern die Klappe. Sie sah nicht auf, als er hereinkam, entweder weil sie so auf den Klang konzentriert war, dass sie ihn gar nicht bemerkte, oder weil es ihr egal war. Jedenfalls hatte er so Gelegenheit, sich ihr leise zu nähern, und als er direkt vor ihr stand, hörte er, dass sie zum Klang der Shruti summte. Da wusste er, dass der Kampf gewonnen war.

* * *

»Du musst sie unbedingt noch vor September herbringen«, sagte Monika am Telefon. »Das neue Schuljahr beginnt am dritten und ich habe sie schon angemeldet, aber sie sollte zwei, drei Monate früher hier sein, damit sie schon mal Englisch lernen kann und ...«

Sie waren das alles schon zig-mal durchgegangen. Doch Monikas ständige Angst, es könnte alles nicht so laufen wie geplant, führte dazu, dass sie vor jedem willigen Zuhörer, meistens Jack, all die Unwägbarkeiten in ihrem Leben immer und immer wieder ausbreitete.

»Sie wird ohnehin schon die Älteste in der Klasse sein – und wenn sie kein Englisch kann, wie soll sie dann je etwas lernen? Ich habe schon mit dem Schulleiter gesprochen und er meint, wir sollten gar nicht daran denken, sie auf die Grundschule zu schicken. Er hat mir zu einer Förderschule geraten.«

»Das klingt doch nach einem guten Ratschlag, wenn du meinst, sie wäre an der normalen Schule im Nachteil. Wo ist das Problem?«

»Es ist ja nur die Sprache, die sie zurückhält, sonst nichts, und wenn sie früher kommt, kann sie die ja schon lernen. Ich habe schon Kontakt zu einer Frau aufgenommen, die sie eine Stunde am Tag unterrichten kann, und natürlich wird sie sowieso alles ganz schnell von uns lernen, wenn sie erstmal bei uns wohnt und ...«

»Monika, beruhige dich. Wir haben noch genug Zeit, es

ist erst März. Wir werden uns darum kümmern, wenn es soweit ist. Im Moment bin ich einfach nur froh, dass sie anscheinend einen großen Schritt gemacht hat. Und sie lernt so viel von mir. Mensch, du hättest sie sehen sollen, wie sie da mitten im Zimmer gesessen und auf der *Shruti*-Box gespielt hat …«

»Ich habe sie übrigens auch schon für den Geigenunterricht angemeldet. Bei der öffentlichen Musikschule gibt es eine Warteliste, aber du erinnerst dich bestimmt noch an Mrs Hull, sie bietet auch Privatunterricht für Kinder an und ist wirklich gut …«

»Glaubst du nicht, wir sollten mit dem Geigenunterricht noch etwas warten?«

»Nein, warum denn! Sie sollte so früh wie möglich anfangen. Ich würde sie ja selbst unterrichten, aber ich glaube nicht, dass es eine gute Idee ist, als Mutter das eigene Kind zu unterrichten. Oder als Vater.«

»Aber erstmal sollten wir sie nach Hause bringen.«

»Na ja, das ist deine Aufgabe, Jack. Ich …«

»Okay, überlasse das mir«, sagte Jack. »Ich rufe dich in ein, zwei Tagen wieder an, okay, Süße?«

»Jack, warte, da ist noch was anderes. Was ist mit …« Doch Jack hatte schon aufgelegt.

Danach grenzten Jyothis Fortschritte um Haaresbreite an ein Wunder. Innerhalb einer Woche ging sie von dem einen Ton der *Shruti*-Box zu den beiden Oktaven des Harmoniums über. Eine weitere Woche später versuchte sie sich schon an einfachen Melodien. Manchmal umspielte der Hauch eines Lächelns ihre Lippen. Der undurchdringlich stumpfe Blick war aus ihren Augen verschwunden, auch wenn darin noch ein Nebel von Traurigkeit hing. Doch nun gab es Wiedererkennung und Kommunikation. Nun sprachen sie miteinander, wenn auch nur über Trauer.

Ein geliebtes Kind erholt sich schnell. Unter Jacks schützender Hand ließ Jyothis Schmerz mit jedem Tag sichtlich nach, Stück für Stück wurde sie der Welt gewahr.

Jack ging jeden Tag mit ihr nach draußen. Sie fuhren mit dem Taxi zum Strand, wo sie lange Spaziergänge unternahmen. Jack kaufte ihr Snacks, sie spielte im Sand und watete durch das seichte Wasser. Er brachte ihr englische Wörter bei, »Meer«, »Wasser« und »Sand«, und ein paar einfache Sätze. Und schon bald brachten sie eine simple, holprige Unterhaltung auf Englisch zustande.

KAPITEL 9

Jack schüttelte halb gerührt, halb belustigt den Kopf. Die Fotos waren so typisch Monika. Den beiliegenden Brief hätte er selbst für sie schreiben können, wäre ihm danach gewesen. Er überflog die Bilder. Das Haus von der Vorder- und Rückseite, die Forsythie in voller Blüte über der strahlend weißen Gartenbank. Dann noch eins vom hinteren Gartenbereich mit dem Teich, den sie letzten Sommer ausgehoben und angelegt hatten und der immer noch nicht so idyllisch aussah wie im Katalog. Das Wohnzimmer mit dem glänzenden schwarzen Klavier, das neben der Glasvitrine mit Monikas Origami-Sammlung an der Wand stand.

Monika hatte oben das Zimmer freigeräumt, das all die Jahre in Erwartung seiner neuen Bestimmung als Gästezimmer gedient hatte. Sie hatte die Möbel einer Wohltätigkeitsorganisation gespendet, die Tapete abgerissen, den Teppich herausgenommen. Jetzt, wo Monika sicher wusste, dass ein Mädchen in das Zimmer einziehen würde, hatte sie das Gelb-Apricot-Farbschema umgesetzt, das sie sich für diesen Fall überlegt hatte. Im Fall einer Schwangerschaft hätte sie sich zurückgehalten, bis die ersten Ultraschallbilder das Geschlecht des Fötus verraten hätten, doch nun konnte sie mit Vollgas durchstarten.

Jacks Optimismus hatte auf sie abgefärbt: Die guten Neuigkeiten aus Bombay hatten ihre Begeisterung geweckt, und nun glaubte auch sie an Intuition und das, was diese ihr verriet, nämlich dass Jyothi eines Tages zu ihrer Familie gehören würde. Und nun hatte sie mit Feuereifer das Gewicht all der Jahre der unerfüllten Mutterschaft auf die schöne Aufgabe umgelenkt, das Zimmer neu einzurichten.

Hier, auf den Fotos, die Jack in den Händen hielt, war das Ergebnis. Die Aufnahmen von Jyothis Zimmer waren weiter hinten im Stapel, und er sah sie sich in aller Ruhe an. Es sah auf jeden Fall gut aus. Ein Teppich in meliertem Apricot, eine neue Tapete und passende Vorhänge. Solide Kiefernholzmöbel: ein Bett, ein Nachttisch, ein Schrank, ein Schreibtisch, zwei Lampen und ein Regal. Eine besondere Bettdecke, die aus zwei Lagen bestand (wie Monika im mitgeschickten Brief erklärte): zwei Lagen für den Winter, eine für den Sommer, dazu ein sonnengelber Bettbezug mit passendem Bettlaken und ein weiches Kissen.

Wieder schüttelte er den Kopf, diesmal nicht belustigt, sondern verärgert. Das war typisch: Monika in Aktion, alles so sehr bis ins kleinste Detail durchgeplant, dass nichts mehr dem Zufall oder der Spontanität überlassen und die Zukunft durch die kontrollierende Hand des Perfektionismus erdrückt wurde.

Das Gästezimmer war eigentlich völlig in Ordnung gewesen, wenn auch zugegebenermaßen nichts Besonderes: Monikas altes Bett aus ihrer Studentenwohnung mit Kopf- und Fußteil aus Kiefernholz, ganz schlicht, wie auch der etwas zerkratzte und verwitterte Schrank und die Kommode. Die Möbel hatten etwas Vertrautes und Gemütliches, auf diesem Bett hatten sie sich schon in Monikas Einzimmerwohnung in Brighton zusammengekuschelt, als sie sich gerade kennengelernt hatten. Als er dann bei ihr eingezogen war, hatte Jack etwas Platz im Schrank und eine eigene Schublade in der Kommode bekommen, und so war jedes dieser Möbelstücke mit einer Erinnerung an diese Zeit verknüpft.

Jetzt war alles in dem Zimmer neu. Es sah aus wie in einem Einrichtungskatalog. Zu perfekt, zu sehr aufeinander abgestimmt, zu makellos – aber das war eben Monika. Es wäre schön gewesen, dachte Jack, wenn sie die Möbel gemeinsam mit Jyothi gekauft hätten … aber egal. Jack steckte die Fotos zurück in die Mappe und stand auf.

Wie üblich fuhr er mit Jyothi zum Strand und sie setzten sich auf ihre Lieblingsbank, wo er ihr die Fotos zeigte und erzählte, was darauf zu sehen war, in dem lässigen Ton, in dem er zu jedem Kind ihres Alters gesprochen hätte, egal ob amerikanisch, indisch oder Inuit.

»Guck, das ist die Haustür. Im Sommer wachsen große rote Rosen an der Wand daneben hoch, wenn wir Glück haben und früh genug nach Hause kommen, wirst du sie sehen. Das ist das Zimmer, das Monika dir eingerichtet hat. Da ist dein Bett, und in dem Wandschrank liegen schon ein paar Klamotten für dich, und in den Schubladen kannst du deinen ganzen Kram aufbewahren. Und an die Wand kannst du Poster hängen, welche du willst. Von deinen Lieblings-Popstars … aber dafür bist du wahrscheinlich noch zu jung. Guck mal, sie hat dir schon eine Geige besorgt. Eine Geige! Hast du schon mal eine gesehen? Ich wette nicht. Sie ist in dem Kasten da, du wirst sie dann sehen, wenn wir da sind. Ich werde dir beibringen, wie man sie spielt. Wenn du magst. Ein bisschen kleiner als eine Sitar. Weißt du noch, die Sitar, die der Mann neulich Abend gespielt hat? Weißt du noch? Die Sitar?«

Sie sahen sich an. Jyothi formte das Wort ›Sitar‹ mit den Lippen und nickte auf jene Art, mit denen die Inder »Ja« sagen, und Jack lächelte und zeigte ihr noch mehr Fotos. Und dabei spielte es keine Rolle, ob Jyothi dachte, dass er ihr Bilder von irgendeinem prächtigen Palast in einem weit entfernten Land zeigte, in dem Milch und Honig auf den Straßen floss, und nicht verstand, dass dies bald ihr Zuhause sein würde, ihr Zimmer, ihr Bett, ihre Geige. Das einzig Wichtige war, dass sie zuhörte: dem Klang seiner Stimme, in der die Zuversicht mitschwang, dass alles gut werden würde.

Das Verfahren schien so gut wie abgeschlossen. Mit etwas Glück würden ihm die nötigen Dokumente in ein oder zwei Wochen vorliegen und er könnte Jyothi mit nach Hause nehmen. Er hatte schon ihr Ticket nach Heathrow gekauft und einen Flug in zwei Wochen gebucht. Zu Hause in England hatte sich Monika derweil manisch in weitere Vorbereitungen zur Ankunft des Kindes gestürzt: Keine Schwangere hätte es besser geschafft, die nötige Ausrüstung für den neuen Familienzuwachs bereitzustellen. Bis hin zur letzten Zahnbürste und Haarklemme würde es Jyothi an nichts fehlen.

Der Anruf erreichte Jack am Freitagmorgen, noch vor dem Frühstück, aber nach seiner täglichen Yogaeinlage, die er sich zur Gewohnheit gemacht hatte, seit er festgestellt hatte, dass sie seinen Geist beruhigte und die Tortur der endlosen Warterei auf Jyothi ein bisschen erträglicher machte. Es war die Heimleiterin.

»Mr Kingsley! Sie müssen sofort kommen!«, schrie sie ins Telefon, sodass Jack den Hörer ein Stück weit vom Ohr weghalten musste. »Ja, es geht um Jyothi! Sie ist weg!«

Mit einem Mal aus dem ruhigen Zustand ausgeglichener Achtsamkeit gerissen, schrie Jack zurück: »Weg?! Aber wie? Wohin? Ist sie abgehauen, oder wie?«

»Einen Moment, Mr Kingsley.«

Es folgte eine Minute entsetzlicher Stille, die Heimmutter hatte wohl die Hand auf den Hörer gelegt, um mit einem Mann zu sprechen, denn Jack konnte eine männliche Stimme aus dem Hintergrund hören.

Während dieser Minute hatte Jack das Gefühl, mit den Fingerspitzen an einer Felskante über einem hundert Meter tiefen Abgrund zu hängen, darauf gefasst, jeden Augenblick in die Tiefe zu stürzen, aber doch nicht bereit – bis die Stille unterbrochen wurde und die Heimmutter seine klammernden Finger mit den Einzelheiten wegtrat.

»Mr Kingsley? Hallo? Sind Sie noch da?«

»Ja! Was ...«

»Mr Kingsley, ich habe keine Zeit jetzt, kommen Sie einfach her. Die Polizei ist da, wenn Sie sich beeilen, erwischen Sie sie vielleicht noch. Bitte kommen Sie sofort.«

Das war's. Jack sollte also noch nicht von seiner Angst befreit werden. Er würde sie die Dreiviertelstunde mit sich herumschleppen müssen, die er brauchte, um sich anzuziehen, nach unten zu gehen, im frühmorgendlichen Chaos ein Taxi zu finden und den Fahrer durch die verstopften Straßen zu treiben, so schnell die dahinkriechende Metallraupe der Bombayer Rushhour es zuließ.

Rushhour! Ein Oxymoron ohnegleichen. Nie war der Bombayer Verkehr weniger in Eile gewesen, nie ein so lebloses, stinkendes, träges Etwas. Als er im Waisenhaus ankam, stand die Heimmutter an der Tür und sprach mit einem Polizisten. Beide wandten sich zu ihm um, der Polizist mit dem ausdruckslosen, bewusst neutralen Blick professioneller Distanz, die Heimmutter mit von Emotionen aufgewühltem Gesicht.

»Was ist passiert? Wo ist sie?«, rief Jack, und die beiden sahen einander an, als erwarteten sie vom jeweils anderen, die schreckliche Nachricht zu übermitteln. Schließlich ergriff die Leiterin das Wort.

»Oh, Mr Kingsley, es ist furchtbar, der Mann, dieser abscheuliche Mann war hier und hat sie mitgenommen.«

»Welcher abscheuliche Mann?« Doch noch während er die Worte aussprach, wusste Jack bereits Bescheid: der Mann, den er im Labyrinth des *Dhobi Ghat* und in den heruntergekommenen Seitenstraßen von Bombay gesucht hatte.

»Ihr Vater!«, rief die Leiterin. »Ihr Vater ist gekommen, um sie mitzunehmen, und als ich versucht habe ihn aufzuhalten, hat er mich weggestoßen. Er hat mich geschlagen! Hier!« Sie deutete auf ihr Brustbein. »Er hat mich in die Ecke und aus dem Weg gedrängt, und als ich ihm nachgerannt bin, haben seine Freunde mich an den Haaren zurückgezogen! Und der andere hat mich gepackt, hier! Sehen Sie!«

Zutiefst gekränkt zeigte sie Jack die Stelle an ihrem Arm, direkt unter dem engen Ärmelsaum ihrer Saribluse, wo man sie offenbar verletzt hatte. Jack konnte nichts erkennen – ihre Haut war zu dunkel – doch sie sagte: »Es tut richtig weh! Dieser Schuft hat mich einfach gepackt und gegen die Wand geschleudert, als ich ihm den Weg versperrt habe!«

»Haben sie irgendwas gesagt? Wo sie hinwollten, wo sie sie hinbringen?«

»Er meinte nur, er wolle seine Tochter zurückhaben, er habe lange genug gewartet und jetzt einen Platz für sie gefunden.«

»Und dann?«

»Sie wollte nicht mitgehen. Sie hat geschrien und um sich getreten, sich am Türrahmen festgehalten, als er sie aus dem Zimmer zerren wollte, aber einer der Männer hat sie einfach hochgehoben und rausgetragen. Sie hatten einen Wagen draußen stehen, ein Taxi, und sie haben sie reingeworfen und sind eingestiegen und weggefahren. Das war das Letzte, was wir von ihnen gesehen haben!«

»Und dann haben Sie mich angerufen?«

»Nein, erst die Polizei. Das Haus war in Aufruhr, einige Kinder hatten das Ganze mit angesehen und mussten beruhigt werden, deshalb hat es etwas gedauert, bis ich Sie anrufen konnte, und dann kam die Polizei. Das hier ist *Police Constable* Ashok. Er hat bereits Anzeige erstattet.«

PC Ashok nickte ernst. »Aber leider können wir nichts tun, Sir. Vater hat Sorgerecht für sein Kind, er hat das Recht, Tochter mitzunehmen.«

»Aber ...« Jack hatte keine Ahnung, wie er noch so ruhig sprechen konnte, so gefasst, als handelte es sich nur um eine weitere der kleinen Schwierigkeiten, mit denen er sich auf dem Weg zur Adoption hatte herumschlagen müssen. »Das Adoptionsverfahren ist fast abgeschlossen. Das hier zählt doch sicher als Entführung. Sie müssen doch irgendetwas ...«

Doch Ashok schüttelte nur mit einem Ausdruck unendlicher Traurigkeit den Kopf, als bedächte er den traurigen Zustand, zu dem die Welt verkommen war. »Rechte von Vater sind bis zum letzten Moment gültig«, sagte er bedauernd. »Auch wenn Vater arm ist, hat er Rechte über Tochter. Tut mir sehr leid, Sir.«

Wie zur Bekräftigung dieses Unglücks ließ er die breiten Schultern hängen. Dann wandte er sich an die Heimmutter und begann, vermutlich aus Rücksicht auf Jack, auf Englisch: »Madam, es gibt leider nichts, was die Polizei für Sie tun kann ...«, bevor er mitten im Satz auf Hindi weitersprach und seine Stimmung sich augenblicklich verbesserte. Er und die Heimmutter führten angeregt die Unterhaltung fort, in die sie bei Jacks Ankunft vertieft gewesen waren und die, den lebhaften Gesten und dem gelegentlichen leisen Lachen nach zu urteilen, überhaupt nichts mehr mit Jyothis Verschwinden zu tun hatte.

Jack versuchte dreimal, sie mit einem »Aber ...« zu unterbrechen, bis die Heimleiterin sich zu ihm umwandte und sagte: »Wir müssen diese Wende des Schicksals akzeptieren, es ist Gottes Wille. Es war nicht Jyothis Bestimmung, im Westen aufzuwachsen. Dass es nun so gekommen ist, ist der Beweis dafür. Wir müssen Gottes Entscheidung mit Gleichmut hinnehmen, denn er hält die Fäden in der Hand, während wir nur Marionetten im Tanz des Lebens sind.«

Nach dieser Standpauke nickte sie Jack streng zu, bedachte ihn mit demselben Blick, den sie sonst ihren ungehorsamen

Waisenkindern zuwarf, und wandte sich wieder ihrer Unterhaltung zu.

Das erste Mal seit seiner Ankunft in Indien, genau genommen sogar das erste Mal seit seiner ungestümen Kindheit, in der er seine Männlichkeit durch ständige Raufereien mit dem tyrannischen Nachbarjungen unter Beweis gestellt hatte, verspürte Jack das brennende Verlangen, jemandem ins Gesicht zu schlagen. Bis dahin hatte er die indische Haltung vollkommener Gelassenheit im Angesicht des Unglücks bewundert und sogar zu imitieren versucht, doch nun spürte er nur noch eine unbändige Wut aus den Tiefen seines Körpers steigen, die so kurz davor war, sich in überstürzte Handlungen zu entladen, dass er sich schnell abwandte. Er ging davon.

* * *

Jyothi saß zusammengekauert auf dem Rücksitz des Autos, die Füße auf dem Sitz, die Arme fest um die Beine geschlungen, eng an den Körper gedrückt. Er saß vorne neben dem Fahrer. Der Mann. Sie sah, wie er sich umdrehte. Nicht, um sie anzusehen – er sah sie nie an –, sondern um dem anderen Mann die offene Hand hinzuhalten, dem dickleibigen, stinkenden neben ihr auf dem Rücksitz, der nun eine schmutzige Papiertüte öffnete und ein gefaltetes Bündel Geldscheine herausholte, das er in die gierig geöffnete Hand drückte. Noch immer sah er sie nicht an, sondern öffnete die Autotür, stieg aus und ging davon. Jetzt war sie alleine mit den beiden Fremden und obwohl sie ihn hasste, wollte sie ihm hinterherrennen, denn er war nun der Einzige, den sie kannte und besser als nichts, besser jedenfalls als dieser Fremde auf dem Rücksitz neben ihr. Sie schrie und warf sich gegen die Tür, doch der Fremde packte sie am Arm, zerrte sie zurück und versetzte ihr links und rechts ein paar Ohrfeigen. Danach war sie still. Der Wagen fuhr davon, sie sah aus dem Fenster. Überall Autos, Lastwagen, Zweiräder. Reihen um Reihen von Häusern, Gebäuden, Geschäften, hin und wieder eine Ampel. Sie brachten sie fort. Sie wusste nicht, wohin. Sie konnte kaum atmen. Alles in ihr verwandelte sich zu Stein, als gösse jemand Zement in ihre Seele, der sich erhärtete, und alles, was blieb, war ein einziges Gefühl. Furcht – mehr als Furcht. Entsetzen. Blankes Entsetzen.

KAPITEL 10

»Was meinst du, sie ist weg?« Selbst am Telefon war Monikas Schock greifbar – und laut. Jack musste den Hörer vom Ohr weghalten.

»Genau das, Mon. Weg. Verschwunden.«

»Hör auf, Jack, hör doch auf mit dieser ruhigen und überheblichen Art, und spiel keine Spielchen mit mir. Wo ist sie?«

»Glaub mir, Monika, ich spiele keine Spielchen. Das würde ich nie tun bei so einer ernsten Angelegenheit.«

»Aber wie kannst du so ruhig dastehen und mir das sagen? Was hast du unternommen, um sie zu finden? Hast du die Polizei informiert? Jack, wo ist sie?«

Jack atmete tief durch, wischte den Schweiß vom Hörer und nahm ihn in die linke Hand. In den letzten sechs Stunden hatte er weitgehend zu seiner alten Gelassenheit wiedergefunden. Wegen des Zeitunterschieds hatte er noch mit dem Anruf gewartet und währenddessen alles Menschenmögliche getan, um seine zukünftige Tochter zu finden – was, wie sich herausstellte, nichts war. Weder die Adoptionsagentur noch die mit dem Fall betrauten indischen Polizeibeamten hatten ihm auch nur die leiseste Hoffnung gemacht, Jyothi in der von Menschen wimmelnden Stadt zu finden, und selbst wenn man sie fand, so versicherten sie Jack mit einer Selbstgerechtigkeit, die zum aus der Haut fahren war, hätte er keine Chance auf das Sorgerecht. Man hielt ihm einen Vortrag nach dem anderen über die Unbedingtheit der väterlichen Rechte, die Unantastbarkeit des Familienverbands und die Priorität der biologischen Bande über jede andere Art menschlicher Beziehungen, und schickte ihn fort.

»Meinst du, ich würde dir das so sagen, wenn ich wüsste, wo sie ist? Wenn man dich so hört, könnte man meinen, du wärst noch nie in Bombay gewesen«, sagte Jack. »Es ist eine GROSSE Stadt. Weißt du noch? GROSS, sehr groß. Riesig, gigantisch, kolossal, enorm, sehr, sehr groß. Wie ein Ameisenhaufen mit zwanzig Millionen wimmelnden Ameisen. Verstehst du? Will sagen: schwer zu finden. Sehr schwer zu finden. Stell dir eine Nadel im Heuhaufen vor, sag dir, Jack ist fremd in der großen Stadt und hat niemanden, der ihm hilft. Dann hast du 'ne ungefähre Vorstellung.«

In den letzten paar Wochen hatte Jack jeden Freitagabend ein Konzert für die Kinder im Waisenhaus veranstaltet. Das Programm war eine bunte Mischung aus indischer und westlicher Musik. Über seine indischen Kontakte hatte er ein kleines Grüppchen indischer Musiker organisiert – ein Sitar-Tabla-Duo, zwei Sängerinnen, eine Geigerin und er selbst mit der Gitarre – und ein kurzes und lebhaftes Programm für die jungen Zuschauer auf die Beine gestellt. Die Kinder freuten sich auf die Konzerte und Jack hatte die Heimmutter und die Musiker dazu bewegt, diese auch nach seiner Abreise fortzusetzen. Vielleicht würden sie nicht lange dabei bleiben – Jack war sich ziemlich sicher, dass sie ohne seinen Antrieb bald einträglichere Pläne für ihre Freitagabende finden würden. Doch heute Abend war eine Abschiedsfeier für Jyothi geplant gewesen, und die Musiker waren sicher nicht von der Leiterin über die Entführung des Mädchens informiert worden.

Jack war überhaupt nicht in der Stimmung für Musik. Aber um fünf Uhr nachmittags zerrte ihn ein nagendes Gefühl aus dem Halbschlaf, in den er in dem abgedunkelten Alkoven, der ihm als Schlafzimmer diente, gesunken war. Er wachte auf, gähnte und rieb sich den Kopf, dann zog er den Vorhang vor dem winzigen Fenster über seiner Pritsche zurück und sah auf die Uhr.

Durch die Nebelschleier seiner Trauer hindurch meldete sich sein Pflichtgefühl, kämpfte ein paar Minuten lang mit der Unlust, irgendetwas anderes zu tun, als im Dunkeln zu liegen und zu trauern, und verlor. Er stand auf, wickelte sich ein Laken um den nackten Körper – wie sonst sollte man in dieser Hitze schlafen? – und ging durch das unaufgeräumte Wohnzimmer zur Dusche.

Eine Viertelstunde später stand er in sauberen Shorts und einem frisch gebügelten weißen Hemd, das der *Dhobi* am Morgen geliefert hatte, unten auf der Straße und hielt ein Taxi an. Pünktlich um sechs Uhr setzte ihn der Taxifahrer beim Tamarindenbaum vor dem Waisenhaus ab. Er bezahlte, trat auf den staubigen Gehweg und überquerte die Straße zum Eingang des Waisenhauses. Er klingelte und die Leiterin öffnete ihm mit einem breiten Lächeln die Tür. »Hallo!«, sagte sie. »Ich wusste nicht, ob Sie ...«

In dem Moment hörte er eine dünne, schrille, verängstigte Stimme, die seinen Namen rief. Er drehte sich um und sah gerade noch, wie sich eine kleine Gestalt aus den Ästen des Tamarindenbaums fallen ließ und schnell wie ein gejagtes Tier auf ihn zuraste; sie stürzte sich in seine Arme und warf ihn beinahe zu Boden, und erst als er wieder sicher auf den Beinen stand, brachte er ihren Namen hervor.

Jyothis erste verwirrte Worte – auf Hindi, die Leiterin übersetzte sie – verrieten ihnen, dass sie befürchtet hatte, verfolgt zu werden. In den ein, zwei Stunden – oder drei oder vier – seit sie sich in den Ästen des Tamarindenbaums versteckt hatte, um auf Jack zu warten, hatte sie einen Mann gesehen, der mehrmals am Waisenhaus vorbeigegangen war.

»Und dein Vater? Wo ist dein Vater?«, fragte Jack. Die Heimmutter wiederholte die Worte auf Hindi.

Jyothi sah verwirrt aus. »Mein Vater?«

»Ja. Wo ist er? Er hat dich doch mitgenommen, oder? Du musst wissen, Jyothi, dem Gesetz nach gehörst du immer noch zu deinem Vater. Wir müssen also sehr, sehr vorsichtig sein, falls er zurückkommt.«

Jyothi schüttelte energisch den Kopf. »Nein, nein, nein«, sagte sie. »Nein!« Tränen strömten ihr aus den Augen. »Mein Vater nie mehr zurückkommen!«

»Vielleicht doch. Wir müssen vorsichtig sein.«

Doch Jyothi schüttelte nur weiter den Kopf. »Nie mehr zurückkommen. Nie mehr, wie Ma nie mehr zurückkommen. Alle tot.« Und sie fing bitterlich an zu weinen.

Jack und die Heimmutter tauschten besorgte Blicke aus.

»Wie meinst du das, tot?«, fragte Jack nach einer Weile, nachdem ihre Schluchzer abgeklungen waren.

»Tot. Vater tot, Mutter tot.«

»Aber dein Vater ist ... Also, er ist doch der Mann, der dich mitgenommen hat, oder nicht?«

»Nein, nein, nein!«, rief Jyothi, schüttelte energisch den Kopf und setzte zu einem Wortschwall an. Jack konnte nur über das Wunder staunen, wieder ihre Stimme zu hören. Die Worte sprudelten nur so aus ihr hervor, als wären sie in ihr aufgestaut gewesen und nun endlich befreit worden. Er verstand sie zwar nicht, doch er war außer sich vor Freude, noch ein Hindernis war überwunden.

»Lassen Sie mich einmal mit ihr sprechen«, sagte die Leiterin dann, und fünf bange Minuten lang sah Jack zu, wie sie das Mädchen befragte. Endlich sah sie zu ihm auf. »Jetzt weiß ich, was passiert ist«, sagte sie.

Jyothi, so erklärte die Leiterin, hatte ihren Vater geliebt und ihr Vater hatte sie geliebt. Doch er lebte nicht mehr. Er war wohl schon wenige Wochen nach dem Umzug der Familie nach Bombay gestorben. Jyothi wusste nicht, woran, sie wusste nur, dass er in einem großen Krankenhaus gewesen war. Ihre Mutter war eines Tages weinend nach Hause gekommen und hatte gesagt, er sei gestorben.

Ein paar Wochen, oder vielleicht Monate, hatten sie sich mit Betteln durchgeschlagen. Und dann war dieser Mann bei ihnen eingezogen. Jyothi wusste nicht, wie oder warum es dazu gekommen war. Auf einmal war er dagewesen, ging ein und aus, blieb manchmal zwei Tage fort und war mal über Nacht da, mal nicht. Sie mussten weiterhin betteln und arbeiten gehen, Aushilfsarbeiten beim *Ghat*. Er behauptete, ihr neuer Vater zu sein, aber das hatte sie ihm nie geglaubt.

»Aber was ist letzte Nacht passiert? Wie hat sie hierher zurück gefunden?«

Die Heimmutter wechselte noch ein paar Worte mit Jyothi und sagte dann: »Als das Auto anhielt, ist sie weggerannt. Sie konnten sie nicht fangen. Sie hat sich durchgefragt zum Strand. Und vom Strand aus kannte sie den Weg hierher zurück. Sie hat sich im Baum versteckt und auf Sie gewartet.«

»Aber was bedeutet das jetzt? Für mich, meine ich. Für die Adoption?«

»Jyothi wird ihre Geschichte für die Behörden wiederholen müssen. Dann werden Nachforschungen angestellt. Vielleicht können wir das Krankenhaus finden, in dem der Vater gestorben ist. Vielleicht können wir nachweisen, dass sie tatsächlich eine Vollwaise ist. Und in dem Fall ...«

Sie brach ab. Jack reichte Jyothi die Hand und zog sie an sich. Instinktiv kletterte sie auf seinen Schoß.

»Dann sollte der Adoption nichts mehr im Wege stehen.«

TEIL II

DER LIEBE NAHRUNG

»Es ist leicht, ein jedes Musikinstrument zu spielen: Man drücke nur die rechte Taste zur rechten Zeit, dann spielt das Instrument ganz von allein.«
J. S. Bach

KAPITEL 11

Mit Jyothi zu reisen war, als würde man von einem Schatten begleitet. Sie wich ihm nicht von der Seite, nicht eine Minute. Als sie am Flughafen in der Schlange standen, verkrallte sie sich so sehr in den Saum seines T-Shirts, dass es ihm ganz eng um die Hüfte saß. Sie hielt sich daran fest, als wäre es ihr Rettungsanker in dem Menschenmeer, das auf die Check-in-Schalter zuströmte und die überladenen Gepäckwagen als Rammbock nutzte, um einen besseren Platz zu ergattern.

Zentimeter für Zentimeter rückte die Menschenmasse vor, bis endlich nur noch eine Person vor ihnen in der Schlange stand, ein erschöpfter alter Mann in einem *Dhoti*, der seinen Platz im Gewühl anderthalb Stunden lang ruhig und stoisch verteidigt hatte. Es war einfach unmöglich, in dem Gedränge Abstand zu halten, sodass Jack ihm, ob er wollte oder nicht, beinah auf die Fersen trat, während der Mann hinter ihm in der Schlange ihm unangenehm eng im Nacken saß.

Jack hörte, wie die Dame am Schalter zu dem alten Mann sagte: »Sir, Sie sind am falschen Tag gekommen. Ihr Flug wäre gestern Nacht gewesen.«

Müde antwortete der alte Mann: »Am neunten, mein Flug geht am neunten Mai!«

»Ja, das ist richtig«, erwiderte die Frau. »Aber ganz früh morgens. Um zwanzig nach zwölf. Das wäre ihr Flug gewesen. Der nächste ist am zehnten, also morgen, aber für den haben Sie kein Ticket.«

»Am neunten«, wiederholte der Mann. »Ich fliege am neunten, das habe ich meiner Tochter in London gesagt. Heute ist der neunte.«

»Ja, es ist noch der neunte. Aber der Flieger heute Nacht startet eigentlich am zehnten, in zwei Stunden, gleich nach Mitternacht. Es tut mir leid, Sir, aber Sie haben Ihren Flug heute früh verpasst.«

»Das kann nicht stimmen! Am neunten ... meine Tochter ...«, klagte der alte Mann, doch die Dame sah bereits über seine Schulter zu Jack und winkte ihn heran.

Der Mann weigerte sich, den Schalter zu verlassen. Er weinte jetzt hemmungslos und es braute sich eine Szene zusammen, doch wie aus dem Nichts tauchten zwei Sicherheitsbedienstete auf und drängten den Mann sanft, aber bestimmt durch die Menge zurück. Abgelenkt von dem Spektakel sah Jack zu, wie der weinende Mann abgeführt wurde, bis ihn ein nüchternes »Ihre Tickets bitte, Sir« in die Gegenwart zurückholte.

Beruhigend legte er Jyothi die Hand auf die Schulter und legte ihre Tickets und Reisepässe auf den Tresen. Jyothi hing immer noch an seinem T-Shirt.

Seit sie vom Waisenhaus aufgebrochen waren, hatte sie kein Wort gesagt. Inzwischen war es Mitternacht, und sie hatte seit dem Abendessen um sechs Uhr weder geschlafen noch gegessen. Und sie war nicht auf der Toilette gewesen. Vielleicht war sie zu schüchtern, danach zu fragen.

»Du solltest noch mal auf die Latrine gehen, bevor wir ins Flugzeug einsteigen«, sagte er, nachdem sie es erfolgreich in die

Abflughalle geschafft hatten. Latrine hatten sie es im Waisenhaus genannt. Jyothi würde die neuen englischen Wörter lernen müssen.

»Komm«, sagte er und nahm sie an der Hand. Er führte sie zu den Damentoiletten. »Das ist die Latrine. Die Toilette.« Er zeigte auf die Tür mit der Damensilhouette.

»Du musst alleine gehen. Männer dürfen da nicht rein!«

Jyothi stand da und sah ihn an, als verstünde sie nicht. Er hielt die Tür auf und gab ihr einen kleinen Schubs. »Na los, Jyothi. Es ist besser, wenn du jetzt gehst. Im Flugzeug ist es nicht so einfach. Die Latrinen dort sind sehr klein und du kannst vielleicht nicht gehen, wenn du musst.«

Doch Jyothi wollte ihm nicht von der Seite weichen. Verzweifelt sah er sich um. Früher oder später würde sie gehen müssen, und früher war besser als später. Im engen Flugzeug wollte er ein solches Drama lieber vermeiden. Er war sicher, dass es nötig war, sie hatte an dem Abend drei Gläser Wasser getrunken. Aber er konnte sie auf keinen Fall in die Damentoilette begleiten, nirgendwo auf der Welt, aber schon gar nicht in Asien, in Indien. Und auf die Herrentoilette konnte er sie auch nicht mitnehmen.

»Entschuldigung.«

Sie blockierten den Eingang. Jack trat zur Seite und zog Jyothi sanft aus dem Weg. Eine dunkelhaarige Europäerin in weit geschnittener grüner Hose und kurzer cremefarbener Bluse lächelte und nickte ihm zu, murmelte ein Dankeschön und öffnete die Tür. Irgendetwas an ihrem Lächeln ermutigte Jack, sie anzusprechen.

»Entschuldigung, einen Moment bitte ...«

Mit der Hand am Türknauf hielt die Frau inne und sah ihn fragend an.

»Dieses kleine Mädchen hat Angst, alleine reinzugehen. Ich dachte, vielleicht könnten Sie sie mitnehmen und ihr zeigen ...?«

Er ließ den restlichen Satz unausgesprochen, es schien eine etwas intime Frage unter völlig Fremden. Doch die Frau lächelte verständnisvoll und sah zu Jyothi hinab.

»Ja natürlich, komm mit.« Zu Jacks Verwunderung sprach sie ein paar Wörter in einer indischen Sprache und streckte ihr die Hand entgegen. Jyothi sah von der Hand zur Frau und dann zu Jack. Jack lächelte und nickte ermutigend.

»Geh mit der netten Dame mit, Jyothi. Sie wird dir helfen.«

Die Frau sprach noch ein paar Worte. Ihre Stimme klang freundlich und schmeichelnd. Wieder sah das kleine Mädchen zwischen ihnen hin und her. Jack hatte das Gefühl, dass sich in diesem Moment des Zögerns, der hierbei entstand, Jyothis ganze Zukunft entschied. Ihr Blick schien um Erlaubnis zu bitten: Erlaubnis darum, keine Angst haben zu müssen, vertrauen zu dürfen, ein von ihm losgelöster Mensch sein zu können. Und es kam Jack so vor, dass, wenn sie sich nicht hier und jetzt entschließen konnte, ihn zurückzulassen, es ihr nie gelingen würde. Dass sie dann für immer in einem Netz aus Angst vor der Welt und dem, was diese ihr zufügen könnte, an ihn gebunden wäre. Für den Bruchteil einer Sekunde sah er Zweifel, Angst, Panik in ihren Augen aufblitzen, und dann, bevor er selbst darauf reagieren und ein ermutigendes Wort oder Lächeln nachsetzen konnte, hatte sie es getan: Sie hatte die ausgestreckte Hand der Frau genommen und war in der Damentoilette verschwunden, und Jack blieb mit einem dümmlichen Lächeln auf den Lippen und innerlich jubelnd vor der geschlossenen Tür stehen.

* * *

»Es wird nicht einfach werden«, sagte Rachel. Sie pustete auf den dampfenden Kaffee in ihrer Hand und nahm einen vorsichtigen Schluck aus dem Pappbecher. »Eine Cousine von mir hat einen kleinen Jungen aus Peru adoptiert. Seine Eltern sind bei einem Busunglück ums Leben gekommen. Er ist mit drei Jahren nach England gekommen und es hat ein Jahr gedauert, bis er ein Wort rausgebracht hat.«

»Oh, sie spricht schon«, entgegnete Jack. »Sobald der Bann einmal gebrochen war, ging es richtig gut, auch wenn ihr Englisch natürlich noch rudimentär ist. Unser Problem wird eher sein, wie sie sich eingewöhnt.« Ein besorgter Ausdruck stahl sich in sein Gesicht, der Rachel nicht entging.

»Was genau macht Ihnen denn da Sorgen?«

Aus kakaobraunen Augen blickte Rachel ihn aufmerksam und herzlich an, sie schien alles wahrzunehmen – nicht nur die Dinge, die er sie sehen lassen wollte, sondern auch jene kleinen verborgenen Details, auf die er eigentlich niemanden aufmerksam machen wollte, vor allem nicht sich selbst. Jack zögerte. »Meine Frau«, sagte er. »Sie ist etwas ... unflexibel.«

Sofort überkamen ihn Schamgefühle. So etwas sollte er einer Fremden nicht anvertrauen. Es war ein Verrat an Monika. Doch irgendwie war es über ihn gekommen. Das lag wohl an Rachel, die offenbar diesen Einfluss auf ihn hatte: sich zu bekennen, das Unaussprechliche auszusprechen.

* * *

Jack hatte vor der Damentoilette auf sie und Jyothi gewartet und – nachdem er sich kurz bedankt und richtig vorgestellt hatte und sie feststellten, dass sie auf denselben Flug warteten – Rachel auf einen Kaffee ins Flughafenbistro eingeladen. Während der fünfzehn Minuten ihrer Unterhaltung war ihm ihre fast schon unheimliche Fähigkeit aufgefallen, ihm ohne falsche Zurückhaltung auf den Zahn zu fühlen und ihm Geständnisse zu entlocken, die er lieber für sich behalten hätte. Jack hatte das Gefühl, ihr überhaupt nichts entgegensetzen zu können, sie musste ihn nur kurz anpieksen und schon überschüttete er sie bereitwillig mit Informationen. Es hätte ihn vielleicht beunruhigt, hätte er nicht in ihrem Blick eine ungekünstelte Heiterkeit und in ihren Fragen ein aufrichtiges Interesse wahrgenommen.

Jack zögerte. »Du stellst aber viele Fragen«, sagte er.

»Fragen zu stellen ist mein Job!«, lachte Rachel, die sein Unbehagen bemerkte. »Ich bin Journalistin.«

»Worüber schreibst du?«, fragte Jack, doch statt ihm zu antworten, beugte sie sich vor, öffnete den Reißverschluss ihrer Tasche und zog eine Stoffpuppe daraus hervor, die sie Jyothi überreichte.

»Hier, die ist für dich«, sagte sie mit einem Lächeln. Dann fügte sie noch etwas in Jyothis Sprache hinzu, und Jyothis um Erlaubnis fragender Blick fiel diesmal noch kürzer aus als zuvor. Sie nahm die Puppe und drückte sie an sich, ohne sie auch nur anzusehen. Es war eine indische Puppe mit bräunlich-roter »Haut«, eine Frau mit langen schwarzen Zöpfen, einem glänzenden blauen Sari und einer kleinen Babypuppe auf dem Rücken.

»Nein, das kannst du nicht ...«, protestierte Jack, doch Rachel hielt ihn zurück.

»Ist schon in Ordnung, ich habe mehrere davon als Mitbringsel für Freunde gekauft, sie war für niemand Bestimmten gedacht. Sie scheint ja gar keine anderen Spielsachen dabeizuhaben?«

»Nein, also ...« Doch es war gar kein Vorwurf gewesen, bloß eine Feststellung. Jyothi saß auf Jacks Schoß, ein dünnes Ärmchen fest um die Puppe geschlungen, und nuckelte so eifrig am Daumen, dass sie die Wangen einsog. Dabei sah sie Rachel unverwandt an, als inspizierte sie sie auf unerwartete Charakterfehler.

»Tut mir leid, es geht mich nichts an.«

»Wo hast du die Sprache gelernt ... ist das Hindi, Marathi?«

»Hindi«, gab Rachel zurück. »Mein Vater war im Auswärtigen Dienst tätig. Ich bin in Delhi aufgewachsen. Ein paar

Jahre lang hatte ich es verlernt, aber während des Studiums habe ich einen Kurs an der Uni gemacht, um wieder reinzukommen. Und auf einmal war alles wieder da. Und Sie? Was ist mit Ihnen? Und ihr?« Sie sah zu Jyothi, die sich nun gemütlich in Jacks Arm eingekuschelt hatte. Ihr Blick war nicht mehr auf Rachel gerichtet. Die Augen waren ihr schon fast zugefallen – in ein paar Minuten würde sie tief und fest schlafen. »Was hat sie zu Ihnen geführt?«

Das war für Jack der Startschuss, ihr die ganze Geschichte zu erzählen – wie er Jyothi auf einer Straße in Bombay getroffen hatte, von ihrem natürlichen Melodie- und Rhythmusgefühl, das ihn so sehr fasziniert hatte, von dem Unfall und dem Tod ihrer Mutter und dem Kampf um die Adoption. Rachel schien mit allen Sinnen zuzuhören und Jack verspürte abermals das Bedürfnis, die Last der letzten Monate an andere, stärkere Schultern abzugeben.

Rachel war begeistert. »Was für eine schöne Geschichte! Sie muss ja wirklich ein ganz besonderes Mädchen sein. Wissen Sie was, wir müssen unbedingt in Kontakt bleiben. Hier ist meine Karte. Ich würde zu gerne erfahren, wie es mit Ihnen weitergeht.«

Sie zückte eine Visitenkarte und hielt sie Jack hin.

Rachel Fitzgerald stand darauf und eine Adresse mit einer Postleitzahl, die er nicht kannte.

»So, das ist besser! Jetzt können wir uns unterhalten«, sagte Rachel. In ihrem Ton lag etwas, das Jack aufschauen ließ. Es klang wie eine Anspielung: als wüsste Rachel irgendwas, wovon er nichts wusste, aber das war natürlich Quatsch. Jack schüttelte das Gefühl ab.

Rachel hatte einen Fensterplatz zehn Reihen vor Jack und

Jyothi gehabt, und es war ihr gelungen, ihn gegen den Platz am Gang neben ihnen zu tauschen.

»Sie haben doch nichts dagegen, oder?«, fragte sie Jack, während dessen ursprünglicher Sitznachbar – ein großer, schlaksiger Inder, vermutlich Student – sich erhob und zu seinem neuen Platz weiter vorne durchschlängelte.

Jack schüttelte den Kopf, doch es war ohnehin eine rhetorische Frage gewesen. Rachel hatte bereits ihre Tasche unter dem Sitz vor sich verstaut und ließ sich nun auf den Platz neben ihm sinken.

»Vielleicht brauchen Sie Hilfe mit Jyothi«, bemerkte Rachel überflüssigerweise, und Jack nickte. Sie sahen sich an und lächelten einander einmütig und in völligem Einverständnis zu. Jyothi, das war ihnen beiden klar, war ein willkommener Vorwand, um die langen Stunden der Reise gemeinsam zu verbringen.

Sie unterhielten sich fast den ganzen Flug über. Es war ein Nachtflug und daher dunkel und still in der Kabine, die meisten anderen Passagiere schliefen. Sie sprachen im Flüsterton, die Gesichter von der kleinen Deckenleuchte erhellt und zueinander geneigt, und irgendwo über Saudi-Arabien lehnte sich Rachel noch etwas weiter vor und küsste Jack sanft auf die Lippen, was er mit einigem Eifer und nur einem Minimum an Schuldgefühlen erwiderte. Gut eine Stunde verbrachten sie mit nichts anderem als Küssen, bis plötzlich die Kabinenbeleuchtung anging und sie in ein unangenehm grelles Licht tauchte. Widerwillig lösten sie sich voneinander.

»Du bist so schön«, sagte Jack, und Rachel nickte und strich sich eine zerzauste Haarsträhne hinters Ohr. Sie erwiderte nichts, sondern schnappte sich nur ihre Handtasche und verschwand auf die Toilette.

Jack drehte sich zu Jyothi um. Sie lag zusammengerollt und in eine Decke der Fluggesellschaft gekuschelt auf ihrem Sitz. Jack konnte den Kopf der Puppe erkennen, die sie immer noch fest an sich gedrückt hielt. Sie hatte den Daumen im Mund, doch ihr Kiefer hing schlaff herunter, und als Jack ihren Kopf etwas anhob, um ihr ein Kissen unterzuschieben, rutschte ihre Hand weg. Sie jammerte kurz, die Lippen machten ein paar Saugbewegungen, aber dann entspannten sich ihre Züge wieder zu einem sanften Ausdruck friedlichen Schlafs. Jack strich ihr eine Strähne von der Wange und betrachtete sie zärtlich, und sein Herz quoll über vor Liebe.

Mit Schrecken ging ihm auf, dass er das erste Mal seit Monaten nicht an Jyothi gedacht hatte. Etwas anderes hatte von ihm Besitz ergriffen und sie verdrängt. Nun, im unbarmherzigen Licht der Kabine, holten ihn die Schuldgefühle ein.

»Puh«, sagte er laut und schüttelte den Kopf, wie um einen bösen Traum abzuschütteln. Er lehnte sich vor, sodass er mit der Stirn fast an die Knie kam, setzte sich wieder auf, reckte sein Kinn nach oben und streckte den Nacken, so weit es ging. Er spannte die Muskeln an und ließ sie wieder locker, rieb sich die Schläfen und warf einen etwas nervösen Blick auf den Sitz neben sich.

»Hey, willst du auch gehen?«, fragte Rachel, die nun im Gang stand und ihn anstrahlte. Sie hatte sich die Haare gekämmt, das Gesicht gewaschen und ihr Make-up aufgefrischt, einen Hauch Rosa auf den Lippen und eine Spur Blau entlang der Wimpern.

»Ja, sicher«, meinte Jack und befreite ein Bein nach dem anderen aus dem engen Fußraum. Er kletterte über Rachels Sitz hinaus auf den Gang. Als er sich an ihr vorbeidrängte, berührte sie ihn am Arm – unwillkürlich durchfuhr ihn ein Schauder –, und Rachel, die seine Reaktion falsch deutete, lachte verführerisch.

Jack verbrachte mehr Zeit als nötig auf dem WC. Er spritzte sich kaltes Wasser ins Gesicht, das half ein wenig. Dann setzte er sich auf die Toilette und dachte nach. Fünfzehn Minuten lang dachte er nach, dann stand er auf, öffnete die Tür und bahnte sich entlang der Schlange missgelaunter Wartender den Weg zurück zu seinem Sitz. Rachel hatte noch einmal die Plätze getauscht und saß jetzt auf dem mittleren Sitz, sodass er nun den Platz am Gang hatte. Er setzte sich.

Sie sahen sich an. Diesmal war sie es, die lächelte, aber er blieb ernst.

»Hör mal, Rachel, es tut mir leid«, sagte er ohne Umschweife.

»Warum? Was tut dir leid?« Ihre Stimme klang jetzt leicht hysterisch.

»Du weißt schon ... Es tut mir leid, ich hätte das nicht tun sollen.«

»Was soll das heißen, du hättest es nicht tun sollen? Es war doch schön!«

»Ja, aber, na ja, in meiner Situation ...«

Sie sah ihn an, ausnahmsweise sprachlos. Aus ihren sonst so strahlenden Augen sprach die Kränkung. Sie biss sich auf die Unterlippe, wandte den Blick ab, und als sie sich über die Augen wischte, warf Jack seine Bedenken und Schuldgefühle über Bord. Nun war er es, der sich zu ihr hinüberlehnte. Er legte ihr einen Finger unter das Kinn, führte ihr Gesicht an seines, und diesmal tauchten sie erst wieder auf, als Rachel das diskrete Hüsteln der Stewardess hörte und sich zurückzog.

Die Stewardess lächelte nachsichtig und reichte ihnen ein kleines Frühstückstablett. Jack und Rachel richteten sich auf, zupften ihre Kleidung zurecht, fuhren sich durchs Haar und klappten ihre Tische runter. Jyothi schlief noch immer tief und fest, und sie weckten sie nicht. Sie konnte ihr Frühstück ja nachholen, und außerdem wäre es mit dem Küssen vorbei, sobald sie wach war, und das war keinem von ihnen recht. Jack sah auf die Uhr. Noch vier Stunden bis zur Landung in Heathrow. Was Flugreisen anging, eine Ewigkeit.

Als Jyothi schließlich eine Stunde vor der Landung aufwachte, ließ Jack von Rachel ab, bat sie, wieder die Plätze zu tauschen, und tat so, als wäre nichts zwischen ihnen geschehen. Er half Jyothi, ihr Frühstück auszupacken und sie aus dem Kuddelmuddel aus Decken, Kissen, Kleidung und Puppe zu befreien, und beschäftigte sich mit allen möglichen anderen Aufgaben, die ihm erlaubten, dem heiklen Sitzplatz am Gang den Rücken zuzukehren. Doch als Jyothi endlich frühstückte und auch sonst alles gründlich erledigt war, bemerkte er eine unheimliche Stille hinter sich. Er wandte sich verlegen um und begegnete Rachels vorwurfsvollem Blick.

»Alles okay?« Er schenkte ihr sein einnehmendstes Lächeln und legte eine Hand auf ihre, zog sie aber nach einer Sekunde schon wieder zurück und warf einen verstohlenen Seitenblick auf Jyothi, um zu sehen, ob sie etwas mitbekommen hatte.

»Nein«, erwiderte Rachel.

»Hm?« Jack runzelte die Stirn. »Nein, was?«

»Nein, es ist verdammt noch mal nichts okay«, sagte Rachel. »Schämst du dich etwa für mich? Sie ist doch nur ein kleines Mädchen, um Himmels Willen.«

»Hör mal, Rachel, es tut mir leid, ich meinte nicht ... Ich wollte sie nur nicht verwirren.«

»Sie nicht verwirren? Und was ist mit mir? Ich bin sehr verwirrt. Erst küsst du mich, als wäre ich die letzte Frau auf Erden, und dann tust du so, als hättest du mich noch nie im Leben gesehen.«

»Ich musste ihr mit dem Frühstück helfen. Sie hat mich gebraucht!«

»Ach, darum geht es doch überhaupt nicht. Ich habe ja gar nichts dagegen, wenn du ihr mit dem Frühstück hilfst. Es geht darum, wie du mir plötzlich die kalte Schulter gezeigt hast, sobald sie auch nur Anstalten gemacht hat, die Augen aufzuschlagen. Du hättest dein Gesicht sehen sollen. Und dann die kalte Schulter. Eiskalt. Brrrrr.«

»Versteh doch, es ist eben so, dass ...«

»Dass du verheiratet bist. Ja, ich weiß. Ich versteh schon.

Lass dich niemals mit einem verheirateten Mann ein, das hat meine beste Freundin mir geraten. In die Falle ist sie selbst mal getappt, sie hat mich gewarnt. Niemals! Und was tue ich? Genau das Gegenteil.«

»Meine Güte, Rachel, es war doch nur ...«

»Ja, ja, nur ein kleiner Flirt im Flugzeug. Ich weiß schon.«

»Nein, es war mehr als das. Du weißt, dass es mehr war. Es war vom ersten Moment an da. Das weißt du.«

»Was war da?«

»Rachel.«

Sie sahen sich unverwandt an. Zwischen ihnen schwebte eine Wolke unausgesprochenen, unaussprechlichen Verlangens, und Jack wusste, dass ein falsches Wort, ein falscher Schritt genügen würde, sie anzustechen. Dem Wolkenbruch, der dann folgen würde, war er nicht gewachsen.

»Was?«

»Es ist einfach der falsche Zeitpunkt. Es tut mir leid. Ich wünschte, es wäre anders. Ich wünschte, ich hätte dich vor sechs Monaten getroffen. Dann hätten wir es zulassen können. Vor sechs Monaten wäre es perfekt gewesen. Aber jetzt ...«

»Jetzt hast du Jyothi. Ich weiß ja, ich weiß.«

»Es tut mir leid.«

Rachel traten die Tränen in die Augen und sie wandte sich ab. »Ist schon okay. Ich verstehe. Sehr nobel von dir.« Danach ignorierte sie Jack, lehnte sich über ihn hinweg zu Jyothi und sprach sie auf Hindi an.

»Lass sie bitte raus, ich gehe mit ihr zur Toilette«, wies sie Jack schroff an, und danach wechselten sie bis zur Landung kein einziges Wort mehr.

KAPITEL 12

Am Gepäckband verabschiedeten sie sich.

»Ich werde dir schreiben, deine Adresse hab ich ja«, sagte Jack.

Ihr kamen die Tränen. »Ich versuche, es zu verstehen«, sagte sie. »Mein Kopf hat es verstanden, aber mein Herz noch nicht.«

»Ich weiß. Mir geht es genauso. Ich wünschte ...«

»Wie konnte das nur so plötzlich passieren!« Sie heulte leise auf.

»Rachel, du verstehst doch – mit Jyothi ... habe ich eine Verpflichtung. Wenn sie nicht wäre ...«

»Ich weiß! Ich weiß!«

Jyothi stand bei ihnen, still wie eine Statue, geduldig, gleichgültig. Sie hielt ihre Puppe fest an sich gedrückt. Rachel beugte sich zu ihr hinunter, nahm sie fest in die Arme und gab ihr einen Kuss.

»Tschüs, Jyothi. Es war schön, dich kennenzulernen. England wird dir gefallen.«

Dann machte sie auf dem Absatz kehrt und ging ohne einen letzten Blick auf Jack zu ihrem Anschlussflug nach Leeds. Jack wollte ihr hinterherrennen, sie zurückhalten, eine verantwortungslose und verrückte Entscheidung treffen. Doch dann schaute er zu Jyothi, die immer noch reglos mit ihrer Puppe im Arm an seiner Seite stand, in die Luft guckte und geduldig darauf wartete, was als nächstes passieren würde, ganz auf ihn angewiesen.

Monika erwartete sie direkt hinter der Absperrung im Ankunftsbereich. Als Jack den Gepäckwagen mit Jyothi obenauf durch die Schiebetür manövrierte, entdeckte er sie sofort. Er winkte, weil sie winkte: eine schlanke, adrette Gestalt in perfekt gebügelter, cremeweißer Leinenhose und königsblauem Blazer. Ihr dunkelblondes Haar war kürzer, als sie es je getragen hatte. Jack fiel ein, dass sie sich immer einen Kurzhaarschnitt gewünscht hatte, doch er hatte sie immer davon abbringen können. Jetzt hatte sie es getan.

Aber auch ich habe Dinge getan, die sie nicht gutheißen würde. Ein Bild von unbändigen dunklen Locken zuckte ihm durch den Kopf und war verschwunden, bevor er es richtig ausmachen konnte. Er setzte ein freudiges Lächeln auf, legte Jyothi eine Hand auf die Schulter und beugte sich zu ihr vor, damit sie ihn hören konnte. »Da ist sie«, sagte er und zeigte auf Monika. »Da ist Mum.«

Sie hatten am Telefon besprochen, wie Jyothi sie nennen sollte. Jack war der Meinung gewesen, dass sie es einfach bei Jack und Monika belassen könnten, schließlich war Jyothi alt genug, um zu wissen, dass sie nicht ihre leiblichen Eltern waren. Doch Monika war entschieden dagegen gewesen.

»Sie muss uns als ihre Eltern kennenlernen. Deshalb ist es unglaublich wichtig, dass sie uns mit Mummy und Daddy anredet.«

Dem ersten Teil ihres Arguments gab er nach, nicht aber dem zweiten – »Mummy und Daddy« ließ ihn erschaudern. In Indien hatte Jyothi ihn, wenn überhaupt, mit Jack angesprochen – ob sie sich wohl überhaupt an »Dad« gewöhnen konnte?

So einigten sie sich auf »Mum« für Monika, wie es in England üblich war, und »Jack« für ihn. Das hier war jedoch das erste Mal, dass er das Wort »Mum« vor Jyothi tatsächlich verwendete, und in dem Moment, da er es aussprach, wurde es zum ersten Mal Realität: Sie waren Eltern, er und Monika, und einander durch ein unauflösliches Band verbunden. Bisher hatte er ihre Verbindung nie infrage gestellt. Er und Monika waren nun seit zehn Jahren zusammen und ihre Leben so eng miteinander verwoben, dass er eine Alternative nie auch nur in Erwägung gezogen hatte. Jack, der ewige Rumtreiber, war irgendwie in die Ehe gedriftet, hatte sich dann darin treiben lassen und war nie auf den Gedanken gekommen, wieder weiterzudriften, denn das hätte zu viel Aufwand bedeutet. Nun, da er Vater war, hatte sich diese Tür für immer geschlossen.

Jyothis Eintritt in sein Leben hatte einen durchschlagenden Effekt gehabt, wie ein kleines Pflänzchen hatte sie sich beharrlich den Weg durch den Asphalt seiner Bequemlichkeit gebahnt, alte Strukturen durchbrochen, ihn erst zum Kämpfen bewegt und ihm dann, subtiler, die Einöden seines Lebens vor Augen gehalten. Monika, das wurde ihm mit einem Mal erschreckend deutlich, war ihm eine solche Ödnis. Sofort spürte er, wie es in ihm zehn Grad kälter wurde.

Er hatte jedoch keine Gelegenheit, sich mit dieser neuen Erkenntnis auseinanderzusetzen. Monika hatte sich bereits zu Jyothi runtergebeugt und sie in die Arme geschlossen, mit einem Überschwang, der abermals den ihm sonst fremden Impuls weckte, auf irgendjemanden einzuschlagen. Doch es blieb ihm keine Zeit, über diesen Impuls nachzudenken oder ihm gar nachzugeben, denn vor ihm stand nun noch eine andere Person, die seine Hand gepackt hatte und kräftig schüttelte.

»Oh, hallo Bridget, ich wusste gar nicht, dass du auch kommst!«

Doch Bridget, Monikas Schwester, hörte ihn gar nicht, denn auch sie machte nun viel Aufhebens um Jyothi: »Wie klein sie ist, so zierlich!«

Monika sagte zu ihm: »Sie muss total übermüdet sein, armes kleines Ding. Hallo, mein Schatz! Endlich bist du wieder zu Hause!«

Sie breitete die Arme aus, doch nach einer kurzen Umarmung ließ Jack sie gleich schon wieder los, noch bevor sie bereit dazu war. Bridget nahm Jack den Gepäckwagen ab und steuerte damit Richtung Ausgang. Noch immer saß Jyothi still und starr auf dem obersten Koffer und drückte ihre Puppe an sich. Sie hatte Monika nicht angelächelt und schien sie überhaupt nicht wiederzuerkennen. Monika, die neben Jack herlief, flüsterte besorgt: »Sie erkennt mich nicht mehr!«

»Gib ihr etwas Zeit«, sagte Jack. »Das ist alles ein Schock für sie. Ich meine, vergleich das hier doch mal mit Bombay.«

Monika nickte, fühlte sich aber dennoch abgewiesen. Jack hatte so viel Zeit mit Jyothi verbracht und war ihr so weit voraus, was die Bindung zu ihr anging, während sie weit hinterherhinkte. Und warum war Jack selbst so kalt und abweisend?

Im Vergleich zum Chaos Bombays, dachte Jack auf dem Weg zum Parkplatz, konnte man Heathrow glatt für das Paradies halten. Es lag zwar ein geschäftiges Treiben in der Luft, doch im Großen und Ganzen herrschte eine Atmosphäre von ausgesuchter Höflichkeit. Die sauberen, mit Teppich ausgelegten Böden, die Weitläufigkeit und Sauberkeit und Helligkeit, selbst die vielen Menschen waren sauber. Die Leute begrüßten einander mit Blumen und Umarmungen und schoben ihre glänzenden Gepäckwagen zu den Türen oder den Aufzügen. Alle schienen wie für einen besonderen Anlass gekleidet zu sein, und als Jack so an sich herabsah, an dem zerknitterten T-Shirt und der seit vier Tagen nicht gewaschenen Jeans, in der er unterwegs geschlafen hatte, fühlte er sich auf einmal wie der letzte Dreck. Auch Jyothi war nicht passend gekleidet. Für die

Reise hatte sie einen bequemen Baumwollrock und eine Bluse getragen, und er hatte nicht daran gedacht, sie vor der Landung noch umzuziehen. Eigentlich hatte er überhaupt nicht an Kleidung gedacht, weder an ihre noch an seine. Er machte sich nie Gedanken über Kleidung.

Sie überquerten die Straße vor dem Flughafen, erreichten den Parkplatz und Monika führte sie zu ihrem grünen Ford Escort. Auf dem Rücksitz hatte sie einen teuren Kindersitz eingebaut. Mit schnellen Bewegungen half sie Jyothi in den Wagen und schnallte sie an. Bridget öffnete die Hintertür, um auf dem Rücksitz Platz zu nehmen, doch Jack meinte: »Nein, ich geh schon«, und setzte sich neben Jyothi. Monika fuhr los. Sie düsten gerade über die M25, als Monika in den Rückspiegel sah.

Jyothi saß auf Jacks Schoß und hatte ihm einen Arm um den Hals gelegt. Die Stoffpuppe hielt sie unter den anderen Arm geklemmt und nuckelte am Daumen. Aus Monikas Stimme sprach Verärgerung.

»Jack, ich weiß ja, dass heute ihr erster Tag hier ist und dass wir darauf Rücksicht nehmen müssen, aber in Zukunft sollten wir uns darauf einigen, dass sie immer den Kindersitz nimmt, ohne Ausnahme. Das ist viel sicherer.«

Jack zuckte nicht einmal mit der Wimper, er schien sie überhaupt nicht gehört zu haben. Er war mit seinen Gedanken offenbar ganz woanders. Monika wandte sich kurz zu ihm um.

»Hast du gehört, Jack?«

»Was? Ah ... ah ja, der Kindersitz. Na klar.«

Bridget, die gerade Jyothis schulische Laufbahn mit Monika besprochen hatte (sie war Lehrerin an einer weiterführenden Schule und wusste alles zu dem Thema, was man wissen muss-te), drehte sich um und warf Jack einen missbilligenden Blick zu.

»Du wirst das Kind noch total verwöhnen«, bemerkte sie.

Jack sagte nichts, doch seine Lippen formten zwei Worte,

die laut ausgesprochen einen Unfall verursacht hätten, hätte Monika sie gehört. Bridget sah, dass er die Lippen bewegte, aber da sie nicht Lippenlesen konnte, wurde eine mittlere Katastrophe abgewendet.

»In ihrem Alter sollte sie nicht mehr am Daumen lutschen«, sagte Bridget.

Als sie zu Hause ankamen, war Jyothi in Jacks Armen eingeschlafen und Jack selbst am Ende mit den Nerven, auch wenn er nicht wusste, wieso. Er war nicht sicher, ob diese plötzliche und unerwartete Abneigung gegen Monika etwas mit Rachel zu tun hatte oder ob seine Zuneigung zu Rachel mit dem Abklingen seiner Gefühle für Monika zu tun hatte, das sich, wie ihm jetzt klar wurde, in den Monaten ihrer Trennung unmerklich, aber stetig vollzogen hatte. Die Sache mit dem Autositz schien ihm beispielhaft für alles, was ihn an der Beziehung mit Monika unglücklich machte. Es war ihm vorher einfach nicht bewusst gewesen. Welch Ironie, dass ausgerechnet Jyothis Ankunft nun all die verborgenen Irritationen zum Vorschein brachte, die er bisher so erfolgreich in eine dunkle Ecke seiner Seele verdrängt hatte.

Eigentlich hätte Jyothi ihre Beziehung kitten und sie wieder zu einer stabilen und uneinnehmbaren Festung machen sollen. Vor Jyothi waren da bereits Risse gewesen, das war ihnen beiden klar, wobei diese jedoch sicher ein Resultat ihrer Kinderlosigkeit gewesen waren. Sie hatten sich an die beiden Extreme ihrer Persönlichkeiten zurückgezogen und sich nicht mehr in der Mitte treffen und einander ergänzen können, so wie sie es früher getan hatten. Jyothi sollte nun das Licht in der Mitte sein, das ihre Unterschiede dahinschmelzen lassen und sie beide wieder miteinander verbinden würde. So hatte Monika, die Analytikerin, es ihm erklärt. Doch ihre Erklärungen erschienen Jack nun so dröge wie Monika selbst.

Ihm wurde klar, dass sie es in all den Jahren, in denen sie versucht hatten, Kinder zu bekommen, versäumt hatten, über ihre sehr unterschiedlichen Lebenseinstellungen und die daraus entstehenden Konsequenzen für die Erziehung ihrer zukünftigen Kinder zu sprechen. Der Zwischenfall mit dem Kindersitz erschien ihm wie ein unheilvoller Vorbote der Zukunft.

Sei nicht albern, ermahnte er sich jetzt. *Du übertreibst, machst aus einer Mücke einen Elefanten. Es war nur ein kleiner Zwischenfall, eine unbedeutende Meinungsverschiedenheit. Auf ihre Weise hatte Monika sogar recht, es ging ihr eben ums Prinzip, wie immer. Sie hat ein gutes Herz, und sie liebt Jyothi.* In Bombay war sie richtig aufgetaut, vor allem in der Nacht nach dem Unfall. Hinter der Fassade, die sie der Welt zeigte, gab es noch eine andere Monika, das sollte er nicht vergessen. Er sollte sie lieben, ihr dankbar sein. Daran denken, was er ihr schuldig war.

Er war am Rande des Untergangs gewesen, als sie ihn wortwörtlich von der Straße geholt hatte, und wäre weiß Gott wo gelandet ohne ihre Unterstützung – moralische Unterstützung, versteht sich, nicht finanzielle. Denn fehlte es Jack nicht an einem festen Rahmenwerk fester Prinzipien, einer Karte innerer Richtlinien, an denen er sich auf seinem Lebensweg orientieren konnte? Und gab sie ihm nicht genau das? War sie nicht der solide Wurzelballen, der ihn fest im Boden verankerte, während er der freie Vogel war, der ihrem Geist zum Fliegen verhalf? Doch ebenso, wie man unmöglich den Flug eines Vogels durch die Luft kartieren konnte, war es einem jeden, und vor allem Jack selbst, unmöglich, seine Einstellung zu einem bestimmten Thema oder sein Verhalten in einer bestimmten Situation vorherzusagen.

Sie brauchten einander. Doch während sie ihn für die schönen Dinge des Lebens brauchte – Kunst, Heiterkeit, Leichtigkeit, Inspiration und Vorstellungsvermögen – brauchte er sie für das Lebensnotwendige. Er konnte ihrem Kind bei den kreativen und künstlerischen Aspekten des Heranwachsens zur

Seite stehen, während es ihre Aufgabe und Verantwortung war, für die Grundlagen zu sorgen. So viel stand fest. War es nicht geradezu ein Running Gag unter ihren Freunden, dass Jack ohne Monika wie ein Heliumballon über ihren Köpfen schweben würde? Und nahm Jack dies nicht mit einem Grinsen hin und betrachtete es als ein Kompliment?

Warum also bin ich jetzt so gereizt?, fragte er sich, ohne eine Antwort zu finden. *Ich werde einfach nicht mehr daran denken und einfach abwarten, wie es weitergeht.*

Jack ließ die Dinge gern auf sich zukommen und hielt das auch diesmal für die beste Herangehensweise.

Jack ließ sich ins Ledersofa fallen. Er hatte die schlafende Jyothi in ihr Zimmer getragen, sie ins Bett gelegt und mit der dicken Decke mit dem fröhlichen gelben Seersucker-Bezug zugedeckt. Jetzt übermannte ihn die Müdigkeit. Monika hatte angeboten, ihm etwas Suppe aufzuwärmen, aber er hatte sich nur ein Glas kalter Milch gewünscht, das sie ihm gebracht hatte und das er nun in gierigen, lauten Zügen leerte, ohne ihren strengen Blick zu beachten. Es gab zwei Dinge, nach denen er sich sehnte: ein langes, heißes Bad und sein Bett. Und wenn er es sich recht überlegte, konnte das Bad warten.

Er gähnte und streckte sich. »Ich könnte ein ganzes Jahr durchschlafen. Hab letzte Nacht kein Auge zubekommen«, sagte er. Ein kleiner Gewissensbiss erinnerte ihn daran, *warum* er letzte Nacht nicht geschlafen hatte, doch er verdrängte ihn und machte sich auf den Weg zur Treppe.

»Nimm dein Glas mit in die Küche«, ermahnte Monika ihn ungnädig. Jack machte kehrt, nahm das Glas, brachte es in die Küche und stellte es auf die Spülmaschine, statt es direkt einzuräumen, wie Monika es vorzog. Im Schlafzimmer zog er sich aus und ließ seine Sachen verstreut auf dem Boden liegen, was ebenfalls gegen die Hausregeln verstieß: Monika hatte ihm angewöhnt, immer alles säuberlich gefaltet auf einen Stuhl zu legen, doch in Indien hatte ihn die alte Gewohnheit wieder eingeholt.

Bevor er sich ins Bett fallen ließ, warf er noch einmal einen Blick auf das Durcheinander aus Jeans, T-Shirt und Socken, entschied dann aber nach kurzer Debatte mit seinem besseren Selbst, dass es die Mühe nicht wert war, noch einmal umzukehren und alles aufzuheben. Monika würde garantiert ein Wort dazu sagen, wenn er aufwachte. Oder vielleicht auch nicht. Vielleicht würde sie sich erbarmen und die Sachen selbst aufheben. Doch als er schon beinahe ins Reich der Träume geglitten war, meldete sich ein leiser Zweifel – ob Monika überhaupt wusste, was Erbarmen bedeutete? Und eine andere Stimme flüsterte ihm zu: *Du undankbarer Mistkerl.* Dann schlief er ein.

* * *

Jack wurde von einem Schrei geweckt. Er tastete nach dem Schalter der Nachttischlampe, und eine Sekunde später war er auf dem Flur und in Jyothis Zimmer, an ihrer Seite. Sie saß aufrecht im Bett und schluchzte hemmungslos. Er schloss sie in die Arme, hielt sie fest und murmelte tröstende Worte.

»Was ist los?« Monika stand in der Tür. Sie trug einen lavendelblauen, knöchellangen Morgenmantel aus weichem, flauschigem Synthetikstoff und passende Hausschuhe. Ihr ungeschminktes Gesicht wirkte blass und erschöpft, beinahe geisterhaft in dem künstlichen Licht.

»Wahrscheinlich ist sie aufgewacht und wusste nicht, wo sie ist«, sagte Jack.

»Oh! Ich hätte daran denken sollen, ihr ein Nachtlicht zu besorgen! Oh, armes kleines Ding!« Sie eilte auf Jyothi zu und hätte sie in die Arme genommen, wenn Jack ihr nicht zuvorgekommen wäre.

Etwas unentschlossen stand sie da.

»Soll ich ihr etwas zu trinken bringen? Vielleicht eine warme Milch mit Honig und Zimt.«

»Ja, mach das.«

Jyothi trank gierig ihre Milch. »Vielleicht hat sie Hunger«, überlegte Jack. Er sah auf die Uhr. Es war zwei Uhr morgens. »In Indien ist es jetzt früher Morgen und sie hat seit Stunden nichts gegessen.«

Sie waren erst am frühen Nachmittag zu Hause angekommen. Jyothi hatte die letzten acht Stunden durchgeschlafen, und auch im Flugzeug hatte sie die meiste Zeit geschlafen. Wahrscheinlich würde sie die restliche Nacht über wach sein. Und Hunger musste sie auch haben. Ihre letzte Mahlzeit war das gestrige Frühstück gewesen, und davor hatte sie zuletzt am Tag davor etwas gegessen.

»Ich mache ihr was«, sagte er. »Geh ruhig wieder schlafen. Ich bleibe wahrscheinlich die ganze Nacht wach.«

KAPITEL 13

Es wurde hell, und dann war Jack da. Das Licht war grell, aber er war bei ihr, nahm sie in die Arme und sie konnte aufhören zu schreien und zitterte nur noch. Sie hatte die Augen fest geschlossen, wollte nichts sehen, nur seine Nähe spüren, seinen Geruch einatmen und seine vertraute Stimme hören.

Wo war die Welt? Wo war alles?

Die Welt war verschwunden und alles, was davon übrig war, war er, Jack.

Jack versuchte aufzustehen und zu gehen, doch sie schlug die Augen auf und klammerte sich an ihn. In ihrem Blickfeld waren noch andere, komische Dinge, die sie noch nie gesehen hatte, und grelle Farben. Sie sah nicht hin, denn es gab nur Jack. Diese Frau war auch da. Jyothi sah sie nicht an. Dann ging sie davon und kam mit sauberer Wäsche wieder. Saubere Wäsche kannte Jyothi, sie war etwas Vertrautes. Sicheres. Sie erinnerte sie an glückliche Zeiten in ihrem alten Dorf, sehr glückliche Zeiten. Der Duft der frischen Wäsche war das einzige, was diese Welt und ihre alte Welt verband. Er versetzte sie zurück, weit zurück, zurück zu Ma und zurück zu ihrem Vater. Jack nahm den kleinen Wäschestapel entgegen und zog sich an, ohne sie loszulassen. Sie würde ihn nie gehen lassen, nie mehr.

Er half ihr auf die Beine. So ein Bett hatte sie noch nie gesehen. Es war überhaupt nicht wie die *Charpais*, in denen sie bisher geschlafen hatte. Es war dick, und darauf lag eine Art gepolstertes Tuch, das eigentlich nicht wie eine Decke aussah. Es war weich und gelb und auch sehr dick, aber dennoch leicht. Das war das Ding, womit sie zugedeckt gewesen war. Dort, wo sie gelegen hatte, war es warm. Sie wollte nicht mit Jack mitgehen, aber er hielt lächelnd ihre Hand, sprach ihren Namen und zog sie sanft mit sich. Sie stand auf.

Ihre Beine waren wackelig, sie hatte das Gefühl, dass sie sie nicht tragen würden. Sie wusste gar nicht mehr, wie das ging – laufen, sie konnte sich nicht daran erinnern. Sie trug ein langes, dünnes rosafarbenes Kleid. Er wickelte ihr etwas um: eine Decke. Er nahm ihre Hand und lächelte und sagte: »Komm.« Sie versuchte zu laufen, und es ging! Sie konnte laufen! Zuerst dachte sie, sie würde vielleicht fallen, aber es ging gut. Sie hielt sich an seiner Hand fest, während er sie durch diese merkwürdige neue Welt führte.

Wieder kamen sie an einen dunklen Ort, aber er drückte auf einen Schalter und es wurde hell. Es war ein Flur, wie im Waisenhaus, doch die Wände waren hellblau und sehr sauber, und der Boden war weich. Sie hatte noch nie einen weichen Boden gesehen. Er war flauschig wie das Fell eines Tieres, wie eine Katze. Aber dunkelblau. Es war warm unter ihren nackten Füßen. Mit der Hand in der seinen ging sie neben ihm her, langsam, denn sie war immer noch nicht sicher auf den Beinen. Sie streckte die Hand aus, um sich an der Wand festzuhalten. Sie stolperte, fiel über ihre eigenen Füße, doch er stützte sie und half ihr auf.

Die ganze Zeit über redete er und jetzt verstand sie einige Worte.

»Hunger«, sagte er immer wieder, und »Essen«.

Das waren wichtige Worte. Worte, die in ihrer alten Welt immer unausgesprochen in der Luft gehangen hatten, in der Zeit, bevor alles um sie herum zusammengebrochen war. Hunger, Hunger, Hunger; Essen, Essen, Essen. Für diese beiden Worte hatten sie gelebt. Sie kannte ihre Bedeutung. Sie erinnerte sich an die Gefühle, die diese Worte hervorriefen, und mit einem Mal waren sie da, in ihr drin, wie wilde Tiere: Hunger! Essen!

Jetzt hörte sie Jack genau zu, lauschte nicht nur seinem Tonfall, sondern auch seinen Worten. Ließ sie in sich lebendig werden. Ihre Lippen bewegten sich und sie versuchte zu sprechen, doch zuerst brachte sie keinen Ton heraus. Es war, als hätte sie vergessen, wie man einen Laut von sich gab.

Doch dann geschah es, ohne ihr Zutun. Sie hörte das Wort, als es ihr über die Lippen kam: »Hunger.«

Als sie sprach, wandte er sich zu ihr um und lächelte, und als er wieder sprach, verstand sie ihn genau.

»Ja, ich weiß, du hast Hunger«, sagte er jetzt, »aber es dauert zu lange, etwas zu kochen. Wie wär's mit ... ahh ...«

Er öffnete Türen, kleine Türen an der Wand, holte dann eine große Pappschachtel daraus hervor und schüttelte sie. Es gab ein knisterndes, raschelndes Geräusch.

»Frühstücksflocken«, rief er triumphierend. »Das sollte reichen. Morgen kochen wir dir ein großes Mittagessen, aber jetzt bekommst du Frühstücksflocken. Okay?« Er hatte noch eine andere Tür geöffnet und eine weiße Schüssel rausgeholt, die er vor sie stellte. Er öffnete den Kühlschrank, nahm einen hohen weißen Karton heraus und stellte ihn auf den Tisch. »Milch«, sagte er.

Er sprach weiter und zu ihrer Überraschung verstand sie beinahe alles, was er sagte.

»Monika kann man mit dem Zeug jagen«, lachte er. »Sie hasst es und kauft es nur mir zuliebe – ich habe das immer als Kind gegessen und es mir nie abgewöhnt. Sie meint, das wäre reiner Zucker und ungesund und was nicht alles. Die Dinger heißen *Sugar Puffs*, das sagt ja schon alles. Aber was soll's? Ich hab's schließlich überlebt, oder etwa nicht? Bin groß und stark geworden! Ich wette, du hast sowas noch nie probiert. Wird dir garantiert schmecken.«

Er zog den Deckel der Schachtel auf und kippte sie, sodass ganz viele kleine braune runde Dinger in die Schüssel fielen. Sie fand, sie sahen aus wie kleine Steinchen.

»Hier, probier mal!«, sagte Jack, nahm eines der kleinen Steinchen und warf es sich in den Mund. »Na los!« Er nahm noch eins und reichte es ihr. Sie nahm es und steckte es in den Mund. Es war süß! Und leicht und weich, gar nicht hart und schwer wie ein Stein. Und lecker, so lecker. Jack lachte wieder und goss Milch über die kleinen Steinchen.

»Sie wird mich umbringen, wenn sie das rausfindet«, sagte Jack. »Sie findet Zucker nicht gut, vor allem nicht für Kinder. Sie hat das Zeug für mich gekauft, nicht für dich. Wobei, wahrscheinlich hat sie es gar nicht gekauft. Wahrscheinlich war ich das selbst und die Packung war noch im Schrank, sie würde sowas niemals kaufen. Nie im Leben. Wegwerfen kann sie's aber auch nicht. Sie kann überhaupt kein Essen wegwerfen, wegen der hungernden Kinder in Indien. Jetzt, wo du da bist, wird sie noch viel strenger auf dieser Regel bestehen. Das wirst du dein Leben lang tausendmal zu hören bekommen. Denk an die hungernden Kinder in Indien und überleg mal, wie gut du es hast, Jyothi! Ja, das wird ihr Motto sein. Warte mal, ich esse auch was. Habe einen Riesenhunger.«

Er nahm eine zweite Schüssel und setzte sich zu ihr.

»Du hast nichts dagegen, wenn ich dir Gesellschaft leiste, oder?«, fragte er, und ohne ihre Antwort abzuwarten – die ohnehin nicht gekommen wäre – füllte er seine eigene Schüssel, goss Milch darüber und nahm seinen Löffel.

Er grinste ihr über den Tisch zu.

»So, Jyothi, deine erste Mahlzeit in England. *Sugar Puffs* mit Milch, britischer geht's nicht.«

* * *

Es war eine merkwürdige neue Welt. Um darin zu leben, brauchte sie merkwürdige neue Sinne. Sie musste eine Barriere errichten zwischen sich und dieser Welt, um die Eindrücke zu filtern, die auf sie einströmten und drohten, sie davonzuspülen. Hinter der Barriere war sie sicher, sie konnte hinausschauen, aber die Welt konnte nicht hineinschauen, und genau so musste es sein. So war die neue Welt gezähmt, während die alte Welt sie immer noch umgab und schützte – sie war zwar nicht mehr da, aber ihre Erinnerungen daran gab es noch, und die waren so echt wie die Welt es gewesen war. Da man mit Erinnerungen tun konnte, was man wollte, beschloss sie, jene aus der Zeit vor dem Unfall zu behalten. So konnte sie Ma zurückholen, sie wieder echt machen, als wäre sie nie weg gewesen. Die neuen Leute, all diese blassen Leute, die eine neue Sprache sprachen, mussten draußen bleiben.

Alle außer Jack. Er war ein Anker in all dem Neuen, eine Leine, die von der alten, vertrauten Welt in diese führte, und sie hielt sich mit aller Kraft an ihm fest. Jack sagte, wenn sie wollte, könne sie ihn Dad nennen, aber das konnte sie nicht. Er war eben einfach »Jack« für sie. Jack war der Name jener Leine, die sie mit der Vergangenheit verband. »Jack« hatte etwas Tröstendes, »Dad« nicht. Sie würde ihr Bestes geben, aber es war nicht leicht.

Auch an die Frau erinnerte sie sich aus der alten Welt, die Frau, die immer ganz nah an sie herankam, lächelte, sie in den Arm nahm und an sich drückte. Die Frau kam ihr vor wie ein Eindringling. Sie drängte sich gegen Jyothis Barriere und versuchte hineinzukommen, doch Jyothi ließ sie nicht, das

Drängen tat ihr weh und Jyothi zuckte jedes Mal zurück und erstarrte, wenn sie ihr nahe kam.

Immer wieder zeigte die Frau auf sich und sagte »Mum«. Sie zeigte auf verschiedene Sachen und sagte dazu ein Wort, Sachen, die sie nie zuvor gesehen hatte, wie das laute Ding mit dem langen Rohr, das die Frau überall im Haus über den Boden zog. »Staubsauger«, sagte die Frau. Das Ding saugte Krümel und Fusseln vom Boden auf. Es war wie ein Besen mit einem saugenden Mund, wie ein klagendes Tier.

Jyothi hatte den Eindruck, dass Jack die Frau nicht mehr so gern hatte. Manchmal machte er Musik und sang ihr etwas vor, aber manchmal ging er auch weg und ließ sie alleine mit der Frau. Dann zeigte sie wieder auf sich und sagte »Mum, Mum« und lächelte sie an.

Jeden Morgen kam die Frau zu Jyothi, um sie zu wecken. Meistens war sie sowieso schon wach, meistens wurde sie wach, wenn es draußen noch stockdunkel war, aber inzwischen schrie sie nicht mehr, sondern blieb einfach liegen und wartete, bis die Frau kam und das Licht einschaltete.

Sie lernte, wie man alles richtig machte. Nach dem Aufstehen musste sie ins Badezimmer gehen, ein strahlend weißer Raum, und sich die Zähne putzen, duschen und anziehen. Die Frau half ihr dabei. Danach war es Zeit fürs Frühstück, aber es gab nie wieder *Sugar Puffs*, sondern Brot und Butter und Marmelade, und die Frau namens Mum zeigte ihr, wie man das zubereitete. Dazu gab es eine Tasse heißen Tee, aber es dauerte, bis sie den trinken konnte, denn er war heiß und sie verbrannte sich die Lippen daran.

Die Frau saß ihr gegenüber am Tisch und sah ihr bei allem zu. Und lächelte.

Wenn Jyothi etwas richtig machte, wurde ihr Lächeln noch breiter und sie sagte »Jaaaa!« in langgezogenem, gütigem Ton und klopfte ihr auf die Schulter. Wenn Jyothi etwas falsch machte, sah sie sie missbilligend an und sagte »Nein, nein,

nein.« Dann erstarrte Jyothi und wartete auf die Erklärung, was sie falsch gemacht hatte und wie es richtig ging. Wie am ersten Tag, als sie gemeinsam am Tisch gegessen hatten. Auf Jyothis Teller hatte eine Portion Reis gelegen, sie war sehr hungrig gewesen und hatte mit der rechten Hand etwas Reis aufgenommen, um ihn mit dem Gemüse zu vermischen, als die Frau mit einem energischen Kopfschütteln sagte: »Nein, nein, nein!« Jyothi wäre am liebsten aufgesprungen und weggerannt, doch stattdessen blieb sie wie angewurzelt mit den Fingern im Reis auf ihrem Stuhl sitzen und starrte die Frau an.

Dann wurde ihre Stimme freundlicher. »Nein, Jyothi«, sagte sie, »in England solltest du nicht mehr mit den Fingern essen. Sieh mal ...« Sie hielt zwei Metalldinger hoch. »Das hier sind Messer und Gabel. Mit dem Messer schneidet man das Essen auf dem Teller klein und mit der Gabel nimmt man das Essen in den Mund. Du hast auch ein Messer und eine Gabel.«

Dann erst hatte Jyothi gesehen, dass auch neben ihrem Teller diese Metalldinger lagen. Sie nahm sie in die Hand und schob ihr Essen eine Weile auf dem Teller hin und her, doch dann sagte Jack: »Ich denke, dieses erste Mal darfst du mit dem Löffel essen.«

Er stand auf und kam mit einem Löffel zurück, den sie ihm abnahm. Wie man einen Löffel benutzte, wusste sie.

Während Jyothi aß, führten Jack und die Frau ein lautstarkes Gespräch. Sie waren wütend, das erkannte Jyothi, denn sie wusste, wie sich Wut anfühlte, und spürte sie wie Hitzewellen von ihnen herströmen. Sie glaubte jedoch nicht, dass ihre Wut gegen sie gerichtet war, weshalb sie einfach weiter aß, auch wenn es nicht schön war, wenn sich Leute beim Essen über einen hinweg anschrien. Sie hielt den Kopf gesenkt, sodass die Hitze über sie hinwegging. Da keine Worte gesprochen wurden, die sie verstand, versuchte sie, sie zu ignorieren. In Bombay hatte sie gelernt, wie man Lärm an sich abprallen ließ und innerlich ruhig blieb: Man zog sich zurück in eine kleine

Blase, in der der Lärm und die Hitze nicht zu einem durchdrangen. Sie hörte noch alles, doch sie hörte nicht zu.

Dann stand Jack so plötzlich auf, dass sein Stuhl hintenüberfiel, und stürmte aus dem Zimmer.

Jyothi wollte ihm nachlaufen, doch die Frau sah sie an, lächelte und reichte ihr das Messer und die Gabel. Jyothi verstand, sie musste sitzen bleiben. Mit Messer und Gabel aß sie ihr Essen auf, aber nur, weil sie so hungrig war. Schmecken tat es nach nichts. Es fiel ihr sehr schwer, so zu essen, doch die Frau schien zufrieden. »Jaaaa!«, sagte sie und lächelte, und da wusste Jyothi, dass es gut so war. Sie spürte, wie ihre Barriere ein wenig nachgab. Sie sah die Frau an und lächelte vorsichtig zurück. Zu ihrem Erstaunen fing die Frau an zu weinen.

»Oh, Jyothi!« Sie stand auf und eilte zu ihr um den Tisch, hob sie von ihrem Stuhl und drückte sie so fest an sich, dass ihr die Luft wegblieb, wobei sie unentwegt schluchzte wie ein kleines Kind. Jyothi wusste nicht, was sie tun sollte, also machte sie überhaupt nichts und ließ die Umarmung über sich ergehen.

An jenem Abend ging Jack mit ihr nach oben und half ihr, sich bettfertig zu machen. Er sprach in langen Sätzen, doch obwohl Jyothi die Worte noch nicht kannte, verstand sie die Gefühle, die darin lagen. Seine Stimme war so sanft, so lieb. Es lag etwas Tröstendes darin, das ihr ein Gefühl von Geborgenheit gab und die rauen Kanten ihrer Seele glättete.

»Es ist für uns alle eine schwierige Zeit, Jyothi«, sagte er sanft. Ein paar letzte Sonnenstrahlen bahnten sich den Weg durchs Fenster, doch Jack zog ein dichtes gelbes Tuch davor, um das Sonnenlicht auszusperren, und setzte sich zu ihr aufs Bett.

»Sieh mal, wir sind jetzt eine Familie. Du gehörst zu uns. Zu uns beiden, nicht nur zu mir. Ich muss mich also manchmal zurücknehmen, damit Mum dich so gut kennenlernen kann wie ich und dir Sachen beibringen kann. Darin ist sie besser als ich. Ich weiß, sie ist manchmal etwas streng und sieht aus, als wäre sie sauer. Aber das ist sie nicht, sie hat dich sehr lieb, und wenn sie doch mal sauer ist, dann meistens nicht auf dich, sondern auf mich.«

Jyothi wollte etwas sagen, doch sie konnte nicht, es fiel ihr nichts ein. Also sah sie Jack einfach nur an und hörte sich an, was er zu sagen hatte.

»Gott, ich hasse es, wenn du mich so ansiehst«, sagte Jack. »Dann denke ich immer, ich sollte dich irgendwie ... hier rausholen. Du passt nicht wirklich hierhin, Jyothi. Genauso wenig wie ich. Komisch, dass ich da überhaupt nicht drüber nachgedacht habe, bevor ich dich hergebracht habe. Ich dachte wohl einfach, wenn du erstmal ein Zuhause hättest, würdest du schon klarkommen und einfach ganz normal aufwachsen, wie die anderen Kinder, die hier geboren sind. Aber jetzt glaube ich nicht mehr, dass es so einfach wird.

Aber weißt du, irgendwann wird es besser werden. Das verspreche ich dir. Du wirst Freunde finden, du wirst Englisch lernen. Du wirst Monika gern haben und sie irgendwann lieben lernen. Sie hat eine harte Schale, aber einen weichen Kern, Ehrenwort. Und ich werde mir Mühe geben, nicht mit ihr zu streiten. Früher haben wir nie gestritten, aber was dich angeht, haben wir wohl unterschiedliche Ansichten. Aber wir werden eine Lösung finden und dir ein gutes Zuhause bieten. Versprochen.«

Er lehnte sich vor und gab ihr einen Kuss auf die Stirn. Sie drückte seine Hand, um ihm zu zeigen, dass sie verstand, und er seufzte. »Ich hoffe nur, du fängst bald wieder an zu sprechen. Irgendwie unheimlich, wie du einen immer nur groß ansiehst mit diesen großen braunen Augen. In Bombay hast du so gut gesprochen, ich hätte nicht gedacht, dass es so ein großer Schock für dich würde, hierherzukommen. Aber was soll's, lass dir ruhig Zeit. So viel Zeit, wie du brauchst.«

Monika hatte Jyothi einen riesigen Teddybären gekauft, und als Jack das Zimmer verließ, zog sie das Tier an sich, drehte sich zur Wand und kuschelte sich unter der Decke zu einer warmen Kugel zusammen.

Sie kuschelte sich so weit unter die Decke, dass sie komplett darunter verschwand und nur ein kleiner Luftschlitz oben frei blieb. Sie drückte den Teddy so fest an sich, dass sie fast nicht mehr atmen konnte. Hier unter der Decke war nun der einzige sichere Ort in ihrem Leben, der einzige Ort, der verlässlich und immer gleich war. Alles andere war ein wildes Durcheinander.

KAPITEL 14

Am nächsten Tag, einem Samstag, bekamen sie Besuch von Bridget und ihren Töchtern, Samantha und Tanya. Samantha war zwölf Jahre alt und Tanya acht. Nach strenger Anweisung, sie sollten »nett zu Jyothi sein und mit ihr spielen«, waren sie mit ihr nach draußen in den Garten geschickt worden.

Vor fünf Jahren, als ihr Kinderwunsch Gestalt annahm, hatten Jack und Monika die nächste Stufe auf der Immobilienleiter erklommen und Monikas Wohnung in Brighton gegen etwas Größeres im nahen Ditchling eingetauscht – ein modernisiertes Fünf-Zimmer-Reihenendhaus mit Feuersteinfassade aus dem neunzehnten Jahrhundert, nur einen kurzen Fußweg von der Hauptstraße des Dörfchens entfernt und mit an die Gartenhecke angrenzenden Wäldern und Feldern. Ein hübscher, von der Straße etwas zurückgesetzter Vorgarten vermittelte Abgeschiedenheit und Privatsphäre, der Garten hinter dem Haus bestand aus einer gepflegten, sattgrünen Rasenfläche, die von Rosen, Rittersporn, Lilien und Rhododendren gesäumt war. Im Vorjahr hatte Monika angefangen, einen Teich anzulegen, den sie in diesem Jahr fertigstellen wollte. Eine Glasschiebetür führte vom Wohnzimmer aus auf eine große Terrasse mit blau-weiß-gestreifter Markise, die je nach Sonneneinstrahlung automatisch aus und eingefahren wurde. Im Sommer stand ein Set hölzerner Gartenmöbel auf der Terrasse, die, wenn sie nicht benutzt wurden, mit Plastiküberzügen abgedeckt waren.

Bridget drückte den Kindern Federballschläger in die Hand und jagte sie hinaus auf den Rasen.

»Ihr könnt Jyothi ja beibringen, wie man spielt«, sagte sie zu Samantha. »Zieh nicht so ein Gesicht. Sie ist deine Cousine. Du hast dir immer eine Cousine gewünscht, also geh und spiel mit ihr.«

»Aber Mum, ich wollte heute Nachmittag doch *Blue Peter* schauen. Du weißt doch, dass ich das immer gucke.«

»Heute nicht. Na los, geht schon spielen!«

Nichts hemmt den Spieltrieb von Kindern so sehr wie die Aufforderung »Geht spielen!«

Samantha und Tanya schlugen den Federball ein paar Mal lustlos hin und her, wobei sie mehr Fehlschläge als Treffer landeten. Jyothi bildete den dritten Punkt in einem Dreieck, stand jedoch nur mit dem Schläger in der Hand da und wirkte ziemlich verloren.

»Samantha!«, rief Bridget, als sie mal rauskam, um nach ihnen zu sehen. »Du musst Jyothi auch mitspielen lassen!«

Tanya und Samantha protestierten lautstark. »Sie will ja nicht mitspielen!«

»Sie weiß eben nicht, wie man den Ball schlägt!«

»Sie hat es noch nicht mal versucht!«

»Dann müsst ihr es ihr beibringen, Herrgott nochmal!«, rief Bridget und verschwand wieder ins Haus. Sie war dabei, Monika beim Decken der Kaffeetafel zu helfen – es sollte Schwarzwälder Kirschtorte geben –, und sie hatten immer noch nicht entschieden, ob es warm genug war, um draußen auf der Terrasse zu essen, oder ob sie besser drinnen bleiben sollten.

»Wenn wir draußen sitzen, können wir ein Auge auf die

Kinder haben«, warf Monika ein und meinte damit eigentlich, dass sie ein Auge auf Jyothi haben wollte, um zu sehen, wie schnell es mit dem Freundschaftschließen voranging. Sie weihte Bridget in den Gedanken ein.

»Genau das sollten wir nicht tun«, hielt Bridget dagegen. »Sie müssen sich erstmal alleine kennenlernen, ohne dass wir uns einmischen. So ist es am besten, du wirst schon sehen. Ich weiß noch nicht mal, ob es nicht vielleicht etwas voreilig war, gleich auch schon die Clarks mit einzuladen, Monika. Zu viele Kinder auf einmal sind auch nicht gut.«

»Ich wollte ja nur ...« Doch was genau Monika wollte, würde für immer ein Geheimnis bleiben, denn in dem Moment klingelte es an der Tür.

»Das müssen Mrs Clark und Andrea sein«, sagte Monika.

* * *

»Ich soll mit euch spielen«, sagte Andrea mit finsterer Miene.

»Du kannst ja mit ihr spielen«, gab Tanya zurück und zeigte auf Jyothi, die immer noch mit herabhängendem Schläger dastand. »Wir spielen schon zusammen.«

»Aber ich will nicht!«, sagte Andrea. »Die kann ja noch nicht mal Englisch!«

»Du musst ja nicht mit ihr reden, sondern nur mit ihr spielen! Hey, Samantha! Achtung!«

Tanya schmetterte den Ball in die Höhe. Die vier Mädchen sahen zu, wie er langsam zurück Richtung Boden sank, bis Samantha ihn mit solcher Wucht davonschlug, dass er in den Ästen von Monikas Birnbaum landete und sich dort zwischen den Blättern verfing.

»Scheiße!«, schrie Tanya.

»Das ist ein böses Wort!«, sagte Samantha.

»Bitte lasst mich bei euch mitspielen«, flehte Andrea.

»Nein! Es wäre unfair, wenn eine von uns zu zweit spielt.«

»Aber wenn *sie* auch mitspielt, hätten wir zwei Zweierteams.«

»Sie spielt aber nicht mit«, sagte Tanya. »Sie steht nur da rum. Ich glaube, sie weiß gar nicht, wie man spielt.«

»Na ja, ich bin auch nicht besonders gut, dann spielt es doch keine Rolle.«

»Tut es wohl, sie hebt ja noch nicht mal den Schläger an. Na los, geh und frag sie. Du wirst schon sehen. Du müsstest es ihr erstmal beibringen.«

Andrea warf Jyothi einen kurzen Blick zu. »Ich glaube nicht, dass sie spielen will, sonst würde sie nicht so blöd dastehen.«

»Sie spricht ja noch nicht mal, sie hat noch kein einziges Wort gesagt. Sie steht einfach nur da rum. Total bescheuert«, sagte Samantha.

Die drei Mädchen rückten näher zusammen. Andrea und Tanya beäugten sich, ans Federballspielen dachte keine mehr. Andrea fragte: »Ihr seid mit ihr verwandt, oder?«

Tanya antwortete. »Nicht richtig, sie ist keine Blutsverwandte, das sieht man ja. Meine Tante hat sie adoptiert. Ich glaube, sie ist ein Trottel.«

»Pst, nicht so laut.«

»Wir können ruhig laut über sie reden, sie versteht eh kein Wort.«

»Sie redet vielleicht nicht, aber ein bisschen versteht sie glaube ich schon«, sagte Tanya. »Sag lieber nichts Gemeines, sonst erzählt sie's noch Tante Monika und dann bekommen wir Ärger. Ich wette, sie ist so eine, die sofort zu Mummy rennt und petzt.«

Samantha sagte: »Also, wenn ihr nur rumlästern wollt, gehe ich jetzt rein und gucke *Blue Peter*. Tschüss.«

Mit lässig schwingendem Schläger ging sie Richtung Terrasse davon.

Andrea und Tanya rückten näher zusammen und Andrea

senkte die Stimme. »Meine Mum sagt, dass sie in meine Klasse kommt und ich mich mit ihr anfreunden soll. Aber ich will nicht.«

»Das kannst du sowieso nicht, sie spricht ja nicht. Wie kann man sich mit jemandem anfreunden, der gar nicht redet? Wir sollen uns mit ihr anfreunden, weil sie unsere Cousine ist. Aber das ist sie ja gar nicht wirklich, weil sie adoptiert ist. Total blöd.«

»Und wenn wir nicht mit ihr spielen, bekommen wir Ärger.«

»Aber was erwartet sie denn, wenn sie nur da rumsteht. Das geht mir echt auf die Nerven.«

»Es ist unheimlich. Als würde sie uns beobachten und jedes Wort verstehen.«

»Nein, sie versteht nur Indisch. Das weiß ich ganz genau. Wenn überhaupt, hätten sie wenigstens ein Baby adoptieren sollen, jetzt haben wir sie am Hals und müssen nett zu ihr sein.«

Andrea hatte eine verwandte Seele gefunden. Sie kicherte, warf noch einen Blick zu Jyothi, ging auf die Zehenspitzen und flüsterte Tanya etwas ins Ohr. Tanya schlug sich die Hände vor den Mund und krümmte sich vor Lachen. Angespornt von dieser Reaktion, legte Andrea Tanya die Hand auf den Arm und flüsterte laut kichernd weiter, wobei sie sich so weit vorlehnte, dass sie beinahe das Gleichgewicht verlor. Die beiden Mädchen taumelten und schüttelten sich vor Lachen.

»Andrea! Tanya! Jyothi!«, rief Bridget von der Terrasse her. »Kommt rein, es gibt Kuchen!« Andrea und Tanya rasten freudig auf sie zu, völlig außer Atem und immer noch kichernd.

»Wo ist Jyothi?«

Unter wildem Gekicher drehte Tanya sich um und zeigte auf Jyothi, die immer noch mit dem Schläger in der Hand auf dem Rasen stand. Sie hatte sich keinen Zentimeter bewegt.

KAPITEL 15

Manchmal lag Jyothi einfach nur auf ihrem Bett, wenn die Musik lief. Sie konnte stundenlang an die Decke starren, sodass selbst Jack hin und wieder seine Zweifel hatte. Was ging in ihrem kleinen Köpfchen vor? Wovon träumte sie, woran dachte sie? Sie schien entweder nicht bereit oder nicht in der Lage zu sein, sich mitzuteilen. Zwar konnte sie sich allgemein gut ausdrücken, wenn es um die kleinen praktischen Dinge im Leben ging, über sich selbst jedoch schwieg sie sich aus, und es war unmöglich zu erahnen, was sie bewegte oder was ihr wichtig war. Sie war wie ein unbekannter Kontinent. Der Kassettenrekorder war, seit sie herausgefunden hatte, wie man ihn bediente, der Mittelpunkt ihres Lebens. Oft sah sie sich aber auch die Bilderbücher an, die Monika ihr besorgt hatte, studierte – meist im Schneidersitz – jedes Bild genau, wobei sie konzentriert die Stirn runzelte oder sich auf die Lippe biss. Sie strahlte eine Ruhe aus, wie sie Jack bei einem Kind ihres Alters noch nie gesehen hatte.

Oft machte er sich Sorgen. Zwar war ihre Liebe zur Musik offensichtlich, aber sie hatte doch etwas verloren: dieses Leuchten, diese Dynamik, die sie inmitten des Elends von Bombay zu einem strahlenden Lichtwesen gemacht hatte. Nun hatte sie etwas Flüchtiges an sich, sie erschien ihm wie eine geisterhafte Erscheinung, die sich beim kleinsten Wimpernschlag in Luft auflösen und ihm nichts als den Schmerz ihrer Abwesenheit hinterlassen würde. Ihm war, als müsste er sie mit größter Vorsicht behandeln, als bestünde sie aus feinstem Filigran, zerbrechlich und leicht zu zerstören.

Er sehnte sich nach dem kleinen Mädchen in Bombay, das mit unbändiger Freude auf der Straße getanzt hatte, nach dem kleinen Straßenkind mit dem engelhaften Lächeln und den nachtschwarzen, vergnügten Augen. War sie für immer verloren? War sie am Tod ihrer Mutter innerlich zerbrochen? War es falsch gewesen, sie aus der ihr vertrauten Welt – ganz gleich, wie schmutzig und chaotisch diese gewirkt haben mochte – zu reißen und stattdessen in dieses geordnete, saubere, doch irgendwie sterile mittelständische Europa zu verpflanzen? Manche Pflanzen wachsen am besten auf steinigem Boden, andere gedeihen im Schlamm – war Jyothi eine jener Pflanzen, die sich nur in dem für sie spezifischen Boden entwickeln konnten und eingingen, sobald man sie daraus entfernte? Er hatte es nur gut gemeint, doch gut gemeint war manchmal das Gegenteil von gut gemacht.

Zu Beginn war es möglich gewesen, sie über die Sinne anzusprechen: durch ein Stück Schokolade, das ihr auf der Zunge zerging; durch Musik, bei der sich ihre Blicke manchmal trafen und sie plötzlich in völligem Einklang miteinander waren; indem sie ein Buch zusammen lasen oder dadurch, dass sie einfach nur auf seinem Schoß saß, durch eine Umarmung oder einen Händedruck. Auch jetzt noch teilten sie hin und wieder Momente der Wärme und Nähe, doch die meiste Zeit über zog sich Jyothi in ihre eigene kleine Welt zurück und ließ ihn außen vor. Vielleicht, so überlegte Jack, als er nach oben in ihr Zimmer ging, erwartete er zu viel in zu kurzer Zeit. *Geduld*, ermahnte er sich. *Mehr Geduld.*

Überrascht sah er, dass Jyothi nicht auf dem Bett lag, sondern an der kleinen Tafel stand, die Monika ihr geschenkt hatte. Die Tafel war mit allerlei Zeichen beschrieben. Ein freudiges Grinsen trat auf Jacks Gesicht. Doch bei genauerem Hinsehen erkannte er, dass es nur zusammenhangloser Buchstabensalat war. Zwar Buchstaben, die zu Wörtern angeordnet waren, aber dennoch ohne Bedeutung. Trotzdem staunte er, dass Jyothi überhaupt schon einzelne Buchstaben schreiben konnte, denn das hatte ihr noch niemand beigebracht. Er trat vor, um sie dafür zu loben.

Als er näherkam, war sie immer noch dabei, etwas zu schreiben. Sie platzierte ein Komma hinter eines ihrer »Wörter« und setzte dann so bestimmt und konzentriert zu einem neuen »Wort« an, als würde es ihr jemand diktieren. Sie stand mit dem Rücken zu ihm, sodass er ihren Gesichtsausdruck nicht sehen konnte, doch anhand ihrer selbstsicheren Haltung konnte er ihn sich gut vorstellen: ebenso angespannt und konzentriert wie beim Lesen, an der Lippe kauend und mit vor Anstrengung gerunzelter Stirn. Die Szene hatte etwas Unheimliches, und als er Jyothi zusah, lief Jack ein kalter Schauer über den Rücken. Sie hatte ihn nicht bemerkt und schrieb immer noch weiter, mittlerweile in der vierten Zeile.

»Jyothi«, sagte er leise.

Sie sah auf und lächelte ihn an. In einem Sekundenbruchteil konnte er sehen, wie das Stirnrunzeln und Lippenkauen einem so strahlenden Hochgefühl wich, wie er es seit ihrer Ankunft in diesem Land an ihr noch nicht gesehen hatte.

Er kniete sich neben sie und legte ihr einen Arm um die Hüfte.

»Was schreibst du da, Jyothi?«, fragte er.

»Aus dem Buch«, sagte Jyothi und zeigte darauf.

Eines ihrer Lieblingsbücher lag aufgeschlagen, mit dem Buchrücken nach oben, auf dem Bett. Es war *Gute Nacht, lieber Mond*, eine einfache Geschichte, die eigentlich eher für Drei- oder Vierjährige gedacht war, doch Jyothi liebte es, sie mit Jack zu »lesen« und die kleine weiße Maus zu suchen, die in jedem der Bilder versteckt war. Sie musste die Geschichte beinahe auswendig kennen.

Und nun, da Jack sich genauer ansah, was sie geschrieben hatte, wurde ihm klar, dass sie sie tatsächlich auswendig kannte. Was sie geschrieben hatte, Wort für Wort und ohne einen Fehler, war die Zeile *»und eine alte Dame, die sang leise Dideldumdei«*.

Doch sie hatte alles rückwärts geschrieben.

Jack saß auf dem Teppich, Jyothi ihm gegenüber, und zwischen ihnen lag der kleine Geigenkasten. Jack öffnete die Verschlüsse und hob langsam den Deckel an. Die halbe Geige lag gut gepolstert in schwerem blauem Samt, ihr Holz glänzte wie eine frisch geschälte Kastanie, elegant geschwungen und nur darauf wartend, angestimmt zu werden. Jyothis Augen waren unverwandt darauf gerichtet. Jack warf ihr einen Blick zu, zog dann den Bogen aus seiner Halterung, spannte ihn und rieb ihn mit Bogenharz ein. Er arbeitete schweigend, wobei Jyothi jede Bewegung gespannt verfolgte. Er legte den Bogen beiseite, hob die Geige aus dem Koffer, spannte die Saiten und nahm den Bogen auf, um das Instrument zu stimmen. Jyothi saß im Schneidersitz auf dem Boden und sah ihm zu.

Endlich überreichte Jack ihr die Geige. Sie zögerte und sah ihn unsicher an, bevor sie sie vorsichtig entgegennahm wie eine zarte Orchidee. Wieder hob sie den Blick, wie um ihn zu fragen, was sie nun tun sollte. Dabei wusste sie es genau –

schließlich hatte sie ihn schon so oft spielen sehen. Jack deutete es mit einer Geste an, und sie verstand. Sie legte die Geige ans Kinn, hob mit sachtem Griff den Bogen an. Sie wusste, wie sie ihn halten, wo sie ihn ansetzen musste. Dann strich sie damit über die E-Saite. Es war nur ein einziger, langgezogener Ton, wie ein endloses Ausatmen. Er war perfekt, voll und rund und fein, ein reiner, scharfer Klang, der mitten ins Herz ging, den Ursprungsort aller Emotionen. Jack standen die Nackenhaare zu Berge. Seine Augen füllten sich mit Tränen.

* * *

Jack lag auf einer Sonnenliege im Garten und las das nächste Buch, das er rezensieren sollte. Er hasste es. Dem Autor schien eher daran gelegen, seinen unorthodoxen Sprachgebrauch und Hang zu Tabubrüchen zur Schau zu stellen, als eine Geschichte zu erzählen. Die Sonne näherte sich ihrem höchsten Stand, der Sonnenschirm musste verstellt werden, und er brauchte etwas zu trinken und vielleicht ... Gemächlich stand er auf. In letzter Zeit war er viel in der Sonne gewesen und seine Haut hatte einen dunklen, satten Bronzeton angenommen. Er und Jyothi gingen jeden Tag ins Schwimmbad im Ort, wo er ihr Schwimmen beibrachte. Als er über die Terrasse ging, warf er einen Blick zu Monika und Jyothi.

Monikas Hobby war Origami und sie brachte Jyothi bei, wie man ein paar einfache Tiere faltete. Sie saßen sich am Gartentisch gegenüber, Jyothis kleiner dunkelhaariger Kopf war in stiller Konzentration tief über die Arbeit gebeugt. Auch Monikas blonder Kopf war vornübergebeugt, und sie sprach ruhig und langsam auf Jyothi ein, während sie ihr zeigte, wie man das Papier faltete. Jyothi wiederholte die Schritte mit ihrem eigenen Papier. Die schon fertigen Tiere saßen in einer Reihe auf dem Tisch und schauten ihnen mit ungerührtem Desinteresse auf die Finger.

Jack trat in die Kühle des Hauses und zog die Terrassentür hinter sich zu. Auf dem Weg zur Küche warf er einen Blick auf das Flurtelefon und zögerte einen Moment, dann schloss er zur Sicherheit auch noch die Wohnzimmertür, nahm den Hörer ab und wählte.

KAPITEL 16

BRIGHTON, 1979

»Wir glauben, dass sie vielleicht Legasthenikerin ist«, sagte Mrs Hale. »Ich sage das mit Vorbehalt, denn ich möchte sie nicht in eine Schublade stecken, aber Sie haben es sicher schon selbst bemerkt ...«

Sie schob Monika ein beschriebenes Blatt über den Tisch zu. Es war zur Hälfte mit Jyothis krakeliger Schrift bedeckt. Fast jedes zweite Wort war mit Rotstift durchgestrichen, und am Rand tummelten sich viele kleine Striche, für jeden Fehler einer.

»Alles voller Fehler«, sagte Mrs Hale. »Und es sind nicht bloß Schreibfehler. Sie schreibt Buchstaben und ganze Wörter rückwärts. Für Kinder, die gerade erst schreiben lernen, ist das am Anfang nichts Ungewöhnliches, viele Kinder schreiben rückwärts, bis sich ihre Wahrnehmung korrigiert. Aber mittlerweile sollte sie zumindest den Unterschied zwischen vorwärts und rückwärts erkennen können.«

»Das ist uns auch schon aufgefallen«, sagte Monika. Etwas in ihrem Inneren schien zu Stein zu erstarren. Sie sah zu Jack hinüber, der neben ihr auf einem Klappstuhl hockte, die langen Beine in den verblichenen Jeans vor sich ausgestreckt.

»Das Komische ist«, sagte Jack und sah sich das Blatt genauer an, »dass sie die rückwärts geschriebenen Wörter immer richtig schreibt. Ich meine, in der richtigen Reihenfolge, nur eben rückwärts. Falsch sind nur die Wörter, die sie vorwärts zu schreiben versucht.«

»Mr Kingsley, rückwärts *ist* falsch. Ich verstehe ja, dass Sie nach mildernden Umständen suchen, aber an den Tatsachen kann man nichts ändern. Deshalb habe ich Sie heute hergebeten. Ich würde empfehlen, sie testen zu lassen, und auf lange Sicht wäre es für sie auch besser, in eine Förderklasse zu kommen. Selbst wenn sie keine Legasthenie hat, hängt sie einfach zu weit hinterher. Das kann sie nicht mehr aufholen.«

»Wie ist es mit Mathe?«, fragte Jack. »Damit scheint sie keine Probleme zu haben.«

»Sie hat kein Problem mit der *Funktionsweise* der Mathematik. Im Kopfrechnen ist sie sogar sehr gut, besser als viele andere in ihrem Alter. Aber wir haben hier wieder dasselbe Problem: Sie schreibt die Zahlen meistens rückwärts. Es scheint ihr einfach schwerzufallen, Worte und Zahlen auf lesbare Weise auf Papier zu bringen. Und selbst wenn sie die richtige Lösung im Kopf ausrechnet, sie kann die Zwischenschritte nicht darlegen. Wir müssen die Schritte sehen! Sie kann nicht einfach die Lösung neben die Aufgabe schreiben und auf das Beste hoffen! Und mit achtundzwanzig anderen Kindern in der Klasse kann ich ihr nicht die nötige Aufmerksamkeit widmen.«

Jack und Monika saßen schweigend da, sahen einander an und dann wieder weg. Sie hatten zu Hause bereits darüber gesprochen. Sie hatten die Anzeichen gesehen. Sie hatten mit Bridget gesprochen, die sich Jyothis Arbeiten angesehen hatte. Sie hatten zu Hause mit Jyothi geübt, waren jedes Wort zehn, fünfzehn, zwanzig Mal mit ihr durchgegangen, hatten es ihr langsam vorgesprochen, während sie sorgfältig die Buchstaben niederschrieb, und ihr den Unterschied zwischen »t« und »d« und den verschiedenen Aussprachen von »a« und »e« erklärt.

Aber kaum gingen sie zum nächsten Wort über, war das so mühsam erarbeitete Wort vom Vortag wieder verschwunden, wie weggeblasen.

»Es ist außerdem besonders schwierig, sie kennenzulernen. Sie ist so still und meldet sich nie. Sie bleibt immer für sich.«

Jack wollte etwas sagen, doch Monika zwickte ihn ins Bein, und Mrs Hale fuhr fort.

»Mir ist aufgefallen, dass sie immerhin eine Freundin hat, die kleine Sarah, aber Sarah ist in gewisser Weise auch eine Außenseiterin: Vielleicht haben sie deshalb zueinander gefunden. Ich glaube, dass sie auch außerhalb der Schule befreundet sind. Was ich eigentlich sagen will, ist, dass Jyothi viel glücklicher wäre, wenn sie unter Kindern wäre, die auf demselben Lernstand sind. Darum wollte ich heute mit Ihnen sprechen und Ihnen vorschlagen, dass wir sie in eine Förderklasse versetzen. Es wäre zu ihrem Besten.«

»Könnte sie nicht einfach die Klasse wiederholen?« Monikas Frage hatte einen verzweifelten Beiklang. Die Förderklasse war definitiv mit einem Stigma behaftet und Jyothi hatte schon mit genug anderem zu kämpfen.

»Nun, das wäre eine andere Möglichkeit, aber empfehlen würde ich es nicht. Ich denke, dass die geringere Klassenstärke in der Förderklasse dazu beiträgt, dass sie sich in ihrem eigenen Tempo entwickeln kann und ...«

»Auf gar keinen Fall«, sagte Jack bestimmt. »Sie verstehen nicht, dieses Kind ist nicht dumm, sondern überdurchschnittlich klug. Sie ist ein Ass im Kopfrechnen und was die Musik angeht ...«

Mrs Hales Miene hellte sich auf, Jack hatte ihr die perfekte Ablenkung geboten. »Oh ja, ich habe gehört, dass sie sehr gut Geige spielt! Dafür kann man dankbar sein. Ich finde, darauf sollten Sie aufbauen und sich einfach damit abfinden, dass sie keine Akademikerin wird – aber Musik, nun ...«

Jack entspannte sich sichtlich, lehnte sich in seinem Stuhl zurück und sagte mit einiger Genugtuung: »Sie ist die geborene Musikerin.«

* * *

Davon waren sie mittlerweile überzeugt, auch wenn es zu Beginn nicht unbedingt danach ausgesehen hatte. Jyothi hatte eine Woche nach ihrem ersten Schulbesuch mit Geigenunterricht angefangen, und wenngleich sie die technische Seite des Instruments sehr schnell gelernt hatte, stellte sich bald heraus, dass sie keinerlei Bezug zu den kleinen Zeichen auf dem Papier herstellen konnte, die für Musik stehen sollten. Ein Jahr lang hatte sie sich damit abgemüht, bis Jack dem Ganzen schließlich ein Ende gesetzt hatte. Von da an hatte er sie unterrichtet, und von da an gab es kein Papier mehr.

Jyothi hatte ein ausgeprägtes musikalisches Gedächtnis und ein absolutes Gehör und konnte, nachdem sie die Töne gelernt hatte, beinahe alles nachspielen, was sie einmal gehört hatte. Auf diese Art – durch Zuhören und Wiederholen, manchmal auch durch Improvisieren oder sogar Komponieren – machte sie sagenhafte Fortschritte, und wenige Wochen später wussten Jack und Monika, dass sie ein musikalisches Wunderkind adoptiert hatten.

* * *

Monika hatte vor allem gehofft, dass sie eine ganz normale Familie würden. Zu Beginn hatte sie noch nicht einmal den Gedanken zugelassen, dass das mit Jyothi in ihrer Mitte schwierig werden könnte: Andere Leute adoptierten schließlich auch Kinder, und adoptierte Kinder gehörten ebenso zu ihren Eltern wie leibliche Kinder. Erst die ihnen geschenkte Liebe

165

und Aufmerksamkeit bestimmten, ob sie zu einem Teil der Familie wurden oder nicht, und bei Gott, noch mehr Liebe und Fürsorge konnte Jyothi gar nicht zuteilwerden. Soweit die Theorie.

Natürlich hatte Jyothi bei ihrer Ankunft durch ihre fehlenden Englischkenntnisse und durch ihre Sozialisation in den Bombayer Slums ein echtes Defizit mitgebracht. Sie hatte noch viel zu lernen. Aber Herrgott nochmal, genau dafür waren Jack und Monika doch da: um ihr dabei zur Seite zu stehen. Und das Ziel dieser gemeinsamen Bemühungen war, Jyothi zu assimilieren und sie nahtlos in ihr Familienleben einzubinden, jede Spur ihrer unglücklichen Vergangenheit auszumerzen und der Welt zu zeigen, wie eine erfolgreiche Integration aussehen konnte.

Monika hatte immer das Bild eines glücklichen, lachenden, halt einfach nur indisch aussehenden kleinen Mädchens vor Augen gehabt, das mit einer ganzen Traube von englischen Nachbarskindern spielte – normaler ging es ja kaum. Das fröhliche kleine Mädchen, das sie in Bombay kennengelernt hatten, einfach nur nach Ditchling versetzt – wie sie aus dem Auto sprang, um über den Gehweg zum Schultor zu rennen; wie sie plappernd und mit hüpfendem Ranzen auf dem Rücken mit den anderen Kindern aus dem Haupteingang der Schule kam, während sie, Monika, mit den anderen Müttern am Tor stand und zusah; Jyothi, wie sie sich aufgeregt mit ihren besten Freundinnen unterhielt und Besuche und Pyjamapartys plante. Sie selbst mit den anderen Müttern, wie sie nach der Ballettstunde auf ihre Töchter warteten und sich über dies und jenes aufregten – zum Beispiel über den Mangel an Parkmöglichkeiten bei der Tanzschule. Monika wusste, dass das bei den Ballettmüttern ein heiß diskutiertes Thema war und hätte liebend gern in das Gejammer eingestimmt. Und falls sich Jyothi doch eher fürs Reiten interessiert hätte, dann hätte sie sich eben über schlammige Stiefel und Haare auf der Reithose und stibitzte Zuckerwürfel beschwert: All das wäre so normal gewesen ... so alltäglich ... Monika sehnte sich nach derart simplen Problemen, denn genau darum drehte sich doch das Leben, das normale Leben. Daher passte es ihr ganz und gar nicht, als ihnen und dem Rest der Welt schließlich klar wurde, dass sie alles andere als eine normale Familie waren. Es lief einfach nicht nach Plan.

* * *

Es war wichtig, erklärte Monika, dass Jyothi ihre alte indische Identität ablegte und britischer wurde. Sie stellte sich vor dass sie den vergangenen Schmerz, ihre Verletzungen und Erinnerungen abstreifen würde wie eine Schlange ihre Haut, um sich dann eine neue – eine britische – Identität wachsen zu lassen. Und so organisierte sie ein ganzes Programm an außerschulischen Wochenendaktivitäten: An erster Stelle standen britische Geschichte, Geographie und Kultur. Also ging es nach London in die Museen: in die *National Gallery*, ins *Science* und *Natural History Museum*, zum *Tower of London*. Und zu den Schlössern Südenglands: *Leeds Castle, Bodiam Castle, Herstmonceux*. Jyothi ließ sich brav überall herumführen, doch wie viel bekam sie wirklich mit? Das Kind war ein Rätsel: undurchschaubar. Dann kam der Frühling, die Sonne zeigte sich, die ersten Blumen blühten: Endlich war das Wetter gut genug, um wieder an der frischen Luft zu sein.

»Wie wär's mit einem Sonntagsausflug in die *South Downs*?«, schlug Monika Ende März vor. »Es ist so schönes Wetter!«

»Fahrt ihr ruhig hin«, sagte Jack. »Ich habe eine Deadline für einen Artikel. Ich könnte einen Tag zu Hause gut gebrauchen.« Monika nickte, sie wusste, dass Jack zum Schreiben

seine Ruhe brauchte. Mit Jyothi sicher auf dem Rücksitz ange-
schnallt fuhren sie die Küstenstraße hinunter zum Strand bei
Birling Gap, wo sie unter den kreideweißen Felsen der *Seven
Sisters* für ein Picknick Halt machten, und danach weiter zur
Landspitze *Beachy Head* und den *South Downs*. Dort, auf den
sanften Hügeln der Downs, wo die Möwen über ihnen
kreischten und sich ins kobaltblaue Wasser des Ärmelkanals
hinabstürzten, der sich unter ihnen erstreckte, kam endlich der
Durchbruch. Der Auslöser war der Anblick eines Staren-
schwarms, einer riesigen gepunkteten Wolke, die sich wog und
wälzte, wand und wendete, wirbelte und zwirbelte, sich zu im
Himmel schwebenden, dicken schwarzen Flecken ballte, nur
um sogleich wieder auszuschwärmen und eine neue gespren-
kelte Gestalt anzunehmen, wie in den blauen Himmel
gestreuter Pfeffer, und sich in immer neue Formationen aufzu-
lösen, die kaum länger als einen Wimpernschlag andauerten.
Wie gebannt beobachtete Jyothi mit strahlenden Augen dieses
Schauspiel. Sie atmete geräuschvoll ein, ein Lächeln breitete
sich auf ihrem Gesicht aus, sie drehte sich zu Monika um, die
sich mit offenen Armen zu ihr hinabbeugte, und Jyothi, zuerst
zögerlich, machte einen Schritt auf sie zu und ließ sich umarmen. Monika kniete sich zu ihr und zeigte in den Himmel
hinauf, wo immer noch die Stare herumwirbelten, und Wange
an Wange sahen sie ihnen in stiller Bewunderung zu. Dann war
es vorbei, und die Stare schwebten über das Meer davon in
Richtung Frankreich.

In ihrer sanften hohen Stimme sprach Jyothi die ersten
Worte, die ihr nicht als Antwort auf eine Frage, sondern von
alleine in den Sinn gekommen waren: »Woher wissen die alle,
wo sie hinfliegen müssen? Wie bleiben sie alle zusammen?«

»Ich weiß es nicht, mein Schatz. Für uns ist es ein Wunder
der Natur. Sie wissen es einfach, und wir wissen es nicht.«

»Aber *woher* wissen sie es, Mum? Woher wissen sie es?«

Monika drückte Jyothis Hand. »Wir wissen nicht, was die

Stare wissen, Liebes. Vielleicht ist es ein besonderes Band zwischen ihnen. Vielleicht können sie sich ohne Worte verständigen. Oder vielleicht können sie auch einfach die Nähe zueinander spüren. Vielleicht ist es ein bisschen wie – Liebe.«

Ihr Herz schwebte hoch oben mit den Staren. Zum allerersten Mal hatte Jyothi sie Mum genannt.

KAPITEL 17

BRIGHTON, 1983–1985

Doch die Schwierigkeiten waren noch nicht überstanden. Mit zehn Jahren verstand und sprach Jyothi Englisch perfekt. Aber sie *kommunizierte* nicht. Sie plapperte nicht auf jene lockere, liebenswerte Art drauflos, wie es für Zehnjährige so typisch ist, mit der Leichtigkeit eines unbeschwerten Geistes. Sie war viel zu still, viel zu ernst, dachte über Dinge nach, die sie gar nicht kümmern sollten, und statt sich beim Abendessen über ganz Alltägliches zu unterhalten, wie es normal gewesen wäre, redete Jyothi sich ihre Sorgen erst abends von der Seele, wenn sie im Bett lag, und stellte Monika und Jack Fragen, auf die es keine Antwort gab.

»Was sind Gedanken, Mum? Woher kommen Gedanken?«

»Jack, haben Tiere eine Seele? Was ist eine Seele?«

»Bin ich dumm?«

Je besser sie die Feinheiten der Sprache beherrschte, desto mehr schien sie sich in die Stille ihrer eigenen Gedanken zurückzuziehen, wo die gesprochene Sprache nicht gebraucht wurde. Sie hatte keinerlei soziale Kontakte, außer Sarah, der Jyothis Stummheit nichts auszumachen schien.

Das Schlimmste war jedoch, dass, obwohl sie die Klasse

wiederholt hatte, ihre schulischen Leistungen miserabel waren. Ihr Lesealter lag bei sieben Jahren. Monika ließ sich ihren Kummer nicht anmerken und sprach mit niemandem außer Jack darüber. Ihre Liebe zu diesem Kind wuchs wie ein Schutzschild gegen die Geringschätzung einer Welt, die den Wert eines Menschen an dessen äußerem Erfolg maß und akademische Leistung als Resultat der Erziehung ansah. Alles, was ihr blieb, war die Musik. Und Musik, so beschloss Monika, würde ihre Rettung werden.

Jyothi öffnete den Geigenkoffer und holte vorsichtig, liebevoll, ihr Instrument daraus hervor wie eine Puppe aus feinstem Porzellan. Es war ihre zweite Geige, die erste war durch eine ältere, größere, teurere ersetzt worden, die einen so satten Klang hervorbrachte, dass Monika ein Schauer über den Rücken lief.

Mittlerweile hatte Monika Jack als Jyothis Lehrer ersetzt. Jack war zu undiszipliniert in seinen Methoden gewesen. Er konnte sich einfach nicht an einen täglichen Übungsplan halten – und wenn es doch mal gelang, dann ließ er sich in seiner Arbeitsweise von seinen momentanen Gefühlen leiten. Unter Jacks Anleitung waren Jyothis Fortschritte unregelmäßig gewesen und abhängig von ihren eigenen Launen; an einem sonnigen Tag saß sie, genau wie Jack, lieber auf einer Decke im Gras und schaute in den Himmel oder las ein Buch. Im Winter unternahmen sie und Jack lange Spaziergänge durch den angrenzenden Wald, wo sie trockene Zweige als Zündholz für den Kamin sammelten. Später machte Jack ein Feuer und dann saßen sie zusammen auf dem dicken chinesischen Teppich, Jack an die Couch gelehnt, Jyothi in seine Armbeuge gekuschelt, während Jack ihr vorlas. Sie beide zogen solche angenehmen, gemütlichen und entspannten Aktivitäten der harten Arbeit des Geigelernens vor. Denn obwohl Jyothi viel Talent und eine hohe Achtung für ihr Instrument und dessen Zauber hatte, war Jyothis Einstellung dazu bei Jack viel zu unbekümmert gewesen – wie Jack selbst.

Nun befestigte sie die Kinnstütze an ihrer Geige, legte sie an die Schulter, schmiegte das Kinn an das Instrument, nahm den Bogen auf. Eine Minute später tanzte der Bogen über die Saiten. Jyothis Finger bewegten sich mit geschmeidiger Anmut, ihre Schultern wiegten sich im Rhythmus, mit geschlossenen Augen gab sie sich ganz der Musik hin. Monika, die auf dem Korbstuhl neben Jacks Klavier saß, sah ihr voll Freude und Staunen zu.

Als die Stunde vorbei war, lobte Monika Jyothi überschwänglich, tätschelte ihr liebevoll den Rücken und legte die Geige zurück in ihren Kasten, wie in Dankbarkeit für die Gabe perfekter Musik, mit der sie sie gesegnet hatte.

* * *

Jyothi hatte endlich verstanden, wie es sich mit Jack und Monika verhielt. Jack war der Tröster, voller Verständnis, und sie stand ihm sehr nahe. Jack konnte sie ihre Geheimnisse anvertrauen, so sie welche hatte, und es war Jack, der sie zum Lächeln brachte.

Monika dagegen brachte sie dazu, fleißig zu sein. Sie knüpfte sich die unvollendeten Seiten von Jyothis Persönlichkeit vor, die Jack links liegen ließ, rief sie zur Ordnung und animierte sie zur Arbeit. Monika war einer haltlosen Rebe ein Spalier, sie unterstützte und motivierte sie, ermutigte sie und setzte ihr Ziele. Monika machte die Musik zum Mittelpunkt ihres Lebens, und einen Mittelpunkt zu haben hieß für Jyothi, dass sie wieder atmen und wieder leben konnte, und das alles war gut.

Es war nur so, dass sie die Geige nicht mochte.

Sie mochte den Klang der Geige, und sie mochte es auch,

diesen Klang zu erzeugen, es gefiel ihr, mit welcher Klarheit und Leichtigkeit die Töne entstanden, wie durch Zauberei. Es faszinierte sie, diese Töne zu wunderbaren Klangteppichen zu verweben. Ihre musikalische Begabung betrachtete sie mit einer gewissen Faszination, sie wusste nicht recht, woher sie kam, sah mit Verwunderung, welches Staunen sie in anderen hervorrief, und war verblüfft angesichts der Erkenntnis, dass diese Fähigkeit, die ihr so leicht fiel, tatsächlich etwas Seltenes, etwas Besonderes war.

Doch in ihrem Spiel lag keine Freude. Und Jack, der diese Freudlosigkeit erkannt hatte, aber nichts dagegen zu unternehmen wusste, hatte die Freude am Unterrichten verloren, und letztendlich hatten sie beide nur noch versucht, Monikas strengem Übungsplan zu entgehen, den sie aufgesetzt hatte, um sie bei der Stange zu halten.

So kam es, dass Monika, obwohl sie selbst nur eine mittelmäßige Violinistin war, irgendwann selbst die Zügel in die Hand nahm, und danach wurde alles anders. Monika verfügte sowohl über die Disziplin und den Antrieb, die Jack gefehlt hatten, als auch über Begeisterung für Jyothis Talent. Ihre Begabung war ihr geblieben: Sie musste ein Stück nur einmal oder, wenn es komplexer war, zweimal hören, um es beinahe Ton für Ton mit tanzenden Fingern, schwingenden Saiten und fliegendem Bogen zu reproduzieren. Es war, als ginge ihr die Musik durchs Ohr direkt ins Blut über, um dann ihren Körper zu durchströmen und über eine bemerkenswerte Koordination von Fingern, Armen, Kinn und Schultern wieder aus ihr hervorzutreten; nicht ganz, aber doch fast genauso wie die Vorlage. Nur die kleinste Variation verriet, dass es nicht das Original, sondern eine Nachahmung war.

Jack hatte über ihr Talent zuerst gestaunt, es dann aber als selbstverständlich hingenommen. Er hatte es sich selbst überlassen, es verwildern lassen – er hatte nicht erkannt, dass ein Talent wie ein Garten ist, der gehegt und gepflegt werden muss, wenn er nicht zu einem wuchernden Unkrautbeet verkommen soll, in dem nichts Schönes mehr gedeiht. Doch Monika wusste das, und so wurde sie es schließlich, die Jyothi unterstützte, antrieb und lobte, und sie zwei Jahre später, mit zwölf Jahren, zur ihrem ersten Auftritt anmeldete.

* * *

Bis dahin war es kein leichter Weg gewesen. In der Musikwelt schien man einem kleinen Mädchen, das keine Noten lesen konnte, mit gewissen Vorurteilen zu begegnen, auch wenn sie noch so großartig spielen konnte. Zuerst riet man Monika, ihre Schülerin auf dem üblichen Weg vorzustellen, das ewige Problem dabei war jedoch, dass Jyothi wirklich beim besten Willen nicht lernen wollte, wie man Noten las. Es kam sogar so weit, dass Jyothi allein beim Anblick eines Notenblatts in Panik geriet und überhaupt nicht mehr spielen konnte, eine Blamage bei den zahlreichen Probespielen, zu denen Monika sie schleppte. Professionelle Lehrer weigerten sich, sie anzunehmen, sie hatten ihre bewährten Lehrmethoden und waren nicht bereit, sich nur für Jyothi umzustellen. So musste sich Monika wohl oder übel der Herausforderung stellen, was sich letztendlich jedoch als Wendepunkt erwies – für ihre Beziehung zu Jyothi wie auch für Jyothis musikalische Ausbildung und ihren Aufstieg aus dem Sumpf der Minderwertigkeit ins Licht ihrer eigenen Persönlichkeit.

»Ich mache sie zu einem Star«, sagte Monika zu Jack. »Das wird unsere Rache sein.«

»Rache? Welche Rache?«, fragte Jack abwesend.

»Du weißt schon, was ich meine, Jack. Du merkst es doch auch. Wir sind Außenseiter. Hast du mal gesehen, wie die Leute uns angucken?«

»Hmmmm«, machte Jack.

»Jack, du hörst mir gar nicht zu.«

»Was?«

»Hey! Jetzt leg doch mal eine Minute das Buch weg und hör mir zu!«

Jack sah an die Decke und klappte das Buch mit dem Finger auf der Seite zu. »Was gibt's denn?«

»Manchmal habe ich das Gefühl, dass du das Interesse an Jyothi verloren hast.«

»Quatsch!«, sagte Jack. »Sie verbringt doch ihre ganze Freizeit mit mir.«

»Aber wenn es dir überlassen wäre, würde sie sich in denselben nutzlosen Kokon zurückziehen, in dem du lebst, und würde nie etwas erreichen!«

»Das sind ja nette Worte! Nur weil ich es nicht rund um die Uhr wie beim Militär haben will.«

»Jack, jetzt lass uns doch nicht streiten. Es ist nicht wie beim Militär, und das weißt du.«

»Dafür wird hier aber ziemlich viel gedrillt. Gut, dass sie wenigstens bei mir ein bisschen entspannen kann. Du hast schon was Feldwebelartiges an dir.«

Monika seufzte. »Das mag ja sein. Aber du machst dir noch nicht mal mehr die Mühe, sie für ihre Fortschritte zu loben. Und du hast nicht gehört, was ich eben gesagt habe.«

»Über die Rache? Doch, das habe ich gehört.«

»Nein, was ich davor gesagt habe.«

»Was hast du davor gesagt?«

»Dass ich sie zu einem Star mache. Sie hat das Zeug dazu.«

»Okay, alles klar, dann viel Erfolg«, sagte Jack und schlug sein Buch wieder auf. Monika ließ sich jedoch nicht so leicht abschrecken.

Sie konnte es kaum erwarten, Jyothis Talent zur Schau zu stellen, brannte schon seit Jahren darauf, sie ins Rampenlicht zu bringen. Jyothi war derart begabt, dass sie ohne Weiteres schon im Alter von sieben Jahren, nach nur einem Jahr Unterricht, ein Publikum hätte begeistern können. Doch damals war sie für einen öffentlichen Auftritt noch nicht bereit gewesen. Sie war noch immer unglaublich schüchtern, und man musste kein Psychologe sein, um zu erkennen, dass sie eher gestorben wäre, als vor ein Publikum zu treten. Wann immer Monika sie gebeten hatte, vor Gästen zu spielen, war sie vor Angst erstarrt und hatte sich ein ums andere Mal blamiert. Doch jetzt war die Zeit reif.

Mit ihren inzwischen zwölf Jahren war Jyothi zwar immer noch schüchtern, aber wie immer hatte Monika das effizient geregelt. Mehr als fünf simple Worte hatte es nicht gebraucht: »Tu es für mich, Jyothi.«

In den letzten Monaten waren sie gemeinsam darauf gekommen, dass darin der Schlüssel lag. Wenn es Jyothi gelang, die ganze Welt auszublenden, nur Monika in ihrem Herzen zu haben und für dieses liebevolle Ein-Personen-Publikum zu spielen, ging alles gut. Dann konnte sie spielen.

»Meinst du, du schaffst das auch vor Publikum?«, hatte Monika gefragt. Dann endlich hatte Jyothi Ja gesagt.

*　*　*

Es war nur ein Krippenspiel. Monika hatte Mrs Cotton dazu überredet, Jyothi am Anfang und am Ende spielen zu lassen – vor und nach der Aufführung. Mrs Cotton hatte zuerst gezögert, es war immerhin eine kirchliche Veranstaltung und Monika war nicht katholisch. Aber Monika hatte sie angefleht um diese Chance, und außerdem war Jyothi eines ihrer ersten CaritActs-Kinder. Da gab sie nach. Mrs Cotton kannte Jyothi gut und versprach, sich hinter der Bühne um sie zu kümmern, sodass Monika im Publikum sitzen konnte.

Jetzt, wo sie mit nervös zerknülltem Taschentuch in den Händen dasaß, kam es Monika vor, als würden sich ihre Nerven wie scharfer Stacheldraht um ihr Herz legen. Jack, der neben ihr saß, legte eine Hand auf ihre, um sie zu beruhigen.

Monika schüttelte den Kopf und grub die Fingernägel in Jacks Hand. »Oh Jack, vielleicht ist es zu früh ... Was, wenn sie Panik bekommt – dann wäre alles vorbei! Sie würde nie darüber hinwegkommen, wenn sie jetzt versagt!«

»Denk gar nicht ans Versagen«, sagte Jack. Er streichelte ihre Hand. »Es wird alles gut, Süße. Sie schafft das schon.«

Monika kniff die Augen zusammen und flüsterte: »Tu es für mich, Jyothi. Oh, bitte: Tu es für mich!«

Jyothi kam auf die Bühne, mit der Geige in der einen Hand und dem Bogen in der anderen. Sie trat vor, hielt inne, suchte das Publikum nach Monika ab, fand ihren Blick, lächelte, nickte und hob das Instrument ans Kinn. Berührte es mit dem Bogen ...

Sie spielte »*O Come, O Come Emmanuel*«, in tiefen, süßen, tanzenden Tönen, es war, als spräche die Geige zum Herzen eines jeden Zuschauers, und am Ende war kein Auge trocken geblieben.

Darauf folgte das Krippenspiel. Maria ließ beinahe das Baby fallen und einer der kleinen Engel weigerte sich zu tanzen und stand weinend auf der Bühne, während eines der kleinen Schäfchen seine Ohren verlor. Monika fieberte dem Ende der Aufführung entgegen, denn das zweite Stück war etwas anspruchsvoller und sie hatten es wochenlang geübt.

Endlich war das Stück vorbei. Die Kinder – Engel und Schäfer, Könige und Tiere – verließen im Gänsemarsch die Bühne und nahmen unter lautem Geflüster und Kostümgeraschel auf dem Boden vor der ersten Reihe Platz. Erneut kam Jyothi auf die Bühne und Mrs Cotton setzte sich ans Klavier. Wieder dasselbe Ritual – die Suche nach Monikas Blick, eine kurze Rückversicherung, ein Lächeln – und dann spielte sie. Diesmal ein etwas schwierigeres, ernsteres Stück: Schuberts »Ave Maria«, begleitet von Mrs Cotton. Jyothi spielte aus vollem Herzen und aus tiefster Seele.

Da stand sie nun im Rampenlicht, ein zierliches kleines

Ding von unauffälliger Erscheinung, und erfüllte den Saal mit Musik von solcher Schönheit, Unschuld und lieblicher Aufrichtigkeit, solcher Melancholie und Nostalgie, solcher Wahrheit, dass das Publikum wie in Ehrfurcht vereint zu ihr aufsah. Selbst die Kinder aus dem Krippenspiel bis hin zu den kleinsten Engeln und Schäfchen waren still und lauschten wie gebannt der Musik. *Das* war Magie, erfüllte die Herzen mit Wonne und Freude, mit einem undefinierbaren Etwas, das mehr war als die Summe der musikalischen Bestandteile. Es war göttlich. Es war die Sprache der Engel. Jyothi hatte ihre Stimme gefunden.

* * *

Monika lauschte, den Blick verschwommen von zurückgehaltenen Tränen, immer noch mit dem zerknüllten Taschentuch in den Händen. Jack warf ihr einen Blick zu und verstand: Monika hatte ihm seinen Platz in Jyothis Leben weggenommen. Seine Rolle war nur noch die eines Zuschauers, eines Außenstehenden, dabei war er es doch gewesen, der Jyothi entdeckt, der ihre Begabung erkannt und sich geschworen hatte, sie zu fördern und zur Reife zu bringen. Monika war gelungen, woran er gescheitert war. Einmal wieder spürte er – wie so oft in den letzten Jahren – diese bohrende, quälende Verbitterung, die er so mühsam zu verbergen und zu unterdrücken versucht hatte. Doch sie war da und nagte unerbittlich an der Substanz ihrer Beziehung.

Ich bin eifersüchtig, sagte er sich beunruhigt, doch noch im selben Augenblick verwarf er den Gedanken – das konnte nicht sein! Er war nicht weniger stolz auf Jyothi als Monika.

* * *

178

Als Monika Jyothi an jenem Abend ins Bett brachte und einmummelte, flüsterte sie: »Das war wunderbar heute, mein Schatz. Du hast den ganzen Raum glücklich gemacht.«

Jyothi wand sich zufrieden hin und her. »Mum – ich war auch glücklich. Es war, als wären alle ... als wären alle vereint, alle in dem großen Raum, als wären sie eine Person.«

»Ja, du hast eine Verbindung zwischen ihnen geschaffen, hast alle Herzen zu einem einzigen großen Gefühl zusammengeführt.«

»Mum, ist das – Liebe?«

Monika bekam einen Kloß im Hals. Sie nickte und beugte sich vor, um Jyothi einen Kuss auf die Stirn zu geben.

»Ja, ich glaube schon, Jyothi. Alle haben dasselbe gespürt, und es war Liebe.«

Jyothi schloss die Augen und zog Monika an sich.

»Ein bisschen wie die Stare«, murmelte sie und drehte sich dann auf die Seite, um sich in ihr Kissen zu kuscheln. »Alle zu einer Einheit verbunden, die durch den Himmel schwebt.«

KAPITEL 18

Nach dem Krippenspiel wurde Jyothis Talent nicht länger übersehen. Sie wurde hier und dort zum Spielen eingeladen, zuerst zu informellen, dann irgendwann zu offiziellen Anlässen. Sie wurde zu Jugendwettbewerben eingeladen, die sie fast immer gewann. Es war ausgesprochen worden, jenes kostbare Wort – Jyothi war ein Wunderkind.

Monika war zufrieden mit sich. Sie hatte es geschafft! Jyothi zählte nun zu den besten Violinisten unter dreizehn im ganzen Land. Niemand interessierte sich jetzt noch für ihre Legasthenie, ihr Lesealter, ihre Rechtschreibung, ihre Prüfungsschwierigkeiten. Musik war alles, sie verlieh ihr Flügel, Flügel, die sie weit über die gewöhnlichen Ambitionen weniger begabter Menschen hinaustrugen.

Es war kein leichter Weg gewesen. Wie Monika zu sagen pflegte: Begabung allein war nicht genug. Begabung war das Samenkorn; harte Arbeit und Durchhaltevermögen waren das Wasser, das den Samen wachsen ließ.

Monika war wie eine Welle, die Jyothi vorwärtstrug. Sie animierte sie zum Üben, Tag für Tag, Stunde für Stunde.

Zuerst hatte Jyothi sich gesträubt, weil es harte Arbeit war und sie lieber Zeit mit Jack verbrachte, Spaß hatte, lachte.

Doch dann zeigten sich Ergebnisse. Es war, als hätten sich Monikas Zuversicht und Stärke auf Jyothi übertragen, als könnte sie wirklich auf dieser Stärke aufbauen und durch sie zu jemandem werden, zu jemand Wertvollem, Wichtigem. Also übte sie fleißig weiter, für Monika.

Jyothi verstand nie, warum andere Leute es für so schwierig hielten, der Geige schöne Musik zu entlocken. Ihr fiel es immer leicht, sie musste nur das Instrument in die eine Hand nehmen, den Bogen in die andere und sich die Musik vorstellen, die sie spielen wollte. Dann durchströmte sie eine Energie, die ihre Hände genau so bewegte, wie sie – die Musik – es wollte, damit sie aus dem Instrument kam. Sie selbst hatte überhaupt nichts damit zu tun. Wenn jemand sie lobte und ihr sagte, wie talentiert sie war, konnte Jyothi nur mit gesenktem Blick den Kopf schütteln, denn sie wusste, sie war nicht talentiert. Die Musik entstand durch irgendetwas, was zwar in ihr war, aber auch über sie hinausging. Aber das konnten die Leute nicht nachvollziehen, selbst Monika verstand es nicht. Monika lobte sie immerzu – Lob stärke das Selbstvertrauen, sagte sie. Doch das stimmte nicht. Das Selbstvertrauen kam daher, dass die Musik so perfekt war, und dass sie selbst, wenn sie spielte, ebenfalls perfekt war, eins mit der Musik.

Monika wollte sie berühmt machen. Jyothi fand zuerst, das sei nicht nötig. Doch Monika trieb sie weiter an, bis sie tatsächlich einigermaßen berühmt war, und es gefiel ihr: die Tatsache, dass sie etwas konnte, was niemand anderes konnte. Auch wenn sie nicht genau wusste, wie oder warum – es erschien ihr eigentlich nicht fair, dass sie die Lorbeeren ernten sollte für eine Fähigkeit, die ihr angeboren war, aber so war es nun mal, man lobte sie für ihren Erfolg, also nahm sie das Lob an, nahm auch den Beifall an und genoss ihn irgendwann sogar. Dies war

Monika zufolge das Ziel all der harten Arbeit: Erfolg, der ihre kühnsten Träume übertraf. Ruhm.

Doch mit Erfolg verhält es sich eigenartig. Jyothi hatte ihn nicht aus eigenem Antrieb heraus angestrebt, sondern nur getan, was Monika von ihr wollte, um sie glücklich zu machen: Der Erfolg kam ungebeten dazu. Doch sobald sie ihn einmal hatte, veränderte sich etwas. Eine Art Rausch überkam sie, ein gesteigertes Selbstbewusstsein – in ihr wuchs etwas heran, das im Erfolg schwelgte, sich im Rampenlicht sonnte, den Beifall nicht nur genoss, sondern sich daran nährte.

Dieses Etwas wuchs immer weiter. Sie gewann einen Wettbewerb nach dem anderen. Der Applaus nahm zu, und damit auch das neue Ich, das ihr bis dahin völlig unbekannt gewesen war. Es war, als lebte eine Fremde in ihr, und diese Fremde übernahm allmählich die Herrschaft über sie.

»Ich mache einen Star aus dir!«, hatte Monika versprochen. Und nun wurde es wahr. »Alles ist möglich«, sagte Monika, und Jyothi glaubte ihr – weil sie daran glauben wollte.

Es verleiht Kraft, Applaus zu bekommen, bewundert zu werden, sein Gesicht in der Zeitung zu sehen und im Fernsehen aufzutreten! Gefragt zu sein, geliebt zu werden, nicht nur von den eigenen Eltern, deren Aufgabe es ist, einen zu lieben, sondern von der ganzen Welt! Daran nährte sich jene neue Jyothi, die selbstsichere, starke Jyothi, die, wenn sie sich umsah, nur bewundernde Gesichter sah und nur lobende Worte hörte! Das war Kraft, etwas Nahrhaftes, das den Hunger in ihr stillte, die Leere in ihr füllte. Der Hunger dehnte sich aus, erhob sie mit sich – die neue Jyothi, nicht mehr das arme kleine Mädchen aus dem Slum, das noch nicht einmal lesen und schreiben konnte. Und je größer dieses andere Wesen in ihr wurde, desto mehr brauchte sie es, und je mehr sie es brauchte, desto größer wurde es. In Gedanken legte sie Stein auf Stein, bis sie schließlich nach Belieben Bilder der neuen Jyothi heraufbeschwören konnte, strahlende, glänzende Bilder, Jyothi im Rampenlicht, bewundert und bejubelt; und je größer diese Bilder wurden, desto mehr trat das kleine Mädchen aus dem Slum in den Hintergrund.

* * *

Monika selbst hatte sich nie auf ihren Lorbeeren ausgeruht. Neben der Arbeit an Jyothis Karriere hatte sie auch ihren alten Job beibehalten und kümmerte sich wie am Schnürchen auch noch um Haushalt und Garten. Jack, unbekümmert wie eh und je, war keine große Hilfe, sein Schreibeinkommen sporadisch, sein Beitrag zur Hausarbeit minimal. Aber so war Jack eben, locker und entspannt, Monika hatte sich damit abgefunden und wollte auf keinen Fall die nörgelnde Ehefrau spielen. Außerdem hatte er angefangen, ein Buch zu schreiben, worin sie ihn bestärkte. Denn sie beide wussten, dass sie, wenn es damit gut lief, noch einen weiteren Star in der Familie hätten. Monikas Aufgabe war es, hinter den Kulissen alles am Laufen zu halten.

Auch CaritActs hielt sie am Laufen. Es hatte sich herumgesprochen, dass Jyothi ein CaritActs-Zögling war, und ihre Organisation nahm Fahrt auf: Immer mehr Menschen wollten indische Waisen und Straßenkinder adoptieren oder zumindest im Rahmen einer Patenschaft unterstützen. Monika hatte noch einen neuen CaritActs-Ableger ins Leben gerufen, der bedürftige Kinder in Indien an interessierte Paten in Großbritannien vermittelte. Eine neu aufgebaute Niederlassung in Indien kümmerte sich darum, schutzbedürftige Kinder ausfindig zu machen. Mrs Rajpaul hatten sie zu ihrer offiziellen Beauftragten in Bombay ernannt.

Mrs Rajpauls Aufgabe war es, Monika Fotos der ausgewählten Kinder zu senden, zusammen mit Namen und Kurzbeschreibungen ihrer schwierigen Lebensumstände. Monika vermittelte die Kinder dann an interessierte Paten in England, die ihnen mit nur fünfzehn Pfund im Monat eine gute Versorgung und Bildung sicherten. Das Programm war persönlich und direkt und aus ebendem Grund sehr beliebt – die Förderer, überwiegend Frauen, wussten genau, wen sie unterstützten, was vielen lieber war, als einer anonymen Organisation zu spenden. Die Paten wurden mit einem jährlichen Bericht auf dem Laufenden gehalten, und sobald die Kinder lesen und schreiben konnten, war ein Briefwechsel möglich, der wenn nötig übersetzt wurde. Monika hoffte, dass sie bald neben Bombay auch andere indische Städte anvisieren könnten.

Doch vorher stand erst einmal ihr alljährlicher Urlaub an.

KAPITEL 19

EAST SUSSEX, 1986

Wie jedes Jahr wollten sie den Sommer in den Bergen des Elsass verbringen. Monikas Großmutter stammte aus der Region und hatte ihr und ihrer Schwester ein schönes, aus Stein gebautes Bauernhaus in einem Dorf ein paar Kilometer südlich von Munster hinterlassen. Das Haus war renoviert und modernisiert worden und war nun ein sehr komfortables Ferienhaus, Monika und Bridget verbrachten jeden Sommer jeweils drei Wochen dort. Das restliche Jahr über wurde es an andere Urlauber vermietet – überwiegend an Deutsche, aber auch die ein oder andere französische, niederländische oder britische Familie kam für ein, zwei Wochen im Jahr hierher. Die Miete war eine willkommene Nebeneinnahme.

Dieses Jahr eröffnete Jack ihr zwei Wochen vor Abreise, dass er nicht mitkommen würde. Er sagte, er wolle nach Amerika reisen. Seine Eltern wollten ihn gerne sehen.

»Ich dachte, sie hätten den Kontakt zu dir abgebrochen?«

»Na ja, wir haben uns versöhnt ... ein Stück weit«, sagte Jack ausweichend. »Wir haben uns hin und wieder geschrieben, und um Moms Gesundheit ist es nicht allzu gut bestellt, also dachte ich ...« Er ließ den Satz unvollendet und Monika fragte nicht weiter nach. Tatsächlich, überlegte sie, wäre es gar nicht schlecht, den Kontakt zu Jacks Familie in Amerika auszubauen. Sie hatte große Pläne für Jyothi, und wenn sie in Amerika einen Fuß in die Tür bekämen ... Jacks Eltern sollten Jyothi wirklich einmal kennenlernen. Monikas Vater war gestorben, als sie neunzehn Jahre alt war, und ihre Mutter hatte ein zweites Mal geheiratet und war mit ihrem neuen Mann nach Australien gezogen, ihr Verhältnis zu Monika war aber ohnehin nie sehr eng gewesen. Für Jyothi wäre es schön, wenigstens einen Teil ihrer Großeltern kennenzulernen.

»Ich habe einen Flug gebucht, zwei Wochen bevor es ins Elsass geht«, sagte Jack.

»Zwei Wochen davor? Wann bist du denn wieder da? Wenn du zwei Wochen vorher fliegst, bist du dann rechtzeitig zurück ...?«

»Nein, ich bleibe länger drüben. Ich komme am selben Tag zurück wie ihr.«

»Jack! Das ist nicht wahr! Das hätten wir doch erst mal besprechen können, du kannst doch nicht einfach auf eigene Faust irgendwas buchen.«

»Warum nicht?«

»Na, zum Beispiel, weil wir vielleicht gerne mitgekommen wären! Jyothi würde sicher gern mal deine Eltern kennenlernen, und ich ...«

»Nein, auf keinen Fall, diesmal nicht«, sagte Jack schnell. »Ich muss das langsam angehen, wir haben ziemlich viel aufzuarbeiten, meine Eltern und ich, und ... na ja, vielleicht können wir nächstes Jahr alle zusammen fahren. Wir haben doch Zeit!«

»Jack, ich glaube nicht ... Also, der Urlaub wird ohne dich nicht derselbe sein.«

»Ach, ihr kommt schon klar!« Jack setzte sein ansteckendes Lächeln auf. »Hey, warum nehmt ihr nicht einfach noch jemanden mit? Eine deiner Freundinnen vielleicht. Ihr habt doch genug Platz, und es kostet sie ja nichts.«

»Danke für den Vorschlag«, sagte Monika bissig. »Und danke, dass du mir das jetzt erzählst, im Juni, wo alle ihren Sommerurlaub schon gebucht haben!«

»Ach, du findest bestimmt jemanden. Frag einfach mal rum. Oder ihr nehmt noch ein anderes Kind mit, eine von Jyothis Freundinnen.«

»Jyothi hat nicht gerade Scharen von Freunden«, blaffte Monika. »Und die sind garantiert alle mit ihren Eltern unterwegs. Ach, vergiss es.«

»Wie wär's mit Sarah?«, schlug Jack vor. »Ich wette, die fahren nirgendwo hin.«

Jack hatte recht, Sarahs Eltern verbrachten die Sommerferien tatsächlich zu Hause und ließen ihre Tochter nur zu gern für zwei Wochen – Monika hatte beschlossen, den Urlaub abzukürzen – mit Monika und Jyothi ins Elsass fahren. Für Monika war das eine Erleichterung. Ohne Jack wusste sie nicht, wie sie Jyothi bei Laune halten sollte, sie konnte sie ja schließlich nicht den ganzen Tag lang Geige üben lassen, nicht im Urlaub. So konnten sich Jyothi und Sarah miteinander beschäftigen, während sie selbst von der Verantwortung befreit war und die Zeit nutzen konnte, um zu entspannen und all die Dinge zu tun, für die zu Hause keine Zeit blieb: Bücher lesen, Musik hören, sich auf der Terrasse sonnen. Mit der Zeit stieg ihre Vorfreude auf den August und sie verlängerte den Urlaub wieder auf die ursprünglichen drei Wochen.

Sie brachten Jack zum Flughafen, und als der Moment des Abschieds kam, klammerte sich Jyothi an ihm fest und wollte ihn nicht mehr loslassen, es war ihre erste lange Trennung, seit sie vor acht Jahren nach England gekommen war. Sie hatte nun ihr halbes Leben hier verbracht, und die erste Hälfte geriet allmählich in Vergessenheit. Doch Verlust war eine jener Erfahrungen, die sich unauslöschlich in ihr Gedächtnis gegraben hatten, und nun, da Jack durch die Absperrung hinter dem Einreiseschalter wollte, brach sie in Tränen aus.

»In ein paar Wochen bin ich wieder da, Süße. Du wirst schon sehen: Ich bin in Nullkommanichts zurück.«

»Nein, bist du nicht.«

»Aber ja doch!«

»Nicht in Nullkommanichts!«

»Süße, nimm doch nicht alles so wörtlich! Du weißt, was ich meine.«

»Aber ich werde dich vermissen.«

»Ich werde dich auch vermissen.«

»Warum fährst du dann weg?«

Jack hielt Jyothi im Arm, drehte das Handgelenk und warf einen verstohlenen Blick auf die Uhr. Er sah zu Monika, die den Wink sofort verstand.

»Na komm, Jyothi, wir haben das doch besprochen. Es gibt keinen Grund zu weinen, du hältst Jack nur auf«, sagte sie forsch und zog sie sanft aus Jacks Umarmung. Jyothi ließ sich von ihm loslösen, konnte aber nicht aufhören zu weinen. Jack nahm ihr Gesicht in beide Hände und küsste sie links und rechts auf die Wangen, dann wandte er sich zum Gehen. Monika und Jyothi sahen ihm bis zum letzten Augenblick nach, und Jack drehte sich im Laufen noch einmal zu ihnen um und winkte. Dann sahen sie ihn hinter der Absperrung, wo er immer noch guckte und winkte, und dann gab es keinen Jack mehr und Jyothi weinte wie ein vierjähriges Kind.

Monika legte ihr den Arm um die Schulter und führte sie weg, aus dem Flughafengebäude und zurück zum Auto.

Auf dem Nachhauseweg war Jyothi schweigsam, hatte aber immerhin aufgehört zu weinen. Als sie schließlich auf die Einfahrt einbogen, fragte sie: »Was sollen wir denn jetzt tun?« Ihre Worte klangen so tragisch, als betrauerte sie einen geliebten Menschen. Überrascht sah Monika sie an.

»Hör mal«, sagte sie, »es ist alles wie immer, Jyothi, außer dass Dad eben nicht da ist. Wir machen ganz normal weiter, wie bisher!«

»Es ist alles *anders* ohne Jack!«, lautete Jyothis Kommentar dazu. Sie stiegen aus dem Auto und gingen zur Tür. Monika steckte den Schlüssel ins Schloss, drehte ihn um und sie traten ein.

Das Haus fühlte sich leer und verlassen an, für Jyothi war es wie der fehlende Klang eines Instruments in einer vertrauten Symphonie: Man lauschte danach, doch die Abwesenheit war so auffällig, dass man sie abschalten musste. Doch Jacks Abwesenheit ließ sich nicht abschalten.

»Versprich mir«, bat sie Monika an jenem Abend, »dass du für immer bei mir bleibst.«

»Nicht für immer«, sagte Monika. »Das kann ich dir nicht versprechen, und du würdest es auch gar nicht wollen. Irgendwann wirst du erwachsen sein und von zu Hause ausziehen wollen. Du wirst schon sehen!«

»Nein, werde ich nicht! Es soll sich nichts verändern, niemals. Du sollst mich nie allein lassen. Und Jack auch nicht. Warum musste er nur weg? Es soll alles so bleiben, wie es ist, für immer.«

»Nichts bleibt für immer, wie es ist, Jyothi. Die Dinge verändern sich nun mal, die ganze Zeit. So ist es im Leben. Sonst würde ja nie etwas passieren.«

»Aber wenn sich die Dinge verändern, was wird dann aus mir?«

Jyothis Gesicht war zur Hälfte im Schatten und zur Hälfte vom schwachen Schein der Nachttischlampe erstrahlt. In ihren großen, dunklen Augen glänzten unvergossene Tränen. Es lag ein unausgesprochenes Flehen von so schmerzlicher Dringlichkeit darin, dass Monika sich vorbeugte und sie liebevoll in die Arme schloss.

»Oh, Jyothi! Die Dinge verändern sich zwar, aber meistens ist es so, dass man sich mitverändert. Dann gewöhnt man sich an die Veränderungen und erkennt irgendwann, dass sie gut waren. Guck mal, als du aus Indien hierhergekommen bist, vor langer Zeit, hattest du große Angst, weil es so eine große Veränderung für dich war. Aber siehst du, was passiert ist? Du hast Dad und mich lieben gelernt, du hast das Leben hier schätzen gelernt und dich an die Veränderung gewöhnt. Du wirst dich auch daran gewöhnen, dass Dad nicht da ist. Es ist nur für ein paar Wochen.«

Obwohl sie nun schon dreizehn Jahre alt war, sah Jyothi immer noch viel jünger aus; mit ihrer schmalen und zierlichen Figur konnte man sie leicht für eine Zehnjährige halten. Hin und wieder legte sie eine für ihr Alter ungewöhnliche Weisheit an den Tag, doch dann kam, wie auch jetzt wieder, das verlorene Kind in ihr zum Vorschein und wollte getröstet werden. In solchen Momenten wusste Monika, dass Jyothi die Tragödie ihrer Kindheit – den Verlust ihrer Mutter und ihrer ganzen vertrauten Welt – nie ganz überwinden würde.

* * *

»Weißt du, wo Dad die Negative von diesem Jugendmusikwettbewerb hingelegt hat, den du gewonnen hast?«

»Nein, Mum.«

Monika schnalzte mit der Zunge.

»Ich habe Barbara und Gerald versprochen, sie mitzubringen – ich muss noch ein paar Abzüge machen. Wo könnte er sie bloß hingelegt haben? Warum kann er sie nicht einfach zu den Alben in die Fotoschublade legen? Nie benutzt er den Negativordner, den ich gekauft habe. Typisch Jack!«

Ständig beschwerte sich Monika darüber, dass Jack Sachen verlegte. Er war derjenige, der die Fotos zum Entwickeln brachte, aber wenn er sie abholte, hatte er kein System, um die Negative aufzubewahren. Monika klebte die besten Bilder in Fotoalben ein, doch die Negative stopfte Jack immer in irgendwelche Schubladen und konnte sie dann nicht mehr finden.

»Typisch Jack!«, sagte Monika dann immer, aber so liebevoll, als hätte sie ihn dafür gern. Als sie nun die Negative nicht finden konnte, suchte sie also auf seinem Schreibtisch danach. Doch da sie gestresst war, klang ihr »Typisch Jack!« diesmal doch ein wenig genervt.

In Jacks Arbeitszimmer lagen überall geöffnete Koffer herum – Monika war dabei, für den Urlaub zu packen, jeden Tag ein bisschen. Sie hatte direkt nach seiner Abreise damit angefangen, damit es nachher keinen Stress auf die letzte Minute gab. Jacks Schreibtisch war wie immer ein einziges Durcheinander. An der einen Seite hatte er fünf Schubladen und obenauf stand eine elektrische Schreibmaschine, umgeben von diversen Papierstapeln. Jack sagte immer, Monika solle ja nicht versuchen, dort aufzuräumen, denn er wüsste ganz genau, wo alles war. Alles hätte seinen Platz in diesem Chaos, aber nur er könne da durchsteigen. Also ging Monika nie an seine Sachen – normalerweise.

Sie öffnete eine Schublade nach der anderen und blätterte durch die Papierstapel, die sie dort fand.

Briefe, Rechnungen, herausgerissene Magazinseiten lagen unsortiert über- und untereinander in den Schubladen herum, willkürlich hineingeworfen und dann vergessen.

»Wer soll denn in dem Durcheinander irgendwas finden! Er kann sagen, was er will. Ich räume hier jetzt auf. Jyothi!«

Jyothi erschien an der Tür.

»Ja, Mum?«

»Ich will Jacks Schreibtisch aufräumen. Gehst du bitte und holst mir ein paar leere Mappen aus meinem Schreibtisch? Du weißt ja, wo sie liegen.«

Jyothi erfüllte ihr die Bitte ohne jeden Kommentar, denn es gab nichts dazu zu sagen. Sie wusste, dass es Jack nicht gefallen würde, aber wenn Monika sich einmal vorgenommen hatte, etwas aufzuräumen, konnte sie nichts in der Welt davon abhalten. Sie sah zu, wie Monika eine ganze Schublade herausnahm und deren Inhalt auf dem Boden auskippte. Dann ließ sich Monika selbst im Schneidersitz in dem Chaos nieder, sortierte die Unterlagen zu kleinen Stapeln, lochte sie und heftete sie in passende Mappen ab. An so etwas hatte sie immer Freude. Jyothi erkannte, dass sie schon lange darauf gewartet hatte, hier mal Ordnung zu schaffen. Sie hatte darüber sogar die Negative vergessen.

Die erste Schublade war fertig, und Monika machte sich an die nächste. Darin sah es genauso aus: ein Durcheinander aus verschiedenstem Papierkram. Doch als sie die Schublade auskippte, lag obenauf ein großer brauner Umschlag.

»Was ist das denn?«, fragte Monika und sah hinein.

Es war wohl dieser Moment, der ihr zum Verhängnis wurde. Sie zog einen Brief und ein paar Fotos daraus hervor, sah sie sich an, wurde totenbleich und steckte sie wieder in den Umschlag. Danach warf sie alles so in die Schublade zurück, wie sie es vorgefunden hatte, unordentlich wie immer, mit dem braunen Umschlag ganz zuunterst.

* * *

»Mum«, flüsterte Jyothi, als sie sich an jenem Abend in ihre Decke kuschelte. »Ist alles in Ordnung?«

Monika, die gerade die Pflanzen auf der Fensterbank gegossen hatte, drehte sich erschrocken zu ihr um.

»Was ... warum, warum fragst du? Ja, ja, alles in Ordnung!«

»Oh.«

Monika kam zu ihr und setzte sich auf die Bettkante.

»Jyothi, ich wollte dich etwas fragen. Ich hoffe, es macht dir nichts aus. Es geht um Jack.«

»Ja? Was denn?«

»Hast du ihn ... hast du vielleicht mal gesehen – oder hat er mal erwähnt, dass er ...«

»Was erwähnt? Was ist denn los, Mum?«

»Ach, nichts. Vergiss es wieder. Es ist nicht richtig, dich damit zu belasten. Mach dir keine Sorgen, Jyothi. Es ist nichts.«

Monika schenkte Jyothi ihr breitestes Alles-ist-bestens-Lächeln und deckte sie zu, dann gab sie ihr einen Kuss, machte das Licht aus und ließ Jyothi allein mit ihren Gedanken zurück.

Sie drehte sich auf die Seite und versuchte, die Sorgen um Monika zu verdrängen. Morgen würden sie nach Frankreich fahren und dann würde es Monika bestimmt wieder besser gehen. In Frankreich war sie immer glücklicher, unbeschwerter. Und dann kam auch bald schon Jack nach Hause und alles würde wieder gut, so gut wie noch nie.

KAPITEL 20

Der dunkelblaue Escort, so voll beladen, dass man kaum noch durch das Heckfenster sehen konnte, rollte langsam aus der Einfahrt und auf die Straße. Wie vor jedem Urlaub ging Monika noch einmal alles durch, was sie vielleicht vergessen hatte: Travellerschecks, Herd aus, Bügeleisen aus, Kühlschrank aus und Kühlschranktür auf, Pflanzen gegossen, Hintertür abgeschlossen – obwohl sie ohnehin fest davon ausging, dass ihr, sollte sie doch etwas vergessen haben, das erst einfallen würde, sobald sie den Ärmelkanal überquert und Frankreich erreicht hatten, also in gut vier Stunden.

Entspann dich, sagte sie sich. *Du musst dich entspannen, wenn du das schaffen willst. Jack ist nicht da, um dich beim Fahren abzulösen, und es wird eine sehr, sehr lange Fahrt.* Sie straffte die Schultern, wie um sich zu sammeln, und drückte aufs Gaspedal.

Sarah stand schon mit einem roten Koffer in der Einfahrt und wartete auf sie. Als sie das Auto sah, rannte sie zum Haus und klingelte, und Sekunden später kam ihre Mutter mit einer Plastiktüte in der Hand aus der Tür geeilt.

»Etwas Schokolade für unterwegs«, erklärte sie Monika,

»und Chips und Cola.« Sie hatte sich schon ihrer Tochter zuge-wandt, sodass ihr Monikas missbilligender Blick entging, als diese die Tüte entgegennahm.

»Gute Reise, mein Schatz, und denk dran ...« Es folgten die üblichen elterlichen Anweisungen. »Und noch mal vielen Dank, dass Sie sie mitnehmen, sie freut sich schon riesig, sehr nett von Ihnen. Ruf mich sofort an, wenn du ankommst, ja? Und ...«

Weitere Anweisungen folgten. Monika zwängte den Koffer in die letzte Lücke über ihrem eigenen Gepäckberg und schlug die Heckklappe zu. Dann waren sie endlich unterwegs, erst über die M23 Richtung London, dann ein Stück über die M25 und schließlich auf der M20 bis nach Dover.

Die M25 war eine reglose bunte Blechlawine. Eine Stunde zuvor war ein Unfall passiert und der Verkehr war in beide Richtungen blockiert. Monika verfluchte sich dafür, dass sie nicht die diagonal verlaufende Landstraße nach Ashford genommen hatte. Wenn es so weiterging, verpassten sie noch die Fähre. Sie beschloss, bei der nächsten Ausfahrt abzufahren, aber die Idee hatten offenbar auch einige andere Fahrer gehabt: Der Verkehr dort stand still. Monika blieb auf der Autobahn, wo es zumindest alle Viertelstunde ein paar Zentimeter voran-ging. Dem Verkehrsfunk zufolge war der Unfall noch mehrere Kilometer entfernt und der Stau würde sich noch mindestens eine halbe Stunde hinziehen. Die Fähre hatten sie nun sicher verpasst, sie würden die nächste nehmen müssen. Die Sonne brannte auf sie herab, im Wagen staute sich die Hitze. Sie hatten keine Klimaanlage, ihre Kleidung klebte an ihnen wie eine klebrige zweite Haut. Die Mädchen schälten sich aus ihren Blusen, kicherten über ihre halbnackten Körper und fächerten sich mit Zeitschriften Luft zu. Hin und wieder wischte Monika sich die schwitzigen Hände an der Hose ab oder fuhr sich mit einem Papiertaschentuch übers Gesicht und fluchte leise vor sich hin, wobei sie Wörter benutzte, die Jyothi unter keinen

Umständen hören durfte. Wenn es gar nicht weiterging, öffnete sie manchmal die Autotür, doch die Hitze von draußen war fast noch schlimmer als die Hitze im Auto. Einmal stieg sie aus, suchte die Kühlbox aus dem Kofferraum und holte eine kalte Flasche Mineralwasser heraus, die ihnen ein paar Minuten Erleichterung verschaffte. Die Mädchen nahmen die Kühlakkus heraus und hielten sie an die Stirn, und Jyothi beugte sich zu Monika vor und kühlte ihr damit den Nacken. Noch ein paar Sekunden Erleichterung.

Endlich erreichten sie die Unfallstelle. Mit offenem Mund drehten sich die Mädchen nach dem umgekippten Laster und dem darunter zerquetschten Auto um, doch dann waren sie auch schon vorbeigefahren und die Straße war frei. Noch nie war Monika so froh gewesen, das Gaspedal ganz durchdrücken zu können, und sie düsten davon.

Ihr eigener Unfall ereignete sich kurz vor Ashford.

Monika war mittlerweile mit den Nerven am Ende, sie war hungrig, durstig, müde und musste dringend zur Toilette. Sie hatte zuletzt vor drei Stunden ein Sandwich und kurz danach noch einen Apfel gegessen und hin und wieder bei einem Rastplatz Halt gemacht, um sich die Beine zu vertreten und einen Schluck Wasser zu trinken. Aber sie war keine Langstreckenfahrerin wie Jack, und stand noch dazu unter Zeitdruck, da sie sich noch vor Einbruch der Dunkelheit mit ihrer Schwester bei dem Ferienhaus treffen sollte. Bridget würde ihr die Schlüssel zum Haus übergeben und dann mit ihrer Familie nach Paris weiterfahren, um eine alte Schulfreundin zu besuchen, das Wochenende dort verbringen und dann am nächsten Tag ganz ohne Eile nach Hause fahren. So hätte Monika es auch machen sollen, nur eben in der Gegenrichtung.

Monika überlegte, doch noch einen Zwischenstopp einzulegen, denn selbst wenn sie es bis nach Calais schafften, war es danach noch eine lange Fahrt bis zum Bauernhaus. Sie könnte Bridget anrufen und vorschlagen, dass sie, Monika, in einem

Hotel in Calais übernachtete, um sich richtig auszuruhen, und dann am nächsten Morgen weiter nach Munster fuhr.

Aber es würde Bridget solche Umstände bereiten. Und Monika wollte einfach nur da sein und die anstrengende Reise hinter sich haben. Und es war so heiß! Und der Anschnallgurt lag ihr wie ein feuriges Band auf der Brust, eine glühende Fessel. Sie schnallte sich ab und der Gurt sprang zurück in seine Halterung.

So lässt sich vielleicht erklären, warum sie etwas mehr aufs Gas ging, mit etwas weniger Umsicht und Gewissenhaftigkeit fuhr als sonst und warum sie, als sie von der Autobahn abfuhr, um eine Tankstelle zu suchen und dort ihre diversen Bedürfnisse zu stillen (mit Ausnahme des dringendsten, dem Bedürfnis nach Ruhe), ohne sich umzusehen in einen Kreisverkehr raste.

Der Mercedes schlug in die Fahrertür ein wie ein langes weißes Geschoss aus dem Nichts. Jyothi schien es hinterher, als hätte für einen Sekundenbruchteil absolute Stille geherrscht, vor dem ohrenbetäubenden Aufprall, dem entsetzlichen Knirschen von Metall auf Metall, dem schreckensvollen Quietschen der Bremsen, dem Splittern von Glas und den Schreien, die gar nicht mehr aufzuhören schienen, den Schreien, die sie schreiend anflehte, endlich aufzuhören, bis sie begriff, dass es ihre eigenen waren. Danach versank alles in Dunkelheit.

* * *

Als sie aufwachte, lag sie in einem schmalen Bett in einem weißen Raum, und da war ein Mann, der ihr sacht mit den Fingern aufs Handgelenk drückte. Sie blinzelte, holte tief Luft.

»Du bist also wieder wach!«, sagte der Mann. Er war jung, vielleicht Anfang zwanzig, und blickte sie aus wachen, freundlichen Augen an und lächelte. »Wie fühlst du dich?«

»Mum!«

Er schien sie nicht zu hören. »Du bist bald wieder auf den Beinen. Nur eine kleine Beule am Kopf. Da siehst du mal, wie wichtig es ist, sich anzuschnallen! Wenn du nicht ... Wie fühlst du dich?«

»Wo bin ich?«

»In einem Krankenhaus in Ashford. Wir haben deine Tante kontaktiert und sie wird in ein paar Stunden hier sein. Dir geht es bald wieder besser!«

»Mum!«

»Ich gehe nur eben die Ärztin holen«, sagte der Pfleger schnell und eilte aus dem Zimmer.

Jyothi schloss die Augen und versuchte, sich zu erinnern, aber alles, was ihr einfiel, war dieses schreckliche Chaos, das glühende Netz ihrer eigenen Panik, und dann Dunkelheit. Eine Träne stahl sich durch ihre geschlossenen Lider. Ihr fiel Sarah ein ... wo war Sarah? Und vor allem, wo war Mum? Sie musste Mum finden.

Sie setzte sich auf, und das Laken, mit dem sie zugedeckt war, fiel von ihr ab. Sie spürte einen Verband am Kopf, auch ihr Oberarm war bandagiert. Sie hatte Schmerzen, doch die Qualen ihrer Seele waren noch schlimmer und drängten den Schmerz an den Rand ihrer Wahrnehmung, sodass er nur noch ein dumpfes Pochen war. Unsicher stand sie auf, taumelte zur Tür und hinaus auf den Flur.

»Mum!«, rief sie, wobei sie sich an der Wand abstützte. Das Wort schien eine Schleuse zu öffnen, denn nun strömten die Tränen nur so und sie rang nach Luft, denn nun rief, heulte, schrie sie nach ihrer Mum.

Starke Arme umfingen sie. »Na komm, ist ja schon gut. Zurück in dein Zimmer. Das wird schon.« Die Stimme war tief und tröstend, es war wieder der Mann in Weiß, der Krankenpfleger, sie hatte fast das Gefühl, ihn zu kennen: Er war das einzige vertraute Gesicht in einer fremden, weißen, leeren Welt, also ließ sie sich zurück in ihr Zimmer führen.

Eine Frau, ebenfalls in Weiß und mit einem dünnen Stapel Unterlagen in der Hand, trat vor den Mann und lächelte, genau wie er.

»Ich bin Dr Chung«, sagte sie. »Wie fühlst du dich? Du hast dir ganz schön den Kopf angeschlagen, und dann noch diese Schnittwunde am Arm, aber ansonsten keine Verletzungen. Du hast wirklich Glück gehabt! Du hast ...«

»Wo ist meine Mutter?« Selbst in ihren eigenen Ohren war Jyothis Stimme kaum mehr als ein Fiepen – einsam und verlassen, die Stimme eines verlorenen Kindes, das mutterseelenallein war auf der Welt.

»Deine Tante ist unterwegs«, sagte Dr Chung.

»Aber ich will zu meiner Mum!« Sie sah den Blick, den die Ärztin und der Pfleger sich zuwarfen. Sie wiederholte die Worte, und diesmal waren sie ein Klageschrei: »Ich will zu meiner Mum!«

Eine Art Tobsuchtsanfall überkam sie und sie stürmte auf die Tür zu, doch der Pfleger hielt sie zurück und packte ihre Arme. Sie versuchte sich loszureißen, doch nun hielt auch die Ärztin sie fest und redete in dieser ruhigen Stimme auf sie ein, die sie so verabscheute, und sagte ihr, dass alles in Ordnung sei, dabei wusste sie, wusste sie ganz genau, dass überhaupt nichts in Ordnung war.

»Wo ist Mum! Wo ist Mum! Ich will zu meiner Mum!«, schrie sie und sah aus dem Augenwinkel, wie Dr Chung sich abwandte und eine Spritze ans Licht hielt. Sie spürte starke, ruhige Hände, zu stark, um dagegen anzukämpfen, die etwas Kühles auf ihrem Oberarm verrieben, dann den Piks der Nadel. Und dann übergab sie sich dem herrlichen schwarzen Nichts des Schlafs.

* * *

Als sie diesmal wach wurde, saß Tante Bridget neben ihrem Bett und es war Morgen. Ein Gesicht, das sie zuerst kaum erkannte, das sich viel zu nah über sie beugte, ein Gesicht mit einem falschen Lächeln. Es war kein freudiges, sondern ein trügerisches Lächeln. Jyothi erkannte den Unterschied sofort und setzte eine düstere Miene auf.

Jyothi versuchte zu sprechen, doch ihr Mund war trocken und es kam nur ein Krächzen heraus. Sie stützte sich auf den Ellbogen und griff nach dem Wasserglas, das auf dem Nachttisch stand. Tante Bridget war schneller als sie und drückte ihr mit eifriger Eile das Glas in die Hand. Sie sagte etwas, aber Jyothi hörte sie nicht, ihre eigenen Gedanken waren lauter.

»Wo ist Mum?«, fragte sie, als sie ein paar Schlucke getrunken hatte.

»Jyothi, Liebes ... deine Mum ...«

»Sag es mir«, flehte Jyothi sie an, »Wo ist sie? Warum ist sie nicht hier? Da war ein Unfall ...«

Und dann strömten die Erinnerungen wieder auf sie ein. Sie presste die Fäuste an den Mund und ihr Gesicht verzerrte sich.

»Was ist mit Mum! Sag es mir! Lüg mich nicht an! Warum ist sie nicht hier!«

Bridget versuchte, sie zu umarmen, doch Jyothi schubste sie weg. »Nein! Fass mich nicht an! Sag mir einfach, wo sie ist! Ihr ist was passiert. Ich weiß noch ... Ich habe sie gesehen, da war Blut ...«

Sie wurde hysterisch, denn tief in ihrem Herzen wusste sie es. Sie hatte gesehen, wie ihre Mutter über den Fahrer- und Beifahrersitz geschleudert wurde, wie sie mit dem Kopf voran wie eine Puppe in das gegenüberliegende Fenster flog, hatte gehört, wie das Glas beim Aufprall zersplitterte, denn die Dunkelheit war einen Sekundenbruchteil zu spät über sie hereingebrochen und sie hatte das Grauen noch gesehen, gehört, gerochen und gespürt. Und das Grauen jenes Sekundenbruchteils hatte andere Szenen, ein anderes Grauen aus irgendeinem tiefen Winkel der Vergessenheit hervorgeholt: einen anderen Unfall, noch mehr Blut, noch lautere Schreie, die Erinnerung an einen früheren Verlust, der so schrecklich war, dass er sie noch jahrelang gequält hatte, und dessen Schatten sie eben erst entkommen war.

Die überwältigende Wucht von Jyothis Trauer ersparte Bridget die schreckliche Aufgabe, es ihr zu sagen, es war eine Trauer, die einer absoluten Gewissheit, einer Intuition entsprang. Ihr hysterisches Schluchzen war schwer mit anzusehen und unmöglich zu besänftigen. Bridget blieb nichts anderes übrig als dazusitzen und abzuwarten, bis Jyothi sich müde geweint hatte und sich mit starrem, leerem Blick zurück aufs Bett sinken ließ.

Erst dann sprach Bridget. »Jyothi?«, fragte sie zögerlich.

Teilnahmslos wandte Jyothi ihr das Gesicht zu.

»Hm?«

»Jyothi, ich muss mit dir über deinen Dad sprechen. Über Jack, deinen Dad.«

»Er soll herkommen.«

»Ich weiß, das meine ich ja. Wir müssen ihm Bescheid sagen, damit er so schnell wie möglich kommen kann. Aber wir wissen nicht, wo er ist.«

»Er ist in Amerika. Bei seinen Eltern.«

»Nun, das ist das Problem – dort ist er nicht! Wir haben in Monikas Adressbuch eine Telefonnummer gefunden und mit seiner Mutter gesprochen, aber er ist nicht da! Anscheinend war er da, aber ist vor zwei Tagen abgereist und seine Eltern wissen nicht, wo er sein könnte. Daher dachte ich ... vielleicht weißt du, wo er hinwollte?«

Jyothi schüttelte apathisch den Kopf und sagte nichts. Nachdenken war einfach zu anstrengend.

»Komm schon, Jyothi, denk nach! Du willst doch, dass er herkommt, du brauchst ihn doch. Wo könnte er sein?«

Wieder schüttelte Jyothi den Kopf, doch ihr Gesicht verzerrte sich vor Schmerz und unter den geschlossenen Lidern rannen ihr Tränen hervor. Sie zog das Laken hoch, um die Tränen wegzuwischen, und bedeckte damit ihr Gesicht, dann drehte sie sich auf die Seite, um sich noch tiefer in ihr Kissen zu vergraben. Sie sehnte sich nach einem Ort, an den sie sich zurückziehen, wo sie sich verstecken konnte, um nie mehr zurückzukehren. Sie sehnte sich nach Schlaf, nach Vergessen, doch immer noch hörte sie Bridgets bohrende Stimme.

»Wir müssen es herausfinden. Denk nach, Süße, denk nach. Wo könnte Jack sein?«

Doch Jyothi antwortete nicht. Sie hielt sich die Ohren zu, um Bridgets Stimme nicht mehr zu hören, und stellte sich schlafend. Und dann, als sie so reglos im Bett lag, hörte sie, wie jemand ins Zimmer kam und wie sich Bridget und ein Mann, dessen Stimme sie nicht erkannte, begrüßten.

* * *

»Guten Morgen, Mrs Leyshon. Haben Sie schon mit ihr gesprochen?«

»Guten Morgen, Officer. Ich fürchte, ich habe nicht viel erreicht. Sie weigert sich zu sprechen. Sie weint nur immerzu. Jetzt ist sie glaube ich eingeschlafen, aber ...«

»Durchaus verständlich. Das ist der Schock. Sie wissen also immer noch nicht, wo wir den Vater finden können?«

»Es tut mir leid«, sagte Bridget, »ich habe keine Ahnung. Haben Sie mit der Mutter des anderen Mädchens gesprochen?«

»Ja. Sie sagt, sie weiß es auch nicht.«

Bridget nickte. »Sie stand meiner Schwester nicht sehr nahe, nur die beiden Mädchen waren befreundet. Wurde Sarah schon entlassen?« Der Officer nickte.

»Ja. Die Eltern sind gestern Abend so schnell wie möglich gekommen und haben sie abgeholt, es war das Beste unter den

Umständen, denn Sarah hatte nur ein paar Kratzer. Aber wir müssen Jyothis Vater finden. Hatte Ihre Schwester vielleicht eine gute Freundin, die mehr weiß?«

»Ich werde versuchen, Susanne oder Karin zu erreichen. Ich bin nicht sicher, ob ich ihre Nummern habe. Aber ich glaube kaum, dass sie über Jacks Pläne Bescheid wissen. Ich ... ich glaube sogar, dass noch nicht einmal Monika darüber Bescheid wusste. Sie hat mir erzählt, dass Jack die ganzen fünf Wochen bei seinen Eltern verbringen wollte. Das weiß ich noch genau, denn es hat mich gewundert, dass er so lange dortbleibt und nicht mit nach Frankreich in den Urlaub kommt.«

»Aha. Wäre es vielleicht möglich, dass er einen alten Freund in Amerika besucht hat?«

»Möglich schon ... Aber es wird nichts bringen, Monikas Freundinnen zu befragen. Fragen Sie lieber Jacks Freunde. Die werden eher Bescheid wissen.«

»Und können Sie mir irgendwelche Namen nennen?«

Bridget schüttelte langsam den Kopf. Sie war erschöpft und in Trauer, verwirrt und, wie sie sich eingestehen musste, verärgert darüber, dass Jyothi so gar nicht mithalf. Und dann musste sie noch mit der Ärztin sprechen und sich um das verunglückte Auto kümmern.

»Officer, wann darf sie denn nach Hause? Ihr Zustand ist bestimmt gut genug. Sie kann mit zu uns, bis wir den Vater gefunden haben, das ist überhaupt kein Problem. Sie hat ja nur ein paar Kratzer.«

»Von unserer Seite können Sie sie jederzeit mitnehmen. Sie ist ohnehin nicht in der Lage, eine Zeugenaussage zu machen. Das müssen die Ärzte entscheiden.«

»Dann werde ich mal nachfragen. Ich würde gern sobald wie möglich aufbrechen. Ich muss auch an meine eigene Familie denken.«

Der Officer zuckte die Schultern. »Wir werden Sie nicht aufhalten. Aber informieren Sie uns oder Ihre örtliche Polizei sofort, sobald Sie Kontakt zum Vater haben. Und Sie müssten bitte noch zum Leichenschauhaus, um … äh … die Verstorbene zu identifizieren.«

Als das Wort »Verstorbene« fiel, brach Jyothi erneut in haltloses Weinen aus. Sie hatte das Gesicht immer noch in ihr Kissen vergraben, als eine nach der anderen Welle des Schocks und der Verzweiflung über sie hereinbrach und ihr kleiner Körper unter dem Laken vor Schluchzen erbebte. Bridget und der Polizist sahen einander an, peinlich berührt angesichts der emotionalen Situation und der Taktlosigkeit, die sie verursacht hatte. Beide erröteten und nickten und bewegten sich gleichzeitig auf die Tür zu.

* * *

Es war schließlich Sarahs Mutter, die Jack ausfindig machte.

Er hatte am Abend des Unfalls in dem Häuschen im Elsass angerufen und niemanden erreicht. Am nächsten Morgen hatte er es wieder und wieder versucht und schließlich gegen Mittag bei Sarahs Eltern angerufen, um herauszufinden, warum sie noch nicht angekommen waren. So erfuhr Jack, dass er über Nacht Witwer geworden war.

Bridget und Jack brauchten etwa die gleiche Zeit, um nach Hause zu kommen. Bridget war gerade mal eine halbe Stunde zurück, als Jack schon vor der Tür stand.

»Wie hast du es denn so schnell hergeschafft?«

»Mit dem Flieger natürlich. Ich habe gleich den ersten Flug genommen.«

»Aus Philadelphia? Unmöglich! Heute Morgen *wusstest* du noch nicht mal davon, wir konnten dich ja nicht erreichen, und jetzt ist es fünf Uhr nachmittags und du bist schon zu Hause! Bist du mit der Concorde geflogen, oder wie?«

Jack errötete. »Ehrlich gesagt bin ich nicht von Amerika aus geflogen, sondern von Leeds.«

»Leeds! Was in aller Welt hast du denn in Leeds gemacht?!«

Bridget war nicht gerade für ihr Taktgefühl berühmt und Jack nicht davor gefeit, zu erröten. »Jemanden besucht«, antwortete er etwas zu schnell.

Bridget sah ihn misstrauisch an, aber dies war nicht der richtige Zeitpunkt für neugierige Fragen und Jack schob sie sanft beiseite und trat ein. »Wo ist sie?«

»Oben, sie schläft. Sie hat eben noch was zur Beruhigung bekommen.«

»Beruhigungsmittel? Warum?«

»Sie wird sofort hysterisch, wenn sie aufwacht.«

»Oh Mann«, sagte Jack und nahm zwei Stufen auf einmal. »Welches Zimmer?«, rief er auf dem Weg nach oben.

»Unseres«, rief Bridget zurück.

Jyothi schlief nicht. Sie stand am Fenster, als Jack hereinkam, doch sobald sie ihn in der Tür stehen sah, rannte sie durchs Zimmer und warf sich ihm in die Arme.

»Oh, meine Kleine«, stammelte Jack. »Meine Kleine. Jetzt ist es noch einmal passiert. Aber ich bin für dich da. Jetzt sind wir nur noch zu zweit.«

Doch erst als er die Worte aussprach, wurde Jack klar, dass sie eigentlich nicht ganz stimmten.

TEIL III

YORKSHIRE, 1986

»*Die Musik drückt aus, was nicht gesagt werden kann und worüber zu schweigen unmöglich ist.*«
  Victor Hugo

KAPITEL 21

Als Mum starb, zog ich mich in meine kleine Höhle zurück, denn es gab kaum noch etwas, wofür es sich zu leben lohnte. Alles, was ich bis dahin getan hatte, hatte ich für Mum getan.

Ohne Mum fiel das Konstrukt meiner selbst in sich zusammen. Ich hatte es immer für ein solides Gebilde gehalten und musste nun feststellen, dass es nichts als ein Ballon voll heißer Luft war. Mum hatte mir unablässig den Wind des Erfolgs zugefächert, ich war bloß ihre Komplizin gewesen und alleine schaffte ich es nicht. Ich hatte nicht den Willen, den Weg weiter zu verfolgen, den sie mir geebnet hatte, und auch nicht die Kraft dazu. Mum hatte mir beides gegeben, und ohne sie kamen mir sowohl die Kunst als auch die Fähigkeit abhanden.

Von allen Seiten wurde Mitgefühl bekundet. Es erschienen Artikel über meine Tragödie in den lokalen und nationalen Medien. Jack wurde gefragt, ob ich wohl ohne Monika weitermachen und mir ein neues Leben aufbauen könne. Da Jack sich nicht dazu äußerte, wurde viel spekuliert und die Frage schlussendlich – richtigerweise – verneint.

Mum hatte meine Karriere aufgebaut. Es war zwar mein

Talent gewesen, aber die Motivation war von ihr ausgegangen. Wieder einmal wurde meine Geschichte auseinandergepflückt. Es war Mum, so hieß es, die mich gerettet, meine Neigung erkannt und mich auf Erfolgskurs gebracht hatte. Ohne sie war ich nichts. Na ja, ganz so direkt wurde es nicht formuliert. Man blieb taktvoll, höflich. Unterm Strich lief es aber darauf hinaus. Wer war ich schon groß? Was wäre ich, wenn sie nicht gewesen wäre? Ein Kind in den Slums von Bombay. Ein Niemand.

Es sei eine Schande, dass sie nun gestorben sei, bevor meine Entwicklung abgeschlossen war, hieß es. Ich sei noch zu jung, um alleine voranzukommen, und Jack (so nahmen sie an) konnte mir nichts bieten.

Es dauerte ganze zwei Wochen, dann geriet ich in den Medien – und in der Öffentlichkeit – in Vergessenheit. Ich war wieder ein Niemand, gefallen vom Gipfel des Erfolgs.

Jack versuchte, mit mir zu reden. Er erzählte mir von einer Frau namens Rachel, die er kannte und bei der wir eine Zeit lang wohnen könnten. Er sagte, wir seien uns schon mal begegnet. Rachel hätte mir mal eine Stoffpuppe geschenkt, vor langer Zeit. Ich brauchte nicht lange, um dahinterzukommen, dass Rachel seine Geliebte war und dass er zum Zeitpunkt von Mums Unfall bei ihr gewesen war. Dachte Jack etwa, ich wüsste nicht, was eine Geliebte war? Ich wusste es sehr wohl.

Wie ich herausfand, hatte Mum davon gewusst. Ich hörte, wie Jack und Tante Bridget sich darüber stritten. Sie dachten, ich würde nichts davon mitbekommen, aber ich hörte jedes Wort. Tante Bridget war außer sich vor Wut, als sie erfuhr, dass Jack zur Zeit des Unfalls bei Rachel gewesen war – dass er mit ihr fremdging. Er hatte gelogen. Das wusste sie genau, denn Mum hatte es ihrer Freundin Karin erzählt, sie aufgelöst angerufen, nachdem sie Rachels Briefe in Jacks Schublade fand. Und dann, bei Mums Beerdigung, hatte Karin es Bridget erzählt, die Jack noch am selben Abend damit konfrontierte.

Jacks Untreue hatte Mum schwer getroffen, so schwer, dass sie auf dem Weg nach Frankreich nicht so konzentriert und vorsichtig gefahren war wie sonst. Und dass sie ... doch dann hörte ich auf zu denken. Ich wollte es nicht wissen. Ich wollte Jack hassen, doch das war unmöglich. Er war das Einzige, was mir noch blieb. Ich konnte ihn nicht hassen, und ich konnte auch Rachel nicht hassen. Ich hatte keinen Hass mehr in mir.

* * *

Genau genommen hatte ich überhaupt nichts mehr in mir. Mir war alles egal. Ich ließ Jack für mich entscheiden, nickte alles ab, was er sagte. »Ja« zu Rachel. »Ja« zu Wakefield. »Ja« zu einer neuen Schule. »Ja« zu einem neuen Anfang. Es gab nur ein »Nein« in meinem Leben, doch das war ein großes, unüberwindbares Nein. »Nein« zum Geigespielen. Und so brachen wir in dem gebrauchten Focus, den Jack mit dem Versicherungsgeld von dem Unfall gekauft hatte, nach Yorkshire auf.

Den größten Teil der Fahrt über schlief ich. Als Jack mich weckte, um mir zu sagen, dass wir angekommen seien, streckte ich mich und gähnte, und auf einmal stand Rachel vor dem Autofenster, sah hinein, lächelte und winkte mir zu. Einen Augenblick lang meinte ich, sie zu erkennen, doch es war nicht mehr als eine vage Erinnerung. Jack wurde nicht müde mir zu erzählen, wie nett sie auf dem Flug nach England doch zu mir gewesen sei. Wegen jener so lange zurückliegenden Liebenswürdigkeit wurde von mir nun erwartet, dass ich sie gern hatte. Aber natürlich erinnerte ich mich nicht an sie. Wie auch? Acht bemerkenswerte Jahre waren seit dem Flug von Bombay vergangen, mein ganzes Leben war seitdem auf den Kopf gestellt und umgekrempelt worden.

Dennoch begrüßte Rachel mich mit einer Herzlichkeit, die mich vielleicht beschwichtigt hätte, wenn meine Trauer, die sich wie ein Panzer um mich gelegt hatte, auch nur ein winziges bisschen davon zu mir durchgelassen hätte – was nicht der Fall war. Ich konnte die Herzlichkeit wahrnehmen, aber nicht daran teilhaben.

Rachel öffnete die Autotür und sagte: »Willkommen in Yorkshire, Jyothi! Ich hoffe, du wirst hier sehr glücklich sein!«

Doch ich gab keine Antwort. Denn ich verstand.

Vage, mit jener unscharfen Erkenntnis, mit der Kinder die beängstigende Welt der Erwachsenen begreifen, wusste ich, dass Rachel an der Wurzel meiner Trauer saß. Ihre Worte waren freundlich und einladend, aber waren sie womöglich nur aufgesetzt? Ob sie nun ernst gemeint waren oder nicht – es war mir egal. Ich reichte ihr die Hand und stieg aus auf den Bürgersteig, aber ich lächelte nicht. Ich konnte nicht. Ich hatte vergessen, wie das ging.

Rachels Haus lag mitten in einem verschlafenen Dorf, unweit von Wakefield, aber in ländlicher Umgebung.

Etwas abseits der Straße, verborgen von fremden Blicken, führte eine kiesbedeckte Einfahrt durch ein kleines schmiedeeisernes Tor zu einem Fußweg, der sich durch einige ohne viel Sinn für Ordnung oder Gestaltung angelegte Beete von Ringelblumen, Wildrosen und Sträuchern direkt bis zur eichenen Eingangstür schlängelte. Auf einem verwitterten Schild an der von Efeu bedeckten Außenwand stand *The Old Vicarage*, und passend zum Bild eines alten Pfarrhauses schien das Haus in friedlichen Schlaf gehüllt: Seine Fassade war so von Ranken und Kletterpflanzen überwuchert, dass das Grau der massiven Steinwand unter dem grünen Dickicht kaum zu erkennen war.

Es war das genaue Gegenteil von Mums perfekt angelegtem und sorgfältig gepflegtem Garten. Sie wäre sofort an die Arbeit gegangen, hätte Unkraut gejätet und die verwilderten Pflanzen zurückgeschnitten. Wie ich Mum vermisste!

»Gut, dass wir hier hinten so versteckt sind«, lachte Rachel, als sie das Tor öffnete und uns einließ. »Die Nachbarn wären schockiert, wie viel Unkraut zwischen meinen Blumen wächst. Dabei ist es in Wirklichkeit gar kein Unkraut. Es sind Kräuter. Fast jedes der kleinen Pflänzchen da unten hat irgendeine heilende Wirkung.«

Jack legte seine freie Hand auf meine Schulter und führte mich in den Eingangsbereich, einen kleinen Flur mit einem Schuhregal auf der einen und einer Reihe hölzerner Garderobenhaken auf der anderen Seite. Auf dem Schuhregal standen ein Paar abgenutzte Gartenschuhe und robuste Lederstiefel, davor ein Paar schmutzige Gummistiefel und drei Paar ausgetretene Hausschuhe in verschiedenen Größen. Die Jacken und Mäntel an den Haken waren ebenso alt und abgetragen.

Aus dem Haus ertönte ein freudiges Bellen, und Jack lächelte zu mir hinab. »Hörst du? Das ist der Hund, von dem ich dir erzählt habe: Sheba.«

Ich nickte. Jack und Rachel schienen zufrieden. Rachel sagte: »Komm, Jyothi, zieh dir die Schuhe aus und probier mal die Hausschuhe an. Ich weiß, die sind viel zu groß für dich, aber egal. Jack, die hier sind für dich.« Sie zeigte auf das größere Paar. Sie selbst streifte sich ebenfalls die Schuhe ab, schlüpfte in das dritte Paar Hausschuhe und öffnete die Tür. Sofort stürmte eine Kreatur auf sie zu, die für mich wie ein riesiger, seidig glänzender Panther aussah – sich jedoch als Labrador herausstellte –, und warf sie beinahe zu Boden, winselnd und zitternd vor unbändiger Freude.

»Ja, das ist Sheba, na, altes Mädchen?« Rachel klopfte und streichelte das Tier ausgiebig mit beiden Händen und ließ sich lachend das Gesicht ablecken. Zufrieden wuselte der Hund dann auf uns Neuankömmlinge zu und wedelte dabei so wild mit dem Schwanz, dass sein ganzes Hinterteil im Rhythmus hin- und herwackelte. Jack streichelte über den glatten schwarzen Kopf. Ich wollte es ihm nachtun, hielt mich dann aber zurück. Mit der einen Hand hielt ich noch immer den Griff meines Trolleys fest, die andere hatte ich in die Jeanstasche gesteckt. So fühlte ich mich sicher. Ich sah den Hund einfach nur an, und als er auf mich zukam und mich beschnüffelte, ließ ich es geschehen und widerstand dem Drang, ihm den Kopf zu streicheln. Ich sah stur geradeaus und wartete auf Anweisungen.

Jack und Rachel warfen sich einen Blick zu. Rachel runzelte leicht die Stirn, doch nur einen Augenblick, dann sagte sie: »Jyothi, du bist sicher hungrig! Ich habe einen leckeren Apfelkuchen da, den ich extra für dich gemacht habe, mit Äpfeln aus unserem Garten. Ich habe ihn heute Morgen gebacken und jetzt ist er bestimmt genau richtig! Oder möchtest du lieber erst nach oben und dein Zimmer sehen? Dich frisch machen und etwas ausruhen?«

Ich nickte, denn es war mir egal und Nicken war weder höflich noch unhöflich. Und woher sollte Rachel wissen, ob das hieß, ja, Apfelkuchen, oder ja, mein Zimmer sehen, oder ja, mich frisch machen, oder ja, mich ausruhen? Aber meine Unentschlossenheit kam Jack gelegen, der mir die Entscheidung abnahm und vorschlug: »Bestimmt würde sie gerne erstmal ihr Zimmer sehen und sich ein bisschen eingewöhnen, oder, Jyothi? Sie hatte unterwegs ein Sandwich.«

Rachel schien etwas sagen zu wollen, doch Jack warf ihr einen Blick zu und schüttelte leicht den Kopf. All das fiel mir auf, sie hatten ja keine Ahnung, wie viel ich mitbekam!

»In Ordnung. Hier entlang. Oder Jack, du kennst ja den Weg. Zeig du ihr das Zimmer und ich gehe schon mal in die Küche und mache uns Tee. Jyothi kann dann runterkommen, wenn sie soweit ist.« Sie lächelte mir noch einmal zu, klopfte mir ermunternd auf die Schulter und verschwand in die Küche. Jack nahm meine beiden Koffer, hievte sich den einen auf die Schulter und nahm den anderen in die Hand.

»Hier entlang, die Dame!«, sagte er. »Nimmst du den Rest mit?«

Der Rest bestand aus meinem kleinen Trolley und meinem Geigenkoffer mit der Geige darin. Ich hatte sie nicht mitnehmen wollen, aber Jack hatte darauf bestanden. Ich nahm den Trolley, ließ die Geige an ihrem Platz im Flur liegen und folgte Jack über einen Teppich in Richtung Treppe.

KAPITEL 22

Jack ging zu Rachel in die Küche. Es war eine altmodische Küche, genau das Gegenteil von seiner und Monikas. In der Ecke stand ein unbehandelter Holztisch mit einer massiven Kiefernholzbank dahinter, der Boden war mit Steinfliesen ausgelegt, die tiefen Fensterbänke zierten Geranientöpfe, von den kreuz und quer verlaufenden Deckenbalken hingen schwarze Gusspfannen in verschiedenen Größen sowie getrocknete Kräuter und Knoblauchbündel, und natürlich gab es einen Aga-Herd. Eine gemütliche Küche, in der man bis spät in die Nacht mit einem Glas Wein am Tisch sitzen und sich unterhalten konnte, während man vom Käse naschte und sich Stücke vom Baguette abbrach. Eine freundliche Küche. Rachels Blick jedoch war alles andere als freundlich, als sie ihn über den Tisch hinweg ansah. Der Vorwurf in ihren Augen war unverkennbar.

»Jack, das hättest du nicht tun sollen. Es ist zu früh. Viel zu früh. Du hättest ihr mehr Zeit geben sollen. Mein Gott, es ist gerade mal drei Wochen her, dass ihre Mutter ...«

»Rachel, wir haben das doch alles schon mal durchgesprochen. Wir hätten unmöglich zu Hause bleiben können. Sie wird sich viel schneller erholen, wenn sie von der Atmosphäre dort wegkommt. In dem Haus erinnert einfach alles an Monika, sie scheint in jedem einzelnen Zimmer zu sein wie ein ... ein ...« Das passende Wort kam ihm nicht in den Sinn, also fuhr er fort. »Sie kann in diesem Haus nicht darüber hinwegkommen, und ich kann es auch nicht. Es ist besser, einen radikalen Bruch zu machen und neu anzufangen, und zwar sobald wie möglich. Besser für sie und für mich. Es ist, als würde sie dort umherschweben, mich beschuldigen, bedrängen ...«

»Das ist dein schlechtes Gewissen, mein Freund. Niemand beschuldigt oder bedrängt dich außer deinen Schuldgefühlen.«

»Ach, hör doch damit auf. Dieser ganze Psychokram ...«

»Aber es stimmt doch, oder etwa nicht, Jack? Das musst du dir schon eingestehen.«

»Was muss ich mir eingestehen?«

»Dass du dich schuldig fühlst.«

»Ich sagte doch, hör auf damit.«

»Aber wenn du sie nicht betrogen hättest, wenn du zu Hause gewesen wärst, dann hättest du sie beim Fahren abgelöst und sie wäre nicht so müde gewesen und wäre nicht ...«

»Monika war immer schon eine schlechte Fahrerin, sie war immer nervös. Es hätte jederzeit passieren können, ob ich nun zu Hause war oder nicht.«

»Das redet dir dein Verstand ein, aber dein Gewissen sagt etwas anderes. Es ist nun mal nicht irgendwann passiert, sondern als du hier warst, bei mir, statt mit ihr im Urlaub.«

»Ich weiß nicht, was es bringen soll, sich in Schuldgefühlen zu suhlen. Es ist passiert, es ist vorbei, nichts kann sie mehr zurückbringen.«

»Ja, und das ist der andere Punkt, nicht wahr?«

»Welcher andere Punkt?«

»Bedauerst du es wirklich so sehr?«

»Hey, was soll das denn jetzt schon wieder heißen? Glaubst du etwa, ich wäre froh, dass sie tot ist? Sie war meine Frau,

Herrgott noch mal, ich habe fast zwanzig Jahre lang mit ihr zusammengelebt. Natürlich wollte ich nicht, dass sie stirbt!«

Jack und schreien? Das tat er sonst nie. Es war einer der Grundsätze seiner katastrophalen Ehe, dass Jack, der lockere, lässige Jack, niemals schrie. Jack wurde niemals wütend, ließ sich nie auf Streit ein, verlor nie die Fassung – nein, das war Monikas Part, so etwas tat nur die verkrampfte, nervöse, reizbare Monika. Doch nun saß Jack da, an Rachels Tisch, warf ihr böse Blicke zu und schrie sie an, und es war nicht Jack, sondern ein Fremder, der in Jacks Haut steckte und mit seiner Stimme sprach. Doch dann sank der Fremde in sich zusammen.

Jack ließ den Kopf hängen und presste die Handballen gegen die Augenlider. Er hatte die Ellbogen auf den Tisch gestützt, die Schultern bebten. »Und als Nächstes sagst du wahrscheinlich noch, dass ich sie umgebracht habe, weil ich ein Motiv habe. Lass mich einfach in Ruhe, Rachel, okay? Lass mich einfach in Ruhe. Ich hab schon genug um die Ohren ohne diesen Mist.«

Sofort war Rachel an seiner Seite, beugte sich über ihn und legte die Wange an seinen Kopf. Sie streichelte ihm über den Arm. »Liebster ...«

Bei dem Wort brach Jack zusammen. Ein gequältes Schluchzen brach aus ihm hervor und er ließ sich in ihre Arme sinken. Sie beugte sich tief zu ihm hinab, um ihn in die Arme zu schließen. »Oh Jack, oh Jack.«

»Ich habe das nicht gewollt!«, schluchzte Jack. »Oh Rachel, ich habe das nicht gewollt! Ich liebe dich so sehr, aber ... aber ... sie war eine gute Frau, Rachel, eine wirklich gute Frau und eine gute Mutter und wenn ich nicht, wenn ich nicht so ein mieser Dreckskerl gewesen wäre, so ein hinterhältiges, gemeines Arschloch, wenn ich nicht ...«

»Nein, Jack, sag sowas nicht.«

»... dann wäre sie noch am Leben. Wir hätten es wie vernünftige Menschen regeln können. Sie hat gewusst, dass es mit unserer Ehe nicht funktioniert hat. Sie war voll und ganz auf Jyothi ausgerichtet, nicht auf mich. Wir haben uns entfremdet, und das wusste sie auch. Jyothi war ihr ganzes Leben. Wir haben sogar einmal darüber gesprochen – über Trennung. Sie war vernünftig, Rachel. Eine gute Frau. Sie hätte mich gehen lassen. Ich weiß es.«

»Und darum habe ich dich immer wieder gebeten, weißt du noch? Schon vor langer Zeit habe ich dir gesagt, dass du reinen Tisch machen sollst. Dass du es ihr erzählen, ihr sagen sollst, dass es vorbei ist.«

»Ich weiß. Aber ich war ein Feigling, Rachel. Ein echter Feigling. Ich habe es immer wieder vor mir hergeschoben. Es war mir zu lästig. Ich wollte meine Ruhe und Behaglichkeit, keine Veränderung, und ich wollte dich. Also musste ich mich hinter ihrem Rücken davonstehlen und – oh, das Karma kann ein Ekel sein, Rachel. Sie wäre noch am Leben, wenn ich nicht ...«

»Pscht, Jack. Das weißt du nicht. Die Dinge passieren eben.«

»Ich wäre gefahren. Sie wäre nicht müde gewesen. Sie wäre nicht aufgewühlt gewesen.«

Sie stand auf, holte eine Packung Taschentücher aus einer Schublade und reichte sie ihm. Er trocknete sich die Augen, schluchzte aber immer noch, tiefe, bebende, durchdringende Schluchzer, zwischen denen die Worte aus ihm hervorbrachen.

»Meine Schuld – alles meine Schuld ...«

Rachel sagte nichts. Sie hielt ihn einfach nur fest, und er weinte an ihrer Schulter, die Packung Taschentücher fiel zu Boden und ihr T-Shirt nahm seine Tränen und ihr Herz seine Qualen auf. Nach einer Weile verebbten die Schluchzer. Sie lehnte sich zurück und sah ihn an.

»Jack. Jack, hör mir zu. Es ist ganz normal, dass du dich schuldig fühlst, denn wie du sagst – auch wenn sie noch so vernünftig war, keine Frau wird gerne betrogen. Keine Frau wird gerne hintergangen. Das ist etwas, womit du von jetzt an klarkommen musst, dein ganzes Leben lang. Du wirst dir immer die Schuld geben. Die Schuldgefühle werden immer bleiben. Ihr Leben ist vorbei, unwiederbringlich, und das ist einfach furchtbar, keiner von uns wollte das. Aber ...«

»Wir hätten das regeln können!«, sagte Jack und putzte sich die Nase. »Wir hatten uns entfremdet und Jyothi war ihr Leben.«

»Ja. Vielleicht. Vielleicht auch nicht. Aber wir können die Vergangenheit nicht ändern. Nur die Zukunft. Du musst darüber hinwegkommen, Jack.«

»Aber können wir auf so viel Schuld ein gemeinsames Leben aufbauen, ein schönes Leben? Ich habe so ein schlechtes Gewissen dabei, mit dir zusammen zu sein – ich weiß noch nicht mal, ob Jyothi mir verzeihen kann.«

»Das Wichtigste ist: Du musst dir selbst verzeihen.«

»Rachel, das ist so oberflächlich! So ... so selbstgefällig, damit weicht man doch bloß seiner Verantwortung aus. Mir wird jetzt erst richtig klar, dass ich mich mein Leben lang vor Verpflichtungen, vor Verantwortung gedrückt habe, aber ich *bin* verantwortlich – das wird mein Leben überschatten und ich muss damit klarkommen. Aber kann Jyothi damit klarkommen? Wenn sie erfährt, dass es meine Schuld war, wenn sie mich hasst ...«

»Wahrscheinlich nicht. Du bist jetzt ihr einziger Halt und musst stark für sie sein, nicht zermartert von Schuldgefühlen. Du musst für sie da sein. Die Vergangenheit kannst du nicht ändern, aber du bist verantwortlich für Jyothis Zukunft. Sie braucht dich.«

»Ja. Ich weiß.«

Just in diesem Moment kam Jyothi herein, und Rachel ließ von Jack ab. Er reckte die Schultern, streckte die Hand nach Jyothi aus, legte ihr einen Arm um die zierlichen Schultern und zog sie sanft zum Tisch. Wie lange hatte sie schon draußen vor der Tür gestanden? Wie viel hatte sie gehört? Wie viel davon verstanden? Er umarmte sie, und sie ließ es zu.

»Hi, Süße. Bist du ausgeruht? Hast du Hunger? Da kannst du reinrutschen.«

Er deutete auf die Eckbank und zog den Tisch ein wenig beiseite, sodass Jyothi auf die Bank klettern und sich zu ihnen setzen konnte. Rachel sagte nichts, lächelte das Mädchen nur freundlich an und legte ihr ein Stück Apfelkuchen auf den Teller. Jyothi saß starr mit den Händen im Schoß da. Sie blickte ins Nichts, und in ihrem ganzen Ausdruck lag eine abwesende Passivität, als wäre es ihr vollkommen gleich, wo sie war, mit wem sie zusammen war und ob sie Apfelkuchen auf dem Teller hatte oder Sauerkraut.

KAPITEL 23

Jyothis Rückkehr ins Land der Lebenden verlief weder schnell noch unkompliziert. Im Alter von fünf Jahren seine geliebte Mutter zu verlieren, war eine Sache. Eine ganz andere war es jedoch, Vertrauen und Geborgenheit bei einer anderen Mutter zu finden, sein Leben, seine Zukunft, sein Glück in ihre Hände zu legen, nur um sie dann auch noch zu verlieren. Beide Male war Jyothi Zeugin eines grausamen Todes geworden, war beide Male mit Schrecken und Geschrei und Blut konfrontiert. Nachdem sie das erste Trauma überwunden hatte, stürzte sie nun kopfüber zurück in ein Loch, das sich anfühlte, als wäre sie innerlich gestorben.

Dass sie nun ein zweites Mal ihre Mutter verloren hatte, noch dazu unter Umständen, die jenem ersten Verlust vor so vielen Jahren glichen, zerstörte die kleine Reserve an Selbstvertrauen, die sie in den letzten Jahren aufgebaut hatte. Diese Reserve war seit jeher labil gewesen, denn sie hatte kein sicheres Fundament: Ihr kindliches Urvertrauen in die ihr bekannte Welt und die geliebte Mutter war zerstört und von Angst überschattet worden. Diesmal, so befürchtete Jack, war womöglich ein bleibender Schaden entstanden.

Wenn sie wenigstens weinen könnte, dachte er. Tränen hatten eine heilende Wirkung, und wenn Jyothi ihnen nur einmal freien Lauf lassen könnte, würde der Heilungsprozess vielleicht endlich einsetzen. Er wusste einfach nicht, wie er zu ihr durchdringen sollte. Sie hatte jedes Interesse an den kleinen Dingen verloren, die sie früher so geliebt hatte: Bücher, Natur und vor allem Musik. Seit Monikas Tod hatte sie die Geige kein einziges Mal in die Hand genommen, hatte kein einziges Buch angerührt. Und als Rachel am Nachmittag mit ihr in den Garten ging, um ihr die fruchtbeladenen Apfelbäume und Himbeersträucher zu zeigen, nahm ihr Gesicht einmal mehr den phlegmatischen Ausdruck vollkommener Gleichgültigkeit an.

»Probier doch eine, Jyothi, sie sind köstlich«, versuchte Rachel sie zu locken, und Jyothi gehorchte, pflückte eine der saftigen Beeren und steckte sie mit derselben Begeisterung in den Mund, die sie auch an den Tag gelegt hätte, wenn es darum gegangen wäre, Zahnersatz auszuprobieren. Sie gingen weiter. Rachel versuchte es erneut.

»Riech mal an diesen Rosen, Jyothi, sie duften himmlisch«, und Jyothi reckte die Nase und schnupperte daran, nicht widerwillig, aber mit der unbewegten Miene eines Buckingham-Palace-Wachsoldaten.

Ganz hinten im Garten war etwas Gartenabfall aufgehäuft: ein zusammengeworfenes Wirrwarr aus Zweigen und Ästen, Blättern und verrottendem Holz.

»Wir haben darin eine Igeldame zu Besuch«, sagte Rachel, nun fast schon verzweifelt. »Sie hat Junge bekommen, ich habe sie vor ein paar Tagen gesehen. Wenn du Glück hast und ganz leise hier wartest, siehst du vielleicht eins. Du kannst sie füttern, wenn du willst. Das würde dir bestimmt Spaß machen.«

Doch Jyothi sah drein, als wäre es kaum spannender, ein Igelbaby zu finden als ein ausgespucktes Kaugummi.

Einer der Gründe, warum Jack so bald nach Monikas Tod zu Rachel gekommen war, war das nicht ganz unwichtige Thema Jyothis schulischer Bildung, die schon seit Jahren Anlass zur Sorge gab. Vor allem seit Bekanntwerden ihres musikalischen Talents war sowohl ihm als auch Monika mehr als klar geworden, dass es mit der Schule so eigentlich nicht weitergehen konnte. Doch in der näheren Umgebung gab es keine andere Schule, weder öffentlich noch privat, an der man Jyothi aufnehmen wollte, ihre Defizite waren einfach zu groß. Um ihm die Entscheidung leichter zu machen, hatte Rachel ihm hingegen begeistert von einer hervorragenden Privatschule mit Internat in der Nähe erzählt, wo man Jyothi bei ihren schulischen Problemen helfen und ihr zugleich eine herausragende musikalische Ausbildung ermöglichen würde. Sie könnte dort wohnen ...

»Auf gar keinen Fall«, sagte Jack bestimmt. »Jyothi ist nicht der Typ dafür.«

»... oder zumindest unter der Woche, und am Wochenende nach Hause kommen. Aber *Rosewood* ist so nah, dass sie dort auch als Externe zur Schule gehen könnte – es ist etwa eine halbe Stunde Fahrtzeit. Mein Neffe ist da auch.«

»Oh. Der Neffe aus Indien, von dem du mir erzählt hast?«

»Genau. Dean. Er ist seit zwei Jahren auf der Schule und es scheint ihm gut zu gefallen. Er hat unter ziemlich ähnlichen Umständen dort angefangen ... Hmmm ... Mir fällt jetzt erst auf, *wie* ähnlich.«

Sie hielt inne und dachte nach.

»Worüber denkst du nach?«

»Über Dean. Die Parallelen sind wirklich unheimlich ... Du weißt ja, dass sein Vater – mein Bruder Will – vor drei Jahren bei einem Kletterunfall ums Leben gekommen ist. Danach hat seine Mutter ihn aus Indien, wo sie damals gelebt haben, hierhergeholt. Für ihn war es auch eine große Veränderung, und er ist ein etwas schwieriges Kind – na ja, eigentlich ist er natürlich kein Kind mehr, aber er war damals schon ein kleiner Rabauke. Unter der Woche ist er im Internat und die Ferien verbringt er bei seiner Mutter.«

»Wie alt ist er?«

»Er ist jetzt fünfzehn. Ein bisschen zu alt, um sich mit Jyothi anzufreunden, aber wir könnten sie einander ja wenigstens mal vorstellen. Vielleicht könnte er in der Schule für Jyothi den großen Bruder spielen – er ist ein bisschen wild, aber er hat ein gutes Herz und wenn er erfährt, was mit Monika passiert ist, weckt das vielleicht seinen Beschützerinstinkt. Er war so alt wie Jyothi jetzt, als er nach England gekommen ist, er würde sie gut verstehen. Und sie kann weiß Gott einen guten Freund brauchen.«

Am Samstag darauf fuhr Rachel mit Jack und Jyothi nach Harrogate, um sie ihren Eltern und ihrem Neffen Dean vorzustellen. Die Fitzgeralds wohnten in einem stattlichen edwardianischen Haus in einem grünen Viertel am Rande der Stadt. Rachel parkte auf der Einfahrt und die drei stiegen aus. Eine kurze Treppe führte zu einer massiven Eichenholztür, Rachel ging voran. Jyothi zögerte, als wollte sie als Letzte gehen, aber Jack winkte sie vor und widerwillig stieg sie Rachel hinterher. Rachel klingelte, und noch bevor der Doppelton verklungen war, wurde die Tür geöffnet.

»Hallo, Dean! Das war aber schnell! Du hast uns wohl erwartet!«

Der junge Mann, der sie von der Tür aus angrinste, trat zurück, um sie einzulassen. »Na ja, sowas in der Art. Ich bin gerade runtergekommen, als ihr hochgekommen seid. Schön, dich wiederzusehen!«

Dean war groß für einen Fünfzehnjährigen und dünn, er hatte den langen, schlaksigen Körperbau eines Jugendlichen, der gerade einen Wachstumsschub durchgemacht hatte. Sein großer Mund schien für das längliche Gesicht zu breit, doch die Anlage zu künftiger Symmetrie war vorhanden. Der leichte

Olivton seiner Haut, das volle schwarze Haar, das er in einem langen Pagenschnitt trug, die dichten schwarzen Brauen und die weit auseinanderstehenden, großen dunklen Augen hätten ebenso gut nahöstlichen, italienischen, türkischen oder griechischen wie anglo-indischen Ursprungs sein können. Er trug dunkelblaue Jeans und ein etwas helleres Jeanshemd mit offenem Kragen, das ihm aus der Hose hing, und war noch dazu barfuß, was alles so gar nicht in die förmliche Atmosphäre der Eingangshalle passte. Hinter ihm führte eine mit dickem, kastanienbraunem Teppich ausgelegte düstere Treppe in ein noch düstereres Obergeschoss, während die Eingangshalle selbst eher darauf ausgerichtet schien, dem unvorbereiteten Besucher Furcht einzuflößen, als ihn willkommen zu heißen. Dean machte das Licht an und sofort wirkte die Halle einladender.

»Du musst Jyothi sein. Schön, dich kennenzulernen. Und dich, Jack.«

Zum Gruß hob er kurz die rechte Hand an die Brust, doch als Jyothi und Jack ihm beide die rechte Hand reichten, überlegte er es sich anders und schüttelte ihnen so flüchtig die Hände, dass er sie kaum berührte.

Eine Hausangestellte in blauem Kleid und weißer Rüschenschürze kam aus einem der hinteren Zimmer – wahrscheinlich der Küche – in den Flur geeilt, gefolgt von einer älteren Frau.

»Rachel! Da bist du ja! Meine Güte, ich muss schon taub sein, ich hatte die Nachrichten an und habe die Klingel nicht gehört. Wie geht es dir, meine Liebe?«

Mutter und Tochter umarmten sich. Es war eine knappe, nüchterne Umarmung, die eher lebenslanger Gewohnheit als echter Nähe und Herzlichkeit entsprang.

Mrs Fitzgerald war tadellos gekleidet, sie trug einen hellen Faltenrock und eine langärmelige, elfenbeinweiße Seidenbluse mit einer Art Schleife am Hals, die mit einer Amethystspange fixiert war. Ihr gleichmäßig rostrotes Haar hatte einen kaum erkennbaren grauen Ansatz und war in kurzen, steifen Wellen aus dem Gesicht gekämmt. Die Blässe ihres Gesichts und ihre harten Züge – eine kantige Nase, hervorstehende Wangenknochen, die man wohl einmal als vornehm bezeichnet hätte, schmale, gerade Lippen und ein strenger Kiefer – vermittelten den Eindruck einer Frau, die ein hohes Maß an Selbstachtung besaß und dieselbe Achtung auch von anderen erwartete.

Und wehe dem, der nicht die Knie beugt, dachte Jack und kämpfte gegen das leichte Zittern in seinen eigenen Knien an. Es war kaum zu glauben, dass diese Frau Rachels Mutter sein sollte – und die Mutter von Will, der Rachels Beschreibung nach der Inbegriff des zerstreuten Professors und Abenteurers gewesen war.

Über Rachels Schulter hinweg fiel Mrs Fitzgeralds Blick auf Jack. Sofort ließ sie Rachel los und trat mit ausgestreckter Hand und scharfem, forschem Blick auf ihn zu, um ihn förmlich zu begrüßen. Jack musste sich zusammennehmen, um nicht zurückzuschrecken und ein höfliches Lächeln aufzusetzen, wie es dieser entscheidenden ersten Begegnung angemessen war.

Der Blick, den sie ihm mit einem strammen Händedruck zuwarf, war kühl und berechnend, dauerte jedoch nicht lange an. Sie wandte sich Jyothi zu.

Nach Deans Begrüßung hatte Jyothi sich an die Wand in den Schatten einer großen Standuhr zurückgezogen, die zwar nicht viel Schutz bot, aber immerhin groß und erhaben und stattlich war, alles Eigenschaften, die ihr fehlten. Das laute, rhythmische Ticken der Uhr hatte etwas Tröstliches, ihr unregelmäßiger Atem schien darin seinen eigenen Rhythmus wiederzufinden und ihre Gefühle beruhigten sich.

»Du bist also Jyothi«, sagte Mrs Fitzgerald. »Willkommen.« Doch ihre Augen waren so kalt wie die eisigen Kristalle des Kronleuchters an der Decke. Sie reichte ihr die Hand und Jyothi ergriff sie: doch auch der Händedruck war aus Eis.

* * *

Auf der Fahrt nach Harrogate hatte Rachel Jack davor gewarnt, dass es einige Themen gab, die in Gegenwart ihrer Eltern besser nicht angesprochen wurden. Eins davon war Deans Mutter.

»Sie waren von Anfang an gegen die Heirat«, erklärte sie. »Sie fanden sie nicht gut genug für ihren geliebten Sohn und haben ihn mehr oder weniger enterbt. Das haben sie zumindest angedroht und angeblich auch getan, aber ich weiß nicht, ob sie es wirklich durchgezogen haben oder ob alles nur heiße Luft war. Sie hatten immer ein Problem mit Wills Faszination für Indien und seinem Wunsch, dort zu arbeiten.

Weißt du, sie haben ja selbst lange Zeit in Indien gelebt. Meine Mutter ist sogar dort geboren. Genau wie wir, wir haben unsere Kindheit dort verbracht. Aber mit den Veränderungen nach der Unabhängigkeit sind sie dann nicht klargekommen und wollten alle Brücken hinter sich abbrechen. Auch wir sollten alle Brücken hinter uns abbrechen. Aber Will war schon immer ziemlich eigensinnig und hat natürlich einfach gemacht, was er wollte.

Und dann ist Will ihnen einfach weggestorben. Die Trauer hat sie fast in den Wahnsinn getrieben: Sie hatten ihn seit vierzehn Jahren nicht gesehen und keine Gelegenheit gehabt, sich mit ihm auszusöhnen. Es war eine schreckliche Zeit für uns alle. Er war ein toller Bruder. Als er starb, habe ich angeboten, Dean zu mir zu nehmen. Wir hatten alles geplant. Natürlich kannte ich ihn, ich war mehrmals in Indien zu Besuch gewesen. Genau wie Will war ich fasziniert von dem Land, konnte mir aber nie vorstellen, dort zu leben, deshalb konnten meine Eltern es wohl hinnehmen. Aber Dean ist mein einziger Neffe – für mich war klar, dass ich ihn aufnehmen würde. Ich hatte mich sogar schon nach Schulen in der Nähe umgesehen – so habe ich auch von *Rosewood Hall* gehört, es schien genau das Richtige für ihn. Aber dann haben meine lieben Eltern es sich in den Kopf gesetzt, dass Dean zu ihnen kommen sollte, quasi als

Ersatz für Will, denn was wusste ich schon groß davon, wie man einen Jungen aufzieht? Und dann war da noch mein Job, mit dem ich immer viel unterwegs bin. Ich wäre natürlich bereit gewesen, mich nach etwas anderem umzusehen, aber es gibt nicht viele Bürojobs, die ich machen kann, schon gar nicht hier, und, na ja, es wäre einfach schwierig für mich gewesen, Dean aufzunehmen. Nicht, dass das eine Rolle gespielt hätte, wenn es keine Alternative gegeben hätte, aber es *gab* eine Alternative und meine Eltern wollten ihn wirklich gern aufnehmen und ... na ja, so war die Entscheidung gefallen.«

»Aber was ist mit Deans Mutter? Wo lebt sie denn? Warum haben deine Eltern sie nicht auch aufgenommen?«

»Wie gesagt, die Umbrüche in Indien haben ihnen nicht gefallen. Sie sind noch von der alten Schule, verstehst du – Relikte der Kolonialzeit. Engländer und Inder waren für sie zwei verschiedene Spezies. Sie konnten die, wie sie es nannten, Aufsässigkeit der Inder nicht ertragen. Dass Will dann eine Inderin zur Frau genommen hat, war für sie ein Schlag ins Gesicht.«

»Aber warum ist Dean nach dem Tod seines Vaters dann nicht bei seiner Mutter geblieben?«

»Na ja, das wäre ihr lieber gewesen, aber sie hatte praktisch keine Wahl. Will war schrecklich unorganisiert: es gab kein Versicherungsgeld, keine Rücklagen, keine Witwenrente. Noch nicht einmal das Haus gehörte ihnen. Von ihrem kleinen Gehalt als Krankenschwester konnte sie die Miete nicht bezahlen. Also ist sie bei ihren Eltern und ihren drei Brüdern, deren Frauen und etwa einem Dutzend Kindern eingezogen – na ja, ein halbes Dutzend, mindestens. Drinnen war nicht genug Platz für alle, sodass sie auf der Veranda schlafen mussten. Und ihre Schwägerinnen haben sie wie den letzten Dreck behandelt, vor allem die älteste, die das ganze Nest wie eine Matriarchin mit eiserner Hand regiert.

Also hat sie beschlossen, aus Indien wegzuziehen. Sie hat

meine Eltern gebeten, ihr dabei zu helfen, nach England zu kommen. Sie wollte sich hier Arbeit suchen, damit sie und Dean beieinander sein könnten. Als Witwe eines Engländers wäre sie ohne Probleme an eine Arbeitserlaubnis gekommen.

Doch meine Eltern wollten ihr nicht helfen. Sie waren der Meinung, sie würde ihnen dann nur das Geld aus der Tasche ziehen. Also habe ich mich angeboten. Sie hätte hier bei mir wohnen können, zusammen mit Dean. Das war tatsächlich mein erstes Angebot. Aber dann ...«

»Dann was?«

»Dann hat sie einen Heiratsantrag bekommen. Von einem gut situierten Inder, einem Professor an der Universität, an der auch Will gearbeitet hatte. Das Angebot war zu gut, um es abzulehnen. Sie war auch einfach nicht der Typ dafür, ganz alleine in ein fremdes Land auf einem fremden Kontinent aufzubrechen und sich als alleinerziehende Mutter durchzuschlagen. Noch nicht mal mit meiner Hilfe. Sie mochte den Mann sehr gern, und er hat sich um sie bemüht, als hätte sein Leben davon abgehangen. Meine Schwägerin ist eine sehr hübsche Frau, und gutmütig noch dazu. Die Art Frau, die Männer gerne heiraten. Es war klar, dass sie nicht lange alleine bleiben würde.«

»Aber der Mann wollte Dean nicht?«, riet Jack.

»Na ja, so hat er es glaube ich nicht ausgedrückt. Er hat sie nur dazu überredet, ihn nach England zu schicken. Er meinte, die Schulen dort seien besser und Dean könne ja in den Ferien nach Hause kommen. Praktisch wie ein Internat, nur dass er die Wochenenden bei meinen Eltern verbringt. Aber er hat lange Schulferien, die er immer bei seiner Mutter in Indien verbringt. Mittlerweile hat er auch noch eine Halbschwester bekommen.«

Jack senkte die Stimme und warf einen Blick auf den Rücksitz. Jyothi schien zu schlafen.

»Aber wenn deine Eltern ein Problem mit Indien und den

Indern haben, was ist dann mit Jyothi? Wie werden sie auf sie reagieren?«

»Ach, seit Dean bei ihnen ist, sind sie schon etwas lockerer geworden. Und sie ist ja noch ein Kind. Sie werden schon nicht gemein zu ihr sein. Ich habe ihnen alles über sie erzählt, und meiner Mutter tut sie wirklich leid. Im Grunde sind die beiden keine Drachen, weißt du. Sie haben nur eben falsche Vorstellungen. Aber sie nehmen es Deans Mutter übel, dass sie wieder geheiratet hat, und so schnell noch dazu: Sie finden, sie hätte das Andenken an Will bewahren sollen. So sind sie eben. Sie konnten nicht verstehen, dass sie als indische Witwe wirklich Glück hatte, überhaupt einen Mann zu finden, einen indischen Mann, meine ich, der sie heiraten wollte. Und dann noch einen Professor! Sehr gut situiert. Für sie war es das Naheliegendste und ich glaube auch das Beste.«

»Aber wie kommt Dean damit klar?«

»Dean?« Rachel hielt inne, um die Frage zu überdenken. »Er macht einen ganz zufriedenen Eindruck. Dean ist so ein Mensch, der überall zufrieden sein kann, solange er den Dingen nachgehen kann, die er liebt. Was er am meisten liebt, ist seine Kamera. Er macht ständig überall Fotos. Du wirst schon sehen. Auf *Rosewood* wird er sehr darin bestärkt. Bei der letzten Preisverleihung hat er einen Preis gewonnen und dann noch einen Amateurpreis bei einem Fotowettbewerb von einer Zeitschrift, und er hat sogar schon ein paar Bilder veröffentlicht. Nicht schlecht für einen Fünfzehnjährigen. Dean ist einer, der seine Gedanken für sich behält, es fällt ihm extrem leicht, sich an seine Umgebung anzupassen. Er ist extrovertiert, gerne unterwegs – er trägt seine Welt in sich, er macht also zumindest einen zufriedenen Eindruck. Allerdings scheint er keine wirklich engen Freunde zu haben. Das meinte ich damit, dass er seine Gedankenwelt für sich behält. Keiner von uns weiß, was wirklich in seinem Kopf vorgeht. Es wird interessant zu sehen, wie er auf Jyothi reagiert!«

Jack drehte sich noch einmal nach ihr um. Jyothi war nun wach und saß mit abgewandtem Gesicht zusammengekauert in der Ecke und sah nach draußen. Wie viel hatte sie mitangehört? Hatte sie die Unterhaltung verfolgt? Dachte sie über Dean nach und über seine Geschichte, die beinahe so tragisch war wie ihre eigene – oder war ihr das alles egal? Und wenn sie so aus dem Fenster sah, interessierte sie sich für die Landschaft, die sattgrünen Hügel, die beschaulichen Dörfer, durch die sie fuhren? Sah sie überhaupt irgendetwas davon oder schaute sie einfach nur ins Leere? Nahm sie von alldem irgendetwas wahr oder ließ sie die Welt da draußen bloß vor den Augen dahinziehen? Oder hörte sie ihnen insgeheim zu?

Er wandte sich noch einmal um und ließ den Blick diesmal etwas länger auf dem Mädchen ruhen, auf ihrem unbewegten Profil, ihrem harten Gesichtsausdruck, und kam zu dem Schluss, dass Jyothi für ihn noch immer ein Buch mit sieben Siegeln war.

KAPITEL 24

Nach der Begegnung mit der Eiskönigin, Rachels Mutter, war ich froh, als der Junge namens Dean mich fragte, ob ich mit nach oben in sein Zimmer kommen wollte. Dean war zwei Jahre älter als ich und da er ein Junge war natürlich auch viel größer. Doch mir war sofort klar, dass er harmlos war. Es gab nichts zu befürchten.

Das Problem ist, dass sich die meisten Leute ein Bild davon machen, was für ein Mensch man ist oder in ihren Augen sein sollte, und dann sehen sie immer nur dieses Bild und nicht einen selbst. Ich war gerade mal dreizehn Jahre alt, aber so viel verstand ich bereits von menschlicher Interaktion. Als ich ein kleines Kind war, sahen mich die Leute als das arme kleine Mädchen aus dem Slum. Wenn sie sich mit mir unterhielten, sprachen sie zu dem Slum-Kind, nicht zu *mir*. Später sahen sie mich dann als Musikerin, als herausragende Musikerin noch dazu, und wieder sprachen sie zu diesem Bild und nicht zu *mir*. Dean war seit vielen Jahren der erste, der nicht zu einem Bild sprach, als er mich sah. Er sprach zu MIR. Das war der Unterschied.

Deans Zimmer war ganz oben im Haus. Es war klein und

hatte eine Dachschräge, in der sich eine kleine Fensternische mit einer Sitzbank befand. Ich setzte mich direkt dorthin. Es war gemütlich dort und hell. Überall lagen Kissen. Dean setzte sich aufs Bett, das unter einer andern Schräge stand.

»Lass dich von meinen Großeltern nicht einschüchtern«, sagte er gleich. »So gehen sie immer mit Leuten um, die sie nicht kennen. Total förmlich und steif. Hab einfach keine Angst, dann wird das schon. Sag mal, hättest du was dagegen, wenn ich ein Foto von dir mache?«

So war Dean, gleich von Anfang an. Total direkt. Natürlich ließ ich mich von ihm fotografieren. Dean machte es nichts aus, dass ich nicht redete. Schweigen machte ihm keine Angst, meins am allerwenigsten, und ich habe mich bei ihm nie unter Druck gesetzt gefühlt, mich unterhalten zu müssen. Nicht bei Dean. Zuerst erklärte er mir, warum er mich fotografieren wollte. Er meinte, in meinem Ausdruck liege etwas Überirdisches. Meine Augen seien außergewöhnlich: wie hinter einem Schleier verborgen, doch wenn man sich die Mühe machte, dahinter zu sehen, finde man ein ganzes Universum. Solche Augen habe er bisher nur einmal im Leben gesehen, und zwar bei der alten Mutter seines Gärtners in Indien.

»Einer alten Frau?«, fragte ich, und das waren die ersten Worte, die ich seit meiner Ankunft im Norden Englands gesprochen hatte. Aber das konnte Dean natürlich nicht wissen und machte folglich kein Aufheben darum. Aber mein Interesse war geweckt. Ich war doch erst dreizehn! Warum sollte ich wie eine alte Frau sein?

»Ja. Ich hoffe, du verstehst das nicht falsch. Es ist nur ... na ja, manche Leute haben einen flachen Blick. Wenn man ihnen in die Augen sieht, sieht man die Farbe, aber keine Dimension, keine Tiefe. Man kommt nicht unter die Oberfläche. Und ihre Augen sprechen nicht. Aber diese alte Frau, die ich meine ... Warte, ich zeige dir gleich ein Bild von ihr. Ich habe einen Preis dafür gewonnen. Einen Moment noch.«

Während er sprach, machte er fünf Fotos von mir, aus verschiedenen Winkeln. Dann hörte er auf zu sprechen und fotografierte weiter. Er hatte etwas Ruhiges, Tiefgründiges an sich, und mir schien, ich sollte darauf Rücksicht nehmen: als hätte er sein Bewusstsein in sich zurückgezogen und wäre nun weder für einen oberflächlichen Kommentar noch für eine Unterhaltung zu haben. Dann tauchte er mit einem Mal wieder auf und schenkte mir ein breites, sonniges Lächeln. Zumindest fühlte es sich sonnig an. Er strahlte Wärme und Wohlbefinden aus, und ich lächelte automatisch zurück. Ihn anzulächeln fühlte sich an, als würde man die Flügel ausbreiten, oder wie eine sich öffnende Blüte. Ich atmete tief durch.

Als er fertig war, legte er die Kamera weg und öffnete einen Schrank, in dem er einen unordentlichen Stapel aus Zeitschriften und sonstigem Papierkram durchsuchte. Schließlich tauchte er mit einer alten Ausgabe von *Photography Today* wieder auf. Die Zeitschrift schlug sich fast von selbst auf einer Seite auf, die offenbar schon viele Male angesehen worden war, und da war das Foto, von dem er erzählt hatte. Es war ein Farbporträt einer Frau, die eine zerbeulte Blechschüssel auf dem Kopf balancierte; von dem dünnen Arm, mit dem sie diese hielt, hing die Haut in losen Ringen herab. Ihr Gesicht hatte einen dunklen Schokoladenton und war von tiefen Furchen gezeichnet, und auch um ihren Hals zogen sich eine Reihe ledriger Falten. Sie schien nur mit einem um den Oberkörper gelegten Streifen Stoff bekleidet zu sein, denn eine Schulter war unbedeckt. Ohne zu lächeln schaute sie mir aus der Seite entgegen, und ich verstand sofort, was Dean mit ihren Augen gemeint hatte: Sie lagen tief versunken wie offene Fenster unter den dichten schwarzen Brauen, und man schien tausend verschiedene Emotionen in sie hineinlesen zu können, Freude und Trauer, Erhabenheit und Demut, Jugend und Alter. Es tat weh, sie anzusehen, und ich schlug die Zeitschrift hastig zu.

Ich wollte mehr über diese Frau erfahren, hatte aber schon

so lange nicht mehr gesprochen, und bevor ich die richtigen Worte finden konnte, hatte Dean schon selbst weitergeredet. »Das ist Nirmala«, sagte er, während er die Zeitschrift wieder zurück auf den Stapel legte und die Schranktür zumachte. »Ich habe sie schon hundertmal fotografiert und jedes Mal sieht sie anders aus. Hast du Lust, spazieren zu gehen?«

Der Themenwechsel kam so plötzlich, dass ich Dean erst gar nicht hörte – in Gedanken war ich noch bei der geheimnisvollen Nirmala – und er seine Frage wiederholen musste.

Natürlich war ich einverstanden! Er ging voran, und ich folgte ihm nach unten und aus dem Haus, die Straße hinunter und einen schmalen Weg entlang, der in die offene Landschaft führte, und die ganze Zeit über sprach er kein einziges Wort. Mir machte die Stille nichts, eigentlich war sie sogar eine Erleichterung, denn die meisten Leute haben den Drang, immer draufloszureden, egal wie sinnlos, damit es nur ja keine Pause in der Unterhaltung gibt. Ich habe diesen Drang nicht, daher fühlen sich viele Leute unwohl in meiner Gegenwart. Meist fangen sie an, mir alle möglichen Fragen zu stellen, und dann weiß ich, dass sie eigentlich nur reden um des Redens willen, und nicht, weil sie wirklich etwas wissen wollen. Aber wenn ich deswegen dann stumm bleibe, fühlen sie sich nur noch unwohler. Mum hat diese Stille immer gehasst. Jack war besser darin, sie auszuhalten, aber seit Mums Tod dachte Jack, man müsste mich um jeden Preis zum Sprechen bringen. Dean hatte jedoch kein Problem mit der Stille, also liefen wir schweigend nebeneinander her. Und als er dann schließlich auf dem kleinen Feldweg doch das Wort ergriff, fiel es mir leicht, ihm zu antworten, denn wir hatten bereits in der Stille zusammengefunden und uns aufeinander eingestimmt, sodass unsere Unterhaltung nun mühelos dahinfloss. Dean war erst der zweite Mensch in meinem Leben – der erste war Sarah gewesen –, der verstand, dass sich zwei Seelen erst im Geist begegnen und aneinander gewöhnen müssen, bevor sie sich mühelos im Gespräch begegnen können.

Er fragte mich nach Indien. Als er fragte, schien es das Natürlichste der Welt, meine Schüchternheit war wie weggeblasen und ich wollte gerne antworten. Aber ich wusste nicht, ob ich überhaupt etwas zu sagen hatte.

»Ich kann mich nicht gut an Indien erinnern«, sagte ich beinahe fragend. »Es ist schon so lange her. Ich war noch ein kleines Kind.«

»Aber die Erinnerungen sind noch da«, sagte Dean. »Wenn du nur gründlich danach suchst, wirst du sie finden.«

»Sie sind so tief begraben ...«

»Aber unsere Erfahrungen verschwinden nie ganz«, sagte Dean. »Sie prägen sich wie ein Stempel ins Gedächtnis ein – wie eine Fotografie. Ich wette, du wirst sie finden, wenn du es nur versuchst.«

Ich hielt inne, setzte dann erneut an und sagte leise: »Und es sind nicht nur gute Erinnerungen. Die meisten sind schmerzhaft.«

»Aber manche auch schön?«

Ich schwieg und dachte nach. Etwas in mir regte sich, eine wirbelnde dunkle Masse, die sich auftürmte wie düstere Wolken. Mir war, als könnte ich entweder die Hand heben und sie zurückhalten oder sie auf mich zukommen und an die Oberfläche meiner Wahrnehmung aufsteigen lassen.

Mit Erinnerungen, das begriff ich damals, war es wie mit einer jahrelang von einer Großmutter auf dem Dachboden verwahrten Truhe. Von außen ist sie voller Staub und Spinnweben, das Schloss ist mit der Zeit durch die Feuchtigkeit verrostet und keiner denkt mehr an sie. Doch dann kommen die Enkelkinder, reißen das Dachfenster auf, finden die Truhe, wischen die Spinnweben weg, brechen das Schloss auf, öffnen den Deckel und finden die Vergangenheit, konserviert in strahlenden Farben und verlockenden Gerüchen.

»Ich habe in Bombay gelebt«, sagte ich endlich. »Jack und Mum haben von Bombay immer geredet, als wäre es die hässlichste und dreckigste Stadt der Welt.«

»Höllisch« war das Wort, mit dem Mum die Stadt beschrieben hatte, und selbst der nachsichtige Jack hatte sie bestenfalls als »chaotisch« bezeichnet. Daher hatte ich Bedenken, den Truhendeckel anzuheben und hineinzusehen.

»Ja, aber sie waren fremd dort. Die meisten behaupten dasselbe von Delhi. Aber ich habe Delhi geliebt.«

»Du bist auch nicht in den Slums aufgewachsen«, entgegnete ich und schwieg wieder.

»Und es gab nichts Schönes in deiner Kindheit? Überhaupt gar nichts?«

Ich überlegte. Und zwang mich, an die Zeit vor jenen schrecklichen letzten Wochen zurückzudenken, als der Boden unter mir wegbrach. Denn die zählten eigentlich nicht. Doch was davor gewesen war ... jetzt überschlugen sich die Erinnerungen, und sie waren gut. Ich sah Dean an und lächelte.

»Ich hatte drei Freundinnen in Bombay«, sagte ich. »Die Töchter unserer Nachbarn, Chandra, Rookmini und Priya – sie waren viel jünger als ich. Wir haben alle auf der Straße gelebt ... auf dem Gehweg. Es war immer viel los dort, wir haben in kleinen Verschlägen gewohnt, die unsere Väter aus Holzplanken und Stoffresten an die Wand gebaut hatten. Wir waren zu sechst, also, sechs Kinder. Die Mädchen hatten einen großen Bruder. Er hat nicht gerne mit uns gespielt, er ist betteln gegangen. Und meine älteren Brüder – die konnten nichts mit mir anfangen.

Wir haben gespielt, dass ich für sie koche: mit Steinchen und kleinen Stückchen Zwiebelschale und kleingeschnittener Bananenschale, aber manchmal hat mir Ma auch echtes Essen zum Spielen gegeben und dann konnten wir wirklich essen. Meine Kochstelle waren ein paar rote Ziegel. Ich war wie eine kleine Mutter für sie. Sie haben mich geliebt!«

Ich merkte, dass ich mich mit Dean so unbeschwert unterhielt, als wäre er Sarah, nur dass ich Sarah nie von Bombay erzählt hatte. Es war, als wäre meine Vergangenheit immer hinter einer dunklen Wand mit der Aufschrift »dreckig« versteckt gewesen, hinter die ich nicht schauen durfte, nicht ohne Scham und Abscheu. Dean jedoch ermutigte mich dazu, wieder hinzusehen, die Erinnerungen hervorzuholen und sie, wie alte Fotos, in Ehren zu halten.

Ich plauderte drauflos wie nie zuvor, völlig selbstvergessen, ohne die Landschaft oder ihn an meiner Seite wahrzunehmen, brachte die Relikte meiner Vergangenheit zutage und zeigte ihm jedes einzelne.

Noch frühere Erinnerungen kamen zum Vorschein – aus der Zeit vor Bombay, vom Leben in unserem Dorf, als noch alles gut und heil war. Doch diese Erinnerungen waren vage, wie erdrückt unter dem gigantischen Fußabdruck der Stadt, und mir fehlten die Worte, um sie zu beschreiben. Ich ging wieder zu Bombay über.

»Mein Vater ist gestorben«, erzählte ich Dean. »Es war schrecklich. Und dann ist ein anderer Mann gekommen ... er war grausam ...« Ich hielt inne. »Er hat uns oft geschlagen. Ma hat gesagt, wir müssten es ertragen, denn wir hätten sonst niemanden, der uns beschützt. Er hat mich betteln geschickt. Aber das hat mir nichts ausgemacht, denn Ma hat mich geliebt.«

Ich verstummte, denn mit einem Mal sah ich Mas Gesicht so deutlich, als stünde sie direkt vor mir. Ich sprach nicht weiter und verfiel wieder in mein altes Schweigen. Aber Dean ließ mich nicht darin verweilen.

»Dort haben sie dich gefunden, oder? Die beiden, die dich mit nach England genommen haben? Deine Eltern?«

»Ja. Jack hat mir auf der Gitarre vorgespielt. Und ich habe getanzt.«

Dean sagte nichts. Ich schwieg ebenfalls. Und auf einmal

wollte ich nicht mehr über mich reden. Ich schien einen wichtigen Teil von mir entdeckt zu haben, wusste aber, dass ich ihn erst weiter würde erkunden können, wenn ich alleine war, und dass ich viele Stunden Zeit dafür hätte – später. Fünf Minuten lang liefen wir schweigend weiter, und wieder war es ein geselliges Schweigen, jeder von uns zufrieden damit, den eigenen Gedanken nachzuhängen, und sich doch der Gegenwart des anderen bewusst – ich zumindest nahm ihn nun wahr und war froh, dass er da war.

Wir kamen zu einem Bach, der sich fröhlich plätschernd von einem bewaldeten Hügel hinabschlängelte. Der Weg führte über eine kleine Brücke, doch Dean zeigte stattdessen auf einen kleinen Pfad, der am Flussufer entlang durch ein Farndickicht führte, und diesem Pfad folgten wir nun. Ich lief hinter ihm den Hügel hinauf, bis wir nach einer Weile eine flache steinige Stelle am Hang erreichten. Dort setzte sich Dean, immer noch schweigend, auf den Boden und lächelte mich an.

Ich suchte mir einen großen Stein am Flussufer und setzte mich etwas oberhalb von ihm dazu. Der Bach bildete hier einen kleinen Wasserfall, und irgendjemand hatte wohl der Natur ein wenig nachgeholfen und die Steine ringförmig angeordnet, sodass sich ein Tümpel von etwa einem Meter Durchmesser bildete. Direkt unter mir sammelte sich das Wasser in einem zweiten kleinen Tümpel, wirbelte darin umher wie auf der Suche nach einem Ausgang und strömte durch einen winzigen Spalt zwischen zwei Steinen hinaus in den größeren Tümpel.

»Hier komme ich manchmal hin«, sagte Dean, »wenn ich ganz alleine sein will. Zu Hause ist es so düster und bedrückend und es fühlt sich an, als wären dort Geister, all die Menschen, die vor mir dort gewohnt haben. Weißt du, was ich meine?«

Ich wusste es ganz genau. Wieder staunte ich, wie gut er mich verstand, bevor ich auch nur versucht hatte, etwas für ihn in Worte zu fassen. So jemanden hatte ich noch nie kennengelernt und war mir gar nicht bewusst gewesen, mit welchem

Glück und Dank es mich erfüllen würde, einfach nur jemandem zu begegnen, der so war wie ich. Ich war es so leid, immer etwas sagen oder fragen zu müssen. Dass man mich ausfragte, sich Gedanken um mich machte, überlegte, was mit mir los war, was mir fehlte. Immer stimmte gleich etwas nicht, nur weil ich meine Gefühle nicht ausdrücken konnte. Und dann war da Dean, der sie schon kannte, und sogar ohne Worte. Es war ein Wunder. Ich wandte mich ihm zu und lächelte mein strahlendstes Lächeln, und es fühlte sich an, als würde sich ein dichter Wolkenvorhang heben und den strahlend blauen Himmel zum Vorschein bringen.

»Halt! Bleib so!« Blitzschnell hob Dean die Kamera ans Auge. Die plötzliche Bewegung hatte mich so erschreckt, dass mein Lächeln erloschen, der Augenblick vergangen und der Himmel wieder bewölkt war. Dean ließ die Kamera sinken und blickte beschämt und schuldbewusst drein.

»Ach, verdammt. Es tut mir leid. Das hätte ich nicht tun sollen. Ich bin so ein Trottel. Es tut mir leid.«

»Ist schon okay«, sagte ich, auch wenn der magische Augenblick verflogen war. Doch ich hatte das Gefühl, irgendetwas tun zu müssen, um Dean aus seiner Verlegenheit zu befreien, also zog ich die Sandalen aus und ließ die Füße ins sprudelnde Wasser baumeln. Es war so kalt, dass ich vor Schreck aufschrie und wieder lachen musste. Deans Unsicherheit verschwand, er lachte mit und schon war zwischen uns alles wieder gut.

»Es ist nicht tief oder groß genug, um darin zu schwimmen«, sagte er, »aber bei richtig heißem Wetter ist es schön hier. Nicht, dass es in England jemals richtig heiß wäre.«

»Es ist angenehm an den Füßen«, sagte ich. »Ich gehe mal ein paar Schritte rein.«

Ich rollte meine Jeans hoch, ging mit den Füßen ins Wasser und verzog das Gesicht, um die Kälte besser zu ertragen.

Dean stöhnte. »Wie gern ich dich jetzt fotografieren würde«, sagte er. »Tut mir leid. Ich bin süchtig. Wenn ich ein interessantes Gesicht sehe, muss ich einfach versuchen, es für die Ewigkeit festzuhalten. Am besten setze ich mich auf meine Hände.«

Darüber musste ich lauthals lachen, und die Wolken verzogen sich wieder.

»Nur zu«, sagte ich. »Wenn du willst. Ich war beim ersten Mal nur nicht darauf vorbereitet, das ist alles.«

Dean ließ sich nicht zweimal bitten. Als hätte er Angst, ich könnte es mir anders überlegen, hob er schnell die Kamera und knipste drauflos, während ich im Wasser planschte. Ich beugte mich vor, hielt die Hände hinein und kühlte mir das Gesicht und den Nacken: Das fühlte sich gut an. Meine Füße hatten sich allmählich an die Kälte gewöhnt und plötzlich überkam mich der unwiderstehliche Drang, etwas Freches zu tun. Ich spritzte etwas Wasser in seine Richtung – nicht so viel, dass er nass wurde, aber doch genug, um ihn zu warnen, und er verstand. Er nahm die Kamera ab, legte sie sorgfältig an einen sicheren Ort, und einen Augenblick später war auch er im Wasser.

»Okay, du hast es nicht anders gewollt!« Er lachte, und ich lachte mit. Ich hielt die Hände hoch, um ihn abzuwehren, aber er packte mich an den Handgelenken. Sein Griff war stark und doch sanft, und als ich versuchte mich zu befreien, spürte ich, wie er ihn genau an mich anpasste – genug Kraft, um mich zu bändigen, aber nicht so viel, dass es mir wehtat. Ich hörte auf zu kämpfen, er gab ebenfalls nach. Dann ging ich zum Angriff über: In dem kurzen Sekundenbruchteil, wo er nicht aufpasste, packte ich ihn am Handgelenk und zog, und schon saß Dean in dem kleinen Tümpel auf dem Hosenboden.

»Du kleine ...«, prustete er, während ich noch versuchte, zu entkommen. Doch er erwischte mich am Knöchel und zog, und dann saß auch ich im Wasser, lachend und strampelnd, um wieder auf die Beine zu kommen.

Da wir nun ohnehin völlig durchnässt waren, war alle

Vorsicht vergessen, und wir benahmen uns wie Kinder: wie zwei übergroße Wasserbabys, die planschend und freudig kreischend versuchten, den anderen unterzutauchen. Die Steine unter meinen Füßen waren rutschig, mehr als einmal fiel ich hin und mehr als einmal gelang es mir, Dean mit mir zu ziehen. Kaum hatten wir uns lachend aufgerappelt, lagen wir schon wieder am Boden. Ich schrie auf, als Dean abermals nach meinem Knöchel griff; ich musste auf einem Bein hüpfen und ging schon wieder zu Boden. Als ich endlich auf die Beine kam, kletterte ich auf der gegenüberliegenden Seite des Tümpels über die Steine und schlug mich ins Gestrüpp. Im Nu war Dean hinter mir her. Brüllend jagte er mir nach, aber ich war schneller und wäre ihm entkommen, wenn ich nicht in einen Dorn getreten wäre. Der Schmerz schoss mir nur so durch den Fuß, ich schrie um Gnade und ließ mich nieder, um meine Fußsohle zu inspizieren. Dean kam schlitternd zum Stehen und kniete sich neben mich.

»Was ist los?«

»Ein Dorn«, sagte ich.

Dean nahm den Fuß in die Hände und drehte ihn vorsichtig, um ihn zu untersuchen. »Ich kann ihn sehen. Eine Sekunde.«

Er hatte ruhige Hände und geschickte Finger. Er bekam den winzigen Splitter mit den Nägeln zu fassen und zog ihn heraus.

»Jetzt sollte es nicht mehr wehtun«, sagte er. »Mit Stacheln kenne ich mich aus. In Indien sind wir immer barfuß rumgerannt und hatten ständig welche. Geht's jetzt?«

Ich nickte und setzte den Fuß probehalber auf. »Danke. Sollten wir nicht besser zurück?«

»Ja. Na, komm. Kannst du laufen?«

»Mmmmhmmm.«

»Geh schon mal vor. Ich hole unsere Schuhe und die Kamera.«

Ich ging ihm voraus den Hügel hinab, wobei ich immer wieder auf der blätterbedeckten Erde ausrutschte. Als Dean mich einholte, hielten wir an und zogen, nun wieder schweigend, unsere Sandalen an. Es war, als wüssten wir beide instinktiv, wann wir sprechen sollten und wann nicht, ein Zusammenspiel von Stille und Klang, das sich ganz natürlich einstellte, aber doch so außergewöhnlich war, dass es mir bemerkenswert erschien.

Wir waren beide nass bis auf die Knochen, meine Kleidung klebte an mir, mein nur am Ansatz noch trockenes Haar hing mir in schweren Strähnen über den Rücken. Ich kämmte es im Laufen mit den Fingern durch und flocht es zu einem unordentlichen Zopf.

Als wir auf dem Weg ins Dorf an den ersten Häusern vorbeikamen, fragte Dean: »Wirst du Ärger von deinem Dad bekommen, weil du nass geworden bist?«

Ich schüttelte den Kopf. »Jack ist nie wütend. Das ist mit das Beste an ihm. Aber was ist mit deinen Großeltern? Es wird keinen guten Eindruck bei ihnen hinterlassen, wenn ich so nach Hause komme.«

»Keine Sorge. Ich lasse dich durch die Küche rein und dann kannst du etwas von mir anziehen. Niemand wird etwas merken.«

KAPITEL 25

Im Badezimmer zog ich die Jeans an, die Dean mir gegeben hatte. Sie war ihm zu klein und mir zu groß, aber mit einem Gürtel, hochgekrempelten Beinen und einem weiten blauen T-Shirt sah ich einigermaßen anständig aus, abgesehen von dem nassen Zopf. Ich sah mich um und entdeckte einen Föhn in einem Regal. Ich steckte ihn in die Steckdose, löste meinen Zopf und richtete die heiße Luft darauf. Mein Haar breitete sich wie ein Fächer um meinen Kopf herum aus, schwebte in langen fedrigen Strähnen umher, die mein Gesicht umrahmten wie lebendige, bewegliche Sprossen. Das Gesicht im Spiegel wirkte unglaublich klein, unglaublich kindlich. Zum ersten Mal wünschte ich mir, ich sähe nicht jünger, sondern älter aus, als ich war.

Dean wartete draußen vor dem Badezimmer auf mich. Er lehnte mit dem Rücken am Geländer, hatte die langen Beine über den Flur ausgestreckt und wirkte zufrieden, als er mich herauskommen sah.

»Fertig?«, fragte er. Ich nickte, wir lächelten uns zu und gingen nach unten.

Alle waren im Wohnzimmer versammelt: Jack und Rachel

auf dem ausladenden grünen Sofa, Rachels Mutter in einem tiefen Sessel und zwischen Sofa und Sessel saß ihr Vater in einem Rollstuhl.

»Da bist du ja«, meinte Rachel, als wir hereinkamen. »Wir haben uns schon gewundert, wo ihr geblieben seid.«

Jack sah mich überrascht an. »Jyothi, was hast du ...«, aber dann bemerkte er meinen warnenden Blick und unterbrach sich.

Rachels Vater sah auf die Uhr und runzelte die Stirn. »Fünf nach fünf«, sagte er. Er war ein hagerer Mann mit einem üppigen Schopf Silberhaar und einer Hakennase. Die dicke Schildpatt-Brille ließ seine hellen, blau-grauen Augen, deren stechender Blick etwas unverkennbar Ablehnendes hatte, noch größer wirken. Mit kühler Präzision betrachtete er mich, als wäre ich eine Mikrobe, die er unter dem Mikroskop untersuchte und ziemlich unappetitlich fand. Er war wie ein offenes Buch für mich: Dieses innerliche Türzuschlagen, das bedeutete *Du hast nichts mit mir zu tun*, kannte ich nur zu gut. Es war mir schon viele Male begegnet. Seit meinem sechsten Lebensjahr hatte ich solche Blicke immer wieder erlebt und aufgenommen und mit der Zeit meine ganz eigene Art entwickelt, sie an mir abprallen zu lassen.

»Ich werde Dora Bescheid sagen, dass sie den Nachmittagstee servieren kann«, bemerkte Rachels Mutter dann und rauschte aus dem Zimmer.

Rachel sagte: »Wir wollen draußen auf der Terrasse essen, es ist so schönes Wetter.«

Also gingen wir alle auf die Terrasse, Rachel schob ihren Vater im Rollstuhl heran und wir setzten uns an einen schweren Holztisch, der bereits mit einer schweren weißen Brokattischdecke, feinem Geschirr und Silberbesteck gedeckt war.

Die Hausangestellte erschien mit einem Servierwagen und

stellte eine Teekanne, Milch, Zucker und einen Teller mit Gebäck auf den Tisch.

Rachels Mutter schenkte den Tee ein und ein paar Minuten lang war nur das Klirren von Löffeln an Tassen und das Gluckern der Milch beim Ausschenken zu hören. Rachel versuchte, eine Unterhaltung in Gang zu bringen.

»Dean, du musst Jack von *Rosewood Hall* erzählen«, setzte sie an. »Jyothi geht wahrscheinlich ab dem nächsten Schuljahr auch dorthin.«

»Ehrlich? Das hast du mir gar nicht erzählt!« Dean warf mir einen vorwurfsvollen Blick zu, doch an seinem gutmütigen Gesichtsausdruck erkannte ich, dass er nur Spaß machte.

»Es ist eine gute Schule, oder?«

»Och ja, für eine Schule ist sie ganz in Ordnung«, sagte Dean. »Auf jeden Fall ist sie besser als die, auf der ich in Indien war. Man muss sich nur vor dem Dribbler in Acht nehmen.«

»Dem Dribbler?«

»Mr Drabble. Der stellvertretende Schulleiter. Er ist ein Monster. Aber Mr Killingly ist in Ordnung. Das ist der Schulleiter. Wir nennen ihn Killer. In welche Klasse kommt sie?«

»Das wissen wir noch nicht. Sie ist zwei Jahre jünger als du. In welcher Klasse bist du?«

»Ich komme in die zehnte. Dann kommt sie in die achte.«

»Die Schulen sind auch nicht mehr das, was sie mal waren!«, meldete sich Rachels Vater zu Wort. »Ich hätte diese Schule nie gewählt. Es heißt, sie lassen dort alles durchgehen, keine Disziplin.«

»Daddy, das stimmt nicht!«, sagte Rachel. Ihr erboster Blick verriet mir, dass sie diese Diskussion schon hundertmal geführt hatten. »Es ist eine liberale Schule, das stimmt, aber liberal heißt nicht gleich, dass es keine Disziplin gibt! Nur, weil sie die Schüler nicht schlagen ...«

»Wer sein Kind liebt, der züchtigt es!«, grummelte der alte Mann.

»Ein Kind muss seine Grenzen kennen!«, bestätigte Rachels Mutter. »Grenzen! Wenn man keine Grenzen setzt, dann ...«

»Mummy, wir haben da doch schon zigmal drüber gesprochen! Sie haben Grenzen! Ich habe Deans Mutter diese Schule wegen des künstlerischen Schwerpunkts empfohlen. In dem Bereich ist sie sogar sehr renommiert. Überleg doch mal, wie weit Dean mit seiner Fotografie schon gekommen ist!«

»Und wer kommt dafür auf? Das verrat mir mal!«

»Ihr Mann und du. Das wissen wir alle, Daddy. Aber sie ist immerhin seine Mutter und hat entsprechend das letzte Wort!«

»Was weiß diese Frau schon vom britischen Schulsystem? Sie ist Inderin durch und durch. Alles, was sie gesehen hat, war eine Hochglanzbroschüre voller Lobeshymnen über die internationale Ausrichtung und die großzügigen Stipendien für Fantasiefächer wie Kunst und Theater und Sport! Die wissenschaftlichen Fächer werden mit keinem Wort erwähnt!«

»Daddy, sie werden mit mehr als einem Wort erwähnt, aber wenn du immer nur siehst, was du sehen willst, was erwartest du? Die Schule schneidet bei den Prüfungen immer ziemlich gut ab, aber du weigerst dich strikt ...«

»Wer hat denn schon von *Rosewood Hall* gehört? Was für ein lächerlicher Name! Was sich halt irgendwelche Fantasten unter einer modernen Einrichtung vorstellen ... Wenn du mich fragst, hättet ihr besser etwas Traditionelles gewählt, eine gute, anständige Schule wie Rugby oder ...«

»Eton und Harrow, ja, ja. Immer dieselbe alte Leier!«

»Wie redest du denn mit deinem Vater!« Er war mittlerweile puterrot, Rachel ebenso. Ich beobachtete, wie erst Jack und dann sie eine Hand vom Tisch nahmen, und wusste, dass sie unter dem Tisch Händchen hielten. Ich konnte sehen, wie sie um Fassung rang.

»Tut mir leid, Daddy. Aber bei dem Thema werden wir uns wohl nie einig werden. Belassen wir es doch dabei: Deans Mutter fand die Idee gut, Dean gefällt es dort, man kann sich dort wunderbar auf Fotografie spezialisieren. Was willst du mehr?«

»Er sollte Cambridge anpeilen wie sein Vater!«, stieß der alte Mann hervor. »Oder wenigstens Oxford.«

»Aber ich will Fotograf werden, Opa. Dafür muss ich nicht nach Oxford oder Cambridge!«

»Eine gute Allgemeinbildung, das ist es, was der Junge braucht«, fuhr der alte Mann fort und klopfte mit dem Messer auf seinen Teller. »Harte Arbeit, strenge Lehrer, Sport, Disziplin und Religion. *Das* ist persönlichkeitsbildend. Nicht dieses ganze weiche Wischi-waschi.«

»Ich finde, Dean hat es gut getroffen«, meinte Rachel.

»Papperlapapp! Verzogen wird er, verhätschelt von ein paar schwachköpfigen Kindermädchen, die ...«

Ich kann mich unmöglich an alles erinnern, was er über die Mängel des modernen englischen Bildungssystems und die Vorzüge der alten Sitten von sich gab. Er tobte sich noch weiter aus über die Tugenden von Anstand und Würde, die charakterbildende Wirkung von kalten Bädern, morgendlichen Laufrunden und geöffneten Fenstern, die Einschärfung christlicher Werte wie Sittsamkeit und Duldsamkeit, die spirituelle Erbauung durch das Singen von Liedern wie »*Onward Christian Soldiers*«, »*Land of Hope and Glory*« oder »*Rule Britannia*«. Bevor wir uns versahen, waren wir vom Thema Bildung zu Patriotismus übergegangen.

»Und wie soll *sie* deiner Meinung nach dort klarkommen? Wie ist ihr Englisch? Kann sie überhaupt ein einziges Wort?« Der Themenwechsel kam plötzlich – und indirekt, er zeigte mit dem Messer auf mich, ohne auch nur in meine Richtung zu sehen.

»Dad, Jyothi lebt schon seit vielen Jahren in England. Ihr gesprochenes Englisch ist perfekt. Ihr einziges Problem ist eine Lese-Rechtschreibschwäche, und dabei wird man ihr in *Rosewood* helfen. Sie haben dort einen sehr guten Legasthenie-

Experten. Jyothi ist keine Ausländerin. Nicht mehr. Und selbst wenn sie eine wäre, bei *Rosewood* werden viele ausländische Schüler aufgenommen, die dort sehr gute Fortschritte machen und ...«

Rachel sprach ganz ruhig, doch unter der Oberfläche brodelte es, ich konnte ihren Frust förmlich spüren. Ich hielt den Blick auf meinen Teller gerichtet, sah aber aus dem Augenwinkel, dass Dean nur darauf wartete, dass Rachel fertig war, um auch einmal zu Wort zu kommen. Doch sein Großvater war schneller.

»Papperlapapp! Wenn du mich fragst, liegt genau da das Problem! Wie kann man ganze Horden ausländischer Kinder aufnehmen, die kein einziges Wort Englisch sprechen, und dann erwarten, sich mit anderen Schulen messen zu können? Lächerlich! Aber das ist typisch heutzutage. Was soll nur aus diesem Land werden?«

Jetzt blickte ich auf, um zu sehen, wie diese Worte aufgenommen wurden. Jack saß wie versteinert da. Rachels Mutter schien mit ihrem Mann einer Meinung zu sein, denn sie sagte nichts. Dean stand ruckartig auf und ging ohne ein Wort ins Haus. Wieder war es Rachel, die sich der Situation gewachsen zeigte.

»So geht es nicht, Dad! Ich werde nicht zulassen, dass du mit deinen gemeinen Tiraden meine Gäste beleidigst! Ich habe für mein Lebtag genug davon gehabt. Du hast schon deinen Sohn verloren durch deine verdammte Sturköpfigkeit, und wenn du den Rest der Familie auch noch verlierst – das sind Dean und ich, wenn ich dich erinnern darf, sonst hast du nämlich niemanden mehr –, ist das verdammt noch mal deine eigene Schuld! Du gewöhnst dich besser dran, dass wir nicht in deinem kleinen abgeschlossenen Käfig leben, ansonsten wirst du nämlich deinen Lebensabend allein verbringen! Tut mir leid, Mummy. Jack, wir gehen.«

»Rachel, bitte ...«

»Spar dir die guten Manieren, Jack, er ist es nicht wert. Komm, Jyothi, das gilt auch für dich. Du bist vielleicht noch ein Kind, aber du hast trotzdem Respekt verdient. Wir gehen.«

Was blieb uns anderes übrig, als mit ihr zu gehen? Mir war das Ganze unglaublich peinlich. Ich stand auf und nickte der alten Dame zu, die mir ein steifes Lächeln schenkte, brachte es aber nicht über mich, den Mann anzusehen. Ich folgte Rachel durch die Terrassentür ins Haus, Jack ging direkt hinter mir.

In der Eingangshalle blieb Rachel stehen und drehte sich zu uns um.

»Tut mir leid. Hört mal, ich möchte noch kurz mit Dean sprechen. Geht ruhig schon vor zum Auto, ich bin in einer Sekunde da.«

»Hör mal, Rachel, es war wirklich nicht nötig ...«

»Oh doch. Glaub mir, es war sowas von nötig! Geht ruhig. Macht euch keine Gedanken um gute Manieren, wenn er keine hat, verdient er auch keine.«

Sie rannte die Treppe hoch. Jack sah mich an und zuckte die Schultern. »Dann gehen wir wohl besser zum Auto. Tut mir leid«, wiederholte er Rachels Worte.

Ich fand es merkwürdig, dass sie beide meinten, sich bei mir entschuldigen zu müssen. Glaubten sie, die Worte des alten Mannes hätten mich schockiert? Das hatten sie nicht. Nicht im Geringsten. Manche Leute schockiert es wohl, wenn bestimmte Dinge laut ausgesprochen werden, aber mir war klar, dass der alte Mann bloß in Worte gefasst hatte, was viele insgeheim dachten. Wahrscheinlich konnte ich mich glücklich schätzen, dass ich mir dieser Dinge bewusst war, selbst wenn sie niemand laut aussprach, und nicht zum ersten Mal fiel mir auf, wie anders ich war als die meisten anderen Leute. Was war schlimmer: die eigenen Gedanken auszusprechen oder sie für sich zu behalten und anstandshalber den Schein zu wahren? Nun, natürlich wusste ich, dass es sich nicht gehörte, bestimmte Sachen zu sagen, aber ich war mittlerweile in einem Alter, in dem mich das nicht mehr kümmerte. Mir war schon seit Jahren klar, dass mich andere Menschen aufgrund meiner Herkunft und meines Aussehens beurteilten. Sie dachten, ich wüsste es nicht, und darin lag mein Vorteil.

Man kann gegen solche Leute nicht ankämpfen, man kann sich nur von ihnen abschirmen, und genau das hatte ich in den letzten acht Jahren getan. Ich war mittlerweile eine Expertin darin, darum hatten mich die Worte des alten Mannes viel weniger schockiert als Rachel oder Jack. Ich brauchte ihre Entschuldigung nicht. Ich lächelte Jack zu, um ihn zu beruhigen, und zuckte die Schultern.

»Ist schon okay.«

Das waren die ersten Worte, die ich seit dem Umzug zu Rachel an Jack gerichtet hatte, und er erwiderte sie mit einem Lächeln und drückte meine Hand.

Wir warteten auf Rachel.

»Was macht sie nur so lange?«, fragte er nach einer Weile und sah auf die Uhr. Mir machte die Warterei nichts aus. Ich machte es mir im Auto bequem und dachte an den schönen Tag zurück, dachte an Dean und wünschte, ich hätte mich richtig von ihm verabschieden können. Genau in dem Moment tauchte Deans Gesicht am Autofenster auf, Rachel stand hinter ihm.

»Tschüss, Jyothi!«, rief er. Ich erschrak, doch dann strahlte ich übers ganze Gesicht, kurbelte das Fenster herunter und reichte ihm die Hand. Statt sie zu schütteln, drückte er sie. »Wir sehen uns«, sagte er, verabschiedete sich von Jack und umarmte Rachel zum Abschied, bevor sie in den Fahrersitz stieg.

»Überleg's dir, Dean, okay?«, sagte Rachel.

»Das mache ich«, gab Dean zurück. »Und danke!« Als wir losfuhren, klopfte er zum Abschied noch einmal auf den Wagen und winkte. Als wir irgendwann abbogen, stand er immer noch winkend da. Ich streckte den Kopf aus dem Fenster und winkte zurück, dann war er weg.

»Hört mal«, sagte Rachel, als wir ein Stück gefahren waren. »Ich weiß nicht, warum ich nicht schon früher darauf gekommen bin, aber mir war nie wirklich klar, wie unzumutbar Deans Position in diesem Haushalt ist. Sie nehmen ihn zwar hin, weil er letzten Endes dann eben doch ihr Enkelkind ist, ihr einziges Enkelkind, und er ist so gutmütig, dass er damit klarkommt, mit einem ultrarechten Möchtegern-Demagogen zusammenzuleben. Aber es ist eine Schande. Und erst heute ist mir wirklich klar geworden, wie sehr sich meine Lage verändert hat, seit ihr beiden bei mir eingezogen seid. Also habe ich Dean angeboten, dass er auch bei uns wohnen kann. Wenn ihr nichts dagegen habt.«

KAPITEL 26

Wie sehr hatte es mir vor der Schule gegraut, aber nun war ich voller Vorfreude ... Ich würde Dean dort wiedersehen!

In der Woche nach jenem katastrophalen, herrlichen Besuch bei Rachels Eltern fuhren Jack und ich los, um uns die Schule anzusehen. Auf dem Weg dorthin bemühte sich Jack um eine Unterhaltung und ich gab mir alle Mühe, darauf einzugehen, doch es nützte nichts. Es war, als wäre da eine Mauer zwischen uns, und es gab keine Worte, auch nicht die liebevollen von Jack, die diese Mauer überwinden konnten. Ich wünschte, sie würde verschwinden: Aber der Wunsch alleine half nicht. Diese Mauer, so viel wusste ich, war natürlich Mum. Ich hatte gehört, was Jack und Rachel über sie gesagt hatten, und wusste, dass er in gewisser Weise für ihren Tod verantwortlich war. Und so sehr ich ihm auch verzeihen wollte, ich konnte es nicht. Noch nicht.

Irgendwann gab Jack sich geschlagen und wir verbrachten die letzte halbe Stunde der Fahrt schweigend. An einem Rastplatz hielten wir an und Jack studierte die Karte, dann reichte er sie mir und ich half ihm, den Weg über ein paar Dörfer bis nach *Rosewood Hall* zu finden. Als wir durch das Haupttor fuhren, verschlug es mir den Atem.

Das Hauptgebäude war ein richtiges Märchenschloss vor einer Waldkulisse. Eine über und über mit rosafarbenen und weißen Blüten behangene Rosenlaube führte zu einem prachtvollen Eingang, doch das war nicht die Richtung, die wir einschlugen. Die kopfsteingepflasterte Auffahrt – auf der Jack langsam fahren musste – führte an perfekt gepflegten, sattgrünen Rasenflächen vorbei um das Gebäude herum zu einem großen Parkplatz, der so gut wie leer war, da das neue Schuljahr noch nicht begonnen hatte. Die Nachmittagssonne beschien das dunkelgrüne Moos, das wie der Zottelbart eines alten Fischers an den hellen Backsteinwänden wuchs. Jede der vier Ecken war durch einen breiten runden Turm geschützt.

Wie bei Hanni und Nanni!, dachte ich, während Jack den Wagen parkte, und konnte den Blick vor Staunen gar nicht mehr abwenden. Von der Seite war das Gebäude ebenso beeindruckend wie von vorne. Weniger Moos, dafür lange Fensterreihen mit geöffneten Läden. Wir stiegen aus. Der Seiteneingang war nicht ganz so imposant wie der mit einem Säulenvorbau versehene Haupteingang. Breite Eichentüren führten in eine geräumige und recht kalte Eingangshalle. Die Wände waren mit ausladenden Porträts ehemaliger Schulleiterinnen und Schulleiter behangen, die alle recht ernst und streng aussahen. Eine große, in die Wand eingelassene Messingklingel lud den Besucher ein, sie zu betätigen, was Jack nun tat. Ein Gong ertönte, und ich fuhr zusammen. Sofort kam eine adrette kleine Frau aus einer Tür mit der Aufschrift »Sekretariat« auf uns zu. »Sie müssen die Kingsleys sein«, sagte sie lächelnd. »Mr Killingly erwartet Sie.«

Der Mann, den Dean »Killer« nannte, strahlte eine unglaubliche Zuversicht aus. Sämtliche Punkte, die Jack als problematisch ansah, wies er der Reihe nach von der Hand: meine Schüchternheit, mein mangelndes Selbstvertrauen, meine Legasthenie. Er tat sie einfach ab – das seien doch keine richtigen Probleme, zumindest keine, die sich unter seiner Leitung nicht lösen ließen. Er verströmte eine Herzlichkeit, die seinen Spitznamen Lügen strafte. Dennoch konnte ich nicht anders, als ihn in Gedanken »Killer« zu nennen, und verspürte den Drang, laut loszulachen. Ich hatte schon seit Ewigkeiten nicht mehr laut gelacht.

Dann redeten sie über meine Musik. Sobald das Wort fiel, unterbrach ich sie. »Ich kann nicht mehr Geige spielen.«

Jack warf Killer einen hilflosen Blick zu. »Sie hat die Geige nicht mehr angerührt, seit ...«

»Oh, darum kümmern wir uns schon«, polterte Killer. »Wir werden sie schon wieder in Form bringen.«

»Nein«, sagte ich stur, um seinem Enthusiasmus Einhalt zu gebieten. »Sie verstehen nicht. Ich kann nicht spielen. Ich habe immer nur für Mum gespielt. Und jetzt ist sie nicht mehr da ...«

Ich zuckte die Schultern. Ich weiß nicht, woher ich den Mut hernahm, derart persönliche Worte an einen Fremden zu richten. Sie schienen unaufgefordert aus mir herauszuschlüpfen, und als ich mir dessen bewusst wurde, erschrak ich und verstummte.

»Na, gerade dann solltest du weiter spielen!«, rief Killer ohne zu zögern. »Hätte sie etwa gewollt, dass du aufhörst? Meinst du nicht, es ist das einzig Richtige, für deine Mum weiter zu spielen?«

Darauf hatte ich keine Antwort, also sah ich einfach nur zu Boden.

»Weißt du, Jyothi«, sagte Killer nun mit leiserer Stimme, »Menschen sterben, aber das Leben geht weiter. Würden wir alle immer damit aufhören, Dinge zu tun, nur weil jemand gestorben ist, dann würde die Welt bald zu einem völligen Stillstand kommen. Und das wäre nicht richtig. Deine Mutter wollte, dass du spielst, weil sie erkannt hat, dass darin dein Talent liegt, deine Bestimmung im Leben. Sie hat es dir zuliebe gewollt, zu deinem eigenen Wohl. Und jetzt, wo sie nicht mehr da ist, bewahrst du ihr Andenken am besten, indem du in ihrem Sinne weitermachst. Das ist die beste Art, ihr deine Dankbarkeit und Liebe zu zeigen. Ganz, als wäre sie noch da.«

Seine Worte brachten es so genau auf den Punkt, dass ich nur nicken konnte.

* * *

Meine Geige lag immer noch im Flur, wo ich sie bei meiner Ankunft liegengelassen hatte – niemand hatte sie seither angerührt. Als wir nun nach unserer Rückkehr den Flur betraten, war sie das Erste, was ich sah. Sie schien förmlich zu vibrieren, sie war so klein und nahm doch den ganzen Raum ein. Ich starrte sie an, Jack ebenso. Dann ging er darauf zu, hob sie auf und reichte sie mir mit einem freundlichen, beinahe entschuldigenden Lächeln. Ich seufzte laut, nahm sie ihm ab und ging nach oben. Ich legte den Geigenkoffer auf den Tisch und hob langsam den Deckel. Beim Anblick der Geige musste ich an Mum denken. Ich erinnerte mich daran, wie sie sie für mich ausgesucht hatte, wie sie im Musikladen mit der Hand über das polierte Holz gefahren war, sie mir mit einem Lächeln überreicht und gesagt hatte: »Spiel etwas, Jyothi!« Und als ich fertig war, hatte sie »Das ist die richtige!« gerufen und ihr Portemonnaie gezückt. Ich bekam feuchte Augen. Ich wollte die Geige berühren, aber ich konnte nicht. Doch dann kamen mir Killers Worte wieder in den Sinn und es war, als stünde Mum direkt neben mir. Ich streichelte das Instrument und hob es sacht aus dem Koffer, wie ein zartes kleines Vögelchen. Ich würde spielen, im Gedenken an meine Mum.

* * *

Tag für Tag ging es so: Ich musste mich zwingen, die Geige in die Hand zu nehmen, musste mich zwingen, sie zu spielen. Jedes Mal überkam mich eine blinde, überwältigende Trauer.

Sie war wie ein dichter schwarzer Rauch, durch den ich nichts erkennen konnte. Sie hielt meine Seele gefangen, an sich gekettet. Wie sollte ich je wieder musizieren, wo Musik doch das Einzige war, was mich mit ihr verbunden hatte, was Licht und Freude gespendet, ihre Augen zum Strahlen gebracht, uns vereint hatte? Mir kamen die Tränen. Ich dachte an Killers Worte. Ich musste es tun – für Mum. Als wäre sie noch da, als stünde sie hier vor mir. Ich musste es schaffen. Ich suchte meine Playback-Kassette heraus, auf der ein Orchester Violinkonzerte ohne die Solostimme spielte. Ich drückte den Startknopf, und als die Musik um mich herum ertönte, schloss ich die Augen und dachte an Mum. Setzte die Geige ans Kinn, hob den Bogen an die Saiten und spielte.

Es war ein freudloses Spiel. Ich spielte für Mum, wie ich es immer getan hatte, doch nun spielte ich zu ihrem Gedenken. Die Töne stimmten, aber sie berührten mich nicht. Die Musik war wie eine Energie, die durch mich hindurchströmte, durch ein Netzwerk aus Nervenzellen, die die ganze Arbeit machten – ich selbst war völlig losgelöst von jener flüssigen, fließenden Substanz. Ich war nur ein passiver Zuschauer, überließ der Musik die Kontrolle über meinen Körper, über meine Finger – nicht indem ich etwas tat, sondern indem ich nichts tat: nichts außer zurückzutreten, außen vor zu stehen, jenseits der Freude. Ich konnte die Wärme wie durch eine Glasscheibe spüren, wie ein verlorenes Kind, das zitternd im Schnee steht und durchs Fenster schauend eine Weihnachtsszene beobachtet, eine Familie, die um ein prasselndes Feuer sitzt, zu der es selbst jedoch nie hereinkommen darf, bei der es immer außen vor bleiben muss.

Am Ende legte ich die Geige weg. Ich hatte es geschafft. Ich hatte gespielt. Ich konnte spielen – für Mum. Doch meine

Musik war kalt, mechanisch – ihr Geist war mir abhandengekommen.

***

An meinem ersten Schultag sehnte ich mich den ganzen Vormittag danach, Dean wiederzusehen oder auch nur einen kurzen Blick von ihm zu erhaschen. Ich hielt überall nach ihm Ausschau, aber er war nirgends zu sehen: weder beim Gottesdienst in der Kapelle noch auf den Fluren noch sonst irgendwo. Alles war mir so fremd und neu, dass ich mich an dem Gedanken an ihn festhielt wie an einer Rettungsinsel auf stürmischer See. Allein der Gedanke, dass er irgendwo unter demselben Dach lebte, sich bewegte, herumlief, redete, lachte und ich ihn jeden Moment zufällig sehen könnte, bewahrte mich davor, in jenen altvertrauten Abgrund meiner Selbstzweifel zu fallen.

Um die Mittagszeit sah ich ihn endlich aus der Ferne. Er verließ gerade den Speisesaal durch die eine Tür, als ich durch eine andere hereinkam, und war so tief ins Gespräch mit einem sehr hübschen blonden Mädchen vertieft, dass er mich gar nicht bemerkte. Da sich bei der Tür eine kleine Ansammlung gebildet hatte, konnte ich ihn eine ganze Minute lang sehen, bevor die Tür wieder frei wurde, sich die Schlange wieder in Bewegung setzte und Dean mit den anderen auf den Flur hinausströmte, um für wer weiß wie lange zu verschwinden.

Nach dem Mittagessen stand Sport auf dem Stundenplan. Wieder wurde ich von einer ganzen Mädchentraube mitgerissen, diesmal bewaffnet mit Hockeyschlägern, und mit zum Spielfeld genommen, wo ich einige Zeit damit verbrachte, die Schlagtechniken zu erlernen, und weit und breit kein Dean zu sehen war. Mittlerweile hatte sich ein Mädchen namens Lynne meiner angenommen und ich war ihr dankbar für die Aufmerksamkeit, da sie mir etwas Orientierung gab. Als wir später wieder in der Klasse waren, sorgte sie dafür, dass wir nebeneinander sitzen konnten.

Nach dem Sport hatte ich noch zwei weitere Schulstunden, eine davon der Legasthenie-Förderunterricht, für den ich ein Stockwerk höher ins Dachgeschoss musste. Als ich danach wieder in mein Klassenzimmer zurückkam, wurde es mit einem Mal still und alle drehten sich zu mir um.

»Es war jemand hier, der dich sehen wollte«, erklärte Lynne atemlos. »Ein Junge aus der Zehnten: Dean Fitzgerald. Wow, ich wusste gar nicht, dass du hier einen Jungen kennst, und dann auch noch Dean! Ich hatte ja keine *Ahnung*, dass du mit ihm befreundet bist!«

»Die Freundin von meinem Vater ist seine Tante«, erklärte ich.

Acht kleine Worte, die alles veränderten. Ein Raunen ging durch das Klassenzimmer, eine kühle Brise der Akzeptanz. Acht Worte, die mich innerhalb der wenigen Sekunden, die ich brauchte, um sie auszusprechen, von einem uncoolen Niemand zu einem wichtigen Jemand machten, den es sich zu kennen lohnte. So leicht ist es, bei Schulmädchen beliebt zu sein.

Aber was kümmerte mich das? Nichts spielte mehr eine Rolle, außer dass Dean nach mir gefragt hatte, ganz sicher noch mal wiederkommen würde und mein Herz auf direktem Weg in die Stratosphäre war.

Dean kam tatsächlich wieder, direkt nachdem die Schulglocke nach der letzten Stunde geläutet hatte. Er wartete draußen auf dem Flur auf mich. Wie er so in seiner Uniform mit den Händen in den Taschen, ein paar Strähnen im Gesicht und einer Tasche über der Schulter dastand und sich leicht vor und zurück wippen ließ, sah er erwachsen und schneidig aus. Ich konnte die Blicke der anderen, die hinter mir aus dem Klassenzimmer kamen, förmlich spüren, blieb einfach nur mit meiner baumelnden Büchertasche stehen und glaubte, ich

müsste vor Liebe zu einer Pfütze vor Deans Füßen dahinschmelzen.

»Na, wie war dein erster Tag?«

Ich strahlte ihn an. »Toll! Super!«, log ich. »Ich glaube, es
wird mir hier gefallen.«

»Gut«, sagte Dean. »Hast du gehört, dass ich eben da war
und nach dir gefragt habe? Früher hab ich's einfach nicht
geschafft. Ich hab dieses Jahr einen ziemlich vollen Stundenplan und am ersten Tag wollen immer alle was von einem und
lassen einen nicht mehr gehen. Aber ich hab an dich gedacht
und wollte mal hören, wie's dir so geht.«

»Danke«, sagte ich, auf einmal wieder schüchtern. Ich überlegte, was ich noch sagen könnte, damit er nicht gleich wieder
zu all diesen anderen Leuten abhaute, die ihn nicht gehen
lassen wollten. Doch die Erinnerung an das blonde Mädchen,
mit dem er sich unterhalten hatte, erstickte jedes fröhliche
Geplänkel, das die Stimmung etwas aufgelockert hätte, im
Keim. Ich wickelte mir eine Haarsträhne um den Finger und
rang nach Worten, die ihn hier bei mir halten würden. Doch ich
hatte nichts zu sagen.

»Ist es nicht super, dass ich übers Wochenende zu euch
komme?«, sagte Dean und es war, als hätte er ein Licht in mir
angemacht, Freude und Dankbarkeit eingeschaltet – doch
schon zwei Sekunden später gefror mir das Lächeln im Gesicht,
als ein hinreißendes Mädchen mit langem, kastanienbraunem
Haar, das ihr über die Schultern fiel, von hinten an Dean heran-
trat, sich bei ihm unterhakte und bewundernd zu ihm aufsah.

»Da, hab dich gefunden!«, säuselte sie. »Na los, Zeit, dich
zu verabschieden, die anderen warten schon beim Kiosk auf
uns. Ist das das kleine Mädchen, das du unbedingt sehen musstest? Hi, ich bin Natalie.« Sie schenkte mir ein eiskaltes
Lächeln und zog an seinem Arm. »Komm schon, Dean, die
anderen warten alle.«

Dean ließ sich mitziehen. »Na dann, wir sehen uns«, sagte

er mit einem lässigen Winken und drehte mir den Rücken zu. Ich sah ihm nach, wie er Arm in Arm mit dieser Natalie davonschlenderte, und verstand auf einmal genau, was damit gemeint war, wenn man von gebrochenen Herzen sprach. Meins brach nicht nur entzwei, es zerfiel zu Staub. Ich hätte wahrscheinlich noch ewig dagestanden und auf die Stelle gestarrt, an der die beiden aus meinem Blickfeld verschwunden waren, wenn Lynne nicht zu mir gekommen, mich am Arm genommen und weggeführt hätte.

»Das ist Natalie Littleton, die Schuldiva«, sagte sie abschätzig. »Sie hält sich für die Größte, und ihr Vater ...« Sie plapperte drauflos, während wir die Treppe hinabliefen, doch ich hörte kaum zu, sondern lauschte lieber meinen Träumen, denn ein Traum kann so echt sein, wie man will und lässt Natalies keinen Platz. Unten an der Treppe trennten sich unsere Wege. Lynne ging zum Abendessen in den Speisesaal und ich folgte dem Gedränge der Tagesschüler, die durch den Seiteneingang ins Freie strömten, wo mich mein Bus nach Hause erwartete. Ich hatte den ersten Tag überstanden.

Irgendwann war auch die erste Woche überstanden. Ich bekam Dean nur selten zu sehen, doch meine Verbindung zu ihm erhöhte mein Ansehen unter meinen Mitschülerinnen ohne Ende. Jedes andere Mädchen wäre wohl dankbar für die neugewonnene Aufmerksamkeit gewesen, aber nicht ich. Ich hatte meine Portion Ruhm gehabt und genug von Schmeicheleien. Ich fühlte mich haltlos und allein und wusste, der Einzige, der mich aus diesem Sumpf der Entfremdung herausziehen konnte, war Dean. Doch Dean war viel zu beliebt und viel zu beschäftigt mit seiner Natalie und seiner Lucy und seiner Emily – wie die Mädchen in seinem Fanclub hießen –, um noch viel Zeit für mich übrig zu haben. Ich sah ihn nie ohne eine der dreien im Schlepptau, eine schöner als die andere, und als es auf den Freitag zuging, hatte sich mein Optimismus fast gänzlich erschöpft und meine Träume hatten ihren Glanz verloren.

Dann hatte ich meine erste Musikstunde.

Meine Lehrerin, Mrs Abbot, brachte ihre Begeisterung zum Ausdruck, aber solches Lob hatte ich schon oft gehört und es ließ mich kalt. Ich hatte zwar zu meiner alten Spielfertigkeit wiedergefunden, aber der Zauber war mir abhandengekommen, und ich war der einzige Mensch auf der Welt, der das wusste. Ich trauerte um diesen Zauber wie um Mum. Ohne diesen Zauber war die Musik genauso tot wie sie, lag leblos ohne einen Funken Liebe oder Freude in meiner Mitte.

Aber ich war jung und sehnte mich nach dem Leben, nach Liebe, nach Freude!

Das alles bedeutete Dean für mich, und am Wochenende würde er zu mir nach Hause kommen. Dann gäbe es keine Natalie, keine Lucy, keine Emily, nur Dean und mich. Ich sehnte mich nach ihm wie ein kleines Pflänzchen nach dem Sonnenlicht und sah mit ganzer Seele dem Freitagabend entgegen, wenn ich ihn endlich ganz für mich hätte.

Dean war das Gegenmittel für meine Trauer.

KAPITEL 27

Am Freitagabend war ich die erste, die in den Bus einstieg, fand es dann aber unerträglich, einfach nur dazusitzen und auf Dean zu warten. Ich stieg wieder aus und wartete stattdessen auf dem Parkplatz. Die ganze Schule schien an diesem Wochenende nach Hause zu fahren, alle außer Dean liefen plaudernd und mit Sporttaschen und Rucksäcken beladen an mir vorbei und stiegen in Busse oder Autos ein, während ich dumm dastand und von einem Fuß auf den anderen trat. »Komm schon, Jyothi, der Bus fährt gleich ab!«, rief ein Mädchen aus dem Fenster. Ich lächelte zurück und bedeutete ihr, dass ich in einer Sekunde da wäre.

Dean kam als Letzter durch die Tür auf den Parkplatz geeilt. Er schleppte einen kleinen Trolley in der einen und einige Plastiktüten in der anderen Hand und grinste bis über beide Ohren, als er mich sah, als würde er sich genauso darüber freuen, dass wir endlich zusammen waren, wie ich.

Es war, als würde die Sonne durch eine dichte Wolkendecke brechen. Die ganze Woche lang hatte ich auf diesen Moment gewartet. Ab jetzt hatte ich ihn für mich. Das ganze Wochenende.

Als der Bus eine halbe Stunde später in unserem Dorf hielt, stand Rachels Auto schon bereit, Jack und Rachel holten uns ab. Deans Gepäck wurde in den Kofferraum geworfen und ein paar Sekunden später waren wir unterwegs.

Ich saß neben Dean auf der Rückbank und strahlte ihn an, doch er hörte Rachel zu – sie war einer jener Menschen, die immerzu den Drang haben, eine Unterhaltung anzufangen. Ich hätte ihr den Hals umdrehen können, aber andererseits hatte ich selber keine Ahnung, was ich sagen sollte und war auch nicht sicher, ob Dean etwas gesagt hätte, wäre ich still geblieben.

Von ganzem Herzen wünschte ich, ich wäre wie Natalie, immerzu perfekt gestylt, voller Selbstbewusstsein und Eleganz und nie darum verlegen, Dean mit irgendwelchen klugen, charmanten oder frechen Bemerkungen ohne Ende zu beeindrucken. Aber ich war nicht wie sie, ich war einfach nur ich, die noch viel zu kindliche, reizlose Jyothi aus Bombay, die ihm nichts zu bieten hatte außer ihr vor Liebe überquellendes Herz.

Als wir nach Hause kamen, gab es Quiche: Rachel hatte es so abgepasst, dass sie fünf Minuten nach unserer Ankunft fertig wurde. Der Tisch war bereits gedeckt, wir mussten uns nur noch hinsetzen und essen. Wieder hatte Rachel jede Menge Smalltalk auf Lager und löcherte Dean mit Fragen über die Schule. Ich hörte natürlich zu, denn ich fand alles über Dean interessant, aber dennoch wünschte ich, wir wären allein miteinander und *ich* würde ihm die intelligenten Fragen stellen und er *mir* so begeistert von seinem Leben erzählen.

Die Unterhaltung drehte sich vor allem um Fotografie. Ich wusste nichts darüber, aber Rachel kannte sich richtig gut aus. Ich selbst wäre nie im Leben in der Lage, Dean in ein solches Gespräch zu verwickeln. Er würde nie im Leben ... Ich war noch tief in derlei düstere, pessimistische Gedanken versunken, als Dean sich zu mir umdrehte und so beiläufig sagte, als hätte ich nicht die ganze Zeit wie ein blind umherirrendes Schaf auf nur ein Wort von ihm gehofft: »Ach, übrigens, Jyothi, ich habe eine Überraschung für dich! Einen Moment.«

Er rückte seinen Stuhl zurück und verschwand schnurstracks durch die Tür, die auf den Flur hinausführte. Eine Minute später kam er mit einer kleinen gelben Mappe in der Hand zurück wie man sie bekommt, wenn man im Fotoladen seine Abzüge abholt.

»Deine Fotos!«, rief er aufgeregt. Kurz darauf hatte er schon den Stapel Fotos aus dem Umschlag geholt, zog seinen Stuhl an meinen heran und breitete die Bilder der Reihe nach vor mir aus. Ich konnte nur stumm darauf starren. Seit wir uns zum Essen gesetzt hatten, hatte ich keinen Laut von mir gegeben, doch jetzt war ich, wenn möglich, sogar noch sprachloser.

Jack und Rachel, die mir gegenüber am Tisch saßen, reckten die Hälse, um die Bilder sehen zu können, die von ihnen aus auf dem Kopf lagen. Also reichte ich ihnen jedes Bild weiter, nachdem ich es mir angesehen hatte, und ihr Lob und ihre Bewunderung waren Musik in meinen Ohren. Eine wunderbare Wärme breitete sich in mir aus.

Dean hatte es geschafft, mich umwerfend schön aussehen zu lassen. Das war nicht ich auf diesen Fotos, sondern irgendein anderes Mädchen, viel älter, viel reifer, viel weiser als ich, und dabei dennoch jung, so frisch und strahlend wie eine eben erblühte Rose. Sie hatte eine besondere Ausstrahlung, zugleich ätherisch und bodenständig, sie sah wie eine Fremde aus und doch wusste ich, dass das wirklich ich war, dass Dean etwas von mir eingefangen hatte, was tatsächlich da sein musste, da er es sonst ja nicht mit der Kamera hätte einfangen können, und das hieß wiederum, dass er dieses besondere Etwas erkannt haben musste, bevor er es festhielt. Ich konnte mir kaum ausmalen, was das bedeutete, welche Einsicht er besitzen musste, dass er aus einem dummen, plumpen, ungeschickten Grünschnabel wie mir eine solche ... Prinzessin machen konnte. Ein Bild nach dem anderen landete auf dem Tisch, ich betrachtete jedes

Einzelne voller Ehrfurcht, reichte es weiter und ließ Jack und Rachel die lobenden Worte für mich übernehmen. Noch immer fehlten mir die Worte, doch als ich das letzte Foto weitergereicht hatte und zu Dean aufsah, wusste ich, dass ich nicht mehr das sprachlose Dummerchen war, das keinen Ton herausbrachte, sondern dass ich mich in das Mädchen von diesen Fotos verwandelt hatte. Das spürte ich. Ich war sie, sie lebte in mir, jetzt in diesem Augenblick, und sie würde sich nie mehr vor Dean verstecken müssen.

Ich klemmte die Geige unter das Kinn, hob den Bogen an – und hielt inne. Ich könnte Mums Lieblingsstück spielen, Mendelssohns Violinkonzert in eMoll. Doch stattdessen kam etwas anderes heraus: »O mio babbino caro«. Wir hatten mit der Schule in einer privaten Filmvorführung *Zimmer mit Aussicht* gesehen, was die meisten Mädchen, mich inbegriffen, in einen wahren Romantikrausch versetzt hatte. Ich war in träumerische Euphorie versunken. Dieser Kuss im Mohnfeld – es hätte nicht viel gefehlt und ich wäre im Kino in Ohnmacht gefallen. Die Schlussszene mit den beiden am Fenster mit Florenz im Hintergrund – ich hätte vor Glück weinen können. »O mio babbino caro« – die Musik war mir direkt ins Herz gegangen, hatte mich aus mir herausgetragen, mich emporgehoben. Das musste ich spielen, wenn ich nach Hause kam – unbedingt!

Seitdem war mir die Melodie ständig durch den Kopf gegangen, immer und immer wieder, wie eine Schallplatte mit Sprung. Sie rief die herrlichsten Gefühle in mir hervor, eine Nähe zu Dean, nach deren Verwirklichung ich mich schmerzlich sehnte. Nun ließ ich jedes Körnchen verirrter Liebe in meinem Herzen, jede zarte Empfindung, jede Sehnsucht nach einem Platz im Herzen eines anderen in das Stück einfließen. Ich spielte aus voller Seele. In meinen Augen brannten unvergossene Tränen, mein Spiel war ein Ventil für eine unbenennbare Tiefsinnigkeit, die von mir Besitz ergriffen hatte. Als das Stück zum Ende kam, ließ ich die Arme sinken, mit der Geige in der einen, dem Bogen in der anderen Hand. Schweigend sah ich aus dem Fenster, über die Felder hinter dem Haus, tief versunken in eine Melancholie, die jede Zelle meines Körpers erfüllte.

Und dann wurde die Stille unterbrochen: Jemand klatschte. Ich fuhr herum und sah Dean. Er musste sich ins Zimmer geschlichen haben.

»Wie lange bist du schon da?«, fragte ich schüchtern, während er weiterklatschte. Um meine Verlegenheit zu überspielen, wandte ich mich ab, bevor er antworten konnte, und beschäftigte mich demonstrativ damit, die Saiten zu lockern und die Geige in ihrem Koffer zu verstauen.

»Das war fantastisch!«, sagte Dean, ohne auf meine Frage einzugehen. »Ich kenne mich nicht mit Musik aus, aber ich weiß, was mir gefällt, und du bist wirklich gut.«

»Nein, bin ich nicht! Überhaupt nicht!«, widersprach ich. Ich wollte im Boden versinken, mich in Luft auflösen.

»Sei nicht so bescheiden! Natürlich bist du gut, das höre ja sogar ich mit meinem ungeschulten Gehör. Und anscheinend bist du ja schon richtig berühmt für dein Alter. Rachel hat es mir gerade erzählt.«

»Ich bin einfach nur schnell, das ist alles. Es ist nichts Besonderes.«

»Oh doch, das ist es. Und das war mehr als schnell. Das war Musik. Echte Musik.«

Ich konnte nur den Blick senken, damit ich ihm nicht in die Augen sehen musste und er nicht erkannte, wie sehr mich seine Worte berührt hatten. Echte Musik! Es waren Worte, die mir wir ein Echo aus dem Paradies vorkamen, immer außer Reichweite. Echte Musik, das Äquivalent zu wahrer Liebe und perfektem Glück: alles Synonyme für ein und dasselbe, denselben unerreichbaren Zustand, von dessen Existenz ich wusste, ohne ihn je erleben zu können.

Mir wurde klar, dass ich bisher immer nur mit der Musik gespielt hatte. Heute hatte ich wie durch ein Wunder deren wahren Kern entdeckt, den Ursprung von Musik, echter Musik.

Bis dahin war Musik für mich immer wie der Kindersekt gewesen, den Mum mir gekauft hatte. Er sieht aus wie echter Sekt und schmeckt wie echter Sekt, aber irgendetwas fehlt, und man sehnt sich nach dem Original. Nur dass ich mich nie so nach echtem Sekt gesehnt habe wie nach echter Musik, denn Sekt ist eben nur Sekt, man braucht ihn nicht wirklich, aber Musik ist alles: Liebe und Glück und Gott.

Das alles wollte ich Dean erklären, aber die Worte wollten mir einfach nicht kommen. Es war, als hätte ich einen Anfall verbaler Legasthenie – ich sah Dean tief in die Augen wie ein Ertrinkender, der sich an einem Rettungsring festklammert, in der Hoffnung, dass er mich auch ohne Worte verstand. Doch ich fand kein Echo in seinem Blick. Dean verstand es nicht, würde es vielleicht nie verstehen.

Irgendetwas in mir machte Klick. Ich wandte mich von ihm ab und ließ den Blick wieder aus dem Fenster schweifen, über eine Holunderhecke und in die Wiesen dahinter. Ich sah ein schwarzes Pferd, das in der Ferne graste, und konzentrierte mich darauf, um meine umherirrenden Gedanken wieder zurück auf den Boden zu holen.

»Danke«, war alles, was ich herausbrachte.

KAPITEL 28

Von außen betrachtet war alles gut, die Dinge liefen viel besser, als Jack erwartet hatte. Rachel gab ihm alles, was er sich von einer Partnerin wünschen konnte: Sie war seine bessere Hälfte, seine Seelenverwandte. Sein neues Zuhause war ein uriges Landheim wie aus dem Bilderbuch. Die Aufträge waren zwar weniger geworden, doch er hatte eine Teilzeitstelle als freier Mitarbeiter bei einer Zeitung in Wakefield gefunden und widmete sich außerdem wieder mit frischer Energie dem Roman, den er schon immer hatte schreiben wollen. Das Haus in Ditchling hatte er vermietet, was ihm ein regelmäßiges Einkommen einbrachte. Und Jyothi – Jyothi machte riesige Entwicklungssprünge. Musikalisch war sie seit Monikas Tod wieder auf die Beine gekommen, schien sich in *Rosewood Hall* und im neuen Haus gut eingelebt zu haben, verstand sich gut mit Rachel, und ihre Schwärmerei für Dean war ebenso stabilisierend wie amüsant. Er hätte sich selbst kein besseres Happy End schreiben können.

Und doch war er nicht glücklich. Wie konnte er auch glücklich sein, wenn all dies, seine Zufriedenheit und sein perfektes

Happy End, auf den Trümmern gebaut war, die sein Verrat an Monika hinterlassen hatte?

Jacks Schuldgefühle ließen ihm keine Ruhe. Sie nagten an ihm, hielten ihn nachts wach. Er träumte von Monika. Mal erschien sie ihm als Racheengel mit zornerfülltem Blick und erhobenem Silberschwert, mal als Geflüchtete mit gebeugtem Kopf und hängenden Schultern, ihm abgewandt, doch dann, im letzten Moment, drehte sie sich um und sah ihm in die Augen, und ihr Blick war so gequält, so voller Schmerz, dass er ihn nicht ertragen konnte und sich selbst von ihr abwandte.

Das Schlimmste war, dass er seine Schuldgefühle mit niemandem teilen konnte, er hatte sie ganz allein zu tragen. Die Vergangenheit war nicht rückgängig zu machen. Monika war tot, und ihr Tod war eine beinahe direkte Folge seiner Untreue. Es war nicht weniger seine Schuld, als wenn er selbst am Steuer gesessen hätte, und niemand außer ihm konnte diese Schuld auf sich nehmen. Ganz bestimmt nicht Rachel, die ihn schon Jahre vor dem Unfall angefleht hatte, endlich reinen Tisch zu machen und Monika alles zu gestehen. »Lass ihr doch zumindest die Wahl«, hatte Rachel ihm geraten. »Sag ihr, wie die Sache steht. Wenn ihr dann beide meint, dass ihr Jyothi zuliebe zusammen bleiben wollt, dann sollte sie zumindest die Bedingungen kennen. Aber mach Schluss mit der Heimlichtuerei!«

Doch Jack war, wie er inzwischen erkannt hatte, zu feige für derlei offene Geständnisse, und nun zahlte er den Preis dafür. Nein – sofort korrigierte er sich –, es war Monika gewesen, die den Preis gezahlt hatte, denn es war ihr Leben, das vorzeitig beendet worden war. Und Jyothi, die abermals eine Mutter verloren hatte. Der einzige Preis, den er dafür zahlen musste, waren seine Schuldgefühle.

Monatelang kämpfte Jack mit diesen Gefühlen. Sie verfolgten ihn Tag und Nacht. Statt schwächer zu werden, wuchsen sie nur noch weiter an, liefen in seinem Kopf zu einem stehenden Sumpf zusammen. Mit dem Roman, den er so zuversichtlich begonnen hatte, kam er nicht voran, er hatte keine Handlung, keinen roten Faden, keine Worte.

Irgendwann merkte Rachel, dass etwas nicht stimmte. Es war schließlich kaum zu übersehen, dass er sich nachts im Bett hin- und herwälzte, bis mittags schlief, vergaß, sich zu duschen und zu rasieren, und ihm die Augen schwer wurden vor Lethargie. Der unbeschwerte, leichtlebige junge Mann, den sie auf jenem folgenreichen Flug kennengelernt hatte, der unkonventionelle Ritter, der ihr Herz mit seinem ersten Blick gestohlen hatte, war einem trägen Etwas gewichen, der Kehrseite der Sorglosigkeit.

Rachel wollte natürlich darüber sprechen. Der Sache auf den Grund gehen, eine Ursache und eine Lösung finden. Und Stück für Stück entlockte sie es ihm: das Geständnis. Ein schreckliches Geständnis war es, denn er würde seinen Fehler nie wieder gutmachen können. Ein guter Mensch war für immer verloren.

Rachel war niemand, der übermäßig sentimental war, sinnlose Schuldzuweisungen gab oder anderer Leute Selbstmitleid umhegte.

»Na dann«, sagte sie, nachdem er mit der Sprache rausgerückt war, »ist es nicht vielleicht an der Zeit, etwas zu unternehmen, statt immer nur über deine verdammten Gefühle zu jammern?«

»Wie meinst du das?«, heulte Jack. »Ich kann doch nicht die Toten zum Leben erwecken!«

»Nein, das kannst du nicht«, entgegnete Rachel in ihrem nüchternsten Tonfall, »aber du kannst ihrem Andenken Ehre erweisen.«

»Ehre erweisen? Wie das?«

»Denk halt mal drüber nach«, sagte Rachel nur und ging durch die Hintertür nach draußen, um die Rosen zurückzuschneiden.

Das war genau der Anstoß, den Jack gebraucht hatte. Er

dachte darüber nach und kam auch alleine auf die Antwort. Er konnte Monika Ehre erweisen, indem er ihre Arbeit fortführte. Und da Jyothi schon wieder auf die Beine gekommen war, konnte Monikas Arbeit nur eines bedeuten: CaritActs.

Jack atmete einmal tief durch und wählte die Nummer.

»Mrs Cotton?«

»Ja, am Apparat.«

»Jack Kingsley hier.«

»Wer bitte – Jack Kingsley ... oh.«

Der Groschen war gefallen. Die nächsten Worte waren eisig.

»Was kann ich für Sie tun, Mr Kingsley?«

»Ich wollte nur fragen – ich dachte mir – meine Frau hat ja Ihr Kinderpatenprogramm geleitet.«

»Ja, das ist richtig.«

»Also, ich wollte fragen, ob Sie schon einen Nachfolger gefunden haben? Jemanden, der das Programm fortführt nach – ihrem Tod?«

»Mr Kingsley, Ihre Frau war ein Grundpfeiler unserer Organisation. Sie hat das Patenprogramm eigenhändig auf die Beine gestellt und ihre gesamte Energie dafür aufgeopfert, es zu leiten. Die Damen von CaritActs sind alle sehr beschäftigt. Die Antwort lautet also Nein. Das Programm musste seit dem tragischen Tod Ihrer Frau leider eingestellt werden. Seit letztem Sommer wurden keine neuen Kinderpatenschaften mehr vermittelt.«

»Nun, ich dachte – ich würde es – würde es sehr gerne ... weiterführen. Es war ihr Herzensprojekt. Es hat ihr so viel bedeutet. Ich würde es gerne ihr zuliebe aufrechterhalten.«

»Mr Kingsley! So sehr ich Ihre Hilfsbereitschaft zu schätzen weiß, muss ich Sie aber doch wohl nicht daran erinnern, dass CaritActs von Frauen geführt wird.«

»Aber Mrs Cotton, ist das nicht etwas sexistisch?«

Stille.

»Mrs Cotton?«

»Ich bin noch da.«

»Mrs Cotton: Auch wenn ich nur ein Mann bin, ich verspreche Ihnen hoch und heilig, dass ich das Programm mit derselben Hingabe und Leidenschaft leiten werde wie meine Frau. Ich will, ich muss ihre Arbeit fortführen. Bitte – geben Sie mir diese Chance!«

Mrs Cotton räusperte sich.

»Wir können ja mal darüber sprechen. Wenn Sie sich also sicher sind, Mr Kingsley, können Sie zu uns nach Brighton kommen?«

KAPITEL 29

Der nächste Tag war ein Samstag. Nach dem Frühstück nahm Rachel Dean und mich mit zu *Waitrose*, um den Wocheneinkauf zu erledigen. Danach fuhren wir zu einem Baumarkt, wo wir Farbe, Pinsel, einen Eimer und einige andere Utensilien besorgten, dann weiter zu einem Teppichladen, wo Dean sich einen Teppich aussuchte. Als wir wieder zu Hause waren, trug Rachel uns auf, Deans Zimmer fertigzumachen. In der vorigen Woche war dazu keine Zeit gewesen, und die letzte Nacht hatte er auf dem Sofa im Wohnzimmer verbracht. Sein Zimmer lag direkt neben meinem, es war kleiner, aber dank der beiden kleinen Dachgaubenfenster und der holzverkleideten Dachschräge irgendwie gemütlicher. Es hatte eine Backsteinwand mit einem netten kleinen Kamin und nur die drei übrigen Wände mussten gestrichen werden. Durch die Dachschräge war die Fläche, die wir streichen mussten, tatsächlich recht klein, sodass Dean, Jack und ich schon gegen Mittag fertig wurden.

Rachel hatte in der Zwischenzeit einen köstlichen Nudelsalat vorbereitet, den wir auf der Terrasse im Schatten eines Apfelbaums aßen. Es war Anfang September und noch warm genug, um T-Shirts und Shorts zu tragen. Sheba döste auf einer gefalteten Tartandecke vor der Hauswand und eine der Katzen saß auf einer Fensterbank und leckte sich die Pfote. Rachel lachte und zeigte nach oben in die Äste des Baums. Beinahe reglos saß eine rote Henne darin.

»Das ist Miranda«, sagte sie. »Miranda hat für ihre Schwestern nicht viel übrig und sitzt lieber im Apfelbaum. Sie ist etwas eigen.«

»Wie alle deine Tiere«, sagte Jack.

»Apropos«, meinte Rachel, »hätte ihr beiden Lust, nach dem Essen mit Sheba spazieren zu gehen?« Sie sah von Dean zu mir.

Dean lächelte mich an. »Ich auf jeden Fall. Und du, Jyothi?«

Keine Frage! Ich strahlte ihn an und nickte. Endlich alleine mit Dean! Also brachten wir das Geschirr nach drinnen, räumten die Spülmaschine ein und brachen auf.

Hinter der Hecke zu Rachels Grundstück führte ein Pfad quer über eine Wiese, wo Sheba frei herumlaufen konnte, auf den Hügel hinter dem Haus und auf der anderen Seite hinunter in einen kleinen Wald. Das war der Weg, den wir nun einschlugen. Vor zwei Wochen war ich mit Jack und Rachel schon mal dort langgegangen, aber damals hatte ich innerlich in Flammen gestanden. Ich war ein ganz anderer Mensch gewesen ... wie viel sich mit der Zeit verändern konnte! Oder besser gesagt mit den Ereignissen in dieser Zeit, die einen völlig umkrempeln und einem auf einen Schlag eine neue Perspektive bieten können. Im einen Moment schaut man noch durch ein Fernrohr auf eine vom Krieg verwüstete Landschaft und im nächsten dreht man sich um, das Fernrohr ist verschwunden und man findet sich in einem englischen Landgarten wieder, mit Rosen, Ringelblumen und einem Ritter auf einem edlen weißen Pferd.

Wie immer, wenn wir alleine waren, war ich anfangs

unglaublich schüchtern, und wie immer befreite er mich von meiner Schüchternheit, indem er sie einfach ignorierte. Diesmal redete er über ganz gewöhnliche Dinge – die Schule, wie es mir dort ging, welche Lehrer ich hatte, wer meine Lieblingslehrerin war, was mein Lieblingsfach war, ob ich schon eine Freundin gefunden hatte. Meine erst noch einsilbigen Antworten wurden bald immer detaillierter und persönlicher, und nach nur zehn Minuten offenbarte ich ihm meine größte Schande. Ich hatte nie mit jemandem darüber geredet außer mit meinen Eltern, und auch dann nur mit einem gewissen Schuldgefühl, als hätte ich sie persönlich enttäuscht. Allein das Wort auszusprechen, fiel mir normalerweise schwer.

»Legasthenie.«

Jetzt war es raus. Wir waren mittlerweile im Wald angelangt, wo Sheba uns fröhlich vorauseilte. Hier im Schatten war es kühl, und als ich das Wort aussprach, überlief mich ein Schaudern. Aber ich wusste, dass es eher in Erwartung seiner Reaktion war als durch die Kälte. Nervös sah ich zu ihm auf.

»Ach, das ist gar nicht so selten«, sagte er beiläufig. »In *Rosewood Hall* gibt es so einige Legastheniker.« Er sprach es so unumwunden aus, als hätte er gesagt, sie seien Linkshänder oder blauäugig. Ich konnte es kaum fassen. Wenn er darüber sprach, hörte es sich so normal an.

»Ich bekomme Förderunterricht«, sagte ich. »Aber eigentlich bin ich wegen der Musik dort. Jack meinte – er meinte, die Schule hat einen Schwerpunkt auf künstlerischen Fächern. Deshalb wollte Rachel mich unbedingt dorthin schicken, weißt du. Sie meinte, der Musikzweig ist ziemlich gut.«

Dean lachte. »Ich glaube, sie wollten dich nur schützen. Schämst du dich etwa für deine Legasthenie?«

Ich ließ den Kopf sinken. »Ja«, flüsterte ich. »Ich fühle mich deswegen so ... so dumm.«

»Aber wie solltest du dumm sein, wenn du so gut in Musik bist?«

»Ich weiß nicht. Ich bin einfach nur froh, dass ich überhaupt irgendwas gut kann, sonst wäre ich eine völlige Versagerin. Wegen der Legasthenie konnte ich in der Schule nie so gut vorankommen, wie meine Eltern es sich gewünscht hätten. Eigentlich hatten sie sich vorgestellt, ich würde später mal studieren, aber das steht außer Frage. So kann ich es wenigstens ...«

Dean fiel mir ins Wort. »Kompensieren? Hast du nie daran gedacht, dass deine Schwäche in einem Bereich dir vielleicht Stärken in anderen Bereichen verleiht? Dass du so geschaltet bist, dass du nicht gut lesen und schreiben und mit Buchstaben und Zahlen umgehen kannst, aber dadurch einen Zugang zu Musik hast, der anderen fehlt? Hast du das noch nie so gesehen?«

»Nein«, gab ich zu.

»Und dir ist nie aufgegangen, dass deine musikalischen Fähigkeiten genauso viel wert sind wie ein Einserabitur?«

Ich schüttelte den Kopf.

»Na, dann wird es aber Zeit.«

Ich dachte nach und wir liefen derweil schweigend weiter. Sheba kam mit einem Stock im Maul auf uns zu gerannt. Dean warf ihn in hohem Bogen vor uns auf den Weg und sie düste los, um ihn zu holen. Das Ritual wiederholte sich: Dean lief voraus, während Sheba um ihn herumtänzelte und versuchte, den Stock zu fangen, den er gerade außer Reichweite über ihren Kopf hielt.

Ich ging einen Schritt schneller, um ihn einzuholen.

Sheba war außer sich vor Freude, offenbar dachte sie, ich wäre dazugekommen, um auch mitzuspielen. Sie sprang an mir hoch, jaulte laut auf und warf sich in dem verzweifelten Versuch, wieder an ihren Stock zu kommen, in die Luft. Ich lachte, hob einen neuen Stock auf und warf ihn, so weit ich konnte. Sofort preschte sie wie ein geschmeidig-glatter schwarzer Strich davon.

Dean und ich sahen uns an. Voller Dankbarkeit strahlte ich ihn an.

»Dean, das hast du gerade nicht bloß gesagt, damit ich mich besser fühle, oder?«

Dean rang theatralisch die Hände und hob sie flehend zum Himmel.

»Gott im Himmel, steh mir bei! Was soll ich nur mit ihr anstellen? Ein musikalisches Wunderkind, das Mendelssohn spielt, als wären es Kinderlieder, und was macht sie? Weint sich die Augen aus, schlägt sich auf die Brust und rauft sich die Haare, weil sie das Achter-Einmaleins nicht beherrscht!«

»Man braucht nun mal Mathematik, um im Leben voranzukommen«, konterte ich. Seine Spöttelei hatte meine Freude etwas getrübt, und das leichte Zittern in meiner Stimme war ihm offenbar nicht entgangen.

»Tut mir leid«, sagte er. »Ich wollte mich nicht lustig machen. Ich wünschte nur, du hättest mehr Selbstbewusstsein. Mehr Vertrauen in dich und in deine Musik.«

Unwillkürlich setzte ich nach einer weiteren Pause leise nach: »Manchmal hasse ich sie.« Ich hoffte, er hätte mich nicht gehört.

»Hasst sie? Wen?«

»Die Musik.«

»Du hasst Musik?«

Ich nickte unglücklich.

»Aber wie kannst du so gut in etwas sein, was du hasst?«

Darauf hatte ich eine Antwort.

»Na ja, irgendworin musste ich ja schließlich gut sein, oder? Da ich schon so eine Niete in der Schule war, musste ich doch irgendwomit Erfolg haben! Ich war so eine Enttäuschung für meine Eltern, vor allem für meine Mutter. Sie haben so viel für mich getan, mich nach England geholt und adoptiert. Was wäre sonst schon aus meinem Leben geworden, Dean? Ich habe in den Slums gelebt, unter den schlimmsten Bedingungen, und sie haben mich gerettet! Ich hatte einen Stiefvater, der mich nach dem Tod meiner Mutter verkaufen wollte! Kannst du dir das vorstellen? Ich habe Jack und Mum alles zu verdanken, einfach alles! Und dann hat sich herausgestellt, dass ich zu blöd war für die Schule, ich konnte nicht lernen, ich konnte nicht schreiben, ich konnte nicht lesen, ich habe es wirklich versucht und es ging einfach nicht, aber dann haben wir gemerkt, dass ich gut in Musik war, dass ich Talent hatte, und die beiden haben sich so gefreut und waren so stolz auf mich und so fest entschlossen, etwas aus mir zu machen, obwohl ich so eine Versagerin war, dass ich ...«

»Dass du es ihnen zuliebe getan hast.«

Ich nickte. Dean verfiel in Schweigen, ich ebenso. Nach dem Gefühlsausbruch fühlte ich mich ausgelaugt, war den Tränen nahe und brachte kein einziges Wort mehr heraus. Ein paar Minuten liefen wir so weiter und hoben nur hin und wieder den Stock auf, den Sheba immer wieder brav zurückbrachte und uns zu Füßen legte. Mal hob Dean ihn auf, mal ich, und das Spiel nahm eine Regelmäßigkeit an, die meine Nerven allmählich beruhigte. Nachdem ich innerlich etwas Abstand gewonnen hatte, wünschte ich, nicht zum ersten Mal, ich hätte ein dickeres Fell und könnte in jeder Lage ruhig und entspannt bleiben, statt mich immer wieder dem Selbstmitleid und der Selbstabwertung hinzugeben, noch dazu vor Dean. Wie sollte er mich denn überhaupt noch schätzen oder gern haben, wo er nun gesehen hatte, wie schwach und hysterisch ich war! Ich sehnte mich nach Eleganz, nach innerer Reife. Ich sehnte mich danach, eine coole Femme fatale zu sein wie Natalie. Alles, nur nicht ich selbst.

Er hatte meine Musik so bewundert, dabei hätte ich es belassen sollen. Seine Bewunderung meiner Musik hätte sich irgendwann auf mich übertragen, und das war es schließlich, was ich wollte. Doch ich war nichts als eine kleine Heulsuse, die sich Sorgen um ihr Einmaleins machte.

»Jyothi«, sagte Dean plötzlich, seine Stimme drang durch meine Selbstgeißelung zu mir hindurch. Ich fuhr herum und sah ihn an.

»Ja?«

»Du kennst doch Mrs Killer, oder? Du musst sie kennengelernt haben, sie nimmt immer die neuen Schüler in Empfang. Die Frau vom Schulleiter.«

»Ja«, gab ich zurück, dankbar, dass er offenbar das Thema gewechselt hatte. »Ich habe sie an meinem ersten Tag kennengelernt.«

»Also, was ich dir gerade erzählt habe, über Legasthenie ...«

Als ich das gefürchtete Wort hörte, wurde ich gleich wieder nervös und bereute von ganzem Herzen, es überhaupt je erwähnt zu haben. Doch Dean wartete auf eine Reaktion. »Ja?«, sagte ich.

»Na ja, sie ist Legasthenikerin. Sie redet oft darüber, daher weiß ich so gut Bescheid. Und weißt du was? Sie ist stolz darauf.«

»Stolz?« Ungläubig hob ich die Stimme, die zu einem peinlichen Quieken wurde.

»Ja, stolz. Sie meint, ohne die Legasthenie wäre sie nicht so eine tolle Bildhauerin geworden.«

»Bildhauerin?«

»Ja. Wusstest du das nicht? Die Skulpturen in den Glaskästen, die überall in der Schule stehen, sind alle von ihr. Sie leitet den Töpferunterricht und hat auch eine eigene Künstlerwerkstatt in der Stadt, wo sie ihre besten Arbeiten ausstellt. Einige kann man auch kaufen, du solltest mal ihre Preise sehen!«

»Das wusste ich gar nicht!«

»Tja, es stimmt aber. Ich denke mal, sie hatte diese Woche noch zu viel um die Ohren mit der Organisation, aber früher oder später besucht sie immer die Förderklassen und unterhält sich mit den Kindern mit Lernschwierigkeiten, um ihnen Mut zu machen und nach versteckten Talenten zu suchen. Ihrer

Ansicht nach hat jeder Legastheniker ein verstecktes Talent, man muss es nur finden – es aufdecken. Sie glaubt, dass Legastheniker einfach anders funktionieren – dass ihr Gehirn nicht für Buchstaben und Zahlen gemacht ist, sondern eben für weniger kognitive Dinge. Sie meinte, man kann nicht beides haben: entweder Kritzeleien auf Papier oder ein besonderes Talent. Wie zwei Seiten einer Medaille. Ich wette, sie wird dich früher oder später wegen deiner Musik ansprechen.«

»Hat sie das wirklich so gesagt? Kritzeleien auf Papier?«

»So nennt sie Buchstaben und Zahlen.«

Ich musste lachen. »Genauso habe ich immer die Musiknoten auf Papier genannt. Ich habe sie nie richtig durchschaut und mir dafür eine Menge Ärger von meinen Musiklehrern eingehandelt. Ich konnte noch nie Noten lesen. Aber ich hatte ein absolutes Gehör und konnte einfach alles aus dem Gedächtnis spielen. Aber damit war ich ein echter Sonderling. Anders als die anderen.«

»Na, damit wären wir schon zu zweit.«

»Du, ein Sonderling? Nie im Leben.«

»Glaubst du mir nicht? Frag meine Mutter. Na ja, frag Rachel.«

»Du bist der normalste Mensch, den ich kenne!«, rief ich aus. »Und der netteste!«

Es war mir entwischt, bevor ich mich besinnen konnte.

»Es hat vielleicht den Anschein. Meistens bin ich normal, oder wirke normal. Meine Art, komisch zu sein ... na ja, okay, nennen wir es anders. Sagen wir mal exzentrisch. Es ist so eine Art Sucht von mir.«

»Eine Sucht?«

»Nicht wie Drogen oder sowas«, warf Dean schnell ein. »Aber fast genauso gefährlich. Zum Glück habe ich nicht oft Gelegenheit, der Sucht nachzugehen. Ich bin nämlich süchtig nach Höhen. Berge, Abhänge, Felswände. Je höher und steiler, desto besser. Es ist ein richtiger Wahn. Die meiste Zeit des

Jahres komme ich klar, aber wenn man mich einmal in die Berge lässt ... Ich hab meine Mutter fast zur Verzweiflung getrieben. Mein Dad ist nämlich so gestorben, weißt du. Beim Klettern im Himalaya. Wahrscheinlich hab ich's von ihm – diesen Wahn. Ich bin schon als Kleinkind immer geklettert. An Bäumen hoch, Rohren, Mauern. Als ich die Kamera bekommen habe, hatte ich endlich ein sicheres Hobby auf festem Boden, und alle haben erleichtert aufgeatmet. Aber die Fotografie hilft nur vorübergehend gegen den Kletterrausch, wie ein Placebo. Das sagt meine Mutter immer dazu. Rausch. Die Kehrseite der Medaille. Sobald ich eine Gelegenheit habe ...«

Er hielt inne. Wir waren nebeneinander hergelaufen, er wie immer in seiner beschwingten, lässigen Art, und während er sprach, hatte ich den Blick nicht von ihm abwenden können. Jetzt sah ich, dass sein Profil etwas beinahe Statuenhaftes angenommen hatte, und wenngleich ich den Ausdruck in seinen Augen nicht erkennen konnte, spürte ich doch, dass ihn etwas überkommen und von ihm Besitz ergriffen hatte. Ich schauderte, und wieder lag es nicht an der Kälte. Schließlich drehte er sich zu mir um und sagte mit einem Grinsen: »Ich glaube, du solltest so bald wie möglich mit Mrs Killer sprechen.«

* * *

Als wir zurück nach Hause kamen, hatten Rachel und Jack schon den Teppich in Deans Zimmer verlegt und die Farbe war getrocknet. Die Wände waren nun zartgrün, was gut mit dem rostroten Teppich harmonierte. Das Zimmer sah warm und einladend und bereit zum Einzug aus. Aber es war noch leer.

»Fürs Erste kann ich dir nur diese Luftmatratze anbieten«, sagte Rachel zu Dean. »Und du musst noch aus dem Koffer leben. Aber das wird dir hoffentlich nicht schwerfallen, du bist ja noch jung.«

»Kein Problem«, sagte Dean.

»Nächsten Samstag fahren wir los und kaufen dir ein paar Möbel«, fuhr Rachel fort. »Du kannst dir natürlich aussuchen, was dir gefällt.«

»Ach, irgendwelche alten Sachen tun's auch«, gab Dean zurück. Er war damit beschäftigt, die Luftpumpe an das Ventil der Matratze zu stecken und zeigte keinerlei Interesse an der Inneneinrichtung.

»Wirklich?«, fragte Rachel. Sie sah ihn eindringlich an, wie um sich zu vergewissern, ob er es ernst meinte oder nur höflich war. »Wenn das so ist, könnte ich dir die Sachen unter der Woche besorgen und dein Zimmer bis zum nächsten Wochenende fertig haben. Wenn du keine besonderen Wünsche hast.«

»Gar keine Wünsche«, sagte Dean. »Nur das Nötigste: Bett, Schrank, Schreibtisch. Mehr brauche ich nicht.«

»Sowas«, meinte Rachel. Sie grinste breit. »Ich hatte erst an meine Freundin Amy gedacht. Sie hat zwei Teenager, und die beiden mussten unbedingt dieses Bett und jenen Schreibtisch haben und diese Vorhänge und jenen Teppich ... es war ein richtiger Akt, ihre Zimmer einzurichten. Was für eine Erleichterung, zwei so unkomplizierte junge Leute im Haus zu haben. Nein, ich weiß das wirklich zu schätzen, Dean – bei dir genauso, Jyothi – Jugendliche haben da einen ziemlich schlimmen Ruf, und ich erinnere mich ja auch an meine eigene Jugendzeit. Ich kann nur sagen, es ist mir eine Freude, euch beide hierzuhaben.«

»Freu dich nicht zu früh«, sagte Dean. Er trat rhythmisch auf die Pumpe und die sich langsam füllende Matratze bewegte sich träge hin und her. »Wer weiß, vielleicht brauchen wir nur 'ne Weile und in ein paar Monaten hast du zwei Hooligans am Hals, die dich anschreien und einander mit Sachen bewerfen.«

»Möglich, aber ich gehe nicht davon aus«, sagte Rachel selbstzufrieden und klopfte Dean auf die Schulter. »Dann will ich nicht weiter stören. In einer halben Stunde gibt es Essen.« Sie machte kehrt und trappelte nach unten.

KAPITEL 30

In der nächsten Woche, meiner zweiten Woche auf *Rosewood Hall*, arrangierte Dean mir ein Gespräch mit der legendären Mrs Killer, die wie ihr Mann ihrem Namen nicht gerecht wurde. Sie war ganz im Gegenteil unglaublich lieb, eine kleine Frau mit einem runden, jugendlichen Gesicht und grauem Haar.

»Mr Killingly hat mir bereits von dir erzählt«, waren ihre ersten Worte. »Dein Vater hatte ja einige Bedenken geäußert. Und deine Klassenlehrerin hat mir die Ergebnisse deiner Einstufung geschickt ...«

Sie blätterte durch ein paar Unterlagen auf ihrem Schreibtisch. »Ein Lesealter von zehn Jahren«, sagte sie völlig vorwurfsfrei, als wäre es einfach ein interessanter Aspekt meines Charakters. Dennoch sah ich betreten zu Boden und nickte.

»Und du fühlst dich schlecht deswegen, nicht wahr?«

Wieder nickte ich.

»Ich werde nie die mittlere Reife schaffen«, sagte ich.

»Aber«, fuhr sie fort, »ich habe auch mit Mrs Abbot gesprochen. Deiner Musiklehrerin. Weißt du, was sie gesagt hat?«

Ich sah zu ihr auf und nickte.

»Sie hält dich für herausragend. Ein Wunderkind! Sie meinte, dass du nicht nur technisch sehr gut spielst, sondern auch mit Leidenschaft, mit Geist und Seele. Alles Dinge, die manchen der besten Musiker fehlen. Ist das nicht ein Grund, mit sich zufrieden zu sein?«

Ich zuckte die Schultern. Ihre Worte waren nur ein schwacher Trost. Sie beugte sich über den Schreibtisch und streckte mir die geöffneten Hände entgegen, eine Einladung, meine Hände in ihre zu legen, was ich auch tat. Sofort fühlte ich mich stärker.

»Jyothi«, sagte sie. »Dein größtes Hindernis ist nicht dein Lesealter oder deine Rechtschreibung. Es ist dein mangelndes Selbstbewusstsein, dein geringes Selbstwertgefühl. Es ist ganz egal, ob du Rhythmus buchstabieren kannst. Du *hast* Rhythmus. Du *bist* Rhythmus. Er ist in deinem Puls, in deinem Wesen. Die Musik liegt in dir. Du musst sie nur finden. Du musst deinen inneren Schalter umlegen. Im Moment lautet dein Mantra: *ungenügend, wertlos, schlecht, schwach, erfolglos.* Leg den Schalter um. Strebe nach dem, was du gut kannst, und folge diesem Weg. Ich weiß, dass du dein Leben lang hart gearbeitet hast, ich weiß, dass deine Mutter deine wichtigste Stütze war und sie dich motiviert hat. Jetzt, wo sie nicht mehr da ist, musst du auf eigenen Füßen stehen und selbst an diese wunderbare Gabe glauben, die in dir liegt.«

Sie drückte meine Hände und ich sah ihr in die Augen: In meinen eigenen schwammen schon die Tränen. Ich nickte schniefend. Sie lächelte und fuhr fort.

»Wusstest du, dass viele berühmte Leute Legastheniker waren? Albert Einstein zum Beispiel? Und auch viele berühmte Künstler – Pablo Picasso, um nur einen zu nennen. Und Musiker. Es ist eine andere Art, die Welt zu sehen, und wenn du dich nur darauf einlässt, wirst du über dich hinauswachsen und wahre Wunder vollbringen. Glaub an dich, Jyothi! Du brauchst Vertrauen in deine Gabe, Vertrauen, dass du sie in dir finden und sie pflegen und gedeihen lassen kannst – nicht, weil deine Mutter dich erfolgreich machen wollte, sondern weil darin der Schlüssel zur Entfaltung deines vollen Potenzials liegt. Tu es für dich, Jyothi, nicht für deine Mutter. Tu es nicht, um erfolgreich zu sein, sondern weil du die Musik liebst, weil die Musik ein Teil von dir ist und sie dich über alle Zweifel und Ängste erheben wird. Es ist dein Weg, Jyothi! Du kannst dich glücklich schätzen!«

* * *

Rachel hatte mit ihrem Lob den Mund wohl etwas zu voll genommen, denn in den folgenden Wochen zeigte Dean allmählich sein wahres Gesicht. Womöglich hatte er es vor ihren Eltern gut verborgen und ließ es erst jetzt zum Vorschein kommen. Oder vielleicht hatte es damit zu tun, dass er sechzehn geworden war. Woran auch immer es lag, weder Rachel noch mir gefiel dieses neue Gesicht.

Dean hatte Freunde in Wakefield, und da er nun in der Nähe wohnte, traf er sich jeden Samstag nach dem Mittagessen mit ihnen in der Stadt und kam erst spät abends zurück. Manchmal gingen sie auch auf Partys. Rachel versuchte, streng mit ihm zu sein und zu tun, was strenge Eltern ihrer Meinung nach tun sollten. Es gefiel ihr nicht, wenn sie nicht genau wusste, wo er war, aber sie konnte nichts dagegen tun: Sie wusste nur zu gut, dass man jemandem in Deans Alter mit einem Verbot nur den Anreiz gab, es doch zu tun. Das erklärte sie Jack eines Abends beim Essen, als sie sich über Deans neue Gewohnheit unterhielten. Jack riet ihr, ihn einfach machen zu lassen, und schlug sogar vor, sie könne samstags in die Stadt fahren und ihn abholen, was ihr ganz und gar nicht gefiel. Sie machte es trotzdem. Ausnahmsweise schlug ich mich auf Rachels Seite. Ich wusste, dass auch Mädchen unter seinen Freunden waren. Und dann der Schock: Es waren nicht einfach nur Mädchen in der Mehrzahl, lockere Bekanntschaften. Es war *ein* Mädchen. Singular. Eine feste Freundin.

Zuerst ahnte ich nichts davon, wollte es vielleicht auch nicht wahrhaben. Aber wie hätte ich es auch merken sollen? Ich gehörte nicht zu seiner Clique und er erwähnte es nicht. Doch dann wurde ich gezwungenermaßen darauf aufmerksam.

Es geschah an einem Samstagabend im November jenes ersten Schultrimesters. *Bonfire Night.* An der Schule wurde ein Feuerwerk veranstaltet.

Wie gewöhnlich war Dean nicht zu Hause. Er war schon am Morgen ausgeflogen und so saßen nur Jack, Rachel und ich im Auto.

Ich war wahnsinnig aufgeregt, denn ich hatte noch nie im Leben ein Feuerwerk gesehen. Mum hatte überhaupt nichts davon gehalten. »So eine fürchterliche Geldverschwendung!«, hatte sie immer gesagt. »Abermillionen, nur für ein paar bunte Lichter am Himmel! Wie viele verhungernde Kinder in Indien man mit dem ganzen Geld retten könnte!« Folglich durfte ich mir nie das Neujahrsfeuerwerk ansehen, noch nicht mal im Fernsehen.

Der Schulhof wimmelte vor Menschen: Schülerinnen und Schüler mit ihren Eltern und Bekannten. Wir reihten uns in die Schlange ein, um unsere Tickets zu kaufen, dann in die nächste Schlange für Hähnchen, Pommes und Getränke. Danach gingen wir auf das hintere Schulgelände, wo das traditionelle Lagerfeuer und das Feuerwerk stattfinden sollten. In einer halben Stunde sollte es losgehen. Rachel traf ein paar alte Bekannte und sie und Jack blieben stehen und unterhielten sich mit ihnen. Dean war natürlich nirgends zu sehen. Aber ich hatte auch nichts anderes erwartet.

Ich setzte mich zum Essen und Trinken auf eine kleine Mauer, sah den umherlaufenden Leuten zu, Jung und Alt, die sich lachend unterhielten, und fühlte mich wie eh und je von alldem abgeschnitten. Würde ich mich jemals richtig zu Hause fühlen, zur rechten Zeit am rechten Ort? Es gab immer nur diese kurzen, flüchtigen Momente des Glücks, die ich nur von außen erlebte, behagliche Familienszenen durch ein Fenster betrachtet.

Wie immer, wenn ich in der Schule war, ließ ich den Blick automatisch und resigniert auf der Suche nach Deans Gesicht umherschweifen. Soweit ich sah, war er noch nicht bei Jack und Rachel gewesen. Wahrscheinlich war er irgendwo mit seinen Freunden unterwegs, ohne zu wissen – oder sich darum zu kümmern –, dass ich ganz in der Nähe war. Ich war Familie, eine Selbstverständlichkeit. Wie sehr ich mir wünschte, etwas Besonderes für ihn zu sein.

Der Hof hinter der Schule grenzte an den Sportplatz an, wo schon alles für das Lagerfeuer vorbereitet war. Aus einem Lautsprecher in einem der Pausenräume dröhnte schnelle Tanzmusik, und manche der jüngeren Schüler hüpften wie Häschen dazu herum. Die Spannung schien förmlich in der Luft zu liegen und obwohl ich nicht wusste, was mich erwartete, ging die freudige Erwartung auf mich über. Als ich fertig gegessen und getrunken hatte, mischte ich mich in der Hoffnung unter die Menge, vielleicht irgendwo Dean zu finden. Es wäre schön, neben ihm zu stehen, wenn das Feuerwerk losging.

Doch Dean ließ sich immer noch nicht blicken, und bald hörte die Musik auf und eine Stimme verkündete den Beginn des Countdowns.

Die Menge rief im Chor: »Zehn! Neun! Acht! Sieben! Sechs! Fünf! Vier! Drei! Zwei! Eins! NULL!« Und bei »NULL!« dröhnte der bombastische Auftakt von »Also sprach Zarathustra« aus dem Lautsprecher, der erste Feuerwerkskörper fuhr in die Höhe und ging in Hunderte rote, blaue und gelbe Sterne auf, die den ganzen Nachthimmel bedeckten.

Verblüfft schnappte ich nach Luft, legte den Kopf in den Nacken, sah in den Himmel hoch und staunte, denn eine so unbeschreibliche Pracht hatte ich noch nie gesehen! *So muss*

Gott sein, dachte ich, *jenseits aller Vorstellungskraft. Ein paar bunte Lichter am Himmel? Oh Mum, wie hast du mich getäuscht!*

Die Musik aus den Lautsprechern verklang und nun ertönten die triumphierenden Akkorde von »*Land of Hope and Glory*«. Der ganze Himmel wurde zu einer strahlenden, funkelnden, prasselnden Masse explodierender Sterne. Bei all der Herrlichkeit vergaß ich Dean, vergaß Rachel, vergaß sogar mich selbst, und mir schwoll das Herz vor freudiger Erregung. Wir hatten das Lied im Musikunterricht geübt, nun erhoben wir die Stimmen und sangen mit:

> *Land of Hope and Glory,*
>> *Mother of the Free,*
>> *How shall we extol thee,*
>> *who are born of thee?*
>> *Wider still, and wider,*
>> *shall thy bounds be set;*
>> *God, who made thee mighty,*
>> *make thee mightier yet!*

Mein Nacken schmerzte und ich senkte den Blick, um ihn einen Moment auszuruhen. Mir ging das Herz auf: Freude, Herrlichkeit. Sicherheit. Hoffnung. Dankbarkeit. Wie sehr sich mein Leben verändert hatte! Ich war nicht mehr das indische Waisenkind: Ich war Britin. Ich hatte ein Zuhause gefunden, Menschen, die mich liebten, und trotz all meiner Verluste war ich endlich in Sicherheit und hatte eine Zukunft, auf die ich mich freuen konnte.

Und dann riss ich die Augen auf. Auf der anderen Seite des Hofs stand Dean. Natalie war bei ihm, oder besser gesagt hing an ihm. Sie stand dicht an ihn gedrängt, klammerte sich an ihn und er sich an sie. Das Spektakel über unseren Köpfen ging völlig an ihm vorbei, und an ihr genauso. Er und Natalie waren allein in einer Welt, in der die Blicke aller anderen gen Himmel gerichtet waren. Und dort, mitten in der Menge, in aller Öffentlichkeit, hielt er sie fest umschlungen und küsste sie lang und leidenschaftlich wie im Film. Nie hätte ich gedacht, dass Dean – mein Dean! – so etwas tun würde.

Dann wurde auf einmal mitten im Lied ein anderer Liedtext angestimmt.

»Land of soap and water«, sangen alle, »Killer's having a bath ...«

Die Herrlichkeit zerbarst, als wäre sie nur eine Blase gewesen. Ich wandte den Blick ab und schaute mit feuchten Augen wieder hoch zum Himmel. Mein Hochgefühl – zerplatzt, verpufft, verschwunden. Es war, als wäre auch mein Herz so weit aufgestiegen, dass es nur noch in Hunderte Sterne explodieren und sich, völlig ausgebrannt, in Nichts auflösen konnte.

KAPITEL 31

Das restliche Schuljahr brachte weitere Veränderungen mit sich. Vielleicht war es der Schock der *Bonfire Night*, der mich endlich zur Besinnung gebracht hatte. Was auch immer der Auslöser – wie ein Fernrohr, das man auf der Suche nach einer neuen Aussicht herumschwenkt, drehte sich auch mein Leben um die eigene Achse und fand einen neuen Fokus.

Dean, Jack und Rachel, ganz zu schweigen von Mrs Killingly und Mrs Abbot, überzeugten mich, dass meine große – und einzige – Hoffnung in der Musik lag, und so leitete ich meine zerplatzten Träume und verlorenen Hoffnungen auf diesen einen Weg um. Meine Leistung verbesserte sich schlagartig.

Ich spielte im Schulorchester, trat bei Schulaufführungen auf und erntete Standing Ovations. Manchmal gab es auch Wettbewerbe mit anderen Schulen, bei denen ich ebenfalls glänzen konnte und meist den ersten Preis als Soloviolinistin gewann.

Zwar konnte ich immer noch nicht richtig Noten lesen, aber dieses alte Handicap wurde nun zur unbedeutenden Begleiterscheinung einer Fähigkeit, die jeden in meinem Umfeld begeisterte. Die anderen konnten vielleicht Noten lesen, doch ich musste ein Stück nur einmal hören, um es auf der Stelle virtuos nachzuspielen, was mir entgeisterte Bewunderung einbrachte. Ich genoss diese Bewunderung und bemühte mich um mehr.

Wenn ich nach der Schule nach Hause kam, ging ich direkt in mein Zimmer und übte stundenlang. Mich musikalisch immer weiter zu verbessern wurde zu meinem einzigen Lebensziel. Der wahre Kern von Mrs Killinglys Worten eröffnete sich mir: Mir selbst treu zu sein hieß, das mir angeborene Talent zu fördern. Und genau das tat ich nun, wobei ich fast alles andere im Leben hintanstellte.

Meine Musik brachte mir ein Vollstipendium ein. Ich gewann Preise, alle, die mir verfügbar waren, nur nicht den einen, den ich wirklich wollte: Dean. Ich tröstete mich mit dem Gedanken, dass ich noch viel zu jung für ihn war, schwor mir jedoch, dass ich ihn eines Tages erobern würde. Ich würde ihn bezaubern, bis er mich irgendwann liebte, als Frau – als seine Frau.

Jack war wieder stolz auf mich, und Dean war wie gebannt. Oft kam er zu mir ins Zimmer, um meiner Musik zu lauschen, und dann spielte ich am besten. Wenn ich für Dean spielte, spielte ich mit ganzem Herzen und wusste, dass sein Herz zuhörte und darauf ansprach, dass ich eine unsichtbare Verbindung zu ihm aufbaute, Faden für Faden ein Band zwischen uns knüpfte, das, obwohl er es noch nicht bemerken konnte, hinter all den Ablenkungen seines Lebens immer stärker wurde und dass er dem eines Tages erliegen würde.

Ich klammerte mich fest an dieses Band und verzehrte mich nach Deans Beifall – und erhielt ihn auch.

Mit meinen musikalischen Fähigkeiten wuchs auch mein Selbstvertrauen. Ich war nicht mehr das schüchterne, zurückhaltende Mädchen im Hintergrund. Ich lernte, mich ins Gespräch einzubringen, meine Meinung zu sagen, mit anderen zu lachen und herumzualbern. Ich war beliebt, ich gehörte dazu! Endlich! Doch immerzu wartete ich auf Dean, hielt nach ihm Ausschau, sehnte mich nach seiner Anerkennung. Und in all der Zeit erfüllte die Musik mich nicht mit Freude.

Das Sommertrimester kam und ging, und die Sommerferien standen vor der Tür. Dean würde nach Indien fliegen und seine Mutter besuchen. Er war bereits im Dezember für zwei Wochen dort gewesen (bis kurz vor dem Weihnachtsfest, das seine Mutter und sein Stiefvater als Hindus nicht begingen) und zwei weitere Wochen über Ostern. Nun sollte er ganze acht Wochen lang dortbleiben, wovon er drei Wochen bei einem Kletterurlaub im Himalaya mit seinen Freunden verbringen würde.

Diesmal jedoch würden wir ihn begleiten.

Rachel hatte schon lange eine enge Verbindung zu Indien und praktizierte seit Jahren Yoga. Sie überredete Jack, sie diesen Sommer zu einem Yoga-Retreat nach Rishikesh am Fuße des Himalayas zu begleiten, und mir, so meinte sie, würde das auch guttun. »Meditation würde dir wirklich helfen, Jyothi. Um all die alten Wunden zu heilen.« Jack nickte eifrig, allem Anschein nach hatte auch er noch alte Wunden zu heilen. Ich nahm an, sie meinte Monikas Tod. Jack würde eine Woche früher anreisen, da er noch einiges für Monikas Wohltätigkeitsorganisation CaritActs zu tun hatte: Er wollte eine Niederlassung in Delhi auf die Beine stellen. Wir anderen sollten ihn dann in Delhi treffen, wo wir zuerst Deans Mutter und deren Familie besuchen und dann weiter nach Rishikesh fahren würden.

Ich wusste überhaupt nicht, ob ich überhaupt nach Indien wollte. Wäre es nicht besser, diese Verbindung ganz zu kappen? Natürlich lagen meine biologischen Wurzeln dort, aber Mum war immer der Meinung gewesen, der beste Weg zu einem glücklichen Leben im Westen wäre, diese alten Wurzeln und die unglücklichen Erinnerungen an die Vergangenheit abzulegen und ganz neu anzufangen. Ich gehörte in den Westen, war Britin. Doch bald schon wich mein Desinteresse an einer

Rückkehr nach Indien einer gewissen Neugier, und je näher der Sommer rückte, desto mehr freute ich mich sogar darauf.

Wie kam es, dass allein der Klang des Wortes »Indien« so eine Wirkung auf mich hatte? Lag es daran, dass es mein Geburtsland war, meine biologische und geistige Heimat, und dass allmählich das Gefühl in mir heranwuchs, ich könnte dort vielleicht endlich erfahren, was es bedeutete, ganz bei mir zu sein? Ich wusste es nicht. Ich wusste nur, dass allein der Gedanke an die bevorstehende Reise mich in Schwingung versetzte wie eine leicht angezupfte Geigensaite, die in Form von Tausenden strahlenden Bildern, Klängen und Gerüchen in mir resonierte.

So kam es, dass meine ersten Tage in Delhi eine herbe Enttäuschung waren. Nichts von dem Zauber, den ich mir vorgestellt hatte: stattdessen eine sterile Stadtvilla, deren Einrichtung moderner war als alles, was ich je gesehen hatte, ein permanent laufender Fernseher, Deans kleine Halbgeschwister Sunil und Lata, die uns ständig zwischen den Beinen herumwuselten oder aus Leibeskräften nach Süßigkeiten schrien, Bedienstete, die umhereilten, um gekühlten *Nimbu Pani* zu reichen, und Vasen voller Plastikblumen.

Deans Mutter, Auntie Soona, war freundlich, aber distanziert. Ich hatte das deutliche Gefühl, dass sie nicht viel von mir hielt, was aber durchaus auch an der Kombination aus überbordender Einbildungskraft und Schuldgefühlen angesichts meiner unerwiderten Leidenschaft für ihren Sohn liegen mochte. Sie überschüttete Dean mit einer Liebe, die er mit nachsichtiger Geduld über sich ergehen ließ, er lächelte engelsgleich, wenn sie ihn unerwartet umarmte, und nahm ihre Küsse gelassen hin.

Sie war eine sehr dralle, matronenhafte Frau mit hellerer Haut, die man in Indien als weizenfarben bezeichnete. Ihr Mann, Uncle Ravi, war dagegen extrem dunkelhäutig und extrem dick und sprach Englisch mit einem übertrieben vornehmen Akzent, was daran lag, dass er in Cambridge studiert hatte. Er war ein gesprächiger, gut gelaunter Mensch, und wäre er tatsächlich Engländer gewesen, hätte er vermutlich gerötete Haut gehabt und sich ständig mit einem Taschentuch übers Gesicht gewischt (was hier überflüssig war, denn das Haus war klimatisiert). So jedoch wirkte er wie ein Engländer in der falschen Haut. Er war sehr freundlich und schien Dean ins Herz geschlossen zu haben.

Wir verbrachten eine Woche bei ihnen in Delhi, während derer wir in einem Kokon aus sterilem Luxus die Sehenswürdigkeiten in Delhi besuchten und einen Tagesausflug nach Agra unternahmen, um das Taj Mahal zu sehen. Uncle Ravi hatte eine strahlend weiße, klimatisierte Limousine und einen Chauffeur, sodass wir von einer Sehenswürdigkeit zur nächsten kutschiert wurden, ohne je auch nur einen Fuß auf eine der dreckigen Straßen zu setzen.

Die Autofenster waren beinahe schwarz getönt, sodass alles dahinter wie in Schatten gehüllt erschien, eine dunkle, unwirkliche Welt, die uns Halbgötter in unserem kühlen weißen Universum nicht berührte. Wir konnten durch das stinkendste Elendsviertel fahren, ohne es überhaupt zu bemerken, betrachteten alles durch ein getrübtes Glas, auf dass kein unansehnlicher Anblick, der draußen lauerte, unsere Augen beleidige. Die Windschutzscheibe jedoch war nicht getönt und durch sie hindurch sah ich die Welt.

Ich sah die heißen, staubigen Straßen und die verwahrlosten Menschen, ich sah die alten faltigen Gesichter der Bettler und die dreckigen Wangen und verfilzten Haare der Straßenkinder. Ich konnte zwar weder den Gestank dieser Straßen riechen noch ihren Lärm hören, aber ihr Anblick war genug. Die Erinnerung kam zurück.

Zuerst fiel mir eines von Jacks Lieblingsliedern ein, das zu seiner Jugendzeit populär gewesen war und, wie er mir einmal lachend gesagt hatte, gut zu mir passte. Es ging darin um ein zerlumptes kleines Mädchen aus einem Armenviertel von Neapel, die etwas aus sich gemacht und ihre Wurzeln vergessen hatte. Ihr Kindheitsfreund fragt »Wohin gehst du, meine Schöne?« und überlegt, ob sie sich an diese Zeit wohl erinnert.

Das Lied passte natürlich überhaupt nicht zu mir, ich kehrte nie dorthin zurück, in die Armenviertel von Bombay. Weder, wenn ich alleine war, noch wenn ich dieses Lied hörte. Doch nun kehrte ich in Gedanken dorthin zurück.

Die Erinnerung ist ein eigenartiges Phänomen. Ganze Szenen können bis ins kleinste Detail – Gerüche, Geräusche, eine einreißende Plane, eine Ratte, die in einem Loch in der Wand verschwindet – über Jahre oder gar Jahrzehnte im Gedächtnis gespeichert sein, ohne je die kleinsten Wellen in unserem Bewusstsein zu schlagen, doch dann kann plötzlich ein kleiner Auslöser die geballte Ladung einer vergrabenen Vergangenheit wie ein Seilzug an die Oberfläche ziehen.

Nun saß ich auf dem mittleren Rücksitz und konnte nicht viel sehen. Doch als wir an der Ampel standen, tauchte ein Gesicht am Beifahrerfenster auf: das Gesicht eines jungen Mädchens. Sie war vielleicht fünf Jahre alt, ihr Gesicht war mit schwarzen Schlieren überzogen und sie trug ein nacktes Baby auf der Hüfte. Ich sah ihre Geste: Sie legte die Finger der rechten Hand aneinander und bewegte sie zum Mund des Babys. Ich sah die inständig bittenden Lippen, mit denen sie Worte sprach, die wir in unserer glänzenden Schutzhülle aus Metall und Glas nicht hören konnten. Und den ausdruckslosen Blick des Babys, das sich seiner Misere nicht bewusst war.

Genauso hatte ich es auch gemacht. Ich hatte an der Ampel gewartet, bis die weißen Luxusautos dort hielten, mir das dreckige Baby der Nachbarn geliehen und es zur Unterstützung meiner Bettelzüge durch die schmutzigen Gassen geschleppt. Ich war dieses kleine Mädchen. Meine Seele erschauderte.

Der Chauffeur starrte stur geradeaus. Das Mädchen gab auf und zog weiter, um sich ein anderes Opfer zu suchen. Die Erinnerungen brachen über mich herein, kippten ihr Schmutzwasser über mich aus und überfluteten mich mit Bildern, so deutlich wie im Film: Meine ganze Kindheit vor dem Umzug nach England spulte sich vor meinem inneren Auge ab, die Qualen des Hungerns ebenso wie die tröstende Umarmung meiner Mutter – meiner leiblichen, ersten Mutter – und ihr Trost war größer als die Qualen. Es war nicht zu ertragen. Ich schlug die Tür der Erinnerung zu und vergrub das Gesicht in den Händen.

»Was ist los, Jyothi?«, fragte Auntie Soona besorgt, und als sie mir die Hand auf den Rücken legte, fand ich mein Gleichgewicht wieder.

»Nichts«, murmelte ich. »Ich habe nur etwas Kopfschmerzen, das ist alles.«

»Hier, trink einen Schluck Wasser«, sagte Auntie Soona und schenkte mir einen Becher aus der silbernen Flasche ein, die sie in einem Korb mit allen möglichen anderen Dingen, die man unterwegs brauchen konnte, überall mit hinnahm.

»Danke.« Ich leerte den Becher in vier großen Schlucken und verbannte das Bild des kleinen Mädchens am Fenster zusammen mit der Welt, die sie heraufbeschworen hatte, in die hinterste Ecke meines Bewusstseins. Das war vorbei. Diese Welt hatte nichts mehr mit mir zu tun. Ich war nun ein neuer Mensch in einer Luxuswelt aus weißem Leder und Banarasi-Seide, eine talentierte und erfolgreiche junge Frau auf dem Weg nach oben. Ich war aus jener Welt gerettet worden, hier gehörte ich nun hin.

Und doch fühlte ich mich nicht zu Hause in jenem sterilen, übermodernisierten Palast, den Auntie Soona und Uncle Ravi ihr Eigen nannten, und war froh, als wir – Rachel, Jack, Dean und ich – am nächsten Tag Delhi hinter uns ließen und gemeinsam nach Haridwar am Fuße des Himalaya aufbrachen.

Wir reisten per Zug: Business Class im legendären *Rajdhani Express*. Rachel und Jack stellten erfreut fest, dass die gesamte Reise in dem klimatisierten Wagen inklusive Verpflegung nur knapp zehn Pfund pro Person kostete. Es war wirklich eine sehr angenehme Reise, umso mehr, da Dean und ich nebeneinander saßen und Kreuzworträtsel lösten. Ich war gut darin, die Wörter zu finden, und er war gut darin, sie zu buchstabieren, sodass wir zusammen, wie man so sagt, alles abräumten. Danach nickte Dean ein und ich sah aus dem Fenster auf die vorbeiziehende eintönige Ebene, die durch den in diesem Jahr ausgebliebenen Monsun gelb und vertrocknet war. Alle halbe Stunde drängte sich ein lächelnder Kellner durch den Mittelgang und bot kalte Getränke, heiße Getränke, Kekse, Samosas, eine warme Mahlzeit, einen kalten Snack an ... bis wir wohlversorgt und ausgeruht, aber steif und zerknittert hinaus auf den geschäftigen Bahnhof von Haridwar traten.

Dort wurden wir von Indien, dem wahren Indien, eingeholt. In kaum einer Minute waren wir umzingelt.

Sie kamen aus allen Richtungen. Eine zerlumpte, schmutzige, stinkende und grölende Horde von Menschen: Männer, Frauen, Kinder, die einander aus dem Weg schubsten, um näher an uns heranzukommen, die uns anschrien und klauengleiche, ledrige und von Dreck geschwärzte Hände ausstreckten und um Aufmerksamkeit schreiend nach unserem Gepäck grabschten.

Ein jeder von ihnen brach erbarmungslos jene Teile von mir auf, die ich verschlossen und vernagelt hatte. Ich konnte es nicht ertragen! Mir wurde schwindelig, ich wollte entkommen, aber wir waren umzingelt. Um den Anblick auszusperren, hielt ich mir die Augen zu.

Dann hörte ich Deans Stimme. Er sprach Hindi. Seit acht Jahren hatte ich diese Sprache nicht mehr gehört, in Delhi hatten wir ausschließlich Englisch gesprochen, sogar mit den Angestellten. Aber nun kam alles zurück. Ich erinnerte mich, verstand jedes Wort. Er schickte sie fort, genau wie ich damals auf meinen Bettelzügen fortgescheucht worden war. Er sprach in jenem gebieterischen Ton, mit dem die Reichen zu den Armen sprechen, mit der Stimme der Autorität, die keine Anmaßungen duldet. Alles strömte wieder auf mich ein: die Straßen, die Gerüche, der Schmutz, der nagende Hunger ... Ich packte Dean am Arm.

»Dean, hör auf, hör auf, bitte, hör doch auf! Lass uns gehen! Lass uns einfach nur gehen!«

»Hey, was ist denn mit dir los, Jyothi? Das versuche ich ja gerade ... Hey, du!« Er wandte sich energisch an einen Mann in khakifarbenen Shorts; die Menge hatte wohl an Deans Stimme erkannt, dass sie hier keine blauäugigen Touristen vor sich hatte, und sich aufgelöst, nur ein paar seriösere Taxifahrer waren noch übrig geblieben und boten ihre Dienste an. Mehrere Arme griffen nach unseren zahlreichen Gepäckstücken und ein paar Minuten später saßen wir alle in ein Taxi gedrängt – alle außer Dean, der sich von uns verabschiedet und sich auf den Weg zum Hotel gemacht hatte, wo er mit seinen Freunden verabredet war.

Rachel wandte sich an den Taxifahrer und sagte etwas auf Hindi. Wieder verstand ich jedes Wort. Ich war völlig baff. Rachel und ich hatten noch nie Hindi miteinander gesprochen, ich hatte völlig vergessen, dass sie gute Grundkenntnisse darin hatte. Vor allem aber hatte ich vergessen, dass ich die Sprache selber einmal fließend gesprochen hatte. Nun wurde mir klar, dass ich sie wieder fließend beherrschte. Ich war keine Europäerin mehr. In den wenigen Stunden, seit wir unser abgeschiedenes Dasein in Delhi hinter uns gelassen hatten, hatte ich eine Transformation durchgemacht, und nun war die Verwandlung abgeschlossen. Ich war wieder Inderin. Das konnte ich nicht leugnen – aber ich konnte dagegen ankämpfen.

Während ich bei der Taxifahrt durch die Stadt aus dem Fenster sah, gewann ich allmählich die Fassung und meinen

Verstand wieder. Hier in Indien spielte sich das Leben vor aller Augen im Freien ab: Frauen, die Gemüse schälten und Kleider wuschen und Kinder badeten und Saris falteten, Männer, die Fahrräder reparierten und Geld zählten und sich Dinge in Heften notierten. Eine Gruppe lachender Schulkinder auf dem Nachhauseweg, barfuß und mit über die Schulter geschwungenen Taschen, Mädchen mit langen schwarzen Zöpfen, Jungen mit spindeldürren Beinen, die aus den kurzen Hosen ihrer Schuluniformen hervorragten. Ein Jugendlicher auf einem Fahrrad, der mit einer Hand lenkte und sich mit der anderen ein zerbeultes Radio ans Ohr hielt. An einer Ampel kamen wir zum Stehen.

»Guck mal!«, sagte Rachel plötzlich und zeigte aufgeregt aus der Rückscheibe. Ich drehte mich um und starrte ungläubig hinaus: Hinter uns in der Autoschlange stand ein Elefant, auf dessen Kopf ein dünner Mann mit Turban im Schneidersitz saß. Das Auto fuhr los und auch der Elefant setzte sich schwerfällig in Bewegung, offenbar auf Zuruf seines Herrn, denn ich sah weder Zügel noch irgendeine andere Art der Führung.

Am Stadtrand kamen wir an einem Slum aus Unterständen und primitiven Hütten vorbei, wo zerlumpte Kinder im getrockneten Schlamm spielten, und wieder erschauerte ich und flüsterte bei mir: *Das hätte auch mein Schicksal sein können …*

Undank konnte man mir wirklich nicht nachsagen. Ich war mir meiner Herkunft wohl bewusst. Mir war klar, dass nur ein Wunder mich aus der Versenkung geholt und zu den wenigen Auserwählten gebracht hatte. Die Geige hatte mich verwandelt, sie war Zeugnis meiner Identität: Ich war Europäerin.

Tatsächlich, überlegte ich, war mir die Geige der beste Freund auf der ganzen Welt. Kein Mensch hatte je so viel für mich getan wie sie. Sie hatte mir die Tür geöffnet, die aus der Welt des bettelnden Mädchens am Autofenster hinausführte – aus der Welt der bettelarmen Kinder, die dort draußen nur wenige Meter von uns entfernt vor ihren Hütten spielten. Abermals erschauderte ich und schüttelte den düsteren Gedanken ab.

Nein. Physisch waren es natürlich Jack und Mum gewesen, die mich aus jener Welt gerettet hatten, doch das zerlumpte Bettlermädchen hatte in mir fortgelebt, bis die Geige – natürlich nicht diese, sondern ihre Vorgängerin, meine kleine halbe Geige – mich dazu beflügelt hatte, in ein höheres Universum aufzusteigen. Voll erbitterter Dankbarkeit ließ ich die Hand über den Koffer gleiten.

Ich war die einzige in unserer Gruppe, die ohne ein bestimmtes Ziel nach Indien gereist war, und ich hatte mir vorgenommen, meinen Aufenthalt der Musik zu widmen. Fast zwei ganze Wochen lang konnte ich üben, so viel ich wollte. Ich hatte Anfang September eine Aufführung, bei der ich unbedingt perfekt spielen wollte. In Delhi war ich durch das volle Sightseeing-Programm, das Soona und Ravi uns auferlegt hatten, nicht oft zum Üben gekommen, aber nun hatte ich alle Zeit der Welt.

KAPITEL 32

INDIEN, 1987

Der Aschram lag am Ganges etwas oberhalb der Stadt Rishikesh. Wie sich herausstellte, hatte Jack schon davon geträumt, einmal hierherzukommen, seit er als Jugendlicher der Gitarrenexpertise von George Harrison nachgeeifert und die Karriere des jüngsten Beatle voller Bewunderung und Faszination verfolgt hatte. Jetzt, Jahrzehnte später, hatte er sein Ziel endlich erreicht.

Das Taxi bog auf die weite, sandige Einfahrt des Aschrams ein und kam zum Stehen. Wir hievten unsere Taschen aus dem Kofferraum, Jack bezahlte und wir drei schleppten unser Gepäck zu dem nächstgelegenen und größten der weißen Gebäude, die von verschiedener Form und Größe waren. Dieses war zum Eingang und zur Straße ausgerichtet, hatte eine vordere Veranda und wirkte irgendwie offiziell, und tatsächlich erblickten wir beim Näherkommen ein Bronzeschild mit der kursiven Aufschrift »Rezeption«. Wie sich herausstellte, waren die kleineren Häuschen im Hintergrund die Unterkünfte: schlichte, rückseitig aneinandergrenzende Doppelhäuser. Jack und Rachel hatten sogar bei der Buchung an mich gedacht und um ein möglichst abgeschiedenes Häuschen gebeten, damit ich nicht befürchten musste, beim Geigeüben von den anderen Gästen gestört zu werden. So hatte Jack es ausgedrückt, aber natürlich war mir klar, dass er es eigentlich andersherum meinte: dass die anderen nicht durch mich gestört wurden.

Im Moment war ans Spielen noch nicht zu denken. Mein Zimmer war kaum mehr als eine Abstellkammer neben dem größeren Wohnschlafzimmer, das Jack und Rachel sich teilen würden. Ich hatte ein schmales Bett, einen einfachen Schrank und einen Tisch: Das war alles. Der Boden war mit ziemlich abgetretenen und verblichenen Steinfliesen verlegt, das Fenster hatte keinen Vorhang. An der Wand hing das Foto eines alten, weißbärtigen Inders. Auf dem Tisch stand ein Kerzenstumpf in einer Ansammlung von Wachsresten auf einem kleinen weißen Unterteller, daneben lag eine Schachtel Streichhölzer. Das war die gesamte Einrichtung meines Zimmers. Aber es war sauber, und als ich meine Tasche auf den Tisch geworfen und meinen Geigenkoffer vorsichtig auf den Stuhl gelegt hatte, überkam mich erneut eine leise Vorfreude auf die kommenden vierzehn Tage, während derer ich nach Herzenslust spielen konnte. Der Gedanke munterte mich auf. Ich öffnete den Geigenkoffer, nahm das Instrument heraus und strich mit den Fingern über seine satt glänzenden Kurven. Wie um aus seiner Schönheit Kraft zu schöpfen, legte ich mich einen Moment aufs Bett und hielt es an die Brust wie eine Mutter ihr Baby nach der Geburt, das greifbare Symbol all meiner Träume und Hoffnungen.

Der Gedanke daran, welche Expertise ich in der kommenden ablenkungsfreien Zeit erreichen könnte, erfüllte mich mit Freude. Ich war versucht, aufzuspringen und gleich loszulegen, aber hielt mich zurück. Das würde bis morgen warten müssen. Es dämmerte bereits und wahrscheinlich erwartete uns noch irgendeine Abendmahlzeit. Widerwillig ließ ich die Geige zurück und trat auf die Veranda.

Die Umgebung war wunderschön. Das mittig auf dem Grundstück gelegene zweistöckige Verwaltungsgebäude mit den anderen Hauptgebäuden war umgeben von den kleineren quadratischen Unterkünften, die wie von einem Riesen dahingeworfene Würfel hier und da zerstreut lagen. Die niedrigen weißen Häuschen waren in angemessenem Abstand zueinander platziert, sodass man nie zu nah oder zu weit von seinen Nachbarn entfernt war. Zwischen den beiden nächstgelegenen Häusern konnte ich in einiger Entfernung die schnell fließenden braunen Wassermassen des Ganges ausmachen. Jenseits des Flusses stieg das Ufer steil an und wurde zu einem dicht bewachsenen, urwaldgleichen Hang. Tatsächlich entsprach das Klima nicht der gemäßigten Bergluft, die ich erwartet hatte, sondern eher der schwülen, feuchten Atmosphäre der Tropen, und obwohl es zu dieser Tageszeit nicht mehr heiß war, hatte man den Eindruck, als wäre das Sonnenlicht noch vom hereinbrechenden Abend eingefangen.

Ich ging zurück in mein Zimmer und überlegte, was ich anziehen sollte. Ich holte verschiedene Salwar-Kamiz-Kombinationen aus meiner Tasche hervor: Auntie Soona hatte Rachel und mich dazu genötigt, eine riesige Auswahl dieser Kleidungsstücke zu kaufen, teils von so feiner Qualität, dass ich sicher nie Gelegenheit haben würde, sie zu tragen. Für diesen ersten Abend wählte ich die Kombination, die mir am besten gefiel – in sattem Grün mit goldenen Stickereien und winzigen eingenähten Spiegeln auf der Vorderseite, mit passendem Dupatta.

Ich klopfte an die Tür nebenan, hinter der sich ein kleines Badezimmer zwischen meinem Zimmer und dem von Jack und Rachel befand. Als niemand antwortete, ging ich schnell duschen – entgegen meiner Erwartungen gab es fließendes warmes Wasser –, zog mich an und ging wieder hinaus auf die Veranda. Jack schloss gerade die Tür ab, und Rachel wartete bereits auf dem sandigen Boden vor der Veranda auf ihn.

»Oh, hi, Jyothi«, sagte Jack, als er mich sah. »Die Farbe steht dir aber gut!«

»Ja, du siehst richtig schick aus!« Rachel breitete die Arme aus und machte eine Drehung, um mir ihr eigenes Outfit zu zeigen. »Wie gefällt dir meiner?« Sie trug einen Salwar Kamiz aus schwerer Seide, hellviolett und sehr elegant – aber etwas fade.

»Sehr schön«, sagte ich.

Das Abendessen wurde in einem schlichten Raum in einem der zentralen Gebäude serviert. Es war ein einfaches Gericht aus Reis und scharf gewürztem Gemüse, aber gut zubereitet und sehr lecker. Wir saßen an einem großen rechteckigen Tisch mit den anderen Gästen: zwei Indern sowie einem Pärchen und fünf alleinreisenden Männern und Frauen aus dem Westen.

Ich war das einzige Anhängsel, beziehungsweise von den Eltern mitgeschleppte Kind –, auch wenn ich mich mit meinen vierzehn Jahren natürlich nicht mehr als Kind empfand. Nicht zum ersten Mal dankte ich Gott – oder wer auch immer dort oben, wenn überhaupt, die Fäden in der Hand hielt – für meine Geige, die mir in den nächsten zwei Wochen wunderbar Gesellschaft leisten würde. Die Gespräche drehten sich ausschließlich um Meditation und hinduistische Philosophie, wofür ich mich nicht interessierte, und da es absolut keinen Zweck hatte, an Dean zu denken, dachte ich stattdessen über Musik und die in knapp fünf Wochen anstehende Aufführung nach.

Nach dem Essen machte ich einen kurzen Spaziergang über das Gelände zu den breiten Betonstufen, die in den Fluss führten. Im Wasser war ein Bereich durch eine stabile Metallbarriere abgetrennt, vermutlich um zu verhindern, dass man in die Flussmitte davontrieb. Ich setzte mich auf die Treppe und tauchte die Zehen in das kühle Wasser.

Ich lauschte dem Fluss. Seine Stimme war gedämpft und ich musste mein Gehör auf eine andere, feinere Wellenlänge einstellen, um sie zu hören, doch sie war da, ein ununterbrochenes, unbeirrtes Flüstern, das einen gleichmäßigen kühlen Strom durch meine Seele schickte, faszinierend und beruhigend zugleich. Als ich schließlich aufstand, um zurück in mein Zimmer zu gehen, fühlte ich mich erfrischt und belebt. Mir kam der Gedanke, die gewonnene Energie zu nutzen und für zwei, drei Stunden zu üben, aber zu meiner Überraschung lehnte sich eine innere Stimme mit einem energischen NEIN dagegen auf – dabei hatte ich gedacht, die Tage, an denen ich zu faul und träge zum Üben war, gehörten schon lange der Vergangenheit an!

Eine ganze Weile lang wägte ich die beiden Alternativen – spielen oder nicht spielen – gegeneinander ab, bis ich mich endlich dagegen entschied. Es war schon zu spät, und ich erinnerte mich an Jacks Bemerkung darüber, die anderen Gäste nicht zu stören. Also ging ich in mein Zimmer, machte mich fertig, schaltete den Deckenventilator an und legte mich ins Bett. Keine Minute, nachdem ich den Kopf auf das Kissen gelegt hatte, war ich eingeschlafen.

* * *

Als ich aufwachte, war es noch dunkel und ich weinte. Tiefe Schluchzer, die mich so sehr schüttelten, dass ich mich aufsetzen musste. Ich nahm einen tiefen Atemzug und hörte auf zu weinen, aber mein Herz raste noch immer und ich war ganz außer Atem. Ich schaltete die Nachttischlampe ein, öffnete die Wasserflasche und trank. Nun war ich hellwach, es war eine große gähnende Wachheit, die meinen ganzen Körper, mein ganzes Wesen zu beherrschen schien. Ich stand auf, tapste zur Tür und trat hinaus auf die Veranda. Die einzige Lichtquelle waren die Sterne hoch oben am Himmel, sie schienen im Rhythmus zu ungehörter Musik zu funkeln, zu etwas Stillem, weit Entferntem und doch Nahem, so nah, dass es mir durch jede Zelle pulsierte. Ich blickte in den samtschwarzen Himmel empor: so weit, so endlos, so still. Langsam, aber stetig beruhigte sich mein Herz und übernahm wieder seine gewohnte Aufgabe im Hintergrund, ungehört und undramatisch. Doch geistig war ich weiterhin hellwach. Und dann, mit einem Mal, sah ich es. Ich sah es so deutlich wie in einem lebhaften Traum. Wie ein Film zog mein ganzes Leben an meinem inneren Auge vorbei, vom idyllischen Dorfleben über das zerlumpte Mädchen auf den Straßen von Bombay, die beiden grausamen tödlichen Unfälle, Entsetzen und Verzweiflung, viele Tränen bis hin zum genauen Gegenteil: Anerkennung, Bewunderung und tosender Beifall. Ich, wie ich im Rampenlicht vor begeistertem Publikum auf der Bühne stehe und mich ein ums andere Mal verbeuge. Zufriedenheit und Erfüllung. Ich mit meiner Geige, das Wunderkind, das Genie, der Star.

In dem Moment schoss ein strahlendes Licht über das Himmelszelt: eine Sternschnuppe – ein Meteor – ich. Und in ebenjenem Moment zerbrach das Selbstbild der glorreichen Starviolinistin mit der Geige in der Hand. Sie war ein Nichts. Sie existierte überhaupt nicht. Sie war nichts weiter als die Kehrseite des kleinen Bettelmädchens, aus Bedürftigkeit geboren, aus Niedrigkeit erschaffen. Unecht. Ich sah zu, wie sie vor meinen Augen zerbrach – und stand wieder ganz am Anfang: ein kleines, verlorenes Mädchen, mutterlos, heimatlos, leer.

All dies ging mir so deutlich durch den Kopf wie eine Vision. Es erschütterte mich bis ins Mark, so heftig, dass ich anfing zu zittern. Ich ging wieder hinein, legte mich ins Bett, zog mir die Decke über den Kopf und versuchte, das Ganze zu vergessen, ohne Erfolg. Irgendwann sank ich in unruhigen Schlaf.

* * *

Am nächsten Tag ging alles schief. Es war, als wären meine Finger aus Lehm. Um die Vision abzuschütteln, schnappte ich mir direkt nach dem Frühstück die Geige, um zu üben, doch die Töne, die das Instrument hervorbrachte, klangen schlimmer als die dilettantischen Bemühungen eines überambitionierten Kandidaten für ein *Rosewood-Hall*-Stipendium.

Doch nicht nur das, ich fühlte mich auch innerlich gelähmt. Die Musik in mir war gestorben. Ich durchkämmte innerlich jede Ecke danach, fand jedoch nur Stille.

Diese Stille machte mir Angst.

Ich kämpfte dagegen an. Und sie besiegte mich. Wutentbrannt, schreiend und um mich tretend, lehnte ich mich gegen sie auf. Was, wenn sie anhielt? Was, wenn meine Begabung, meine Musik sich in Luft aufgelöst hatte, so unerklärlich, wie sie aufgetaucht war, als wäre ich überhaupt nie zu einem besonderen und außergewöhnlichen Talent bestimmt gewesen, als wäre ich nicht eine der Auserwählten?

Den ganzen Tag kämpfte ich dagegen an, doch es war zwecklos. Es war, als hätte jemand flüssigen Zement in meine Seele gegossen, wo er erstarrt war und die Musik zerstört hatte, die zugleich Nahrung und Frucht meines Geistes war. Die Vision letzte Nacht hatte mich vergiftet – vielleicht für immer.

Ich versuchte, mir ein Leben ohne Musik vorzustellen. Es war unmöglich. Ich wäre ein Nichts, ein Niemand! Ich erinnerte mich noch an mein Dasein ohne die Musik, diese ergebnislosen Tage, in denen ich schwermütig dahinvegetiert oder mir Märchenträume mit Dean ausgemalt hatte!

Ich hatte für die Musik alles gegeben. Wenn mir das nun genommen war ... Ich versuchte es immer und immer wieder. Ich legte das Instrument ans Kinn, hielt den Bogen an die Saiten und wartete.

Normalerweise musste ich mich nur an den Klang der Musik erinnern, die ich spielen wollte, sie mir ins Gedächtnis rufen, mir die ersten zwei Takte innerlich vorsummen, und dann ging es los: Mein Körper wurde mit der Musik lebendig, Bogen und Geige bewegten sich wie zusätzliche Körperteile. Nie brauchte es dafür eine bewusste Anstrengung, ich war eine Marionette – ich spielte nicht, sondern wurde von der

Musik gespielt. Aber heute war da nichts. Ich war am Boden zerstört.

* * *

»Was ist los, Jyothi?«

Ich sah zu Jack auf. Es war Mittagszeit und ich war dankbar für die Pause, denn so konnte ich den Kampf eine Weile einstellen, meine Kräfte sammeln und es später noch mal probieren.

Ich lächelte Jack zu. »Nichts, warum?«

»Du siehst etwas niedergeschlagen aus. Was hast du heute Morgen so gemacht?«

Er und Rachel waren nach dem Frühstück natürlich zu ihrem zweiten Yoga- und Meditationskurs des Tages gegangen. Von meinen kläglichen Versuchen hatten sie nichts mitbekommen – zumindest diese Schmach war mir erspart geblieben.

»Ach, ich habe geübt. Wie war euer Unterricht?«

Es gab keine bessere Ablenkung als eine Gegenfrage. Denn wenn Jack zu sehr nachbohrte ... aber er hatte den Köder geschluckt. Er stöhnte und zog ein langes Gesicht.

»Ich dachte immer, ich wäre so gut in Form, jetzt merke ich erst, wie eingerostet ich bin. Ich bin überhaupt nicht mit dem Kopf an die Knie gekommen. Rachel ist viel besser als ich. Sie hat sogar einen Kopfstand geschafft.«

Rachel, die sich gerade mit ihrer Tischnachbarin Nicola unterhalten hatte, hörte ihren Namen und strahlte mich an. Genau wie Jack nie eine Gelegenheit ausließ, ihren Namen in die Unterhaltung einfließen zu lassen, verpasste sie nie die Gelegenheit, sich einzubringen, ohne lange zu zögern.

»Oh Jyothi, du solltest wirklich einmal mitkommen. Wenigstens zu den Vormittagskursen! Du bist so jung und gelenkig, bestimmt könntest du uns alten Knackern etwas vorturnen! Also, beim Kopfstand muss ich irgendwas falsch gemacht haben. Vielleicht was gezerrt oder so. So viel zum perfekten Kopfstand!« Sie rieb sich den Nacken.

»Jyothi ist ein Naturtalent«, warf Jack ein. »Sie konnte schon mit fünf Jahren einen Kopfstand machen.«

»Ich habe Tiger Balm da«, sagte Nicola, »damit kannst du dir den Nacken einreiben.«

»In Rishikesh gibt es auch einen sehr guten Ayurveda-Arzt«, meinte Stephen, der zu Rachels anderer Seite saß. »Ich hatte fürchterlichen Durchfall – über Wochen – und mit seiner Hilfe war ich einen Tag später geheilt.«

Stephen, ein alter Hase, ging dann dazu über, Rachels Kopfstandtechnik zu kommentieren: »... aufpassen, wenn du auf den Boden zurückkommst«, hörte ich ihn sagen. »Du warst viel zu schnell, zu abrupt. Du musst es langsam angehen lassen. Und danach nie direkt aufstehen. Man muss das Blut erstmal wieder aus dem Kopf fließen lassen. Alles muss im Fluss sein. Keine plötzlichen Bewegungen.«

»... jeden Tag ein kleines Stückchen weiter«, sagte Nicola an Jack gewandt. »Beug dich so weit vor, bis du deine Grenze erreichst, und dann entspann die Muskeln. Du musst sie gedanklich isolieren und dann ganz bewusst entspannen. Jeden Tag ein bisschen weiter. Und achte auf deine Atmung. Ich verspreche dir, am Ende deiner Zeit hier kommst du mit dem Kopf an die Knie! Alles eine Frage der ...«

»... inneren Harmonie«, sagte Stephen.

»Rajdhani Express ...«

»Bringt unsere verborgenen Talente zum Vorschein ...«

»... Business Class. Meine Beine sind einfach zu lang! Oder die Sitze zu klein!«

Wie Schmetterlinge flatterten mir die Gesprächsfetzen um die Ohren. Nur ich saß still und stumm da und führte mechanisch die Gabel an den Mund, ohne auch nur ein Wort beitragen zu können. Mir fiel auf, dass alle aus dem Westen so redeten, als seien sie Indien-Experten, während die beiden

Inder, die sich vermutlich am besten auskannten, schweigend aßen. Verstohlen sah ich zu ihnen hinüber. Sie schienen mir erstaunlich ähnlich auszusehen. Vielleicht waren sie Brüder, oder es lag daran, dass sie beide zwar nicht identisch, aber doch westlich gekleidet waren, im Gegensatz zu den Ausländern, die sich alle an der Kleidung der Einheimischen orientierten: Die Männer trugen weiße, um die Hüfte gebundene Dhotis oder weiße Bundzughosen aus Baumwolle mit weißen Kurtas. Die Frauen, darunter auch Rachel und ich, trugen allesamt Salwar Kamiz.

Mitten aus der flatternden Menge flogen mir zwei Worte zu und verharrten bei mir.

»… hervorragende Violinistin …«

Ich sah auf. Jack lächelte mir liebevoll zu. Nicola, die mich bisher praktisch ignoriert hatte, musterte mich nun interessiert. Auch die anderen schienen den kleinen Wirbel an Aufmerksamkeit um mich her bemerkt zu haben, hörten nach und nach auf zu reden und spitzten die Ohren.

»Sie hat in England den ersten Preis für ihre Altersgruppe gewonnen«, sagte Jack.

»Oh ja, sie ist wirklich talentiert!« Das war natürlich Rachel.

Unwillkürlich ließ ich die Schultern hängen und hielt den Blick starr auf meinen Teller und mein Besteck gerichtet, mit dem ich lustlos mein Essen hin und her schob. Ich sperrte das Gerede aus, und schon fingen die Schmetterlinge wieder an zu flattern.

»Wunderkind.«

»… kann keine Noten lesen …«

»… Standing Ovations!«

Am liebsten wäre ich zu einer Pfütze dahingeschmolzen, um durch den Boden zu sickern und so spurlos zu verschwinden wie meine Musik an jenem Morgen.

»Aber das ist ja wunderbar!«

»Sie muss ...«

»Ja, heute Abend!«

»... für uns alle spielen!«

»Spielst du ein Instrument?«

»Ich bin ehrlich gesagt ziemlich unmusikalisch, aber ...«

»Tschaikowski ...«

»Oh, ich *liebe* sein Violinkonzert.«

»Sie kann alles spielen. Wirklich alles! Sie muss nur ...«

»Unglaublich!«

»Heute Abend.«

»Ja, unbedingt heute Abend, denn wir reisen ...«

Und so wurde alles arrangiert, über meinen Kopf hinweg und förmlich hinter meinem Rücken. Ich sollte am Abend eine spontane Aufführung geben. Und ich war die einzige, die wusste, dass ich es nicht konnte, dass ich den Zauber verloren hatte. Meiner eigenen Selbstachtung zuliebe wollte ich es gern so lange wie möglich dabei belassen. Ich konnte es nicht riskieren, aufzufliegen – aber genauso wenig konnte ich ablehnen.

Oh bitte, bitte, wandte ich mich an jenen Gott, der mir die Musik geschenkt hatte und Herr über die Saiten war, *bitte lass sie wiederkommen! Gib mir meine Musik zurück!*

Ich spürte einen Blick auf mir und wandte mich nach rechts um. Einer der Inder sah mich interessiert an. Nicht mit dem ehrfürchtigen Interesse der anderen, sondern eher, als könnte er allein meine tiefe Verlegenheit erkennen, und als wäre er daran, und nicht am Gerede von meinem Talent interessiert. Unsere Blicke trafen sich. Er lächelte. Ich lächelte zurück.

Dann murmelte ich eine Entschuldigung, rückte mit dem Stuhl zurück, nahm meinen dreckigen Teller, um ihn in die Küche zu bringen, und verließ den Raum.

Vielleicht stimmt es gar nicht. Vielleicht war es nur heute Morgen. Ich gehe jetzt in mein Zimmer, ruhe mich aus und heute Nachmittag ist alles wieder gut.

Ich werde heute Abend vorspielen. Es muss sein, ich muss

wissen, dass ich meine Gabe nicht verloren habe! Ich muss es schaffen! Es ist nur ein vorübergehendes Problem. Ich werde schon darüber hinwegkommen, der Zauber ist immer noch da. Ich muss mir nur fest genug wünschen, dass er zurückkommt.

Doch tief in meinem Innern war ich nicht mehr so sicher. Der Verfall hatte schon eingesetzt.

* * *

Es war, wie ich befürchtet hatte. Als ich den Bogen in die Hand nahm und über die Saiten hielt, schien etwas in mir zu erstarren. Die Musik war verschwunden, und ich konnte sie nicht herbeirufen. Wo war sie? Erschreckend plötzlich kam mir die Vision der vorigen Nacht wieder in die Sinne. Sie war wahr! Ich war eine Hochstaplerin, ich konnte es nicht!

Wie versteinert stand ich mit unters Kinn geklemmter Geige da und konnte nicht eine Note spielen. Keine einzige. Statt herrlich golden dahinplätschernder Musik: bloße Leere.

Wir waren auf der Veranda des Hauptgebäudes versammelt, mein Publikum saß gespannt im Schneidersitz vor mir auf dem Boden und wartete. Als nichts geschah, konnte ich die Ungeduld spüren: die leisen Bewegungen, ein verlegenes Hüsteln, verstohlen beunruhigte Blicke. All das nahm ich aus dem Augenwinkel wahr, konnte aber nichts weiter tun, als einen Punkt auf dem gefliesten Boden zu fixieren, einen winzigen Fleck, das Einzige, woran ich mich in diesem Moment schierer Panik noch festhalten konnte.

»Jyothi?«

Die Stimme brach durch meine getrübte Wahrnehmung hindurch. Ich sah auf und erblickte Jack, der mich beunruhigt ansah.

»Ja?« Meine Stimme war leise und kaum wiedererkennbar.

»Stimmt etwas nicht, Süße?«

»Ich ... ich ... ich fühle mich nicht so gut. Ich lege mich vielleicht besser hin.«

Ich ließ den Bogen sinken, nahm vorsichtig die Geige vom Kinn und hielt sie unschlüssig in der Hand. Was sollte ich mit dem nutzlosen Ding? Jack sprang auf und nahm sie mir ab, übergab sie Rachel, die ebenfalls Anstalten machte, aufzustehen, und legte mir einen Arm um die Schulter, um mich zu stützen.

»Ist schon okay, Süße, komm mit. Ich bringe dich zurück.«

Er warf einen Blick in Richtung des immer noch dasitzenden Publikums, ich sah sein entschuldigendes Lächeln und erschauderte beim Gedanken an die Schande, die ich ihm und Rachel gebracht hatte.

»Tut mir leid!«, hörte ich ihn sagen. »Vielleicht ein andermal.« Doch ich wusste, dass es kein andermal geben würde.

KAPITEL 33

In jener Nacht konnte ich kaum schlafen und wurde am nächsten Morgen schon früh wach. Es war noch dunkel, aber durch das geöffnete Fenster konnte ich Geräusche hören, die darauf hindeuteten, dass sich die Menschen auf einen neuen Tag vorbereiteten. In der Ferne hörte ich den Klang der Tempelglocken. Irgendjemand lief an meinem Zimmer vorbei und machte sich durch das knarzende Geräusch eines schwingenden Eimers bemerkbar: ein angenehmes und unglaublich beruhigendes Geräusch, das eine undefinierbare Erinnerung in mir weckte. Ein Dorfgeräusch.

Ich setzte mich auf und streckte mich. Trotz des geöffneten Fensters war es heiß und stickig, also stand ich auf, um den Deckenventilator anzustellen und ein Glas Wasser aus der Flasche auf meinem Tisch zu trinken. Ich ging hinaus auf die Veranda. Dort war die Luft kühl und wie erfüllt vom Dunst des Ganges. Ich atmete tief durch, rieb mir die Oberarme und streckte mich noch mal. Irgendwie fühlte ich mich regeneriert, als hätte die Nacht die Demütigung des vorigen Abends aufgelöst und ein neues Wesen aus mir gemacht.

Aber dennoch: Meine Musik war dahin. Ich hatte keine

Ahnung, was ich ohne sie tun sollte, aber zugleich war es mir aus irgendeinem Grund egal. Ich fühlte mich frei, wie das junge Mädchen, das ich war, aber ohne die Bürde des Ruhms und einer goldenen Zukunft, als hätte das gestrige Scheitern mir die Kraft der Gegenwart zurückgegeben, die Magie des Augenblicks.

Ich zog einen Salwar Kamiz über und schlüpfte aus dem Zimmer. Es war immer noch ziemlich dunkel, aber der zart gerötete Himmel versprach den baldigen Tagesanbruch und tauchte die umliegenden Gebäude und Bäume in gräuliches, schwaches Licht. Ich schlug die Richtung zum Ghat ein, den breiten Betonstufen, die hinunter zum Fluss führten. Als ich näherkam, erkannte ich, dass ich trotz der frühen Stunde nicht die Erste war. Mehrere Inderinnen und Inder badeten dort. Manche waren bis auf die untersten Stufen hinabgestiegen, ein Mann war ganz untergetaucht. Mit angehaltenem Atem beobachtete ich ihn und sah erleichtert zu, wie er ganz langsam wieder aus den Tiefen emporstieg. Eine matronenhafte Frau, deren triefnasser Sari an ihr klebte wie eine zweite Haut, goss sich langsam Wasser aus einem Metallbecher über den Kopf, während sie mit geschlossenen Augen ein Gebet murmelte. Ein jüngerer Mann war anscheinend dabei, eine Reihe Plastikflaschen mit dem heiligen Wasser zu füllen, und ein Mädchen tauchte einen Eimer hinein, vielleicht dieselbe Person, die vorhin an meinem Zimmer vorbeigelaufen war. Ich nahm auf einer der oberen Stufen Platz und stellte die nackten Füße ins Wasser, das mir um den Hosensaum schwappte und vom dünnen Baumwollstoff bis zu den Knien hochgezogen wurde. Es war kühl und herrlich erfrischend. Hatte der Ganges wirklich göttliche Kräfte? Ich wusste es nicht, aber in diesem Moment konnte ich es mir vorstellen.

Bei all der Stille ringsumher klang das Plätschern des Wassers wie Musik – ein sanftes, beruhigendes Planschen, wann immer jemand aus dem Fluss stieg oder untertauchte,

Behälter gefüllt oder Hände ins kühle Nass getaucht wurden, um dann das Gesicht zu benetzen. Eine ganze Weile beobachtete ich die Gebetswaschungen, sie vermittelten mir ein Gefühl von tiefem Frieden und Zugehörigkeit – als wäre ich Teil eines uralten Rhythmus, der im Höllenlärm der Welt einen ungesehenen und unbemerkten Unterton anschlägt. Mein Leben in England kam mir weit weg vor, es war, als hätte es nie existiert. Meine Musikkarriere lag in Trümmern, doch was mir gestern noch als Riesenkatastrophe erschienen war, war eigentlich nur ein kleiner Rückschlag, der mich gar nichts anging. Es war ein Gefühl der Wiedervereinigung, eine Neuausrichtung an etwas, das immer da war und schon immer da gewesen war, ein stiller Fluss, der stetig durch den Hintergrund meines Lebens floss. Bei allen Turbulenzen war da immer diese stille Strömung gewesen, wie ein silberner Faden ohne Anfang und ohne Ende, eine Lebensader, die immer ein Teil von mir, aber in den Tiefen meiner Seele verborgen gewesen war, übersehen und überhört im Getümmel des Alltags, und die nun, da sich die äußeren Schichten meines Selbst ablösten, wieder zum Vorschein kam und sich als meine tragende Säule herausstellte, als meine Heimat.

Ich bemerkte, dass sich jemand zu mir gesetzt hatte. Ich wandte mich um und erkannte den Inder, der gestern Abend mit uns am Tisch gesessen hatte. Ich erkannte ihn außerdem als einen der Männer, die gerade nach der Waschung aus dem Wasser gekommen waren. Er war nicht mehr nass – ich hatte es nicht mitbekommen, aber er musste die Stufen an mir vorbeigelaufen sein, sich abgetrocknet und umgezogen haben und dann zurückgekommen sein, um sich zu mir zu setzen. Ich lächelte, und er lächelte zurück. Von den gemurmelten Gebeten einmal abgesehen hatte bisher keiner der Badenden ein Wort gesagt, und ich war davon ausgegangen, dass zu dieser Zeit Schweigen geboten war, aber mein Gefährte sagte: »Guten Morgen.«

Ich erwiderte seinen Gruß. Unsere Worte waren kaum

mehr als ein Flüstern und schienen doch fehl am Platz, wie das laute Klingen einer Zimbel während eines Moments der Andacht. Er musste es ebenfalls bemerkt haben, denn er sprach nicht weiter.

Fünf Minuten lang saßen wir schweigend da. Die Dämmerung stand nun kurz bevor und ich spürte eher, als dass ich hörte, wie er aufstand. Als ich mich zu ihm umdrehte, bedeutete er mir, ihm zu folgen, und wir verließen den Ghat.

Als wir ein paar Schritte entfernt waren, sprach er wieder. »Möchtest du mitkommen und etwas Musik hören?«

»Musik? Jetzt?« Ich war etwas überrascht, eine solche Frage hatte ich nicht erwartet. Aber im Grunde hatte ich überhaupt keine Frage erwartet. Mein Geist schien völlig frei von Erwartungen jedweder Art. Er hätte auch fragen können: »Möchtest du mitkommen und den Mount Everest besteigen?«, meine Reaktion wäre dieselbe gewesen. Zeit und Ort schienen an einem Punkt aufeinanderzutreffen, an dem alles möglich war, jedenfalls war ich in einem geistigen Zustand, in dem die Zukunft von der Gegenwart und Vergangenheit losgelöst und im Begriff zu sein schien, eine neue, unerwartete Wendung zu nehmen. Und ich war bereit. Bevor er meine Frage beantworten konnte, beantwortete ich sie selbst mit einem eiligen: »Ja. Wo?«

Ich war in der Stimmung für Musik. Der silbrige Strom des Flusses hatte meinen Geist wieder empfänglich gemacht, als hätte die Strömung das Sediment aus Sorgen und Jahren der Trauer davongetragen und mich zu einem offenen Gefäß gemacht. Er sagte nichts weiter, sondern lächelte mir nur zu, bedeutete mir, ihm zu folgen und beschleunigte seinen Schritt.

Ich lief ihm hinterher. Wir verließen das Gelände des Aschrams und folgten einem schmalen Pfad durch einen lichten Wald. Eine kleine Herde magerer Ziegen, die von einem vielleicht zehnjährigen Jungen angetrieben wurde, kam auf uns zu, teilte sich und strömte um uns herum; selbst die

Kakophonie ihres elenden Gemeckers konnte die friedliche Atmosphäre der morgendlichen Dorfidylle nicht erschüttern, sondern ergänzte sie eher noch. Die Ziegen strichen an uns vorbei und schon war ich wieder mit meinem Gefährten allein. Mir kam der Gedanke: *Was um Himmels willen tust du hier? Folgst einem fremden Mann, mit dem du kaum ein Wort gewechselt hast, einfach so in einen einsamen Wald?* Doch die bloße Vorstellung, er könnte irgendwelche bösen Absichten hegen, wurde sofort verdrängt durch eine unglaubliche Ruhe und das Gefühl, dass es einfach *richtig* war, als wäre ich ganz eins mit mir, und was auch immer nun geschah, wäre Teil dieser Einigkeit, sodass mir gar nichts Schlimmes passieren konnte.

Als hätte er meine Gedanken gelesen, wandte er sich zu mir um und lächelte. »Ich habe ganz vergessen, mich vorzustellen«, sagte er. »Ich heiße Rabin.«

»Und ich Jyothi«, gab ich zurück.

Wir liefen vielleicht zehn Minuten lang schweigend nebeneinander her – die Stille war das natürliche und reinste Medium der Kommunikation. Das Geflatter und fröhliche Gezwitscher unsichtbarer Vögel in den Bäumen über uns und das gräuliche Licht, das durch das filigrane Blätterdach sickerte, kündigten den nun schnell hereinbrechenden Morgen an. Das Sonnenlicht würde uns zwar vermutlich erst spät erreichen, da die Berge zu beiden Seiten des Tals den Sonnenaufgang einige Zeit verbergen würden, aber das Dämmerlicht um uns her war erfüllt vom Wunder eines neuen Tags. Die Luft war kühl und ich zog mir den Schal meines Salwar Kamiz enger um die Schultern.

Mit schnellem Schritt erreichten wir bald ein ebenerdiges Häuschen, das etwas abseits zwischen den Bäumen lag und von einem behelfsmäßigen Zaun umgeben war, der aus zwischen Drahtreihen geklemmten dornigen Zweigen bestand. Das Haus war strohgedeckt, die Vordertür hellgrün gestrichen und über eine breite, niedrige Veranda zu erreichen. Rabin hielt mir ein Gatter im Zaun auf, das er hinter mir wieder schloss.

Ich wartete auf ihn, und zusammen überquerten wir den kurzen Weg – nichts weiter als ein gut ausgetretener Pfad auf einem sandigen Fleckchen Erde vor dem Haus –, betraten die Veranda und standen an der Tür. Rabin klopfte einmal an und ging, ohne eine Antwort abzuwarten, direkt hinein. Im Haus war es dunkler als draußen. Es dauerte eine Weile, bis sich meine Augen an das Dämmerlicht gewöhnt hatten, und da mein Blick sofort von einer flackernden Kerze weiter hinten im Raum angezogen wurde, bemerkte ich die dunkle Gestalt nicht, die in einer Ecke im Schatten saß. Erst als sie sprach, fuhr ich herum und erblickte den Mann mit einer Sitar. Er saß mit überkreuzten Beinen da, still wie eine Statue, und sagte nur ein Wort:

»Rabin!« Es war eine Aussage, keine Frage.

»Ja«, sagte mein Begleiter auf Englisch und setzte einige Wörter auf Hindi nach, die er dann auf Englisch wiederholte. »Ich habe eine Freundin mitgebracht. Sie spricht Englisch.«

Nun war es an mir, zu sprechen, und die Worte gingen mir unaufgefordert über die Lippen.

»Ich spreche auch Hindi«, sagte ich in ihrer Sprache. Die Männer lächelten.

»Ah, jetzt kann ich sie sehen. Eine junge Dame. Sie soll ruhig näherkommen, setz dich, setz dich, meine Liebe. Rabins Freunde sind auch meine Freunde. Magst du Musik? Bist du zum Zuhören gekommen?«

Ich wollte etwas sagen, brachte aber nichts heraus. Ich nickte. Meine scheinbare Unhöflichkeit schien ihn nicht zu stören, aber wahrscheinlich fand er mich gar nicht unhöflich. Ich hatte mittlerweile verstanden, dass es in Indien anders als im Westen kein sozialer Fauxpas ist, zu schweigen, und dass die Stille weder dieselbe schwere Befangenheit mit sich bringt, noch den erdrückenden Zwang, sie um jeden Preis zu brechen.

Tatsächlich wäre es mir in diesem Moment unangemessen, wenn nicht gar unhöflich erschienen, einfach drauflos zu plaudern, mit meinen rasenden Gedanken fühlte ich mich ohnehin schon plump und unbeholfen wie ein Elefant im Porzellanladen. Die besinnliche Stimmung, die mich seit dem Aufwachen begleitet hatte, war im selben Moment verflogen, als ich durch die Tür getreten war, als hätte ein unsichtbarer Godzilla meinen Verstand gepackt und ordentlich geschüttelt, sodass dessen Inhalt wie Tausende Ameisen in ebenso viele Richtungen davonstob.

Ich konnte den Mann nicht gut erkennen. Im flackernden Licht der Kerze konnte ich kaum mehr als seinen Umriss ausmachen, aber ich sah, dass er ein weißes Tuch um die Hüften und ein weiteres um die Schultern trug, und ich erkannte einen langen dünnen Bart. Seine Haut war dunkel, aber ich sah das Weiß seiner Augen in der Dunkelheit strahlen und wusste, dass er mich ansah. Der Gedanke ließ mich erschaudern, mir war, als könnte er mich völlig durchschauen, jeden Gedanken sehen, den ich je gedacht hatte, jede Gefühlsnuance, die ich je erlebt hatte. Ein Teil von mir wollte wegrennen, aber der andere wollte ... genau das Gegenteil: die Büchse der Pandora meiner Seele öffnen und ihm alles offenbaren, als könnte ich so endlich auf eine Weise Ruhe, Trost und Heimat finden, wie es mir, seit ich denken konnte, verwehrt geblieben war. Ich spürte, wie mir die Tränen in die Augen stiegen.

Das Räucherstäbchen, das im Raum abbrannte, verströmte seinen Duft bis in die letzten Winkel, und mit jedem Einatmen wurde sein Zauber zu einem Teil von mir, bis auch ich das Gefühl hatte, mich in Luft auflösen zu können, ätherisch und endlich frei. Ich nahm wahr, wenn auch nur vage, dass mein neuer Freund, der Mann namens Rabin, neben mir Platz genommen hatte – meine gesamte Aufmerksamkeit war von der stillen, dunklen Gestalt gefesselt, die mir gegenüber im Schatten saß.

Ich weiß nicht, wie lange wir so dasaßen, Rabin und ich im Schneidersitz auf der Strohmatte in der Mitte des Raums, der andere Mann reglos in der Ecke, undeutlich in Gestalt, aber so greifbar im Geiste. Mal hielt ich die Augen geschlossen, dann wieder schlug ich sie unwillkürlich auf, um mich umzuschauen, und schloss sie wieder.

Ich spürte, wie mir die Tränen über die Wangen liefen. Ich gab mir keine Mühe, sie wegzuwischen, sie schienen irgendwie ihre Berechtigung zu haben und das ganze Gefühlschaos mit sich davonzutragen, das beim Betreten dieses Raums in mir aufgestiegen war und sich nun ebenso plötzlich wieder auflöste. Alles war genau *richtig*. Ich war im Reinen mit der Welt, ich war vollkommen, und brauchte nichts weiter als in der Gegenwart zu sein.

Irgendwann musste der Mann im Schatten – ich kannte immer noch nicht seinen Namen, aber Namen waren nun auch überflüssig – die Sitar genommen und sich über die Beine gelegt haben, denn ich hörte einen ersten zaghaften Ton, nur eine einzige gezupfte Saite, die jedoch eine Ewigkeit nachhallte. Mir standen die Haare zu Berge, es war, als wäre jede Zelle meines Körpers vom Echo dieses einen Klangs erfüllt, der so vollkommen war, dass er nur dem Himmel entsprungen sein konnte.

Dann begann er zu spielen.

Mein Körper existierte nicht mehr, nicht als physische Masse. Er war geschaffen aus Klang, einem herrlichen Fluss, der die Grenzen zwischen Körper, Geist und Seele auflöste. Das war ich – alles, was ich war, was ich jemals sein würde und was ich jemals sein wollte. Das Leben bestand nur noch aus diesem wunderbaren Klang, und nun, da er mich gefunden hatte, konnte ich ihn nie mehr gehen lassen. Seine erhabene Schönheit war die Krönung einer jeden Sehnsucht, die mich je ergriffen und an mir genagt hatte und deren Erfüllung mir immer verwehrt geblieben war.

Die Musik plätscherte dahin. Hin und wieder schlug ich die Augen auf, um den Musiker anzusehen, und beobachtete, wie seine langen, anmutigen Finger wie von einem göttlichen Puppenspieler geführt über die Saiten des Instruments glitten. Wie lange spielte er? Ich kann es nicht sagen.

Ich weiß nur, dass es auf einmal vorbei war, mein Körper wieder aus Fleisch und Blut bestand und ich auf einer Strohmatte in einer dunklen kleinen Hütte saß.

Zehn Minuten lang saßen wir schweigend da, und während dieser Zeit machte ich mich mit mir selbst und all den Veränderungen, die sich an jenem überaus merkwürdigen Morgen in mir vollzogen hatten, neu vertraut. Bald machte sich jedoch ein quälender Hunger bemerkbar, der durch meine schiere Faszination in Schach gehalten worden war. Ich bewegte meine Beine und lehnte mich vor, um den leichten Krampf aus meiner linken Wade zu massieren. Als hätte er meine Gedanken gelesen, legte der Musiker sein Instrument beiseite und erhob sich. »Ich glaube, ihr habt noch nicht gefrühstückt. Kann ich euch etwas Tee und Kekse anbieten?«

Rabin warf mir einen Blick zu, ich nickte und er bejahte für uns beide. Der Musiker verschwand in einen Nebenraum, in dem sich wohl die Küche befand, denn ich hörte das Kratzen eines Streichholzes und das Geplätscher von fließendem Wasser, dann das Klappern von Geschirr und das Klirren von Besteck. Rabin stand auf, ging zu ihm in die Küche, und kehrte ein paar Minuten später mit einem Tablett zurück, auf dem zwei Tassen mit Untertassen, eine Kanne Tee mit Milch und ein Teller *Milk Bikis* standen. Der Musiker kam nicht mehr wieder, allem Anschein nach hatte er das Haus verlassen. Rabin und ich nahmen das einfache Frühstück – das so köstlich war wie ein Festmahl –, schweigend zu uns. Die Musik hallte immer noch in mir nach und ich hatte kein Bedürfnis danach, zu sprechen. Als wir fertig waren, standen wir auf, um das Geschirr abzuwaschen und abzutrocknen.

Dann sagte Rabin zu mir: »Lass uns gehen.«

Auf dem Rückweg konnte ich kaum geradeaus laufen. Ich war wie berauscht: Meine Füße wollten lieber tanzen als laufen, als wäre die Freude, die mir über den ganzen Rücken rieselte, auf sie übergesprungen. Ich war so sehr davon erfüllt, dass sich ein breites Lächeln auf meinem Gesicht ausbreitete, und konnte mich gerade so davon abhalten, Rabin zu packen und mit ihm in einer wilden Polka den Waldweg entlangzutanzen. Irgendetwas verriet mir, dass Rabin nicht so der Polka-Typ war, aber am liebsten hätte ich ihm die Arme um den Hals geschlungen und ihn dafür umarmt, dass er mich an diesen magischen Ort, zu dieser magischen Person, dieser magischen Musik geführt hatte. Die Musik war vorbei, doch ihr Rausch hielt immer noch an und stieg wie ein Gefühl der Liebe in mir auf, immer weiter, bis ich die ganze Welt umarmen wollte. Diese Liebe hatte überhaupt nichts mit meiner Liebe zu Dean gemein, sie war runder und umfassender und freier und so voller Fröhlichkeit, dass ich hätte platzen können.

Der Pfad war zu schmal, um nebeneinander herzugehen. Diesmal ging ich voran, und ich fragte mich: Fiel ihm wohl auf, wie beschwingt mein Schritt war? Wie sich mein Körper im Versuch, nicht zu tanzen, hin- und herwiegte? Wenn ich die Arme ausbreitete, als wären sie Flügel – oh, wie ich mich danach sehnte zu fliegen –, hielt er mich dann für verrückt? Aber was spielte das schon für eine Rolle? Ich *war* verrückt, verrückt vor Freude! Und ich hatte allen Grund dazu. Ich hatte ES gefunden: dieses flüchtige Etwas, nach dem ich mein Leben lang gesucht hatte. Kein Wunder, dass meine Musik, so sehr sie anderen auch gefallen haben mochte, für mich selbst nie ganz erfüllend, nie ganz erfüllt gewesen war! Ich hatte ES noch nicht gekannt: das wesentliche Element, diese Freude, die zugleich Essenz und Zweck und Ursprung aller Musik war, und ohne die jedwede Musik nichts als eine Aneinanderreihung von Tönen war. Mein Leben lang hatte ich versucht, diese Freude in meiner Musik zu finden, stets ohne Erfolg. Und nun war sie in mir und ich wusste, dass ich es schaffen würde: aus dieser Freude heraus zu spielen, sie in meine Musik einfließen und durch meine Finger tanzen zu lassen.

Es gab nur einen Haken, eine Kleinigkeit angesichts der Größe meiner neuen Einsicht. Aber darum würde ich mich später kümmern müssen, vielleicht wenn ich wieder in England war.

Ich hatte das falsche Instrument gespielt. Ich wollte eine Sitar.

Fürs Erste verdrängte ich den Gedanken, denn ich ahnte, dass damit Ärger verbunden war, und wollte mir durch diesen Ärger nicht den Augenblick verderben lassen. Daher war es eine willkommene Ablenkung, als der Pfad wieder breiter wurde und Rabin seine Schritte beschleunigte, um neben mir zu laufen. Ich drehte mich zu ihm um und das Lächeln, das mein Gesicht erhellte, war das herzlichste, das ich je einem Menschen geschenkt hatte. Er erwiderte es, sagte aber nichts, und genau wie auf dem Hinweg liefen wir schweigend nebeneinander her.

Mittlerweile war der Tag angebrochen und die Sonne stand so hoch, dass sie ins Tal hineinschien. Die Strahlen, die schräg durch das Blätterdach über unseren Köpfen fielen, zeichneten filigrane Muster aus Licht und Schatten auf den sandigen Weg zu unseren Füßen, und winzige Tautropfen perlten von jedem Blatt und jedem Grashalm am Wegesrand. Es kam mir vor, als gingen wir durch ein Paradies. Dann kam mir eines unserer Schullieder in den Sinn, »Morgenlicht leuchtet«. Am liebsten hätte ich laut losgesungen, und ich konnte die freudigen Worte kaum zurückhalten:

Dank für die Lieder, Dank für den Morgen!
  Dank überschwänglich, Dank Gott am Morgen!
  Wiedererschaffen grüßt uns sein Licht.

Wenn ich nicht so schüchtern und wir nicht in Indien gewesen wären, wo sich so etwas nicht gehörte, hätte ich wohl Rabins Hand genommen.

Jedenfalls kam er mir überhaupt nicht wie ein Fremder vor. Es war, als hätte ich ihn schon mein Leben lang gekannt, als wäre seine Seele ein Zwilling meiner eigenen, obwohl wir kaum mehr als ein, zwei Sätze gewechselt hatten. Als ich ihn erneut ansah, kam er mir sogar äußerlich vertraut vor. Seine Erscheinung bestätigte mein Gefühl, dass alles gut und richtig war, denn seine Augen und sein Lächeln waren warm und herzlich wie die eines verloren geglaubten Bruders. Sein Alter war schwer zu erraten, aber ich schätzte ihn auf Anfang zwanzig. Sein dichtes schwarzes Haar war so lang, dass er es hinter die Ohren geklemmt trug. Er war mittelgroß und schlank, und sein lebhaft-beschwingter Schritt hatte etwas vielsagend Anmutiges – offensichtlich lag ihm die Musik im Blut, genau wie mir. Das hätte mir gleich auffallen sollen. Vielleicht hatte er es mir schon gestern beim Abendessen angesehen. Ich selbst war zu tief in Selbstmitleid versunken gewesen, als dass ich es ihm hätte anmerken können, aber schließlich war es bei dem Gespräch um meine Musik gegangen, möglicherweise hatte ihn das auf die richtige Spur gebracht. Vermutlich hatte er mich deshalb heute früh angesprochen. War er gestern Abend bei dem verpatzten Auftritt dabei gewesen? Hatte er meine Schande mitangesehen? Ich konnte mich nicht erinnern. Eine Sekunde lang schämte ich mich bei dem Gedanken, er könne Zeuge meines Versagens geworden sein, aber wirklich nur eine Sekunde, denn zwischen Freunden gibt es keine Scham. Ich wusste, dass es nun an mir war, zu sprechen.

»Vielen Dank, dass du mich mitgenommen hast!«, sagte ich, diesmal auf Englisch. »Es war – unglaublich. Aber das weißt du ja.«

»Ich war sicher, dass es dir gefallen würde«, meinte er.

»Swami ist ein sehr begabter Musiker. Es ist eine große Ehre, ihn spielen zu hören.«

»Kann ich noch mal mitkommen? Wenn du nächstes Mal zu ihm gehst?«

»Nun ja ... für mich gibt es kein nächstes Mal«, erklärte er. »Zumindest nicht diesmal. Ich reise heute Nachmittag wieder ab. Zurück nach Delhi – ich studiere dort Musik. Ich war für zwei Wochen hier in Rishikesh und heute ist mein letzter Tag.«

Ich konnte die Enttäuschung in meiner Stimme nicht verbergen. »Du reist ab? Aber ... oh, wie schade.«

»Aber du kannst ihn doch auch alleine besuchen. Warum nicht? Ich bin sicher, er hätte nichts dagegen. Er wird wissen, wie sehr dich die Musik berührt hat.«

»Aber das geht doch nicht! Ich will nicht einfach bei ihm reinplatzen und ihn stören ... Ich kann doch nicht ...«

»Das geht schon. Er wird garantiert nichts dagegen haben. Seine Tür ist immer geöffnet. Es gibt nicht viele, die von ihm wissen – andernfalls hätte er jeden Tag die Bude voll, da bin ich sicher. Er lebt gern zurückgezogen, aber er hat überhaupt nichts gegen Besucher, solange sie sich ruhig verhalten. Warum gehst du nicht einfach mal bei ihm vorbei? Heute Abend oder morgen, oder einfach wenn dir danach ist.«

»Ich würde mich wie ein Eindringling fühlen. Ich weiß ja noch nicht mal, wie er heißt!«

»Swami Satyananda. Und du bist kein Eindringling. Das kannst du mir glauben. Du könntest bestimmt eine Menge von ihm lernen.«

Ich nickte zustimmend. »Ich kann es gar nicht richtig in Worte fassen ... ich wusste nicht, dass Musik so sein kann. Du weißt ja, dass ich Geige spiele?«

Es war eher eine Aussage als eine Frage. Ich sah kurz in seine Richtung, um seine Reaktion abzuschätzen.

Er nickte. »Ja. Ich konnte der Versuchung nicht widerstehen, zu deiner kleinen Vorführung gestern zu kommen.«

»Oh! Ich ...«

»Schon okay, du musst dich nicht rechtfertigen! Du warst innerlich aufgewühlt und konntest nicht spielen. Die Atmosphäre war sowieso nicht gerade förderlich. Musik sollte nicht zur Schau gestellt werden wie eine Preiskuh.«

»Oh«, sagte ich wieder. Mehr fiel mir dazu nicht ein. Mein Leben lang hatte ich Musik zur Schau gestellt wie eine Preiskuh.

Nach einem Augenblick der Stille flüsterte ich: »Sondern?«

»Sondern was?«

»Wenn man Musik nicht zur Schau stellen soll, was dann? Sollte ein Musiker nur für sich spielen, wie Swami? Nie für ein Publikum?«

»Nein«, meinte Rabin. »Schöne Musik sollte geteilt werden. Sie ist reine Kommunikation, wie du heute Morgen bei Swami gemerkt hast. Der Fehler liegt darin, von der Musik zu nehmen, statt ihr zu geben.«

»Das verstehe ich nicht.«

»Es ist ganz einfach. Wenn man Musik dazu benutzt, sich aufzuwerten, wenn man sich durch sie definiert, wenn man sich von ihr ernährt wie ein Parasit und sie für den eigenen Ruhm benutzt: Das bedeutet, von ihr zu nehmen.«

Die erhabene Stimmung, die mir so viel Auftrieb verliehen hatte, schien auf einmal ein Loch zu haben, denn ich landete mit beiden Beinen auf dem Boden. Ich wollte gern mehr erfahren, aber ein vages Schuldgefühl hielt mich davon ab, zu fragen. Redete er von mir? Es fühlte sich jedenfalls danach an.

»Damit die Musik leben kann, muss der Musiker oder die Musikerin sich ihr völlig hingeben und mit ihr verschmelzen. Wenn man dagegen von der Musik nimmt, versucht man, durch sie zu Größe zu gelangen. Man benutzt sie, um das eigene Ego aufzubauen, um den Applaus der ganzen Welt zu gewinnen. Nicht die Musik, sondern *man selber* steht im Fokus seiner Darbietung. Und im Ergebnis ist die Musik tot.«

»Aber wie kann man ... Ich weiß nicht, wie!«

Wir hatten die Pforten des Anwesens erreicht und traten ein. Langsam, tief ins Gespräch vertieft, folgten wir dem Pfad zu meiner Unterkunft.

»Der wahre Musiker ist bescheiden«, sagte Rabin. »Sein Ego hat sich in der Musik aufgelöst. Seine Lebenskraft steckt in der Musik, und erst dadurch wird sie lebendig. Du wirst feststellen, dass in Indien früher die meisten großen Künstler anonym waren – und so sollte es auch sein. Je weniger es um den Künstler geht, desto größer ist die Kunst.«

»Oh!« Dieses dritte Mal war es ein Ausruf des Schocks, denn was er da sagte, war revolutionär: Es wälzte all die Ansichten um, die Mum sowie sämtliche Zuhörer meiner Laufbahn mir in den Kopf gesetzt hatten. »Aber dann ...«

»Du befürchtest, dass du ein Niemand wirst, wenn du dich auflöst, aber nein. Du wirst kein Niemand sein, sondern erfüllt von der unbeschreiblichen Herrlichkeit deiner Musik. So wie du in ihr lebst, wird auch sie in dir leben. Du wirst zu wahrer Schönheit finden, zu dir, so wie du wirklich bist – genau wie Swami. Das ist es, was Swami mich gelehrt hat und wonach ich selbst zu leben versuche.«

Wir hatten die Stufen zu unserer Veranda erreicht. Rabin blieb stehen und sah mich an. In seinen dunklen Augen strahlte ein inneres Feuer, sein Ausdruck war ernst und all die Freude jenes Morgens verflogen.

»Jyothi!«, sagte er eindringlich. »Ja, ich weiß, dass du Jyothi heißt – Licht. Du musst die Musik dein Licht sein lassen! Das ist der einzige Weg! Ich kann erkennen, dass die Musik in deinem Wesen liegt, aber sie ist in dir gefangen wie ein verzweifelter Vogel in einem goldenen Käfig. Der goldene Käfig ist die Beherrschung deines Fachs. Ja, ich habe gehört, was über dich gesagt wurde, wie hervorragend du dein Instrument beherrschst, wie viele Preise du gewonnen hast. Aber glaub mir, das ist nicht alles! Man kann der virtuoseste Geiger im ganzen

Land sein und doch kein wahrer Musiker. Ein Musiker ist ein gänzlich anderes Wesen, ein Musiker ist etwas Göttliches – denn Musik ist etwas Göttliches. Wenn du die Musik deinem Ego unterwirfst, nimmst du ihr das Leben, dann ist sie tot – ein gefangener Vogel, der niemals frei fliegen darf. Vielleicht beeindruckst du deine Zuschauer mit deinem Können – denn sie sehen das Gold des Käfigs und die Schönheit des Vogels –, aber solange deine Musik nicht lebendig ist, wirst du immer unglücklich sein in dem Wissen, dass du den Funken ausgelöscht hast, der das Handwerk zur Kunst erhebt und das menschliche Können zu einem göttlichen Geschenk. Jyothi, ich habe dich noch nicht spielen gehört, aber ich habe erkannt, gefühlt, dass du auch eine Musikerin bist. Ich bitte dich: Geh zu Swami. Er kann dich auf den richtigen Weg bringen. Geh, solange du hier bist, jeden Tag zu ihm und finde den Zugang zu deiner eigenen wahren Musik!«

Bis dahin hatte ich mich wie erschlagen gefühlt, wie eine Möchtegern-Musikerin. Aber bei diesen letzten Worten merkte ich, wie sich mein Rücken straffte und meine Schultern hoben und mein Geist sich belebte, und ich sah ihm in die Augen und sagte: »Das werde ich tun, Rabin! Ich verspreche es!«

Ich wusste es zwar noch nicht, aber genau in jenem Moment beschloss das launenhafte Schicksal, das mit nichts Gutem im Sinn hinter mir her gehüpft war, dass jetzt Schluss mit lustig war. Später konnte ich es rekonstruieren: Es muss genau in diesem Moment gewesen sein, dass Dean nicht allzu weit von hier von einer glatten Felswand rutschte und fünf Meter in die Tiefe fiel. Das weiß ich, weil es genau acht Uhr war und ein Glockenschlag die Gläubigen zur morgendlichen Puja rief. Genau der Zeitpunkt, zu dem sich laut Krankenakte Deans Absturz zugetragen hatte.

Unbehelligt von den unsichtbaren Spielchen des Schicksals hatte ich nur Augen und Ohren für Rabin. »Würdest du mir deine Adresse geben?«, fragte ich ihn. Ich wusste genau, dass Rabin mir ein ganz neues musikalisches Universum eröffnen würde. Mein Leben war im Begriff, sich in eine völlig neue Richtung zu wenden, und Rabin würde mir den Weg zeigen. Ich war überwältigt von Dankbarkeit.

Rabin lächelte. »Natürlich!«, sagte er. »Wir sollten auf jeden Fall in Kontakt bleiben. Ich würde ja noch einen Tag länger bleiben, aber ich habe einige Verpflichtungen, denen ich nachkommen muss. Hör mal: Ich will nicht zu spät zur Puja kommen, und danach treffe ich mich noch mit einem Freund in Rishikesh. Aber wir sehen uns später. Ich muss auch noch packen und dann nach Haridwar, ich nehme heute Nachmittag den *Rajdhani Express*. Wir sehen uns nach dem Mittagessen, in Ordnung?«

Ich nickte begeistert. Doch das Schicksal näherte sich bereits mit großen Schritten, um an meine Tür zu klopfen. In ein paar Stunden würde es mir das fröhliche Lächeln von den Lippen und alles Glück aus dem Herzen nehmen.

KAPITEL 34

Die Nachricht von Deans Kletterunfall erreichte uns kurz vor dem Mittagessen. Deans Mutter rief im Büro des Aschrams an und da es so dringend war, wurde Rachel aus ihrer Yogastunde geholt, um den Anruf entgegenzunehmen. Dean würde mit dem Hubschrauber nach Delhi gebracht werden und wir sollten so schnell wie möglich dorthin zurück. Er hatte sich einen Arm, ein Bein sowie mehrere Rippen gebrochen, war am Kopf verletzt und immer noch bewusstlos. Das Schlimmste würden wir erfahren, sobald die Ärzte – die besten in Delhi – ihn untersucht hatten.

Deans Mutter hatte Rachel einen wirren Bericht von dem Unglück erstattet, der schließlich in manisches Geschrei ausgeartet war: »Schnell, schnell, kommt schnell zurück, er könnte sterben, bevor ihr da seid!« Mit dieser Darstellung von Deans Zustand mussten wir während der gesamten neunstündigen Fahrt in die Hauptstadt vorlieb nehmen.

Nichts ist so belastend wie Ungewissheit. Wäre Dean auf der Stelle gestorben, es wäre entsetzlich gewesen. Doch dieses schreckliche Gefühl, nicht genau zu wissen, was los war – das durch die Frustration einer schier endlosen Taxifahrt noch verstärkt wurde – war schlicht unerträglich. Verzögerungen, die bei einer normalen Fahrt unterhaltsam und gutes Fotomaterial gewesen wären, wuchsen zu Krisen von entsetzlichem Ausmaß an, die uns alle an den Rande des Wahnsinns trieben. Im ersten Dorf, das wir erreichten, wurden wir von einer Kuhherde aufgehalten, die gemächlich vorüberzog und sich eine schleppende Ewigkeit um das Taxi herumdrängte. Einige Dörfer weiter war gerade Schulschluss, und Horden barfüßiger Kinder in Uniform strömten fröhlich und unbekümmert mit prall gefüllten Schultaschen über der Schulter und auf dem Rücken auf die Straße, schauten lachend durch die Taxifenster und probierten ihre paar Wörter Englisch an uns aus: »*Good morning, Mistaa! How do you do! Where do you come from? What is your name!*«

Selbst wenn die Straße frei war, war nicht an schnelles Fahren zu denken, da man den Schlaglöchern ausweichen musste. Und natürlich wurde an jedem einzelnen Bahnübergang die Ampel rot, kurz bevor wir dort ankamen. Es musste sich um eine Tücke des Schicksals handeln. Eine rote Ampel war vielleicht noch normal, zwei waren Zufall, aber drei! Jedes Mal folgte mindestens eine halbe Stunde Wartezeit, dann die dreißig Sekunden, in denen der Zug vorbeirauschte, und noch mal fünfzehn Minuten, bis die Schranke sich wieder öffnete.

Wir kamen schließlich mitten in der schlimmsten Rushhour in Delhi an, die bis spät in den Abend anhält – so kam es mir an jenem Tag zumindest vor. Bis kurz vor dem Krankenhaus herrschte entweder totaler Stillstand oder Stop-and-go-Verkehr. Es war der längste Tag meines Lebens, der in Hochstimmung begonnen hatte und nun mit quälender Angst endete.

Nicht ein einziges Mal während all der langen Stunden seit der Nachricht von Deans Unfall dachte ich an den wunderbaren Morgen, an Rabin oder die Musik zurück. Nicht eine Sekunde lang. All das war so spurlos aus meinen Gedanken verschwunden, als wäre es nie geschehen. Das Licht und die

Erkenntnis, die mir so unauslöschlich erschienen waren, waren von jetzt auf gleich wie wegradiert, und es war mir egal. Alles, was ich je für Dean empfunden hatte, strömte auf mich ein und ließ mich in haltloser Trauer zurück. Dean war mein Held, mein Bruder, mein bester Freund. Er hatte mir Mut gemacht, mich angetrieben und mir Halt gegeben, als ich meinte, alleine nicht mehr weiterzukommen. Obwohl ich wusste, dass meine Bewunderung einseitig war, war sie nie ganz erloschen, in den letzten Monaten war sie lediglich in den Hintergrund getreten. Deans Sozialleben hatte ihn immer weiter aus meiner Reichweite entfernt, und ich hatte das entwickelt, was Erwachsene eine realistische Einstellung nannten: In dem Wissen, dass er nie ganz mir gehören und in mir nie etwas anderes als eine kleine Schwester sehen würde, hatte ich die Nebenrolle in seinem Leben demütig angenommen, meine Eifersucht erfolgreich bekämpft und mich auf eine andere Liebe konzentriert, die mehr versprach, als Dean es je konnte – meine Musik.

Aber nun würde Dean vielleicht sterben. Allein der Gedanke erfüllte mich mit Grauen. Meine Liebe zu ihm überrollte mich und verdrängte jeden anderen Gedanken außer meiner inbrünstigen Gebete an die guten Mächte: *Oh, lass ihn leben! Oh lieber Gott, guter Gott, bitte lass ihn leben! Ich tue alles, was du willst, aber bitte, lass ihn leben!*

Ich hatte bereits zwei geliebte Mütter verloren. Dean nun auch noch zu verlieren, wäre mein Ende.

Am nächsten Morgen klingelte das Telefon und eine Sekunde später war Jack am Hörer. Es war Rachel, sie und Soona hatten die Nacht im Krankenhaus verbracht. Dean war gleich am selben Abend noch operiert worden, aber noch nicht außer Gefahr gewesen. Die Krankenschwestern hatten die beiden nach Hause schicken wollen, aber sie hatten sich strikt geweigert, zu fahren, solange kein Ergebnis vorlag, welcher Art auch immer.

Mit angehaltenem Atem beobachtete ich Jacks Gesicht und dachte fest an meinen Schwur, Dean nie wieder untreu zu sein, wenn er nur überlebte.

Die ganze Nacht über hatte ich kein Auge zugemacht. Meine Gedanken waren völlig außer Kontrolle geraten und hatten sich zu einem so komplizierten Netz versponnen, dass ich mir am Ende einredete, die alleinige Verantwortung für seinen Unfall zu tragen und – wenn ich nicht zu hundert Prozent Abbitte leistete – auch für seinen Tod.

Ich war ihm untreu gewesen! Nur in Gedanken zwar, aber es ließ sich nicht leugnen. Dieser verfluchte Rabin hatte mich den ganzen Morgen in Besitz genommen und Deans Seele, die so eng mit meiner verbunden war – Dean, nicht Rabin, war meine verwandte Seele! Wie hatte ich nur je etwas anderes glauben können? Dean musste es gespürt haben, und diese Untreue hatte ihn von der Felswand geworfen. Derlei Gedanken spukten mir so lange durch den Kopf, bis ich mich irgendwann selbst davon überzeugt hatte. Auch wenn ich meine Liebe zu Dean verborgen gehalten hatte, tief in seinem Innern musste seine Seele davon wissen. Und sie hatte meinen Verrat gespürt! Und wenn Deans Seele derart heftig auf einen geistigen Treuebruch reagierte, musste das doch bedeuten, dass sie auf mich wartete, dass Dean auf mich wartete – dass ich ihn nur mit aller Kraft meines Herzens, meines Geistes und meiner Seele lieben musste, damit er durchkäme. Also blieb ich die ganze Nacht wach und konzentrierte mich darauf, ihn zu lieben. Am Morgen erfuhr ich, dass meine Nachtwache gewirkt hatte, denn an der Art, wie Jack mich mit einem breiten Lächeln ansah, erkannte ich sofort, dass Dean überleben würde. Ich weinte mir das Herz aus vor Dankbarkeit.

∗ ∗ ∗

Dean war im besten Krankenhaus von Delhi und in den Händen eines der besten Ärzte von Delhi – einem Freund seines Stiefvaters – und würde mehrere Wochen dort bleiben, um wieder gesund zu werden. Einmal vor unserer Abreise, zwei Wochen nach dem Unfall, durfte ich ihn besuchen. Als ich sein vertrautes schelmisches Schuljungengrinsen sah, schmolz ich dahin. Ich ließ mich in den Stuhl neben seinem Bett sinken und nahm seine Hand.

»Hey, Jyothi, warum so traurig? Es geht mir gut!«

»Ich weiß, aber ... aber ... oh Dean, ich kann dir gar nicht sagen, wie froh ich bin, dich zu sehen!«

Er legte mir die Hand auf den Kopf und zerzauste auf die übliche brüderlich-liebevolle Art mein Haar. Seine Berührung – so echt, so greifbar – trieb mir die Tränen in die Augen. Ich wollte nicht, dass er mich weinen sah, und wandte mich ab, doch er hatte es schon bemerkt und wischte mir die Tränen mit einem Zipfel der Bettdecke weg.

»Ach, komm her, du!«, sagte er. Er saß halb zurückgelehnt mit einem aufgeschüttelten Kissen im Rücken im Bett, doch nun lehnte er sich vor, legte mir einen Arm um die Schulter und zog mich in eine lange Umarmung. Das hatte er noch nie zuvor getan. Ich war überglücklich vor Freude, und um den Augenblick richtig auszukosten, schloss ich die Augen. Ich hätte ewig so verweilen können.

Aber dann war der Moment auch schon vorbei und Dean lehnte wieder in seinem Kissen. Er hatte einen Verband um den Kopf und sein linker Arm und sein linkes Bein waren einge- gipst. Noch nie hatte er heldenhafter ausgesehen. Ich wusste gar nicht, was ich sagen sollte, aber Dean sprach für mich. »Ich habe ein ganz schlechtes Gewissen, dass ihr wegen mir euren Urlaub in Rishikesh abbrechen musstet«, sagte er. »Ich war ein verdammter Idiot.«

»Ach, nein. Das ist doch egal. Jack und Rachel wollten

unbedingt dorthin, nicht ich. Ich wäre lieber mit dir klettern gegangen.«

»Ehrlich?«

Ich nickte. Das war ein weiterer Entschluss, den ich letzte Nacht gefasst hatte. Wenn ich Dean liebte, musste ich an seinem Leben, seinen Interessen teilhaben – Männer mochten das und erwarteten es sogar. Es war falsch gewesen, ihn mit meiner Musik umwerben zu wollen. Stattdessen musste ich in *seine* Fußstapfen treten. Wenn ich ihm nur deutlich genug zeigte, dass ich dazu bereit war, würde er mich nächstes Jahr vielleicht in die Berge mitnehmen. Mir vielleicht Klettern beibringen. Mich vielleicht wahrnehmen ... und zwar nicht mehr nur als Schwester. Nächstes Jahr wäre ich fünfzehn. Das schien mir unglaublich erwachsen. In dem Alter würde Dean mich doch sicher als Frau sehen! Vielleicht ...

»Vielleicht erlaubt Jack dir nächstes Jahr, dass du mit mir mitkommst. Das wäre toll. Es würde dir bestimmt gefallen!«

»Ich wäre dir bestimmt ein Klotz am Bein ...«

»Nein, ganz ehrlich, es würde mir Spaß machen, dir das ein oder andere beizubringen. Und ... na ja, ich habe Mum und Rachel versprochen, dass ich die waghalsigen Kletteraktionen sein lasse – fürs Erste. Sie halten mich wohl für einen kleinen Jungen ... aber vielleicht ist es vernünftiger so. Vielleicht überschätze ich zu oft meine Fähigkeiten und es wäre besser, wenn ich es erstmal ruhiger angehen ließe. Aber wenigstens habe ich ein paar tolle Fotos gemacht! Hier, ich zeig sie dir ...«

Mit schmerzverzerrtem Gesicht drehte er sich zu dem Nachttisch auf der anderen Seite und holte einen gelben Kodak-Umschlag aus der Schublade. Er zeigte mir Fotos von fantastischen schneebedeckten Bergen, aber ich sah kaum richtig hin. Ich lauschte dem Klang seiner Stimme, betrachtete seine langen, geschmeidigen Hände und gab mich voll und ganz der Aufgabe hin, ihn und nur ihn allein zu lieben, für den Rest meines Lebens.

KAPITEL 35

Jack und ich reisten ohne Rachel und Dean zurück nach England. Zu Hause angekommen, hatte ich einen riesigen Berg zu bezwingen: Ich musste meine Geige nehmen, sie ans Kinn heben, den Bogen in die Hand nehmen und sehen, was passierte. Würde die Musik zu mir zurückkommen oder war sie für immer verloren? Ich hatte schreckliche Angst vor diesem Moment und schob ihn so lange wie möglich vor mir her.

Manchmal kehrte ungebeten die Erinnerung daran zurück, wie ich vor dem kleinen, aber erwartungsvollen Publikum gestanden und die Musik sich mir verweigert hatte. Das ist der Unterschied zwischen einem Musiker, der nach Gehör spielt, und einem, der Noten lesen kann: In einem solchen Moment hat man nichts, woran man sich entlanghangeln könnte.

Die Erinnerung daran ließ mich erschaudern. Alleine der Gedanke an das Wort »Geige« rief den Moment wieder wach: das Scheitern, die Schande und die Angst davor, dass sich so etwas wiederholen könnte.

Dann war da noch eine andere Erinnerung, eine viel gefährlichere, die am Rande meiner Wahrnehmung schwebte wie ein herrlicher Traum, den man nur noch vage in Erinnerung hat und unbedingt zurückholen will, der sich aber stur wie ein scheues Kind umso mehr dagegen sträubt, je mehr man sich anstrengt.

Im Grunde meines Herzens wusste ich, dass dieses Kind, wenn ich es einmal herbeigerufen und ihm erlaubt hätte, zu spielen, zu einer herrlichen, mächtigen, strahlenden Göttin werden würde. Und ich befürchtete, diese könnte alles, was ich mir aufgebaut hatte, zerstören, mich vollständig zugrunde richten. Ich wusste, das Kind war nur scheu, weil ich es nicht mit der Liebe herbeirief, die es brauchte, um zu gedeihen.

Ich stand zwischen zwei Ängsten: einer Versagensangst, die zu erdrückend war, um darüber nachzudenken, und der Angst vor einer Schönheit, die zu blendend war, um ihr ins Auge zu sehen.

Nach unserer Rückkehr nach England ließ ich die Geige eine Woche lang unangetastet in ihrem Koffer liegen. Zuerst fiel es Jack noch nicht auf. Aber dann: »Ich habe dich schon länger nicht mehr spielen gehört, Jyothi«, sagte er beiläufig, als wir eines Morgens mit Sheba spazieren waren. »Eigentlich schon seit Indien nicht mehr. Am besten, du fängst bald wieder an – du solltest es nicht so lange schleifen lassen. Als professionelle Violinistin muss man jeden Tag üben. Aber das weißt du ja. Und hast du nicht auch bald ein Konzert?«

Das war Jacks Art, sich auszudrücken: diplomatisch und immer rücksichtsvoll, um ja keine Gefühle zu verletzen und einem die Gelegenheit zum Rückzug zu geben. Mum war das Gegenteil gewesen. Sie hätte es direkt am zweiten Tag gemerkt, mich mit einem ihrer strengen, unheilvollen Blicke bedacht und in einem Ton, der keine Widerrede zuließ, gesagt: »Zeit zum Üben!«

Manchmal fehlte mir Mums direkte Art. Jemand, der mir meine hoffnungslose Feigheit vor Augen hielt und sagte: »Na los, entscheide dich. Das Leben ist zu kurz für Zweifel.«

Aber ich war dankbar für Jacks Frage, denn sie gab mir

Gelegenheit, endlich anzusprechen, was passiert war. Und Jack und ich hatten uns schon seit einer Ewigkeit nicht mehr richtig unterhalten – nicht mehr, seit Mum gestorben war, denn seitdem hatte Rachel ihn völlig in Beschlag genommen. Nun hatte ich ihn endlich einmal für mich. Die Gelegenheit war zu gut, um sie mit dem Smalltalk zu vergeuden, auf den sich unsere Beziehung in letzter Zeit reduziert hatte.

»Die Sache ist die«, setzte ich langsam an, »ich habe nachgedacht und ...«

»Ja? Sheba, komm her! Lass die Schafe in Ruhe! Sheba!«

Es dauerte mindestens fünf Minuten, bis wir Sheba von den Schafen weggeholt hatten, irgendwie übten sie eine unwiderstehliche Anziehungskraft auf sie aus. Rachel meinte, sie müsse von einem Hütehund abstammen, zumindest habe sie irgendein Gen, das sie unweigerlich auf jede Schafherde zupreschen und sie wie Ameisen auseinandertreiben lasse.

Als Sheba endlich angeleint war, nahm Jack den Gesprächsfaden wieder auf.

»Ja, also ... Wo waren wir? Ach ja. Es ging ums Geigeüben. Denk dran, dass du bald dieses Konzert hast. Ich glaube, ich habe dich noch nicht wieder üben gehört. Du solltest es wirklich nicht so schleifen lassen.«

»Ich weiß«, sagte ich. »Es ist nur so ...«

»Als ich in deinem Alter war, hatte ich gar keine Wahl. Mein Dad hat mich gezwungen. Du weißt ja, dafür bin ich nicht der Typ, aber ich muss schon sagen, dass mir das tägliche Üben wirklich viel gebracht hat. Ich war zwar begabt, genau wie du, aber erst die Übung macht den Meister. Aber das weißt du ja. Du wirst schon wieder anfangen, wenn dir danach ist.«

»Nein«, sagte ich.

»Nein? Wie meinst du das – nein?«

»Ich meine, ich bin nicht sicher, ob mein Talent wirklich im Geigespielen liegt«, sagte ich.

Es war an der Zeit, den Stier bei den Hörnern zu packen,

ich konnte meine Zerrissenheit nicht länger ertragen. »Ich meine – ich weiß nicht, ob die Geige das richtige Instrument für mich ist.«

Das ließ Jack innehalten, wir blieben stehen und sahen einander über den grasbedeckten Weg hinweg an. Sheba wollte zurück zu den Schafen und zog an ihrer Leine, gab dann jedoch auf und fing an, wie wild in einem Kaninchenloch zu buddeln.

Tja – nun war es raus. Ich hatte es in Worte gefasst, sie ausgesprochen und jemand, Jack, hatte sie gehört. Wie es nun weiterging, würde mein Schicksal besiegeln, es musste so sein. Denn ich selbst war nicht dazu in der Lage, eine Entscheidung zu treffen.

Besorgt runzelte Jack die Stirn, er sah verwirrt aus. »Die Geige nicht das Richtige? Aber doch, natürlich! Was denn sonst, wenn nicht die Geige?«

»In Indien«, sagte ich leise und langsam, »an unserem zweiten Tag in Rishikesh – weißt du noch, der Tag nach dem Vorspielen?«

Schlagartig hellte Jacks Blick sich auf. »Ahhh, das verpatzte Vorspielen – das hatte ich schon wieder völlig vergessen. Hör mal, wenn es das ist, was dir auf der Seele liegt, vergiss das Ganze. Es muss ja ein Schock für dich gewesen sein, aber du solltest dir wirklich keine Gedanken darum machen. Das ist so wie die Schreibblockaden, die ich manchmal habe, nur eben öffentlicher. Du hattest einfach Lampenfieber. Sowas ist vorher noch nie passiert und wird auch nie wieder passieren, und du musst wirklich nicht denken ...«

»Nein, Jack. Es geht um etwas anderes. Es war nicht nur Lampenfieber.«

Sofort kehrte die Erinnerung an jenen strahlenden Morgen zu mir zurück, als hätte ich allein dadurch, dass ich darüber gesprochen hatte, dem scheuen kleinen Mädchen die Tür geöffnet und sie hereingelassen, und noch während ich sprach, merkte ich, wie sie sich zu ihrer vollen Pracht entfaltete, spürte die wunderbare Wärme, als ich sie an mich zog und sie mir zu eigen machte … sie zu mir machte. Jack würde das verstehen. Er würde es verstehen müssen.

Aber Jack verstand gar nichts. Er ließ mich eine Weile weiterreden über meine Gefühle, meine Begeisterung und darüber, wie sehr ich mir wünschte, so spielen zu können. Er hörte mir zu, wie ein guter Vater es sollte, er ließ mich zu Wort kommen. Und dann, ebenfalls wie ein guter Vater es sollte, setzte er meiner Unentschlossenheit ein Ende und holte mich mit einigen knappen, klaren Worten von meinem Wolkenschloss herunter. Gelegentlich wusste Jack ganz genau, was er wollte, und dann kam man nicht gegen ihn an.

»Du wirst auf gar keinen Fall zur Sitar wechseln«, sagte er, und damit war die Sache beendet – meine Unentschlossenheit wie auch meine Vision.

Wenn Jack eine Sache ernst war, konnte er knallhart sein, und das war genau, was ich jetzt brauchte – eine Dosis Monika. Vielleicht hatte er das von ihr gelernt. Allein sein Tonfall ließ die Göttin zusammenschrumpfen und trieb das scheue kleine Mädchen zurück in die Dunkelheit, wo sie sich zusammenkauerte, ihre Lumpen enger um sich zog und ihr Gesicht in der Armbeuge vergrub. Ein anderes Mädchen trat an ihre Stelle.

»Du kannst gerne eine Sitar haben und spielen lernen – als Hobby. Aber dein Instrument ist die Geige. Jyothi, wenn du spielst, erhebt dich das zur Königin! Dann bist du eine Magierin, die jeden in ihren Bann schlägt. Das ist offensichtlich. So eine Begabung sollte man nicht einfach wegwerfen, und du schon mal gar nicht.«

»Wie, ich schon mal gar nicht?«

»Weil das in deinem Fall der Rettungsring ist, der dich durch die Schule bringt«, sagte Jack, ohne zu merken, wie grausam diese Worte eigentlich waren, oder auch die, die dann folgten. »Wir leben in einer Welt, in der Bildung alles ist. Das ist eben so, ob es einem gefällt oder nicht. Da du es mit der

Schule nicht so hast, wärst du ohne deine Musik zum Scheitern verurteilt. In ein paar Jahren stehen die Mittlere-Reife-Prüfungen an – was meinst du denn, wie viele davon du bestehst? Und wie viele du gut bestehst? Musik wird das einzige Fach sein, das du mit ›sehr gut‹ abschließt. Dasselbe gilt für die Abiturprüfungen. Glaubst du denn, du hättest ohne die Musik überhaupt eine Chance auf das Abitur? Und mit Musik meine ich *Geige*. Nicht die Sitar. Wir leben nun mal in Europa, und man kann der Realität nicht entkommen und sich einfach zu irgendeinem bärtigen Meister im Himalaya davonträumen, der auf einer Sitar herumklimpert!

Dieses großartige Talent, diese wunderbare Gabe, ist dir in den Schoß gefallen. Du darfst nicht einmal daran denken, sie hinzuwerfen, nur um irgendeinen unausgegorenen Wunschtraum zu verfolgen!«

Stumm und beschämt stand ich vor ihm und sah zu Boden. Jack erkannte meine Verlegenheit und beruhigte sich. Er nahm meine Hände in seine. »Jyothi, du spielst so toll. Und du wirst noch viel besser werden, keine Frage. Ich weiß schon, was der Auslöser für die ganze Krise war: diese verdammte Vorführung. Wir hätten noch nicht mal darüber nachdenken sollen, aber das konnten wir ja nicht ahnen. Der Vorfall hat dich an dir und deinen Fähigkeiten zweifeln lassen. Deshalb hast du dich auch so in die Geschichte mit der Sitar verrannt. Aber dein Talent ist nicht in Worte zu fassen und du darfst dich von so einem kleinen Fehltritt nicht gleich aus der Bahn werfen lassen. Komm. Wir gehen jetzt nach Hause. Und dann wirst du für mich spielen. Wie du noch nie zuvor gespielt hast.«

Er musste meinen Schreck gespürt haben, denn er hielt meine Hände noch fester. »Hab keine Angst. Es wird klappen. Was wolltest du an besagtem Abend spielen?«

Fast unhörbar sagte ich: »Mendelssohns Violinkonzert. Mums Lieblingsstück.«

»Dann wirst du das jetzt für mich spielen. Gehen wir. Komm, Sheba.«

Mit widerwilligen, schweren Schritten folgte ich ihm nach Hause. Jack ging mir voran nach oben, ich ging voran in mein Zimmer. Ich trat an den Tisch, auf dem meine Geige lag. Ich öffnete den Koffer, nahm sie vorsichtig heraus und strich sacht über das glänzende Holz. Jack sah mir zu, und als ich fragend zu ihm aufschaute, umspielte ein Lächeln seine Lippen. Ich lächelte zurück, stimmte mein Instrument.

Ich legte es ans Kinn, hielt den Bogen in Position. Schloss die Augen und sprach ein kurzes Gebet. Und spielte.

Ich spielte wie nie zuvor. Die Musik überkam mich. Ich spielte wie eine Besessene, mit all der Freude, der Furcht, den Fragen, der Sehnsucht – und ja, auch der Wut auf ein Schicksal, das mich vor die Wahl gestellt hatte, vor zwei Möglichkeiten, eine jede so wunderbar, dass es mich zerreißen würde, eine von ihnen aufzugeben. Ein Gefühl der Auflehnung breitete sich in mir aus und übersetzte sich in reine musikalische Leidenschaft, die durch meinen Körper, in das Instrument hinein und als prächtige Fontäne reinen Ausdrucks wieder hinausströmte.

Als ich geendet hatte, legte ich die Geige vorsichtig zurück in ihren Koffer. Ich setzte mich auf die Bettkante und genoss die Stille, die sich über das Zimmer gelegt hatte, denn Jack hatte weder applaudiert noch ein Wort gesagt. Er setzte sich neben mich, legte mir einen Arm um die Schulter und zog mich an sich, und eine Weile saßen wir so zusammen im Dunkeln. Es gab nichts weiter zu sagen, dessen waren wir uns beide bewusst, und genauso wussten wir, dass der jeweils andere es wusste. Leise wie eine Katze stand Jack schließlich auf, ging hinaus und zog die Tür hinter sich zu.

Da überkam es mich. Ich warf mich auf mein Kissen und weinte um alles Herrliche im Leben, was ich verloren hatte, und um alles Herrliche, was mir gegeben worden war.

Letzten Endes musste keine Entscheidung mehr getroffen werden. Sie war mir bereits abgenommen worden, vielleicht schon lange vor meiner Geburt. Der Vorfall in Indien gehörte zur ungeschriebenen Mythologie meines Lebens, zu einer Zukunft, die möglich gewesen wäre, aber unerfüllte bleiben würde, zu einem alternativen Schicksal, einem Traum. Die Tür fiel zu, das demütige, schüchterne kleine Mädchen war endgültig ausgeschlossen.

Ich stand auf und legte eine Playback-Kassette in den Rekorder. Ich war überkommen von Traurigkeit und einer lieblichen Sehnsucht nach etwas, was sich nie erfüllen würde. Nur Beethoven konnte diese Stimmung wiedergeben, mit seiner »Violinromanze in FDur«. Während ich spielte, liefen mir die Tränen über die Wangen, denn nun musste ich der Wahrheit ins Gesicht schauen, die herzzerreißend war und herrlich zugleich.

Ich war Violinistin.

TEIL IV

LONDON, 1987–1997

»*Und soll wie aller Musik ... Finis und Endursache anders nicht, als nur zu Gottes Ehre und Recreation des Gemüths sein.*

Wo dieses nicht in acht genommen wird, da ist's keine eigentliche Musik, sondern ein teuflisches Geplärr und Geleyer.«
Johann Sebastian Bach

KAPITEL 36

Ich war Violinistin.

Als ich diese Entscheidung einmal getroffen hatte, kam der Rest wie von allein. In den darauffolgenden zehn Jahren sollte die ganze Welt erfahren, was ich bereits wusste. Es war, als hätte die Violinistin in mir, indem sie die Sitar ein für allemal in der Vergangenheit begraben hatte, endlich Muskeln und Entschlossenheit aufbauen können.

Einen neuen Ehrgeiz.

Als ich mit dem Geigespielen angefangen hatte, hatte ich es für Monika getan. Dann hatte ich für Dean gespielt. Nun spielte ich das erste Mal für mich selbst.

In jenen zehn Jahren geschah so viel, und doch lassen sie sich in wenigen Worten zusammenfassen. Es begann ein Jahr nach meiner Rückkehr aus Indien mit einem Konzert in der *Wigmore Hall*. Am Samstag darauf weckte Jack mich und hielt mir triumphierend eine Zeitung unter die Nase. »Lies das!«, sagte er nur. Es war die Besprechung des Konzerts im *Guardian*:

Jyothi Kingsley ist eine Musikerin, mit der man rechnen sollte: Sie verbindet makellose Technik mit Musik, die ihr so leicht fällt wie das Atmen; Musik, die schwebt und strahlt vor Intensität, Wärme und sogar einem Hauch des Göttlichen. Sie verbindet die Spontanität, romantische Inbrunst, Leidenschaft und Ausgelassenheit der Jugend mit einer bemerkenswert reifen Reflektion und Gelassenheit. Während sie mit ihrer bemerkenswerten Virtuosität beeindruckt, drückt sich Kingsley mit viel Charme und ohne jede Sentimentalität aus, ihre musikalische Sensibilität ist aufrichtig und völlig frei von äußerer Extravaganz.

Am Wochenende darauf folgte noch ein weiteres Konzert, eine kleine Vorführung in der Turnhalle der Schule. Im Anschluss kam ein großer Mann mit schmalem Bart auf mich zu, den mir meine Geigenlehrerin als Mr Adrian Harvey vorstellte. Mr Harvey hatte die Besprechung gelesen und daraufhin meine Geigenlehrerin, die er persönlich kannte, kontaktiert, und diese hatte ihn ohne mein Wissen eingeladen.

Mr Harvey war Künstleragent. Er sprach mit mir, dann mit Jack, und meine Zukunft war besiegelt. Ich sollte als Soloviolinistin Karriere machen, und Mr Harvey würde meine Karriere aufbauen und gestalten. Es sollte nur das Beste für mich geben: den besten Lehrer, der allerdings in München wohnte. Einmal im Monat sollte ich zum Unterricht zu ihm nach München fliegen.

»Warum München?«, fragte Jack. »Es gibt doch sicher auch in England gute Lehrer?«

»Ja – aber nicht so gute wie Mr König«, sagte Mr Harvey. »Mr König ist auf Musiker spezialisiert, die keine Noten lesen können. Das ist genau die Sorte Förderung, die sie braucht.«

Was meine Schullaufbahn anging: Den Abschluss von *Rosewood Hall* würde ich dank meiner Musik mit links schaffen. Um den Rest würde sich Mr Harvey kümmern. Ich war »entdeckt« worden.

Der Klang des Beifalls wurde eine zweite Musik in meinen Ohren, und immer stellte ich mir dabei Mum in der ersten Reihe vor, die begeistert klatschte und vor lauter Stolz mit den Tränen kämpfte. Und Dean, der bewundernd zu mir aufschaute. Ich schwoll an vor Stolz – nun verstand ich endlich die Bedeutung dieses Wortes. Ich griff direkt nach den Sternen. Es war Mums Errungenschaft, Deans Errungenschaft, meine Errungenschaft.

Jack und Rachel waren gebührend stolz auf mich und auf alles, was ich in so jungen Jahren schon erreicht hatte, und statt Mum waren nun sie es, die im Publikum saßen und die Standing Ovations und Zugabenrufe anführten. Ich liebte es, vor den Vorhang gerufen zu werden. Ich liebte mein Publikum – wie aufregend es war, auf die Bühne zu treten und das Getöse zu hören, das wie ein mächtiger Ozean anschwoll und allein mir galt!

Mr Harvey beschloss, dass der Name Jyothi für die Karriere, die er für mich im Sinn hatte, nicht geeignet sei – zu sperrig, zu fremd, nicht peppig genug. Wir brauchten etwas Eingängiges, einen Markennamen. Dann kamen wir auf Jade: »Jade Kingsley« hatte etwas Exotisches, war dabei aber nicht zu fremd, leicht auszusprechen und gut zu behalten. Und so wie die Marke »Jade Kingsley« mit den Jahren an Renommee gewann, kehrte auch mein Selbstwertgefühl in voller Pracht zurück – das zerlumpte Mädchen aus Bombay war endlich verbannt, diesmal endgültig.

Natürlich stürzten sich die Medien auf meinen Hintergrund. Es war die klassische Aufsteigergeschichte, und jedes Mal, wenn ich von einem Konzertsaal in Paris oder Prag zurück in mein Luxushotel chauffiert wurde, sah ich aus dem Fenster der Limousine zu einigen der traurigen Gestalten hinaus, mit denen ich diesen Planeten teilte, und dachte: *Das hätte ich sein können.*

Und manchmal dachte ich: *Warum ich?* und dankte dem Schicksal dafür, dass es Jack und Mum damals ins *Hotel Sahil* verschlagen hatte.

Andererseits, so überlegte ich, hatte ich mir diesen Platz doch durch harte Arbeit selbst erkämpft. Ich hatte mich aus eigener Kraft hochgearbeitet. Glück, Zufall oder Karma mochten anfangs vielleicht eine Rolle gespielt haben, aber hatte ich nicht alles unternommen, um die überwältigenden Schwierigkeiten zu meistern, die mir seit meiner Ankunft im Westen begegnet waren? Ich hatte doch sicher allen Grund, um stolz auf mich zu sein. Und selbst die zum damaligen Zeitpunkt so tragisch erscheinenden Ereignisse hatten sich alle zum Guten gewendet – selbst der Verlust von Mum, der mich so aus der Bahn geworfen hatte, hatte mich letztlich nach *Rosewood Hall* geführt, wo ich so unglaubliche Fortschritte gemacht hatte.

Jack und Rachel waren glücklich, sie waren wie füreinander geschaffen – so sehr, dass es inzwischen unvorstellbar schien, dass Jack überhaupt je in Mums Leben gefunden hatte. Aber was wäre andernfalls aus mir geworden? Er und Rachel passten einfach gut zusammen: Sie verdienten sich beide ihren Lebensunterhalt durchs Schreiben und waren von unterschiedlichem, aber sich ergänzenden Temperament. Jack leitete das CaritActs-Kinderpatenprogramm, schrieb weiterhin seine Rezensionen und arbeitete an seinem Roman. Rachel war nach wie vor als Journalistin tätig, und während ihrer regelmäßigen Auslandsreisen übernahm Jack die Aufgaben im Haus. Rachel und ich würden uns niemals wirklich nahestehen, aber sie war mir eine gute Stiefmutter.

Einmal im Jahr fuhren die beiden zusammen nach Rishikesh. Jenen ersten abgebrochenen Aufenthalt hatten sie schon vor langer Zeit nachgeholt und sich mittlerweile in irgendeine obskure spirituelle Praxis vertieft, und da sie nie darüber sprachen, kannte ich keine Details. Ich wohnte mittlerweile in London, besuchte sie aber oft und sie kamen zu meinen Konzerten, wann immer es ihnen möglich war – nicht oft, aber auch nicht selten. Nach wie vor hatte ich mein kleines Zimmer in Rachels Haus und hatte oft das Gefühl, dass ich dort, und nicht auf der Bühne, am besten spielte – ganz allein, bei geöffnetem Fenster und mit Blick auf die herrliche Landschaft war ich völlig entspannt und wusste, wo ich hinwollte.

Ich war fest entschlossen, die beste Violinistin der Welt zu werden, und arbeitete hart daran, dieses Ziel zu erreichen. Musikalische Perfektion war das Ergebnis absoluter Präzision und tadellosen Timings. Sie erforderte Disziplin: Die Musik musste in meinem Leben an erster Stelle stehen. Für ein Sozialleben gab es keinen Platz, und das Vergnügen musste ohnehin zurückstehen. Aber was konnte es für größere Freude geben als ein perfekt dargebotenes Musikstück? Die kulturlosen Freuden, denen andere nachgingen, bedeuteten mir nichts. Wer wollte schon Hirse essen, wenn vor ihm ein ganzes Festmahl ausgebreitet war?

Die Musik war mein Rettungsanker, mehr brauchte ich gar nicht. Nahrungsaufnahme war eine störende Notwendigkeit, um den Körper am Leben zu erhalten, und Kleidung dazu da, um sich warm und bedeckt zu halten. Ich hatte meine Abendgarderobe für die Konzerte und Alltagskleidung für zu Hause, mehr nicht. Ich hatte eine sehr schöne Wohnung in Kingston mit allen modernen Annehmlichkeiten. Lästige Aufgaben im Haushalt erledigte ich gerne mit einem Minimum an Aufwand und Aufmerksamkeit. Ich fand Geschmack an Fertiggerichten, obwohl meine Freundin Fran Wheeler – eine begeisterte Hobbyköchin – regelmäßig freitagabends zu mir kam und für uns beide kochte. Ich konnte es mir leisten, mehrmals die Woche essen zu gehen und tat das auch. Wenn ich jedoch mit meiner Musik beschäftigt war, vergaß ich sogar zu essen und zu trinken, und genau so musste es sein.

Natürlich hatte ich auch Freunde – sehr gute Freunde sogar –, aber sie waren allesamt Musiker. Fran erwähnte ich bereits, sie war Cellistin, Mitte vierzig, hatte mich schon früh in meiner Karriere unter ihre Fittiche genommen und machte sich nun Sorgen um die, wie sie es nannte, Ausschließlichkeit meines Lebens. Dann war da noch Simone Clark, eine andere junge Violinistin, die wohl ebenso talentiert war wie ich und das *Royal College* besucht hatte – zufälligerweise war sie halb Inderin, und insgeheim herrschte eine gewisse Rivalität zwischen uns, die wir aber nie erwähnten.

Ich könnte noch alle möglichen anderen talentierten Musiker aufzählen: Pianisten, Flötisten, Oboisten, Klarinettisten, sogar Sänger, und sie alle waren meine Freunde, aber wenn wir zusammen waren, taten wir nichts anderes als zu musizieren, und wenn wir uns unterhielten, ging es um nichts anderes als um Musik.

Natürlich hatte ich auch eine Menge Bewunderer. Das war nicht anders zu erwarten gewesen. Jede talentierte junge Frau, die im Rampenlicht steht, schart früher oder später eine ergebene männliche Anhängerschaft um sich. Und irgendwie hatte sich mit meinem neugefundenen Selbstvertrauen auch ein körperliches Aufblühen eingestellt, was besonders deutlich wurde, wenn ich mich für ein Konzert herausputzte. Zum ersten Mal in meinem Leben wurde ich als schön bezeichnet. Wäre mir an gutem Aussehen gelegen gewesen, dann wäre ich wohl ziemlich eitel geworden, so musste ich mich mit unzähligen Liebesbriefen, Blumensträußen und kleinen Geschenken von diesen jungen Männern abplagen, ganz zu schweigen von zahlreichen Heiratsanträgen – aber was sollte ich tun? Ich warf die meisten der Briefe weg, behielt die Blumen, schickte die Geschenke mit Absenderadresse zurück und verteilte die übrigen unter den Make-up-Damen und anderen Bühnenhelfern.

Mit Liebe und Romantik hatte ich nichts am Hut, ich hielt mich für darüber erhaben. Ich dachte, der sanften Falle entkommen zu sein, in die ich so viele meiner Musikerfreundinnen hatte gehen sehen, ohne dass sie sich anfangs dessen bewusst gewesen wären, dass es eine Falle war. Es fing immer damit an, dass sie sich verliebten, und dass die Ecke ihres Herzens, die der Musik ergeben war, sich zögerlich, beinahe widerwillig, einem anderen Menschen öffnete, und dann, ehe sie wussten, wie ihnen geschah, *wumms!*, waren sie verheiratet, hatten Kinder, und die Musik musste sich mit dem zweiten Platz begnügen. So war es Vicky ergangen, einer befreundeten Flötistin. Da sie vor vier Monaten geheiratet hatte, würde sich das Kammerorchester, in dem sie spielte, früher oder später nach einer gelegentlichen Vertretung umsehen müssen, denn Ehemänner nehmen so ihre Zeit in Anspruch; und wenn dann noch Kinder dazukamen, was unvermeidbar war, wäre alles vorbei.

Fran zählte nicht – sie und ihr Mann Julian, ein Pianist, waren der Musik so ergeben wie einander, und genau darin lag der Unterschied. Sie waren seit ein paar Jahren verheiratet und eigentlich eher wie eine Person als zwei. Die Musik war der Dreh- und Angelpunkt ihrer Ehe. Sie hatten sich mit der fließenden Schönheit von Saint-Saëns' »Der Schwan« umworben, und in diese Richtung hatte sich auch ihr gemeinsames Leben entwickelt. Das war schon etwas anderes: ein treu ergebener Ehemann mit einem unerschöpflichen Vorrat an Chopins Nocturnes. Falls ich jemals den Bund der Ehe eingehen sollte, dann nur mit einem solchen Mann: gemeinsam als Priesterin und Priester am Altar der Musik. Doch ich hatte nicht vor, jemals zu heiraten.

In meinem Leben hatte es immer nur einen einzigen Mann gegeben, und der hatte mir mehr als deutlich gezeigt, dass er in mir nichts weiter als eine Schwester sah. Seitdem hatte ich mich gegen romantische Liebe immunisiert. Es war mir nicht gelungen, Dean mit meiner Musik zu gewinnen, und wenn ich ihn nicht haben konnte, wollte ich keinen.

* * *

Nach drei Jahren meiner Musikkarriere hatte ich es nicht nur hinzunehmen, sondern auch zu schätzen gelernt, dass ich bei Dean keinen Erfolg gehabt hatte. Nein: Es war besser so. Wann hätte ich noch Zeit für Musik gehabt, was wäre aus mir geworden, wenn ich ihn für mich gewonnen hätte? Eine Hausfrau in irgendeiner Vorstadt oder, schlimmer noch, ein Groupie, der ihm bei seinen exotischen Fotoexkursionen auf Schritt und Tritt folgte? Denn Dean war in seinem Bereich beinahe – wenn auch nicht ganz – so erfolgreich wie ich.

Sein Versprechen, mich in dem Jahr nach seinem Unfall mit zum Klettern zu nehmen, hatte Dean nicht gehalten. Tatsächlich hatte ich ihn nach jener unglücklichen Indienreise – einer Reise, von der ich lieber vorgab, sie wäre nie passiert – kaum noch zu sehen bekommen. Wegen seiner anhaltenden Konflikte mit Rachel hatte er beschlossen, unter der Woche in *Rosewood Hall* zu bleiben, und seinen Großvater hatte er so weit um den Finger gewickelt, dass dieser ihm weiter die Schulgebühren bezahlte. An den Wochenenden kam er zwar immer noch nach Hause, aber wir bekamen ihn kaum zu Gesicht, da er die meiste Zeit mit Freunden in Wakefield verbrachte.

Während unserer letzten gemeinsamen Schuljahre und solange er unter Rachels Dach wohnte, führte Dean ein aktives Sozialleben, an dem ich in keiner Weise teilhatte, doch ich ließ mir meine Enttäuschung darüber nie anmerken. Es war offensichtlich, dass er an mir nur als Schwester interessiert war, und mein Stolz erledigte den Rest. Auch wenn es anfangs wehtat, fand ich doch einen Weg, den Schmerz der Zurückweisung zu tilgen. Denn es gab einen Bereich, mit dem ich noch immer Macht über Deans Herz hatte: mit meiner Musik. Ich spielte ihm immer noch vor, genauer gesagt kam er in mein Zimmer, um mich spielen zu hören. Zu wissen, wie sehr ich ihn beeindrucken und in Staunen versetzen konnte, reichte mir. Sein Lieblingsstück war immer noch »O mio babbino caro« – unser Lied! – und so spielte ich es ihm immer und immer wieder vor und lernte, eine gewisse Befriedigung daraus zu ziehen, ihm auf diese Weise zu gefallen. Es war mein geheimes, schwelgerisches Vergnügen: zu sehen, wie sich sein Blick vor Bewunderung und Staunen aufhellte. Und mit der Zeit lernte ich, dass wahre Vereinigung nur im Geist geschieht. Diese war den Eskapaden, die normale Männer und Frauen im Bett veranstalteten – allein der Gedanke daran war mir zuwider –, unendlich überlegen.

Irgendwann verschwand Dean allmählich aus meinem Leben und ich spielte ihm nicht mehr vor. Er ging nach Amerika, um an der besten Schule der Welt Fotografie zu studieren, und gewann so viele Preise wie ich.

All das bekam ich nur indirekt über Jack und Rachel mit, denn Dean selbst schrieb mir nie. Ich versuchte, nicht übermäßig interessiert zu wirken, wenn sie von ihm sprachen, oder bekümmert, als sie mir von seiner Verlobung mit einer Amerikanerin erzählten, oder erleichtert, als es zwei Monate später hieß, die Hochzeit sei abgeblasen. Ich wäre sowieso nicht hingegangen. Wie auch – mein Kalender war voll. Manchmal las Rachel einen seiner seltenen Briefe vor, dann nahm ich seine Grüße freundlich an und bat sie, ihm ebenfalls alles Liebe auszurichten – natürlich rein schwesterlich!

Als ich vierundzwanzig war, hatte ich ihn seit sechs Jahren nicht mehr gesehen, denn unsere Wege kreuzten sich nie. Dean war so weit aus meinem Umfeld verschwunden, dass meine Gefühle für ihn zu einer platonischen Fernfreundschaft abgeklungen waren, und die rührselige Schwärmerei für ihn, die so lange zwischen mir und meiner Musik gestanden hatte, hatte ich schon lange überwunden. Das dachte ich zumindest.

KAPITEL 37

Und dann, aus heiterem Himmel, war er plötzlich da. Vor meinen Konzerten warf ich immer gerne einen Blick hinaus auf das Publikum, überflog die Gesichter und nahm die Atmosphäre freudiger Erwartung in mich auf, die jeder Vorstellung vorausging – das half ein wenig gegen das Lampenfieber, das sich stets in der halben Stunde vor meinen Auftritten einstellte. Und da war er plötzlich.

Ich sah ihn sofort. Er saß in der fünften Reihe, fast in der Mitte. Ich musste ihn an seinen Augen erkannt haben, die meine eigenen magnetisch anzogen. Unter den Hunderten Gesichtern im Publikum sah ich nur ihn, ein einzelnes vertrautes Gesicht in einem Meer von Fremden. Eigentlich hatten Jack und Rachel heute Abend kommen wollen, und das waren ihre üblichen Plätze. Ich nahm an, dass sie es aus irgendeinem Grund nicht geschafft hatten und Dean ihre Karten gegeben hatten.

Ich spielte, mit der üblichen Bravour, Beethovens »Frühlingssonate«, und muss zugeben, dass der Gedanke daran, dass Dean im Publikum saß, mir einen kleinen Adrenalinschub versetzte, der mich einer vollendeten Darbietung so nahe brachte wie noch nie zuvor. Als ich nachher vors Publikum trat und mich verbeugte, sah ich voller Freude, wie Dean begeistert klatschte. Doch als ich wieder hinter dem Vorhang verschwand, sah ich gerade noch, wie er sich seiner Sitznachbarin, einer jungen blonden Frau, zuwandte, und an der Art, wie sie lächelten und einander ansahen, wusste ich sofort Bescheid.

Hinter der Bühne wurde ich von den üblichen Verdächtigen erwartet und in der Garderobe von einem riesigen Strauß roter Rosen mit einer Nachricht darin:

Hallo Jyothi!

Ich bin heute Abend mit einer Freundin in London. Jack und Rachel konnten nicht kommen. Ich bin im Hotel Rembrandt. Kannst du nach dem Konzert zum Abendessen dort hinkommen? Ich habe einen Tisch für drei Personen reserviert und hoffe, du bist dabei! Wir haben uns so lange nicht gesehen und ich bin nicht oft zeitgleich mit Dir in London, also hoffe ich sehr, dass es klappt. Julia und ich werden dort auf dich warten. Wenn du nicht kommen kannst, ruf mich bitte unter dieser Handynummer an, andernfalls erwarte ich dich.

Alles Liebe,
Dean

Und mit einem Mal war ich wieder ein kleines Mädchen. Eine kleine Dreizehnjährige, die heimlich für einen unerreichbaren Sonnyboy schwärmt. Verschwunden war die brillante Violinistin, umschwärmt von den Medien und hochgelobt von der Musikwelt. Verschwunden die Diva, der die Welt zu Füßen lag. Verschwunden war Jade. Sie zog sich in den Schatten zurück und verwandelte sich augenblicklich zurück in Jyothi, das schüchterne kleine Mädchen, das niemals gut genug für ihn sein konnte.

Dieser erste Blick, den ich von ihm erhascht hatte, hatte

mein Herz hoch in die Lüfte aufsteigen lassen, der zweite Blick, als er sich zu der blonden Schönheit an seiner Seite gelehnt hatte, hatte ebenjenes Herz zu Boden fallen und zerschellen lassen, und ich konnte nichts weiter tun, als es dort zerbrochen liegen zu lassen und nach Hause zu gehen. Wie sollte ich ihm gegenübertreten?

* * *

Fest entschlossen, direkt nach Hause fahren, stahl ich mich hinaus. Ich hoffte, mich bis dahin soweit gesammelt zu haben, dass ich Dean anrufen und mich entschuldigen konnte. Ich würde ihm einfach sagen, dass ich Kopfschmerzen hatte oder schon verabredet war – alles war besser, als ihm so unter die Augen zu treten: erniedrigt, schwach, dasselbe verlorene kleine Ding, das er von früher kannte. Draußen erwartete mich eine Gruppe junger Mädchen. Die drei kamen zögerlich auf mich zu und hielten mir Fotos von mir hin.

»Hallo!«, sagte die eine. »Ich … ich bin Jo, und das sind Nadine und Megan. Wir waren bei Ihrem Konzert, es war toll! Wir studieren Musik – Nadine und ich Geige, Megan Cello – und, na ja, wir wollten Ihnen nur sagen, wie sehr Sie uns inspirieren! Vielen Dank! Und … würden Sie diese Fotos für uns signieren?«

Ich sah sie an, sah ihre erwartungsvollen Blicke, lächelte ihnen zu und signierte ihnen die Fotos – und in dem Moment erhob sich Jades zerbrochenes Bildnis aus dem Staub und ich spürte, wusste, dass sie noch lebendig war – und dass sie nicht vor Dean davonrennen konnte.

Ich richtete ein paar Worte an die Mädchen. »Gebt niemals auf«, sagte ich, »gebt euer Bestes. Übt fleißig und findet eure eigene Stimme. Sie liegt in euch. Habt Vertrauen.«

Dann befolgte ich meinen eigenen Rat und bat den Fahrer, mich zum Rembrandt Hotel zu bringen. Denn es war an der

Zeit, dass Dean die neue Jyothi kennenlernte, eine erwachsene, selbstsichere und erfolgreiche Frau. Nein – nicht Jyothi. Er würde Jade kennenlernen.

Jahrelang war ich das kleine Mädchen gewesen, das voll unerwiderter Bewunderung zu ihm aufsah. Nun wurde mir klar, wie erniedrigend das war. Deans ständige Zurückweisung hatte mich kleingehalten, auf den Knien, hatte mich um Akzeptanz betteln lassen, um Anerkennung, um Liebe. Durch die Zurückweisung war ich unterlegen gewesen, gefangen in mir selbst. Nun war es an der Zeit, den Spieß umzudrehen. Und ich besaß die nötigen Mittel dazu. Dean war zwar selber nicht besonders musikalisch, hatte aber seit jeher die Musik verehrt. Er hatte mich stets als Ministrantin an ihrem Altar gesehen. Nun würde ich die Hohepriesterin sein.

Ich wies den Taxifahrer an, irgendwo auf dem Weg zum Restaurant anzuhalten. So hatte ich genug Zeit, um meine Kräfte zu sammeln für Jades Debüt mit Dean – das vielleicht wichtigste in ihrem jungen Leben. Ich lehnte mich im Sitz zurück und nahm ein paar tiefe, beruhigende Atemzüge. Dann schloss ich die Augen, um mit einiger Mühe meine Gedanken und Gefühle zu ordnen. Eine Musikerin muss enorme Disziplin aufbringen können, um die höheren Gefilde zu erreichen, und in weniger als fünf Minuten hatte ich die gewünschte Selbstbeherrschung erlangt. Eine Hohepriesterin ist niemals nervös. Sie ist Herrin ihrer Gefühle, Herrin ihrer selbst.

Ich war zehn Minuten zu spät, aber immerhin hatte ich meine wiedererwachte zügellose Schwärmerei unter Kontrolle gebracht und an ihren Platz verwiesen, wo sie der lässig-eleganten Jade nicht dazwischenfunken konnte.

»Dean! Wie schön, dich wiederzusehen! Wie lange ist es jetzt her – sieben Jahre? Acht?«

»Sechs«, sagte Dean.

Wie immer begrüßten wir uns mit einer Umarmung und einem Kuss auf die Wange. Dann trat ich zurück, die Hände immer noch an seinen Armen, und sagte mit dem herzlichsten und liebevollsten Lächeln: »Lass dich mal ansehen ... Dean, du bist keinen Tag gealtert! Wie schaffst du es nur, so jung auszusehen? Es muss dein Vagabundenleben sein! Und das ist ...?« Mit wohlwollender, interessierter Miene wandte ich mich an seine Begleitung.

»Julia«, sagte er, doch sein Blick lag noch immer auf mir. Ich konnte ihn spüren.

Julia und ich gaben uns die Hand, und als sich unsere Blicke begegneten, sah ich, wie sie mich taxierte, die Konkurrenz abschätzte und zurückwich. Sie war zierlich, blond, blauäugig und hübsch – von Kopf bis Fuß Deans Typ, genau die Art Frau, die früher einmal an meinem Selbstbewusstsein genagt hätte. Doch mein Erfolg hatte all das verändert. Nun kannte ich meine Stärken und war stolz darauf. Wie sollten ein wohlgeformter Körper und ein schönes Gesicht jemals über *Musik* triumphieren? In sechzig Jahren würde dieser Körper seinen Reiz verloren haben, in achtzig Jahren nur noch Staub sein: Wie sollte er sich jemals mit der unbeschreiblichen Pracht der Musik messen, die für die Ewigkeit war? Dank des unerschütterlichen Wissens, wer ich war und was ich konnte, und sie nicht, löste sich meine anfängliche Eifersucht in Luft auf. Ich schenkte Julia ein aufrichtiges, herzliches Lächeln.

»Schön, dich kennenzulernen«, sagte sie mit sehr leiser Stimme. Ich spürte ihre Verunsicherung und sofort tat sie mir leid.

»Julia und ich sind alte Freunde«, sagte Dean fast schon herablassend. Es war mir peinlich für sie, und als wir uns setzten, stellte ich ihr bewusst ein paar Fragen, um seine Unhöflichkeit wiedergutzumachen.

»Und wie habt ihr euch kennengelernt?«, fragte ich.

»Ach, das war schon vor einer Ewigkeit«, antwortete Dean an ihrer Stelle. »Da war ich noch in der Schule. Ihr Vater klettert auch und wir haben uns in der Schweiz kennengelernt, als ich vielleicht siebzehn oder achtzehn war – sie ist Schweizerin und schon als kleines Mädchen immer in den Bergen unterwegs gewesen. Wenn ich in der Schweiz bin, gehen wir immer zusammen klettern. Im Moment studiert sie in England. Deshalb haben wir uns hier getroffen. Ich habe ihr erzählt, dass sie dich unbedingt mal hören muss. Sie war hin und weg. Jyothi, du warst so ...«

»Ach, und was studierst du?«, fragte ich höflich, um die Unterhaltung wieder in ihre Richtung zu lenken. Dean hatte wirklich keine Manieren.

»Englische Literaturwissenschaft«, sagte sie, und nun hörte ich den breiten Akzent, der verriet, dass Deutsch ihre Muttersprache war. Sie war scharlachrot angelaufen, vermutlich wegen der unerwarteten Aufmerksamkeit, die ich ihr zuteilwerden ließ.

Es amüsierte mich ohne Ende, zu sehen, wie sehr sich das Blatt gewendet hatte. Nun war es Dean, der zu mir aufsah, und seine Freundin, die sich fehl am Platz fühlte. Ich war der Star des Abends, wir alle wussten es, und es fiel mir nicht schwer, mit beiden nett und herzlich umzugehen. Mit vor Bewunderung feuchten Augen sah Dean mich unentwegt an – ich hatte gemerkt, dass er Julia, seit ich dazugekommen war, keines Blickes mehr gewürdigt hatte. Wie unhöflich Männer sein können, wie respektlos den Gefühlen anderer gegenüber. Seine Komplimente und Flirtversuche ließ ich mit Leichtigkeit an mir abprallen, ich war Schmeicheleien von Männern inzwischen gewöhnt und wusste mit ihnen umzugehen.

Ich war nicht mehr die unsichere kleine Jyothi, die um seine Aufmerksamkeit bettelte. Nun war es umgekehrt: Er brauchte meinen Segen, und es war an mir, ihn zu erteilen oder zu verwehren. Ich hatte die Macht und den Schlüssel zum Königreich der Musik. Dean kniete draußen vor der Tür. Er war mein.

KAPITEL 38

Zurückblickend hatte das Ganze etwas Unvermeidliches, ja Vorherbestimmtes an sich. Als wären Dean und ich unbewusst und unaufhaltsam auf den Moment zugesteuert, in dem das Timing perfekt war, den Moment, in dem ich bereit für ihn war und er für mich.

Am nächsten Abend trafen wir uns wieder, und diesmal wurde Julia mit keinem Wort erwähnt. Sie hatte sich in Nichts aufgelöst, genau wie Jyothi. Dean führte mich zum Essen aus, nur wir beide, und es war genauso schön, wie ich es mir immer erträumt hatte. Immer und immer wieder trafen sich unsere Blicke über der Kerzenflamme, lächelnd, flirtend, ausdrucksvoll, sodass die Worte, die wir sprachen, beinahe überflüssig erschienen. In seinen Augen leuchtete etwas, was ich mein Leben lang ersehnt und nie gefunden hatte. Es war, als seien wir im Geist vereint. Keine kindhafte Jyothi lauerte in meiner Seele, um mich zu Fall zu bringen, und obwohl er mich Jyothi nannte und nicht Jade, war ich gegen das Ziehen und Zerren des zerlumpten Mädchens gefeit.

An jenem Abend wollte er mit zu mir kommen, aber das

ließ ich nicht zu. Ich würde in meinem eigenen Tempo nach meinem eigenen Plan vorgehen. Ich würde ihn warten lassen, und ich wusste, das lange Warten, das uns bevorstand, würde sich lohnen. Am nächsten Tag musste er für einen Auftrag nach Ecuador fliegen, er sollte einen Vulkan fotografieren, der vielleicht oder vielleicht auch nicht kurz vor dem Ausbruch stand.

»Ich rufe dich an«, versprach er und ich musste dreimal tief durchatmen, um mein rasendes Herz zu beruhigen.

Am nächsten Morgen rief er mich vom Flughafen aus an. »Ich kann dir gar nicht sagen, wie gut mir der Abend mit dir gefallen hat«, sagte er. »Ich wollte, dass du das weißt. Es war, als hätte ich meine liebste und teuerste Freundin wiedergesehen, und dabei gemerkt, dass sie mehr als nur eine Freundin ist.« Bei diesen Worten spürte ich, wie bei mir die Konturen der Hohepriesterin verschwammen, wie eine Eisstatue, die in der warmen Sommerbrise zu tauen beginnt. Ich wollte etwas sagen, doch Dean unterbrach mich. »Ich kann dich nicht hören. Es ist zu laut hier. Und ich muss jetzt auch auflegen, das Boarding geht los. Ich rufe dich aus Quito an. Bis bald. Ciao.«

Und so begann unsere Fernromanze. Dean war nur zu Besuch in England gewesen, er wohnte in New York City. Doch im Grunde war er überall auf der Welt zu Hause, er zog mit erstaunlicher Leichtigkeit von einem Land ins andere, von einem Auftrag zum nächsten. Wir waren beide in einem Beruf gelandet, für den wir viel reisen mussten, doch während er sich in einem neuen Land sofort einlebte und von den wechselnden Landschaften und neuen Aussichten – von denen er nicht wenige mit dem anspruchsvollen Blick des Fotografen festhielt – profitierte, hasste ich es, zu reisen.

Ich hasste die anonymen Hotelzimmer, so luxuriös sie auch

sein mochten. Ich war stets erleichtert, wenn ich nach einem anstrengenden Besuch einer Bühne im Ausland die Tür zu meiner gemütlichen kleinen Wohnung in Kingston aufschließen konnte. Ich liebte die Vertrautheit meiner eigenen vier Wände, meiner Möbel, der schweren Stoffe und dicken Teppiche, die alle auf einen warmen Apricot-Ton abgestimmt waren. Mein Sofa war eins dieser riesigen, gemütlichen Dinger, die einen umfangen, wenn man sich hineinfallen lässt, weich und rostrot, mit ein paar großen Kissen an der Rücklehne. Unzählige Stunden hatte ich damit zugebracht, mit dem Kopf auf der Armlehne darauf zu liegen und mit geschlossenen Augen der herrlichsten Musik zu lauschen. Nun verbrachte ich dort meine Stunden damit, von Dean zu träumen und meine Eroberung zu planen.

Es vergingen einige Wochen ohne ein Wiedersehen. Das war nicht seine Schuld, sondern lag an unseren unerbittlichen Terminplänen. Einen Tag nach seiner Abreise nach Ecuador flog ich nach Prag, und als ich zurückkam, waren auf meinem Anrufbeantworter mehrere Nachrichten von ihm. Die erste kam aus Quito:

»Mensch, tut mir leid, dass ich mich jetzt erst melde – du kannst dir nicht vorstellen, wie schwer es hier ist, ein funktionierendes Telefon zu finden. Schade, dass du unterwegs bist, ich melde mich wieder.«

Die zweite war aus New York:

»Jyothi! Jetzt habe ich dich schon wieder verpasst! Hör mal, ich muss unbedingt mit dir reden. Ich hoffe, du bist nur kurz unterwegs und nicht außer Landes! Ich rufe dich heute Abend noch mal an.«

Und am selben Abend:

»Jyothi! Na gut, ich fasse mich kurz. Ich muss es dir einfach sagen ... Ich liebe dich! Ich habe dich immer geliebt! Ruf mich zurück, wenn du nach Hause kommst. Ich bin nächste Woche in London ... ich melde mich.«

Die nächsten drei Nachrichten waren kurz und knapp:

»Hi, ich bin jetzt in London. Ich probier's später nochmal.«

»Jyothi? Rachel hat mir gesagt, dass du in Wien bist und in ein, zwei Tagen zurückkommst. Ich reise in ein, zwei Tagen wieder ab, also meld dich sofort, wenn du zurück bist, ja?«

»Jyothi! Herrgott, ich habe nur noch einen Tag in dieser verfluchten Stadt, ruf mich um Himmels Willen an!«

Ich rief ihn zurück.

»Jade?« Ich hörte, wie Fran die Wohnungstür hinter sich zuzog. »Jade! Hey, wo bist du? Wir sind spät dran! Bist du noch nicht soweit? Was ist denn los?«

Von all meinen Musikerfreunden, die ich in den letzten Jahren kennengelernt hatte, stand Fran mir am nächsten. Sie war eine große, schlanke Frau, die aussah, als wäre sie aus den Körperteilen anderer Leute zusammengesetzt, da einfach nichts an ihr zusammenpasste: Ihre Arme und Beine waren zu lang, ihre Stirn zu hoch, ihre Brüste zu klein, ihre Hüften zu breit, ihr Oberkörper zu kurz. Aber das kümmerte Fran wenig, denn genau wie ich lebte sie für die Musik und war eine der besten Cellistinnen, die ich kannte. Sie hatte einen unglaublich starken Bogenarm und erzeugte selbst in virtuosen Passagen ausladende, runde Töne – in ihren Händen nahm das Cello eine warme, satte, beinahe menschliche Stimme an. Auch ihre Persönlichkeit hatte etwas Warmes, Sattes, Cellohaftes, man konnte sich in jeder Lage auf sie verlassen und sie war immer für ihre Freunde da.

Fran leitete den Musikzweig einer exklusiven Mädchenschule mit künstlerischem Schwerpunkt. Es war der perfekte Beruf für sie, denn im Gegensatz zu mir war sie ein durch und durch geselliger Mensch. So sehr sie die Musik auch liebte, ausschließlich damit wäre sie niemals glücklich geworden. Sie liebte den Austausch mit anderen Menschen, und zu musizieren hatte für sie weniger mit Ambitionen oder Selbstausdruck zu tun – wie es für mich der Fall war –, sondern vielmehr mit Kommunikation. Fran fühlte sich dazu berufen, die Welt durch Musik zu verbessern, wenn nötig auch durch gute Ratschläge, Zurechtweisungen, warme Hühnersuppe oder einen erhobenen Zeigefinger. Wenn man eine Auszeichnung erhielt, war Fran die erste, die mit Rosen und Champagner vor der Tür stand, war man krank, war Fran zur Stelle und brachte einem eine Tasse Kräutertee nach der anderen. Ich hatte immer gewusst, dass ich, sollte ich je ein Problem haben, mich damit an Fran wenden würde, aber bisher waren meine Probleme immer nur musikalischer Art gewesen, Fragen der Technik oder Tonlage, die durch ein, zwei Stunden gemeinsamen Spielens geklärt werden konnten.

Ich hörte, wie sie erst im Schlafzimmer und dann im Badezimmer nach mir sah, bevor sie mich schließlich auf dem Sofa fand.

»Mein Gott, Jade«, rief sie, »was ist los? Bist du ...?«

Sie ließ sich auf den Teppich sinken und legte mir eine Hand auf den Kopf. Ich hatte mein Gesicht in ein Kissen vergraben, aber als ich merkte, wie sie mich berührte, drehte ich mich zu ihr um.

»Jade, um Himmels willen! Was ist denn passiert, Süße? Du siehst ja schrecklich aus, deine Mascara ist ganz verschmiert. Was ist mit der Party? Bist du krank oder was ist los?«

Ich fühlte mich tatsächlich krank, wenn auch nicht körperlich. Widerwillig setzte ich mich auf, zog die Beine an und setzte mich in den Schneidersitz. Betrübt sah ich Fran an, strich mir die Haare aus dem Gesicht und sagte: »Fran, ich bin verliebt! Und ich weiß nicht, was ich tun soll!«

Fran lachte laut auf. »Ach, du Dummerchen! Und deshalb bist du so ein Nervenbündel?« Wieder lachte sie, dann kletterte sie neben mich aufs Sofa, legte mir einen Arm um die Schulter und schüttelte mich leicht. »Süße, das ist doch wunderbar! Wurde aber auch Zeit, ich habe dir doch immer gesagt, irgendwann passiert es! Na komm schon, du musst mir alles erzählen!«

Ich wich ihr aus und machte Anstalten aufzustehen. »Nein, wir sind sowieso schon spät dran. Lass uns gehen. Ich mach mich nur eben frisch.«

Aber Fran zog mich zurück aufs Sofa. »Nichts da! Bevor du mir nicht alles erzählt hast, gehst du nirgendwo hin! Wer ist der Glückliche? Kenne ich ihn? Das kommt alles so plötzlich! Ich will die ganze Geschichte hören, vorher lasse ich dich nicht gehen!«

Also erzählte ich ihr alles, von Anfang an. Sie war hin und weg.

»Aber dann ist doch alles gut«, sagte sie, als ich geendet hatte. »Ihr liebt euch – er ist der Eine, den du schon immer gewollt hast. Warum dann die Tränen? Du solltest eine Polka durchs Zimmer tanzen, du dummes Ding!« Sie kicherte. »Ich tanze mit dir, wenn du willst!«

»Aber Fran – ich habe solche Angst! Was, wenn er merkt, dass Jade nur gespielt ist! Was, wenn er mich durchschaut und sieht, dass ich nicht die kühle Diva bin, sondern einfach nur ein verliebtes Mädchen? Noch nicht mal eine Frau – ein naives, zitterndes, unerfahrenes Mädchen? Es ist alles so komisch, so neu!«

»Ach, du bist es einfach nicht gewohnt. Du hast dich vor der Liebe verschlossen, dich hinter deiner Musik verbarrikadiert, aber du musst doch ehrlich zugeben, dass es ein kleines bisschen einsam geworden ist in deinem Elfenbeinturm, oder nicht? Ein bisschen einsam und ein bisschen traurig?«

Bei diesen Worten brach ich endgültig zusammen. Ich klammerte mich an Fran fest, vergrub mein Gesicht an ihrem Hals und heulte wie ein Baby.

Mütterlich tätschelte sie mir den Rücken. »Sei einfach du selbst«, sagte sie, »dann wird das schon.«

Das Problem war nur: Ich konnte nicht ich selbst sein. Wie

sollte ich jemand sein, den ich gar nicht richtig kannte? Den ich noch nicht mal richtig mochte? Und wer war ich überhaupt wirklich: die urbane, unnahbare Jade oder die unscheinbare, unsichere Jyothi?

KAPITEL 39

Jade war ein labiles, flüchtiges Wesen. Ihre Beine waren zarte Gespinste und ihre Füße steckten im Lehm. Die Wochen, bis ich Dean wiedersehen konnte, waren eine Achterbahnfahrt, die mich aus tiefster Verzweiflung und Sorge in himmlische Vorfreude und wieder hinab führte. Fran war dabei immer an meiner Seite, hielt meine Hand und befreite mich aus meinen qualvollen Anfällen von Selbstkasteiung.

»Musik und Romantik vertragen sich einfach nicht«, jammerte ich. »Ich werde mich entscheiden müssen ... aber ich kann nicht! Ich kann das einfach nicht!«

»Quatsch!«, sagte Fran. »Ich musste mich schließlich auch nicht entscheiden, oder?«

»Aber bei dir ist das was anderes. Julian ist Musiker. Er ist wie du. Ihr beide ... verschmelzt einfach irgendwie. Wie zwei Flüsse, die ineinanderfließen.«

»Dean ist auch musikalisch, auch wenn er kein Musiker ist. Es war doch die Musik, die ihn zu dir hingezogen hat, oder etwa nicht! Er liebt deine Seele, und deine Seele ist reine Musik. Du wirst schon sehen, wenn ihr erstmal zusammen seid, wird alles gut. Ihr müsst eben nur ein paar Dinge klären.«

»Was müssen wir klären?«

»Na ja, du weißt schon. Wo ihr wohnt, wie oft ihr euch seht und so weiter.«

»Das ist ja gerade das Problem! Unsere Leben lassen sich nicht unter einen Hut bringen! Er reist ständig überall in der Weltgeschichte herum. Und du weißt ja, wie viel ich unterwegs bin. Wann sollen wir uns da überhaupt mal sehen?«

»Da werdet ihr schon gemeinsam eine Lösung finden, Jade. Mach dir jetzt noch keine Sorgen darum.«

»Aber ich mache mir Sorgen, ich kann nicht anders! Ich will die ganze Zeit mit ihm zusammen sein, aber ich will auch Zeit mit meiner Musik haben, und ich habe einfach solche Angst, dass ich meine Musik vergesse, wenn ich immer nur an ihn denke. Mir kommt die Konzentration abhanden, Fran! Meine Aufmerksamkeit! Ich spiele wirklich schlecht in letzter Zeit. Meine Gedanken wandern immer wieder zu ihm. Ich spiele wie ein verdammter Amateur. Gefühlsduselei – früher hatte ich immer einen klaren Kopf! Ach, ich wünschte, ich hätte ihn nie wiedergesehen! Ich wünschte, ich wäre wieder allein mit meiner Musik, so wie vorher. Da war alles so klar und einfach!«

»Es braucht einfach Zeit, Liebes. Es wird sich alles klären. Wart nur ab.«

Dann wiederum gab es Tage, an denen ich wie auf Wolken schwebte, an denen meine Liebe zu Dean mich wie auf Flügeln zu tragen schien und meiner Musik ebenjene Klarheit und Vision verlieh, die ich in der Zeit vor Dean vergebens gesucht hatte. Tage, an denen die Liebe zu ihm der Schlüssel zu jener Essenz der Musik war, nach der ich mich gesehnt, die aber immer gerade außer Reichweite geblieben war. Nun war sie mein. Gesättigt von Liebe, nahm meine Musik etwas Überirdisches an. Könnte sie doch nur immer so sein! Könnte doch nur *Jade* immer so sein …

* * *

In den nächsten sechs Monaten rief Dean mich an, wann immer er konnte. Aus Oslo und Santiago, aus New York und San Francisco, aus Tokio und Hong Kong. Als er einmal für zwei Wochen nach London kam, war ich gerade in Boston. Einmal in Paris verpassten wir uns um nur einen Tag.

Bei jedem Anruf schwor er mir seine unsterbliche Liebe. »Wir müssen uns irgendwann einmal in Italien treffen!«, sagte er. »In Florenz! Und dann spielst du mir italienische Arien vor. Es wird perfekt sein. Oh, Jyothi! Ich liebe dich so sehr!«

Ja, er nannte mich immer noch so. Für ihn, so erklärte er, sei ich Jyothi – Licht – und würde es immer bleiben. »Ich liebe dich. Meine Liebe zu dir ist die einzige Konstante in meinem Leben. Ich brauche dich, du bist wie eine wunderschöne Melodie im Mittelpunkt meines Lebens, die mich zu mir selbst und allem, was mir lieb und teuer ist, zurückruft. Ohne dich bin ich verloren.«

»Dich zurückruft? Von wo?«, fragte ich dann misstrauisch.

Ich hatte die beunruhigende Angewohnheit, gedanklich jedes Wort von ihm hundertmal zu hinterfragen. Meine Fantasie erledigte den Rest. Manchmal wünschte ich fast, er würde nicht anrufen, denn die Gespräche mit ihm schienen mich jedes Mal in einen Strudel von Gefühlen zu ziehen. Ich wollte fragen, was nun mit Julia war, traute mich aber nicht – wann immer mir die Frage in den Sinn kam, wurde mein Mund ganz trocken und ich brachte die Worte nicht heraus.

»Es kann nicht funktionieren!«, erklärte ich Fran fest überzeugt. »Es wird nicht funktionieren. Das habe ich im Gefühl. Ich bin nur eine Flamme von ihm. Eigentlich steht Dean auf zierliche Blondinen.«

»Jetzt geht das wieder los!« Fran verdrehte die Augen. »Süße, das sind nur deine Nerven, weil du ihn morgen wiedersiehst. Lass es dir von mir gesagt sein – einer guten Freundin und verheirateten Frau. Alles wird gut. Du musst nur die Ruhe bewahren und du selbst sein.«

Ich sehnte mir die lässige, selbstbewusste, elegante Frau herbei, die Dean am Abend nach dem Konzert kennengelernt hatte. Die erfolgreiche Musikerin, die keinen Mann brauchte, um glücklich zu sein. Sie war die Frau, in die Dean sich verliebt hatte. Aber sie war verschwunden, als wäre sie nur ein flüchtiger Geist gewesen, der sich meinen Körper für ein paar Stunden geliehen hatte, vergänglich wie eine Wolke. Nun musste ich mich Dean stellen, und ich hatte keine Ahnung, wer ich eigentlich war.

»Du bist du«, sagte Fran. »Sei einfach du selbst.«

»Er liebt Jade. Aber zurückgeliebt wird er von Jyothi«, entgegnete ich. »Eigentlich habe ich mich gar nicht verändert, auch wenn er das glaubt. Im Grunde bin ich immer noch Jyothi. Ich dachte, sie wäre verschwunden, aber das stimmt nicht. Sie taucht immer wieder auf und das macht mir Angst!«

»Ein Teil von dir hat sich verändert und ein Teil von dir ist noch wie früher. Der Teil von dir, der ihn liebt und immer geliebt hat, hat sich nicht verändert, und das ist der wichtigste Teil.«

»Ja, aber der Teil ist Jyothi. Was ist mit Jade? Der Frau, die er liebt?«

»Na gut. Ich zeige dir, wo Jade ist«, sagte Fran. Wir saßen gerade bei ihr zu Hause auf dem Sofa. Nun stand sie auf und verschwand eine Weile hinter dem Sofa. Auch ohne mich umzusehen wusste ich, was sie vorhatte. Ich hörte hinter mir das Klicken meines Geigenkoffers, als sie ihn öffnete. Mit Geige und Bogen in der Hand kam sie zurück und reichte sie mir. »Na los, komm schon!«

Sie bedeutete mir, ihr zu folgen, was ich auch tat. Ihr Cello stand im Musikzimmer an die Wand gelehnt. Sie griff danach, ließ sich auf ihren Stuhl fallen und befahl mir mit einem Nicken, mich bereit zu machen. Wir stimmten unsere Instrumente.

Und spielten.

Sobald mein Bogen die Saiten berührte, war alles wieder da: die ganze Magie und Erhabenheit. Die dunkle Wolke aus Zweifeln und Misstrauen wurde von der Klarheit der Musik vertrieben wie ein bedeckter Himmel, der von einem starken Wind freigefegt wird. Das war Jade, das war ich. Das war die Jade, die am nächsten Tag am Flughafen Heathrow Dean wiedersehen würde.

* * *

Ich sah ihn sofort. Er trug eine schwarze Ledertasche über der Schulter und war unter den ersten Passagieren, die durch die Schiebetür kamen. Was er anhatte, weiß ich nicht mehr – meiner Erinnerung nach etwas Blaues, aber ich hatte nur Augen für sein Gesicht. Ich sah, wie er mit gespanntem, ungeduldigem Blick die wartende Menge nach mir absuchte. Ich winkte und rief seinen Namen. Er entdeckte mich, und das Lächeln, das sein Gesicht erstrahlen ließ, vertrieb auch das letzte Fünkchen Ungewissheit. Eine Minute später stand er vor mir, und als wir uns bis auf Armeslänge genähert hatten, hielten wir einen Sekundenbruchteil inne, um einander anzuschauen, bevor wir uns in die Arme fielen.

Im Geiste hatte ich mir unser Wiedersehen schon unzählige Male ausgemalt, immer in warmen Goldtönen. Und natürlich war meine Vorstellung des Werbens und der Romantik zwischen uns auch mit Musik verwoben, denn ich wusste, dass es ursprünglich meine Musik gewesen war, die Dean gefesselt hatte. Wir waren Quer- und Längsfaden ein und desselben Stoffs, und dieser Stoff war Musik. Meine Musik.

Ich hatte alles vorbereitet, es würde ein perfekter Tag werden. Fran hatte geholfen und ein besonderes Gericht für uns zubereitet, eines ihrer köstlichen Risottos, das nun im Kühlschrank bereitstand, sodass wir es jederzeit aufwärmen konnten, falls wir nicht lieber ins Restaurant gehen wollten. Nach dem Essen würde ich ihm dann etwas vorspielen, *unser* Stück: »O mio babbino caro«. Unsere Musik. Und dann noch mehr seiner Lieblingsstücke: Leonard Cohens »Hallelujah« und »The Sound of Silence«. Schon immer hatte Dean lieber zeitgenössische als klassische Musik gehört, und ich würde ihn damit versorgen, ihn nähren: Er würde auf dem Sofa sitzen, mich mit schmachtendem Blick ansehen und ich würde für ihn spielen wie nie zuvor. Die Musik würde uns vereinen, unsere Seelen ineinanderfließen lassen, bis sie eine vollkommene Einheit bildeten, aus der eine so natürliche körperliche Vereinigung hervorgehen würde, dass es keine Frage, keine Befangenheit, keinen Schmerz gäbe. Ich hatte das ganze Szenario schon so oft in Gedanken durchgespielt, dass es nun nur noch darum ging, es auszuführen – eine Alternative konnte ich mir gar nicht vorstellen. Eigentlich, so hatte ich überlegt, musste ich doch keine Entscheidung treffen. Meine beiden großen Lieben ließen sich miteinander verbinden. Dean und die Musik würden einander ergänzen, ohne auch nur einen Moment miteinander in Konflikt zu geraten.

So genau stand mein Plan für mich fest, dass ich ziemlich pikiert war, als Dean mich gleich am Flughafen schon küsste. Unseren ersten richtigen Kuss hatte ich für später, *nach* der Musik geplant. Davor sollte es allenfalls schmachtende Blicke und sachte Berührungen geben, vielleicht würde er mir über die Wange streichen, mit Fingern sanft wie Rosenblüten über meine Haut gleiten. Wir würden uns Zeit lassen, denn wir hatten alle Zeit der Welt. Wir würden uns an den Händen halten und unsere ineinander verschränkten Finger wären der Mikrokosmos unserer körperlichen Vereinigung, jeder einzelne

Augenblick wäre perfekt. Ich wusste bereits, zu welchen Höhenflügen meine Seele imstande war, und dieser Tag sollte die Vorbereitung zu einem unfassbaren Höhepunkt werden. Gemeinsam mit Dean würde ich mich in ein Reich unvorstellbarer Wonne aufschwingen.

Alle Welt behauptete oder deutete zumindest an, dies sei die schönste Sache der Welt. Nun war ich endlich zum Festmahl geladen.

Soweit die Theorie. Soweit der Plan.

Aber Dean hatte noch nie besonders gut nach Plan funktioniert. Er zog mich an sich, drückte sich gegen mich und seine Lippen auf meine, drängte sich in meinen Mund. Ich war so überrascht, dass ich es einfach geschehen ließ, ich hätte ihn ebenso wenig zurückstoßen können, wie es mir gelungen wäre, einen begonnenen Sprung ins tiefe Wasser aufzuhalten. Ich hatte mich darauf getrimmt, mich Dean mit Körper, Geist und Seele hinzugeben. Meine Liebe zu ihm war jahrelang gereift und wochenlang bewusst kultiviert worden. Wie hätte ich nun, da ich in seinen Armen lag, einen Rückzieher machen können?

Dann wurde mir klar, dass er es eigentlich genau richtig machte: Es war wie der Kuss im Mohnfeld. Überwältigt gab ich nach und erwiderte seinen Kuss.

Danach sah er mich an, lachte, hakte sich bei mir unter, und gemeinsam gingen wir zum Parkplatz. Die Begrüßungsworte, die ich mir zurechtgelegt hatte, erstarben in meinem Gedächtnis. Ich konnte nichts weiter tun als bewundernd zu ihm aufzuschauen.

Auf dem Heimweg konnte Dean die Augen gar nicht von mir abwenden. Ich spürte seinen Blick, und hin und wieder sah ich zu ihm hinüber und lächelte, aber da ich auf den Verkehr achten musste, konnte ich mich der freudigen Erregung, endlich Deans ungeteilte Aufmerksamkeit zu haben, noch nicht hingeben.

Doch seine Worte nahm ich in mich auf, sie waren wie

Wasser für jemanden, der seit Jahren durch die Wüste wanderte.

»Ich liebe dich, Jyothi. Ich habe dich schon immer geliebt. Diese Liebe hat seit unserer ersten Begegnung in mir geschlummert. Aber die Zeit war noch nicht reif. Ich wusste es noch nicht.«

Das hatte er zwar auch schon am Telefon gesagt, aber die Worte direkt aus seinem Mund zu hören, verlieh ihnen nochmal eine ganz andere Dimension.

»Ich liebe dich auch, Dean. Schon immer. Ich habe es immer gewusst.«

Wie naiv ich doch war! Ich hatte gar nicht vorgehabt, mich gleich zu Beginn in Gefühlsbekundungen zu stürzen, eigentlich hatte ich ihn über seine Arbeit ausfragen wollen – was er in den letzten Wochen unternommen und fotografiert hatte, wo die Fotos veröffentlicht werden sollten und so weiter. Und natürlich hätte auch er mich nach meiner Arbeit fragen sollen: welche Stücke ich gespielt hatte und wo, wie es in Boston und Wien gewesen war und wohin ich als nächstes reisen würde. Mir war nicht wohl bei der ganzen Sache, als hätte Dean mir den Taktstock aus der Hand gerissen und nicht nur das Tempo unserer Begegnung, sondern gleich auch das ganze Repertoire geändert. Doch ich warf meine Zweifel über Bord, dieser Augenblick war einfach zu wundervoll – Dean, der *mir* seine Liebe gestand! –, um jetzt Bedenken zu äußern.

Doch als wir meine Wohnung betraten, änderte Dean schon wieder das Repertoire, und diesmal war es kein Unbehagen, das mich erfüllte, sondern blanker Protest. Mit der einen Hand schlug Dean die Haustür zu, mit der anderen packte er mich und zog mich mit einer Leidenschaft an sich, auf die ich gar nicht vorbereitet war. Ich befreite mich und lachte nervös.

»Dean, bitte! Nicht so schnell!«

»Dean, bitte! Nicht so schnell!« sollte das Motto dieses ganzen katastrophalen Wochenendes werden.

Nichts lief nach Plan. Dean hatte Jade erwartet, eine erfahrene, weltgewandte Frau, die wusste, wo es lang ging. Stattdessen begegnete er der naiven Jungfrau Jyothi, die im Herzen noch ein Kind war und sich danach sehnte, aus Jades Haut schlüpfen und zur wunderbaren Unschuld der Jugend zurückkehren zu können; Jyothi, die sich wünschte, von Dean mit sachter Hand heimgeführt zu werden. Aber der Dean, nach dem ich mich verzehrte, der sensible, fürsorgliche Dean von früher, hatte sich in den letzten zehn Jahren in einen Mann von Welt verwandelt, der nun glaubte, in einer ebenso gereiften Jyothi, in Jade, seinen Gegenpart gefunden zu haben. Das hier war ein neuer Dean, den ich nicht kannte.

Jade und der neue Dean hätten vielleicht eine Chance gehabt, aber Jade war nur eine Fassade und Jyothi kam nicht mit ihm klar.

Man musste Dean zugutehalten, dass er das Problem immerhin erkannte.

»Es war dein erstes Mal, oder?«, fragte er. Als ich traurig nickte, lachte er nur, nahm mich zärtlich in die Arme und sagte: »Oh Jyothi, ich liebe dich so!«

Es war die Tatsache, dass er mich Jyothi nannte, die mich so sehr entwaffnete, denn dieser Name stand für alles, was ich verloren hatte und für alles Schöne in mir. Niemand außer Jack und Rachel nannte mich noch so. Es war verwirrend, Dean diesen Namen aussprechen zu hören: Wie konnte ich die Frau sein, die er wollte, wenn er stattdessen das kleine Mädchen heraufbeschwor, das ich gewesen war? Es war unmöglich.

Ich versuchte es ihm zu erklären, aber er verstand mich nicht.

»Es gibt kein Zurück mehr, Jyothi!«, sagte er. Da war er wieder, dieser Name aus einer anderen Zeit. »Die Zeiten sind vorbei, damals habe ich dich wie eine kleine Schwester geliebt. Aber wir haben uns beide verändert. Du bist jetzt eine erwachsene Frau, kein verliebtes kleines Mädchen mehr. Ja, ich weiß, dass du in mich verknallt warst. Ich habe es immer gewusst, glaubst du denn, Jungs merken sowas nicht? Ich will dich nicht als Schwester, ich will dich als Frau an meiner Seite. Reif, leidenschaftlich. Wart nur ab, das kommt schon mit der Zeit.«

An jenem ersten Abend führte er mich aus. Wir besuchten einen Nachtclub im West End, der offenbar ein Treffpunkt für die Art von Leuten war, mit denen er verkehrte – Intellektuelle, Künstler, Experimentalautoren, auch ein paar Avant-Garde-Musiker. Jade hätte perfekt da reingepasst. Sie hätte sich das Haar über die Schultern geworfen, ein umwerfendes Kleid getragen, sich mit strahlendem Blick umgesehen. Sie hätte witzige Anekdoten erzählt, und alle hätten ihr zugehört und gelacht. Sie wäre schnippisch und mondän gewesen, modern und unglaublich clever, hätte alle Aufmerksamkeit auf sich gezogen und sich im Rampenlicht gesonnt, wie nur sie es konnte. Jade kannte das Programm und hätte es mit lässiger Eleganz absolviert. Danach wäre sie mit Dean nach Hause gegangen, um den Abend mit einer privaten Performance abzurunden, die alles übertraf, was sie je auf der Bühne dargeboten hatte. Jade hätte Dean um den Finger gewickelt. Jade war unverwundbar!

Aber Jyothi konnte das alles nicht. Es war zwecklos, Dean brachte das unschuldige kleine Mädchen in mir zum Vorschein, und sie war es, die ihm in die verrauchte Bar folgte, wo sie kaum Luft bekam. Jyothi konnte beim besten Willen nicht schauspielern. Mit gebeugten Schultern stand sie da, die Worte erstarben ihr auf den Lippen.

Sie fühlte sich unwohl und fehl am Platz, und andere, die ihr Unbehagen bemerkten, lächelten herablassend und wandten sich von ihr ab.

Auf der Taxifahrt nach Hause war Dean ungewöhnlich still, und ich wusste, dass ich der Grund dafür war. Gern hätte ich das Schweigen gebrochen, brachte aber kein Wort heraus. Da sehnte ich mich nach der Sprache der Engel und wünschte, ich könnte in der einzigen Sprache zu ihm sprechen, die ich beherrschte. Wenn er mich doch nur für sich spielen ließe! Jyothi und Jade konnten miteinander verschmelzen: Die Musik verlieh Jyothi Flügel und machte sie größer als die Summe ihrer Teile, sie wurde zu Jade, der Frau, die er liebte. Jade konnte ohne Jyothi nicht existieren, und Jyothi ohne Jade war nur ein blasser Strich in der Landschaft, seiner Liebe nicht würdig, die kleine Schwester von früher. Aber wie konnte ich Dean das erklären?

Am Sonntag unternahmen wir einen erneuten Versuch. Ich hatte stundenlang wachgelegen und gegrübelt, und früh am Morgen stand ich vor ihm auf, duschte, zog mich an und umgarnte ihn mit Musik – nichts Sanftes, Romantisches, was alte Erinnerungen wachrief; stattdessen begann ich mit Elgars »La Capricieuse«, ging dann über zu Wieniawskis »Scherzo-Tarantelle« und schloss mit dem imposanten »Teufelsgelächter« von Paganini. Diese drei Stücke versetzten mich erfolgreich in den Jade-Modus. Es gelang mir, meine Nervosität hinter meiner Virtuosität zu verstecken, und zu meiner Erleichterung sah ich, dass ich ihn getäuscht hatte. Er lachte, nahm mir vorsichtig Geige und Bogen aus der Hand und zog mich zu sich ins Bett.

Der Sonntag war ein fauler Tag, wir lasen Zeitung, gingen spazieren und unterhielten uns. Dean war gesprächig und alles wirkte normal. Aber unsere Unterhaltung blieb oberflächlich und ich befürchtete, dass Dean meine hölzerne Darbietung durchschaute. Vielleicht war es so, vielleicht hatte ich ihn auch getäuscht. Er ließ sich jedenfalls nichts anmerken, und als der Abend hereinbrach, war ich überzeugt, unsere Beziehung und seine Liebe gerettet zu haben.

Dann kam der Montag und ich hatte ihm nicht ein einziges Mal »O mio babbino caro« vorgespielt. Anscheinend hatte er gar kein Interesse daran. *Nächstes Mal*, redete ich mir ein, *wenn wir etwas vertrauter miteinander sind, werde ich in der wahren Sprache meiner Seele zu ihm sprechen. Jetzt noch nicht.*

Ich saß auf dem Bett und sah zu, wie er verstreut herumliegende Kleidungsstücke in seine Tasche warf.

»Wohin geht es als Nächstes?«, fragte ich.

»Nach Südafrika«, sagte er beiläufig. »Johannesburg.«

»Wann geht dein Flieger? Soll ich dich zum Flughafen bringen?«

»Ach, mach dir keine Umstände, ich nehme die U-Bahn.«

»Es ist kein Problem für mich, ehrlich.« Das stimmte, ich liebte ihn noch immer und nun, da er abreiste, überkam mich Panik. Mit Grauen stellte ich fest, wie kindisch mein Verhalten gewesen war. Meine Jade-Nummer hatte nicht gezogen, ich war nicht überzeugend genug gewesen und er musste es bemerkt haben. Er musste gespürt haben, dass ich die ganze Zeit über Jyothi und nicht Jade gewesen war! Warum hatte ich ihm nicht die Frau sein können, die er wollte?

Ich stand auf und ging ins Badezimmer. »Ich mache mich fertig.«

»Jyothi, ich habe doch gesagt, mach dir keine Mühe! Ich habe eh noch was in der Stadt zu erledigen. Mein Flug geht erst heute Abend.«

»Aber dann kannst du deine Tasche doch hierlassen. Warum willst du sie mit in die Stadt schleppen?«

»Ach, das mache ich öfter so. Mit British Airways kann man schon am Bahnhof einchecken, das mache ich meistens so. Es ist viel praktischer. Ich will nicht nochmal zurückfahren müssen, nur um die Tasche abzuholen.«

»Ach so. Na, dann kann ich dich ja zum Bahnhof bringen. Was hast du denn in der Stadt noch zu erledigen? Vielleicht können wir uns noch zum Mittagessen treffen?« Auf einmal konnte ich es nicht ertragen, mich von ihm zu verabschieden. Ich hatte das Gefühl, ihn zu verlieren, und alles nur wegen meines unreifen Verhaltens.

»Ach, Berufliches. Langweiliger Kram – und tut mir leid,

aber ich bin schon mit einem Verleger zum Essen verabredet. Aber hey, jetzt guck nicht so traurig, ich komme doch wieder!«

»Ja, aber du weißt ja, wie es ist. Wenn ich da bin, bist du unterwegs, und wenn du da bist, bin ich unterwegs. Wer weiß, wann sich unsere Wege wieder kreuzen?«

»Das heißt einfach nur, dass wir in Kontakt bleiben müssen. Und es muss ja nicht London sein.«

»Ja, schon … aber irgendwie kann ich mir nicht so recht vorstellen, dass ich jemals ein Konzert mitten in der Tatra gebe. Oder dass du das *Sydney Opera House* fotografierst. Wir reisen auf komplett unterschiedlichen Routen.«

»Dieses Treffen haben wir doch auch hinbekommen, oder etwa nicht? Wir finden schon einen Weg.«

»Dean, du liebst mich doch, oder?«

»Jyothi! Wie kannst du das fragen? Das weißt du doch!«

»Du musst mich für ein echtes Baby halten.«

Dean hörte auf zu packen, sah zu mir rüber und schenkte mir sein strahlendstes, unwiderstehlichstes Lächeln. Mein Herz überschlug sich.

»Weißt du was? Ich sag dir mal was. Ich glaube, es ist gerade deine Unschuld, die mich so zu dir hinzieht. Sie macht dich zu etwas Besonderem. Du bist wie ein unberührter Berg, der noch nie bezwungen wurde. Du hast dich für mich aufgespart, für einen Mann gibt es nichts Anziehenderes. Dann ist es eben eine schwierige Besteigung, aber was soll's! So ist es nur eine größere Herausforderung, den Gipfel zu erklimmen! Weißt du, als ich dich da völlig in deine Musik versunken auf der Bühne gesehen habe, da warst du wie eine Göttin, die auf göttlichen Saiten spielt, uns Sterblichen weit überlegen – es war überirdisch. Es war, als hätte etwas in mir Klick gemacht und alle anderen Frauen schienen nur noch aus Lehm geformt. Ich habe vergessen, dass hinter dieser erhabenen, außergewöhnlichen Frau das süße, unschuldige Mädchen steckt … Ich will dir zeigen, wie Liebe wirklich sein kann, Jyothi. Und dafür lohnt es sich zu warten.«

Er war eine Weile still, als dächte er nach, und ich konnte nicht sprechen. Dann sagte er:

»Du bist der Chogori im Winter. Hast du je vom Chogori gehört? Nein? Chogori ist die Bezeichnung der Balti für den K2, den zweithöchsten Gipfel der Welt. Vom K2 hast du sicher schon gehört. Balti wird in Baltistan gesprochen, das liegt im äußersten Nordosten von Pakistan nahe der Grenze zu Kaschmir. Baltistan beginnt dort, wo der Baltoro-Gletscher endet. Über dem Baltoro und allem anderen in der Region thront der K2, oder eben der Chogori. Man kann nur davon träumen, ihn im Winter zu besteigen. So bist du für mich.«

Das waren die schönsten Worte, die er je zu mir gesagt hatte.

»Oh Dean, wenn du auf mich wartest, dann verspreche ich dir, ich werde alles mir Mögliche tun – ich werde mich für dich verändern ... ich verspreche, dir eine ...«

Dean warf den Kopf in den Nacken und lachte. »Du Dummerchen, natürlich warte ich! Du glaubst doch nicht, dass ich jetzt einfach umkehre und den wunderbar einsamen Gipfel zurücklasse, wo ich ihn gerade erst entdeckt habe? Keine Sorge, ich komme wieder, schneller als du denkst.«

Und damit musste ich mich begnügen.

Ich hatte Dean nichts davon gesagt – er hatte nicht danach gefragt und das Thema war nicht zur Sprache gekommen –, aber am nächsten Tag brach ich für eine Konzertreihe nach Sydney und in den Fernen Osten auf. Als ich am Flughafen meinen vollen Gepäckwagen zum Check-in von British Airways schob, sah ich ihn. Er stand mit dem Rücken zu mir, aber ich erkannte die Jacke, das glatte schwarze Haar, das ihm gerade bis zum Hemdkragen reichte, und die abgenutzte Reisetasche, auf der er lässig eine Hand ruhen ließ. Auch die Frau an seiner Seite erkannte ich. Sie war blond: Julia. Sie hatten einander die Arme um die Hüften geschlungen, die Körper aneinandergeschmiegt und die Gesichter einander zugewandt, sodass ich sie im Profil sah, doch ich musste nicht befürchten, entdeckt zu werden, denn sie hatten nur Augen füreinander. Selbst auf die Entfernung und in meiner Gutgläubigkeit war die Leidenschaft, die sie umgab, unverkennbar.

KAPITEL 40

Meine Tournee im Fernen Osten lief nicht gut. Ich war zu aufgewühlt, um gut zu spielen, der Gedanke an Dean drängte sich immer ausgerechnet dann auf, wenn ich meine volle Aufmerksamkeit brauchte. Mr Harvey war ganz und gar nicht zufrieden mit mir, aber das kümmerte mich nicht im Geringsten. Ich war erleichtert, wieder nach London und in meinen sicheren Hafen in Kingston zurückzukehren. Doch gleich als ich meine Wohnung betrat und den Schlüsselbund an den Haken hängte, sprang mir schon eine Nachricht auf dem Anrufbeantworter entgegen und versetzte mich in Panik. Ich musste unbedingt mit jemandem reden, noch bevor ich meine Reisemüdigkeit ausschlafen konnte.

Bei Fran ging nur der Anrufbeantworter dran. Ich legte auf und rief wieder an, immer und immer wieder. Sie war sicher zu Hause, lag aber wohl schon im Bett. Mit etwas Glück war sie noch wach und las einen ihrer geliebten Krimis. Wenn nicht, würde ich eben so oft anrufen, bis sie wach wurde, und wenn sie nicht wach wurde, würde ich zu ihr nach Hause fahren und so lange klingeln, bis sie aus dem Bett fiel. Ich musste einfach mit ihr reden, mit ihr und niemand anderem. Mit Männern kannte Fran sich aus. Auch wenn sie jetzt in einer perfekten Beziehung war, hatte sie auch ganz andere, schwerere Zeiten durchgemacht.

Fran war vorher schon einmal verheiratet gewesen, ausgerechnet mit einem Banker. Sie hatten ein gemeinsames Kind gehabt, eine Tochter, die mit fünf Jahren bei einem schrecklichen Unfall ums Leben gekommen war. Nach dem Tod des Kindes war die Ehe auseinandergegangen und sie hatte sich geschworen, nur dann wieder zu heiraten, wenn sie einen Mann fand, der sie verstand. Dieses Versprechen sich selbst gegenüber hatte sie eingehalten, wenn sie auch vermutlich keine allzu große Auswahl gehabt hatte. Fran war zwar nicht hässlich – dafür hatte sie zu schöne Augen –, aber auch nicht gerade der Typ Frau, dem die Männer scharenweise hinterherrannten. Das war vermutlich auch besser für sie, denn die Sorte Männer, die dieser Sorte Frauen hinterherrennt, hätte eine Frau wie sie nicht verdient. Julian konnte sich glücklich schätzen mit ihr, und sie sich mit ihm. Und ich konnte mich glücklich schätzen, sie als Freundin zu haben.

Beim vierten Anruf nahm sie endlich den Hörer ab.

»Fran, Gott sei Dank. Tut mir leid, wenn ich dich geweckt habe, aber … oh Fran, ich muss mit dir reden. Kann ich zu dir kommen?«

»Jade? Hey, Süße, was ist denn los? Ich dachte, du wärst in Sydney? Wie? Jetzt? Warum, was ist denn los? Aber ja doch, natürlich kannst du kommen. Das weißt du doch. Ich habe noch nicht geschlafen, ich habe gelesen.«

»Fran, du bist ein Engel! In einer halben Stunde bin ich da!«

Tatsächlich brauchte ich nur fünfundzwanzig Minuten, denn wie durch ein Wunder waren alle Ampeln grün. Fran und Julian wohnten in einer umgebauten Stallung in Richmond, nur zwei Häuserblocks von der Themse entfernt. Ich parkte vor ihrer Garage, die Außenbeleuchtung ging an und als ich aus dem Wagen stieg – oder besser gesagt fiel, denn in meiner Eile stolperte ich –, ging die Haustür auf und Fran stand im Morgenmantel da. Wir umarmten uns.

»So, meine Liebe. Wehe, es ist nicht wichtig. Wie kannst du es wagen, mich um elf Uhr aus dem Bett zu werfen, wo der Mörder gerade zwei Kapitel davor ist, in die Falle zu tappen!«

»Oh Fran, vielen Dank, dass ich kommen durfte! Ich war so verzweifelt, ich musste dich einfach sehen!«

Fran nahm mich in Augenschein. Im Wohnzimmer brannte nur eine einzige Lampe, und Fran drehte mich ins Licht, um sich mein Gesicht anzusehen. »Du hast geweint, oder? Na komm, setz dich erstmal und erzähl mir, was passiert ist. Geht es um Dean? Wenn er dich verletzt hat, muss ich meine Messer schleifen gehen.«

»Ja, also, nicht nur ... Es geht um alles, um mein ganzes Leben. Um Dean und meine Musik. Fran, es ist ein Desaster – ich kann nicht mehr spielen! Und Dean – er hat mich belogen! Er geht fremd!«

»Quatsch. Natürlich kannst du spielen. Aber – Dean? Ich habe noch kein Wort von dir gehört, seit er dich besucht hat. Ich nehme mal an, es ist nicht gut gelaufen?«

Sie ging zum Fenster und zog die Vorhänge zu, als hätte sie Sorge, Dean könnte vom Garten aus hereinspähen.

»Wo ist Julian?«

»In Wien. Er kommt morgen zurück. Wir haben also alle Zeit der Welt. Ich gehe mal davon aus, du bleibst über Nacht?«

»Ja, danke. Oh Fran, ich habe alles verloren, ich bin eine Versagerin, völlig am Boden, und ich weiß nicht, was ich tun soll!«

Bei diesen letzten Worten brach meine Stimme. Ich konnte mein Elend nicht länger verbergen und alles sprudelte aus mir heraus: wie Dean mich angelogen und ich ihn am Flughafen in den Armen einer anderen gesehen hatte.

»Dieser verdammte Mistkerl!« Fran kochte vor Wut, als ich

ihr alles erzählt hatte. Mit ihrem zornigsten Blick schleifte sie mich in die Küche, wo sie Wasser aufsetzte, um eine Kanne Tee zu kochen.

»Du musst mit ihm Schluss machen. Sofort«, erklärte sie mir, während sie eine Packung Kekse öffnete. »Ich habe schon mit dem Schlimmsten gerechnet, seit du nicht wie vereinbart angerufen hast, damit ich ihn kennenlerne. Dafür kann es nur zwei Erklärungen geben, habe ich zu Julian gesagt – du kannst ihn ruhig fragen. Entweder sie ist im siebten Himmel und hat keine Zeit für unsereins oder sie ist in der Hölle und kommt nicht mehr raus. Ein Blick in dein Gesicht, und ich wusste, was Sache ist. So ein Schwein, ich bringe ihn um!«

»Die Sache ist nur die ... er kommt wieder! Er hat mir eine Nachricht auf den Anrufbeantworter gesprochen! Was soll ich nur tun?«

»Na, ist das nicht offensichtlich?« Fran goss den Tee auf, arrangierte Kanne, Tassen, Kekse und die übrigen Utensilien auf einem Tablett und führte mich zurück ins Wohnzimmer. »Lass ihn fallen – wie eine heiße Kartoffel!«

»Aber das kann ich nicht! Ich liebe Dean«, rief ich. »Ich liebe ihn wirklich, ich will ihn nicht verlieren. Aber jetzt habe ich nicht nur ihn, sondern auch noch meine Musik verloren. Diese ganze Konzerttournee war ein Desaster, es klang alles ... grauenvoll. Und es ist alles meine Schuld. Ich bin so ein Baby. Nicht gut genug für ihn.«

Genauso fühlte es sich an: als hätte sich eine Schmutzwolke über mich gelegt.

»Ich habe alles kaputtgemacht«, sagte ich, als Fran nicht reagierte. »Fran?«

»Warte mal«, sagte sie. »Ich versuche nur gerade, etwas zu verstehen. Gib mir einen Moment.«

Ich wartete, knabberte an einem Keks und schlürfte meinen Tee.

»Okay«, sagte Fran. »Lass mich das nochmal zusammenfassen. Ich war nicht sicher, ob ich richtig gehört habe. Er verbringt das Wochenende mit dir, bekommt, was er wollte, lügt dich an, und als du ihn dann mit einer anderen Frau siehst, denkst du, es wäre alles deine Schuld?«

»Na ja, ist es doch auch«, sagte ich. »Wenn ich nicht so naiv gewesen wäre ... Oh Fran, ich habe ihm die elegante Lady vorgespielt, um ihn zu beeindrucken, aber du weißt besser als jede andere, dass das nicht ich bin. Wenn ich das Bild nicht aufrechterhalten kann, werde ich Dean verlieren! Und er ist der Einzige, den ich je wollte. Ich könnte nie einen anderen lieben!«

»Quatsch«, sagte Fran. »Hör mal gut zu: Wenn Dean sich in deine Maske verliebt hat, bist du dann sicher, dass du ihn überhaupt willst? Wenn er dich nicht so lieben kann, wie du wirklich bist, ist er dann die Mühe wert? Diese Flughafengeschichte verrät mir schon alles, was ich über ihn wissen muss.«

»Nein, du kennst ihn nicht! Er ist sensibel, zärtlich, lustig – und er hat mich wirklich gern, er ist nicht so oberflächlich, wie es klingt. Fran, ich kenne ihn, ich weiß, dass er etwas Besonderes ist! Was denkst du, warum ich sonst all die Jahre auf ihn gewartet habe? Er glaubt vielleicht, er wäre in Jade verliebt, aber tief in seinem Herzen weiß er, dass er eigentlich Jyothi, mein wahres Ich, liebt. Wenn er das nur realisieren würde – wenn ich ihm nur die Augen öffnen könnte ...«

»Er ist ein Don Juan. Glaub mir, Jade. Alles spricht dafür. Jede Frau sehnt sich danach, solche Männer zu zähmen, aber das ist unmöglich. Die einzige Art, mit ihnen umzugehen, ist, auf Distanz zu gehen und einen kühlen Kopf zu bewahren.«

Ich biss mir auf die Lippe und schwieg. Ich spürte den wachsenden Ärger in ihren Worten, dabei gab es nicht viel, was Fran in Rage bringen konnte – sie war die Ruhe in Person. Sarkasmus war eigentlich nicht die Waffe ihrer Wahl, aber nun war jedes ihrer Worte davon getränkt, und noch dazu fühlte ich mich durch die Skepsis, mit der sie meine Lage darstellte, wie die letzte Idiotin.

Fran redete weiter, aber ich hörte ihr kaum noch zu. Ich wollte sie auf meiner Seite haben, wollte, dass sie mir half, Dean zu halten, und mir Ratschläge gab, wie ich mich bei seinem nächsten Besuch verhalten sollte. Wenn ich nur mit Dean glücklich werden könnte, so überlegte ich, dann würde auch meine Musik zurückkommen.

Im Moment hatte ich weder das eine noch das andere. Ich wollte aber beides. Ich konnte alles haben: den Mann, den ich liebte, die Musik, für die ich lebte, und beruflichen Erfolg.

»Ich werde mit ihm sprechen«, entschied ich spontan. »Ich muss das aus dem Weg räumen. Ihm sagen, dass ich ihn mit dieser Frau gesehen habe, dann aber Verständnis zeigen. Sagen, dass ich ihn liebe und weiß, dass es mein Fehler war. Ich habe einfach meine eigenen Pläne durchgezogen, statt daran zu denken, was ihm gefällt. Ich werde ihm gestehen, wie ahnungslos und unerfahren ich mit Männern bin, und ihn um eine zweite Chance bitten, ihm die reife Frau zu sein, die er sich wünscht. Dann gebe ich ihm noch eine Chance.«

»Der Kluge lernt aus den Fehlern anderer, der Dumme aus seinen eigenen«, sagte Fran nur, breitete aber die Arme aus und ich fiel ihr um den Hals. »Vielleicht musst du wirklich deine eigenen Erfahrungen machen. Aber pass auf dich auf, Jade. Du musst ja bald umfallen vor Erschöpfung. Komm, ab ins Bett mit dir.«

Sie nahm meine Hand und führte mich nach oben, wo sie beim Wäscheschrank stehen blieb, einen Stapel Bettlaken und Handtücher herausholte und mir in die Arme drückte. »Lass uns nicht mehr über Dean reden. Ich will alles über deine Tournee hören. Morgen machen wir uns ein schönes gemütliches Frühstück und ich erzähle dir den neuesten Klatsch. Wart nur ab, bis du Simones Neuigkeiten hörst …«

Am nächsten Morgen unterhielten wir uns weiter. Ich

verriet ihr, was mir am meisten Sorge bereitete: »Fran, er wird mich immer wieder verlassen. Es wird immer eine andere geben. Eine Schönere, Selbstbewusstere – Blondere.«

Fran schwieg einen Moment, dann sagte sie: »Jade, wenn das wirklich stimmt, musst du dich entscheiden: Kannst du damit leben – jemanden zu lieben, der immer wieder fremdgeht – oder nicht? Deine Seele gehört der Musik. Du brauchst jemanden, der die unglaubliche Wärme und Schönheit und Leidenschaft darin versteht, der dich durch deine Musik kennenlernen kann, und das erfordert eine gewisse ... Beständigkeit. Allmählich glaube ich, dass Dean das nicht kann. Wenn er dich liebt, muss er dich verstehen lernen. Wenn es deine Musik ist, die er liebt – was er ja behauptet – dann sollte er sich die Mühe machen, dir in deiner besonderen Welt zu begegnen. Das ist die Art Partner, die ich dir wünsche. Wenn du keinen Nicht-Musiker findest, der das versteht, dann suche dir eben einen Musiker, um Himmels willen! Diesem Dean rennst du schon viel zu lange hinterher!«

Es war, als hätten ihre Worte mir die Augen geöffnet. Mit einem Mal schien es nicht mehr unmöglich, Dean aufzugeben. Es war, als ginge ein Licht an. Deans Gerede von Bergen und Gipfeln, die es zu besteigen und zu erobern galt ... was mir zunächst schmeichelhaft vorgekommen war, erschien nun unglaublich beleidigend. Ich, ein Gipfel, den er zu erklimmen hatte? Das grelle Licht der Erkenntnis zeigte mir Dean, wie er an diesem fürchterlichen Wochenende und wie er all die Jahre hindurch gewesen war – und ich erkannte keinen Unterschied.

Dean war immer auf der Suche nach neuen Gipfeln gewesen, all seine romantischen Beziehungen waren Metaphern für den rastlosen Abenteurer auf Entdeckungstour. Wenn es keine echten Berge in Reichweite gab, mussten eben Frauen herhalten, und ich war nichts weiter als der neueste und bis dahin unerreichbarste Gipfel. Das hatte er selbst so gesagt.

Schon als er die Worte aussprach, hatte ich einen vagen

Schatten des Unbehagens gespürt, den ich nicht hatte wahrhaben wollen, doch Fran hatte mit ihren Worten in diesen Schatten hineingeleuchtet, sodass ich nun die hässlichen kauernden Gestalten sehen konnte, die darin verborgen waren. Ich hatte Scheuklappen getragen: Frans Worte rissen sie mir von den Augen.

Und dann zog sich das Licht von Frans Worten aus dem Schatten und den unwürdigen Kreaturen, die darin wohnten, zurück und zeigte mir eine Tür, und ohne auch nur einen Blick zurück in den Schatten zu werfen, gelang es mir, hindurchzugehen. Mir kamen Tränen der Erleichterung.

»Fran«, sagte ich, »ich kann es nicht. Mit Dean ist es aus. Endlich aus.«

Sie lächelte und sagte nur: »Gut.«

KAPITEL 41

Auf die schmutzigen Einzelheiten werde ich nicht weiter eingehen.

Mein Plan endete in einer Katastrophe. Mein Entschluss fiel in sich zusammen wie ein Kartenhaus.

Ich konnte einfach immer noch nicht glauben, dass Dean sich so sehr verändert hatte, seit wir zusammen aufgewachsen waren. Ich dachte, dass ich allein den wahren Dean kannte. Ich glaubte, ihn verändern, ihm klarmachen zu können, dass ich ihm mehr zu geben hatte als alle blonden, eleganten Schönheiten der Welt zusammengenommen. Ich wusste, dass es so war. Ich war aus tiefstem Herzen davon überzeugt. Ich musste nur ihn auch noch davon überzeugen. Und so kam es natürlich, dass ich mich doch wieder mit Dean traf. Mit einer Mischung aus Verstellung, Bewunderung und unterdrückter Verunsicherung versuchte ich, ihn zu gewinnen, als Jyothi. Es war vorprogrammierter Herzschmerz.

Im Laufe des nächsten Jahres sahen wir uns drei Mal wieder. Drei Mal prallten wir aufeinander. Drei Mal begegnete ich ihm nicht als Jade, sondern als Jyothi, drei Mal ging Jyothi zu Boden. Nach jedem Liebesunglück half Fran mir auf, staubte mich ab, schimpfte mich aus, nahm mich in den Arm und schickte mich dann wieder zurück ins Rennen. Und überzeugte mich davon, dass die Musik mein einziger Weg aus dem Elend war.

Also biss ich die Zähne zusammen und ließ meine Geige für mich sprechen. Fran hatte recht: Die Musik hielt die Gedanken an Dean in Schach.

Aber immer nur eine Zeit lang. Manchmal brach alles durch den sorgsam errichteten Musikwall hervor wie Wasser durch einen Damm. Ich konnte es nicht zurückhalten: Es war stärker als ich! Dann redete ich mir ein, Dean müsse mich kennenlernen, mein wahres Ich – Jyothi. Ich schrieb ihm innige Briefe, in denen ich ihm mein Herz ausschüttete. Er schrieb nie zurück, rief mich aber hin und wieder an, und seine Anrufe beruhigten mich. Er versicherte mir, dass er mich liebe, aufrichtig liebe, es sei nur alles so schwierig: unsere Lebensweisen ... unsere unterschiedlichen Temperamente.

Ja, wir würden uns wiedersehen. Und wir sahen uns tatsächlich wieder, wann immer sich unsere Pfade mal für einen Tag, ein Wochenende kreuzten, einmal sogar für eine ganze Woche. Und jedes Mal ertappte ich ihn. Einmal war es ein Foto von einer nackten blonden Schönheit in den Schweizer Alpen. Beim zweiten Mal ein Anruf, den ich nicht hätte annehmen sollen. Eine Postkarte mit einer Liebesbotschaft, die ich nicht hätte lesen sollen. Streitereien, Rechtfertigungen, Versöhnungen. Immer wieder auf und ab, ein ganzes Jahr lang. Und dann das finale Fiasko.

Es geschah in New York. Ich hatte gerade eine große USA-Tournee hinter mir – Boston, Chicago, Los Angeles, Philadelphia und nun New York –, war völlig fertig und wollte nur noch nach Hause in meine gewohnte Umgebung. Erfolgreich zu bleiben ist harte Arbeit. Um mich weiter zu verbessern, hatte ich immer schwierigere Stücke ausgewählt und fühlte mich völlig ausgelaugt. Wohl kaum der richtige Zeitpunkt für eine romantische Begegnung.

Aber hier war Dean jetzt ausnahmsweise mal auf heimischem Boden. Natürlich hatte ich ihn wissen lassen, dass ich kommen würde, aber vor dem Konzert hatte für ein Treffen die Zeit gefehlt. Nun war es vorbei und mich erwartete der übliche Strauß roter Rosen, die übliche Karte und eine Einladung zum Essen. Wie konnte ich da widerstehen?

Allein schon sein Anblick ließ mein Herz vor Freude hüpfen, und als er mich am Ellbogen zum Taxi führte, reichte schon diese galant-sanfte, vielsagende Berührung aus, um auch die letzten Eiszapfen meines Widerstands zum Schmelzen zu bringen. Das war mein Dean, der Dean von früher, den ich liebte.

Aber wer war ich? Jyothi oder Jade?

Er nannte mich Jyothi, aber nur Jade konnte ihn gewinnen – Jyothi, die unschuldige, aufrichtige Jyothi, hatte versagt. Er wollte Jade, also gab ich ihm Jade. Mit letzter Kraft straffte ich die Schultern und schenkte ihm das blendende Lächeln des Stars, strahlte Herzlichkeit und Selbstsicherheit aus. Es war nur eine Maske, aber Dean bemerkte die Täuschung nicht. Immerhin mein Blick, soviel wusste ich, sprach mit einer Liebe zu ihm, die ehrlich und tief und beständig war, aber das sah er nicht. Es waren Jyothis Augen, aber der ganze Rest war Jade.

Cool bleiben, ermahnte ich mich, als ich seine Hand drückte und ihn ansah, wohl wissend, dass ich aussah wie eine Königin, denn ich war immer noch in meinem Bühnenoutfit. Dean redete drauflos, und obwohl ich an den richtigen Stellen nickte und lächelte – ein weiteres einstudiertes Talent – hörte ich kaum zu, denn meine eigenen Gedanken waren dringlicher. Heute Abend, so beschloss ich, würde ich ihm ein für alle Mal meine Liebe beweisen. Seit unserem letzten Treffen war ich erwachsen geworden. Ich hatte Frauenzeitschriften und bücher gelesen. Ich wusste, dass ich ihn bezaubern, ihn verführen musste. Durch das Konzert war bereits die halbe Arbeit getan, denn mit meiner Musik schaffte ich es immer, Dean zu bezaubern und zu verführen. Die Musikerin in mir führte ihn wie eine Marionette. Es war die Frau, die bis jetzt noch nicht bereit für ihn gewesen war, noch zu sehr das kleine Mädchen, das Schwärmerei mit Liebe verwechselte. Heute Abend würde ich Jade sein.

Das Taxi fuhr los und Dean fing an, von seiner letzten Tour zu erzählen.

»Dean«, unterbrach ich ihn, »warum nennst du mich nicht Jade, wie alle anderen auch?«

»Ich bin eben nicht alle anderen«, sagte er mit einem Lächeln. »Warum? Wäre dir das lieber?«

»Ich fände es schön«, sagte ich. »Wenn du mich Jyothi nennst, fühle ich mich wie ein kleines Mädchen, wie deine kleine Schwester. Das ist ja fast wie Inzest!«

»Wenn du das möchtest, in Ordnung«, sagte er. »Aber ich werde mich daran gewöhnen müssen. Was die Sache mit der kleinen Schwester angeht ...« Er beugte sich vor, führte mein Gesicht sacht an seines heran und küsste mich. Ich erwiderte den Kuss.

Unsere Lippen lösten sich voneinander, und im schwachen Licht des Taxis sah ich das Weiß seiner Zähne aufblitzen, als er mich anlächelte. »Wow!«, sagte er. »Wenn das immer so ist, wenn ich dich Jade nenne, bin ich dafür!«

Ich lächelte kokett zurück. »Kleine Mädchen werden auch erwachsen«, sagte ich und versuchte, meiner Stimme einen verruchten Ton zu geben. Für mich fühlte es sich leer und falsch an – aber Dean schien es zu gefallen, denn er schloss mich in die Arme und hätte mich wieder geküsst, wäre das Taxi nicht in dem Moment beim Hotel vorgefahren.

Wir aßen im Restaurant meines Hotels zu Abend und alles ging gut, bis das Dessert serviert wurde. Der Champagner half zweifellos, ich war witzig und lebhaft, kess und elegant zugleich. Jade durch und durch, ich hatte Dean fest in der Hand. Gerade als ich den Löffel in meine Crème brûlée versenkte, trat der Kellner diskret an meine Seite und flüsterte mir etwas zu. Ich tupfte mir die Lippen mit der Serviette ab, entschuldigte mich mit einem strahlenden Lächeln und ging nichts ahnend zum Telefon. Wer sollte mich ausgerechnet hier und jetzt anrufen?

»Hallo?«

»Spreche ich mit Jade Kingsley?« Es war eine hohe Frauenstimme, nervös und hektisch.

»Ja. Und Sie sind?«

»Das geht dich nichts an. Er ist bei dir, oder? Das ist er doch!«

»Könnten Sie mir bitte sagen ...«

»Mein Gott, was für ein schicker britischer Akzent! Sehr vornehm! Könnten Sie mir bitte saaa-gen ...«

Am liebsten hätte ich den Hörer aufgeknallt, aber irgendwie konnte ich nicht. Ich bewahrte Ruhe. Ich umklammerte den Hörer und spürte den Schweiß in meinen Handflächen, aber ich blieb ruhig.

»Mit wem spreche ich bitte?«, fragte ich noch einmal.

»Ich sagte doch, das geht dich nichts an, du Schlampe! Denk ja nicht, ich wüsste nicht, was du vorhast! Ich hab deine Briefe gelesen, okay? Ich weiß, dass du ihn dir unter den Nagel reißen willst. Du denkst, nur weil du berühmt bist ... also, hör mal gut zu, Schätzchen, ich hab Neuigkeiten für dich. Dein Dean ist der größte Schürzenjäger von New York, wenn nicht von der ganzen Welt. Du bist nicht die Einzige. ›Chogori im Winter‹, so hat er dich doch bestimmt auch genannt, oder? Na? Also, Schätzchen, wenn es nach Dean geht, gibt es so einige Chogoris im Winter. Mindestens einen auf jedem Kontinent, wahrscheinlich eher in jedem Land. Und wenn du ihn nicht f ...« Darauf folgten die vulgärsten Ausdrücke, die ich je gehört hatte, sodass ich endlich die Kraft fand, den Hörer aufzuknallen.

Dean versuchte nach Leibeskräften, sich aus der Sache herauszuwinden. Sie heiße Kathy und sei eine Lügnerin, sie sei eine eifersüchtige Möchtegernfreundin. Sie bedeute ihm nichts! Er habe noch nicht mal ...

Während er sprach, betrachtete ich ihn wie aus großer Entfernung, und als ich ihn so ansah, ohne ein Wort, fiel es mir allmählich wie Schuppen von den Augen. Das war nicht der Dean, den ich als Kind geliebt hatte. Vielleicht existierte er noch, vielleicht war er auch für immer verloren. Wer weiß? Vielleicht war er auf irgendeinem Gebirgszug verschollen, vielleicht hatten die Julias und Kathys dieser Welt ihn ausgelöscht. Um diesen alten Dean würde ich trauern, ihn würde ich immer lieben – oder auch nicht. Das würde sich noch zeigen. Doch diesen Mann hier würde ich nicht mehr mit dem Dean verwechseln, den ich einst gekannt hatte. Diesen Mann hier konnte ich nicht lieben. Ich kannte ihn überhaupt nicht. Es war vorbei. Fran hatte recht.

Mein Scheitern bei Dean nährte meine Musik. Es war, als könnte ich den Schmerz, den er mir zugefügt hatte, nur dadurch heilen, dass ich weiter an meinen Fähigkeiten feilte. Ich übte beinahe ununterbrochen, und die Musik, die ich hervorbrachte, übertraf alles, was ich je im Leben zustande gebracht hatte. Meine Finger tanzten mit einer Gewandtheit über die Saiten, die mir bis dahin nie möglich gewesen war. Eine subtile Veränderung durchströmte mich und trat als beinahe körperliches Bedürfnis nach musikalischer Perfektion zutage – nicht mehr, um die durch die Musik entstehenden emotionalen Höhen und Tiefen zu erkunden, sondern um die Grenzen der technischen

Ausführung zu überwinden. An die Stelle der gefühlvollen Darbietungen von Bach, Beethoven und Mendelssohn, die ich einst bevorzugt hatte, traten nun die herausfordernden Werke Paganinis. Virtuosität war ein geeigneter Kanal für meinen Schmerz und meine Wut, und während meiner Krise war Paganini für mich sowohl als Komponist als auch als Violinist, und sogar menschlich, das ideale musikalische Vorbild. Mithilfe der Musik würde ich mich von Dean befreien. Die Musik würde mich stark machen. So stark, dass ich, falls er noch einmal unerwartet auftauchen sollte, nie wieder empfänglich wäre, nie wieder nachgeben würde, nie wieder Jyothi wäre, ein schwaches menschliches Wesen mit Gefühlen und einem liebeshungrigen Herzen. Paganini würde mir dabei helfen. Denn auch er war menschlicher Versuchung ausgesetzt gewesen, auch er hatte eine klare Entscheidung treffen müssen. Paganini war der größte Violinist aller Zeiten – sicher gab es kein höheres Ideal, nach dem ich streben konnte! Nur die Zeit würde es erweisen, ob ich die hohen Ziele, die ich mir steckte, je erreichen würde. Doch Mum hatte mich immer ermutigt, nach den Sternen zu greifen, und mit einem kleineren Ziel als diesem – die Beste, die Größte zu sein –, konnte ich mich einfach nicht zufriedengeben.

Es heißt, bei einem Konzert Paganinis seien einmal dreihundert Menschen ins Krankenhaus eingeliefert worden, mit der offiziellen Diagnose »übermäßiger Verzückung«.

Dieses kleine Detail faszinierte und amüsierte mich. Das war es, was ich erreichen wollte! Ich malte es mir aus: ganze Zuschauermengen, die sich Luft zufächelten und vor Verzückung in Ohnmacht fielen, und ein Dean, der vor Verzückung auf die Knie ging, vom Zauber meiner Darbietung zu Tränen gerührt, um Vergebung flehend! Ich lächelte und war von dieser so ungemein befriedigenden Vorstellung selbst schon ganz verzückt.

Bei meiner nächsten Asien-Tournee war Paganini also mein stiller Mentor, mein Vorbild und mein Gefährte. Für Jade

Kingsley hatte ein neues Kapitel begonnen, ihr Stern strahlte am Himmel und nach dieser Tournee würde die ganze Welt es wissen.

Jack und Rachel verbrachten die Wintermonate wie gewöhnlich in Indien, und als ich in meiner Hotelsuite in Delhi ankam – dem Höhepunkt meiner Tournee – fand ich dort die Nachricht vor, dass sie für das Konzert in die Stadt gekommen und bei Deans Mutter untergekommen waren. Das verärgerte mich über die Maßen. Es gefiel mir nicht, dass Jack Umgang mit Leuten hatte, die Dean so nahe standen. Ja, er war mit Rachel verheiratet, das konnte ich gerade noch hinnehmen. Aber musste er unbedingt mit der Mutter von diesem Mistkerl anbandeln? Das war eine Irritation, auf die ich gut hätte verzichten können. Als Musiker muss man einen klaren Kopf bewahren, um die optimale Leistung zu erbringen, und stattdessen kochte ich nun vor Wut wegen einer Sache, die absolut nichts mit Musik zu tun hatte.

Am nächsten Morgen hatte ich keine Zeit mehr, über Dean oder seine Mutter nachzudenken – mein ganzer Tag war bis auf die letzte Minute durchgetaktet. Ich hatte mich unglaublich auf dieses Konzert in Indien gefreut – merkwürdigerweise das erste in meinem Geburtsland – und es war außerdem die wichtigste Station dieser Tournee. Für den Vormittag waren zwei Interviews mit der *Times of India* und *India Today* angesetzt und am Nachmittag ein Fernsehinterview, das live übertragen werden sollte.

In der indischen Musikelite freute man sich offenbar genauso sehr darauf wie ich. Und diese Freude ging weit über die Musikelite hinaus – zwar ist das Interesse für westliche klassische Musik in Indien begrenzt, aber unter gebildeten Leuten war ich dennoch ein bekannter Name, auf den man mit einigem Stolz blickte. Denn ich war eine Einheimische, die berühmteste indische Interpretin westlicher Musik. Das unwesentliche Detail, dass ich mein Instrument im Westen erlernt hatte und wohl als zerlumpte Bettlerin auf den Straßen Bombays gelandet wäre, wenn nicht das Schicksal seine Hände im Spiel gehabt hätte, wurde dabei großzügig übersehen, und ich spielte das Spielchen mit, indem ich diesen ungelegenen Umstand nicht zur Sprache brachte. Nein, ich war ein Kind aus den Slums – vom Tellerwäscher zum Millionär. Die perfekte Schlagzeile.

Das Fernsehinterview lief hervorragend, ich war gut vorbereitet. Davor hatte ich drei entspannte Stunden im Schönheitssalon des Hotels zugebracht und mich bis in die Fingerspitzen verwöhnen lassen. Ich trug einen feinen Salwar Kamiz aus dunkelroter Seide, und als ich ins Studio rauschte, drehten sich alle nach mir um. Die Mitarbeiter verbogen sich förmlich, um mir jeden Wunsch von den Augen abzulesen, und die Bewunderung in ihren Blicken untermauerte das Selbstbewusstsein, welches das unsichtbare Rahmenwerk meines Selbstbildes war: Das Bild strahlenden, unantastbaren, gottgleichen Ruhms. So entsteht eine Diva: durch gegenseitiges Einverständnis der Verehrten und ihrer Verehrer, eine stillschweigende Übereinkunft, einen spinnwebenzarten Mythos aufrechtzuerhalten. Wie zerbrechlich eine solche Übereinkunft doch ist!

Mein Interviewer, einer dieser hellhäutigen Inder voller Bollywood-Charme und Schönheit, flirtete ungeniert mit mir, und ich flirtete zurück, konterte seine bohrenden, aber oberflächlichen Fragen mit Witz und Verstand, lächelte und lachte an den richtigen Stellen.

»Jetzt mal ehrlich, Jade«, sagte er, wobei er sich vorlehnte und mir tief in die Augen sah, »du hast alles, was sich eine junge Frau nur wünschen kann – fast alles. Du bist erfolgreich, brillant, talentiert, reich, weitgereist und gutaussehend. Und trotzdem bist du single! Indische Frauen in deinem Alter sind normalerweise längst verheiratet. Gibt es denn keine Heiratspläne? Unter deinen unzähligen Bewunderern muss es doch irgendjemanden geben, der dir zusagt? Bestimmt hast du einen Favoriten?«

Er warf mir einen schelmischen, vielsagenden Blick zu. Ich erwiderte ihn mit einem geheimnisvollen Lächeln und warf die Haare zurück. »Wie jeder weiß, bin ich mit meiner Musik verheiratet. Meine Geige lässt keine dreckigen Socken auf dem Boden herumliegen – und sie wird mir niemals untreu sein!«

Darüber lachten wir herzlich, und voller Zuversicht kehrte ich ins Hotel zurück. Ich war sicher, dass ich auch an diesem Abend wieder alle meine Zuhörer mitreißen, meinen üblichen Zauber wirken und die süßen Früchte des Ruhms ernten würde. Ich sonnte mich im Glanz dieses kommenden Erfolgs, der Ärger von gestern war vergessen.

Dann rief Jack an und machte alles kaputt.

Schon seit Monaten hatte ich ihn nicht mehr gesehen oder gesprochen. Er und Rachel waren schon seit Anfang November in Rishikesh und würden noch bis nach Weihnachten dort bleiben. Als Jack mitbekommen hatte, dass ich für ein Konzert nach Delhi kommen würde, hatte er ursprünglich gefragt, ob ich sie nicht ein paar Tage in Rishikesh besuchen kommen wollte (»Es würde dir und deiner Musik guttun«, hatte er gesagt), aber ich hatte die Einladung höflich abgelehnt. Mein Terminplan war voll und außerdem war Rishikesh der letzte Ort der Welt, den ich besuchen wollte. Doch nun war Jack hier, in Delhi, und ich war nicht gerade glücklich darüber.

Nachdem wir die üblichen Floskeln ausgetauscht hatten, schlug Jack vor, nach dem Konzert zusammen essen zu gehen, so wie wir es für gewöhnlich in London taten. Und wie gewöhnlich sagte ich zu und verbarg meinen Widerwillen.

»Oh, das wäre schön. Ja, natürlich. Soll ich uns einen Tisch reservieren oder kümmerst du dich?«

»Ich mach das schon«, sagte Jack. »Und übrigens ...«

»Ja?«

»Ach, nichts. Aber sag mal, wie kommt es denn, dass du auf einmal Paganini spielst? Früher hast du ihn doch nie gemocht, und ich auch nicht.«

Ich schmunzelte. »Warum kommst du dann, wenn du Paganini nicht magst?«

»Vor allem, um dich mal wieder in Aktion zu sehen, aber ich bin auch neugierig. Und außerdem ...«

»Ja?«

»Ah, Rachel ist gerade da, sie möchte dich auch noch kurz sprechen. Sieh nachher mal zu uns rüber, ja? Wir sitzen in der fünften Reihe links. Bis später, Süße, und viel Glück.«

Bevor ich noch etwas sagen konnte, war er verschwunden und Rachel war am Apparat. Sie erzählte mir von einem Labradorwelpen, den sie nach ihrer Rückkehr nach England kaufen wollte, als Nachfolger von Sheba, die letzten Herbst gestorben war.

»Ach, übrigens«, sagte sie, nachdem wir uns eine Weile unterhalten hatten. »Wir haben ein Weihnachtsgeschenk für dich. Es ist etwas, was du dir schon lange gewünscht hast. Welche Zimmernummer hast du? Es ist etwas größer, deshalb lasse ich es besser direkt in dein Zimmer liefern.«

Ohne große Begeisterung oder Neugier gab ich ihr meine Zimmernummer. Ich machte mir weniger Gedanken darum, worum es sich bei dem Geschenk wohl handelte, als vielmehr darüber, dass ich nicht auch eines für sie hatte. Ich würde am nächsten Morgen losziehen müssen, um etwas zu besorgen, ein ziemlich unangenehmer Ausblick. Ich weiß, dass es Frauen gibt, die es lieben, stundenlang durch Kaufhäuser zu schlendern, aber ich habe es schon immer gehasst, vor allem in einer Stadt wie Delhi, in der ich mich nicht besonders gut auskannte. In meiner Erinnerung war Einkaufen in Delhi untrennbar mit Deans Mutter und ihrer weißen Limousine verbunden, die sich langsam durch die geschäftigen Straßen schob, um vor marmorverkleideten Sari-Geschäften zu halten.

Dazu kam, dass es praktisch unmöglich war, Geschenke für Jack und Rachel zu finden. Sie hatten so wenige Wünsche und führten ein so einfaches Leben. Ich würde ihnen eine große und teure indische Statue für den Garten kaufen, etwas Schönes und Spirituelles, Krishna oder Shiva oder etwas in der Art, und sie zu ihnen nach Hause liefern lassen. Ich hakte die Aufgabe gedanklich ab. Vielleicht konnte ich auch einfach einen Chauffeur damit beauftragen. Ich dachte vage darüber nach, was sie mir wohl schenkten, mir fiel jedenfalls nichts ein, was ich mir unbedingt wünschte. Göttlich spielen zu können: das ja. Aber nichts Materielles. Nichts, was mit Geld zu kaufen war.

Dennoch hatte Jacks Anruf den Ärger vom Vortag wieder aufgewärmt und überschattete den kommenden Abend. Eigentlich war mir überhaupt nicht danach, mit Jack und Rachel essen zu gehen. Rahul, der Interviewer vom Fernsehen, hatte angedeutet, dass er zum Konzert kommen würde und wir uns danach treffen könnten. Darauf hatte ich mich schon gefreut. Aber eigentlich sprach auch nichts dagegen, wenn er zum Essen mitkam, wenn uns danach war. Meine Stimmung hellte sich auf.

Meine erste Darbietung lief reibungslos. Der Applaus war ohrenbetäubend. Zwar fiel niemand auch nur ansatzweise vor Verzückung in Ohnmacht, aber das war ohnehin noch ein weit entferntes Ziel. Ich war zufrieden mit mir, lächelte und ließ den Blick über das applaudierende Publikum schweifen, um vielleicht Jack und Rachel zu sehen. Ich entdeckte sie.

Doch dann erhaschte ich aus dem Augenwinkel ein Signal. Wahrscheinlich war es kein tatsächliches Signal, genaugenommen bin ich sicher, dass es keines war. Vielmehr spürte ich, wie mein Blick zur Seite neben Jack gezogen wurde, durch irgendeine mir unbegreifliche Anziehungskraft. Ich hätte unmöglich eine logische Verbindung herstellen können zu dem, was ich da sah. Zu der Person, die dort neben Jack saß.

Augen. *Seine* Augen. Ich hätte sie überall erkannt, sie in jeder Menschenmenge ausgemacht.

Augen, die auf mich gerichtet waren, die für einen winzigen Moment meinen Blick hielten.

Das die Augen umrahmende Gesicht nahm ich gar nicht wahr. Ich sah nur diese Augen. Augen, die das Konstrukt Jades durchschauten, es als zerbrechlichstes Glas entblößten. Augen, die dieses Glas zertrümmerten.

Das Klirren des Glases vertrieb auch die letzte Note aus meinem Kopf und ließ nichts als kalte, weiße Leere zurück, eine kalte, weiße, verzweifelte Leere, in die sich nicht der kleinste Fetzen Paganini mehr verirrte oder herbeirufen ließ. Es blieb keine einzige Erinnerung an jegliche Musik, die ich in meinem Leben gespielt hatte. Es war, als wäre ich taub auf die Welt gekommen, als wäre mir die Musik, das größte Geschenk, das einem Menschen zuteilwerden konnte, nie in die Seele gelegt worden, als hätte ein zorniger, rachsüchtiger Gott mir alles entrissen, was mir einst gegeben war, und mich in heilloser Leere, Trauer und Demut zurückgelassen.

Ich sollte die Caprice No. 13 spielen, das »Teufelsgelächter«. Aber es ging nicht. Ich war zu Stille erstarrt. Wie so oft zuvor überkam mich jenes Etwas, das meine Musik seit meiner Kindheit immer wieder heimgesucht hatte. Ich wurde zu einer musiklosen, leblosen Statue. Ich konnte nicht mehr spielen.

* * *

Die Stille war lauter als vorher die Musik gewesen war, lauter als der Applaus gewesen war. Mit jeder Sekunde, die verstrich, wurde sie lauter. Ich spürte das wachsende Unbehagen des Publikums. Ein Unbehagen, das, je länger die Stille anhielt, allmählich einer Beunruhigung wich. Ich sah, wie besorgte Blicke ausgetauscht wurden, vernahm den angehaltenen Atem und roch den Angstschweiß.

In dieser Stille zerfiel die Welt, in der ich lebte, um mich herum zu Trümmern. In den Trümmern lagen die Scherben von Jades Überresten.

Und in derselben Stille tauchte nun eine andere Welt auf, die echte Welt, die aus nichts Gehaltvollerem bestand als aus vagen Erinnerungen. Erinnerungen, die durch einen bestimmten Geruch, eine Tonfolge oder ein Wort – oder in diesem Fall ein Augenpaar – geweckt werden konnten. Erinnerungen, die mit einem Wort erfasst werden konnten. Indien.

Und irgendwo aus dieser Stille heraus hörte ich den Teufel lachen.

»Es tut mir leid«, flüsterte ich schließlich. Ich kehrte dem Publikum den Rücken und verließ in einem letzten kläglichen, sinnlosen Anflug von Tapferkeit erhobenen Hauptes die Bühne.

Als ich weiterging, spürte ich Hände, die nach mir griffen, und hörte Stimmen, die meinen Namen riefen. Ich erkannte Gesichter: Mr Harvey, hier und da einige andere. Ich ließ sie alle links liegen. Jemand streckte mir flehentlich die Hände entgegen, und ich reichte ihm meine Geige. Zu wem gehörten die Hände? Ich wusste es nicht. Ich lief weiter, die Treppe hinab, zum Bühneneingang und hinaus auf die Straße. Ich lief weiter und immer weiter. Ich hatte keine Ahnung, wo ich war. Auf den Straßen schoben sich die Menschenmassen umher, doch als ich näherkam, teilten sie sich, als ahnten sie etwas, als mieden sie mich. Ich winkte ein freies Taxi heran und fuhr zurück ins Le Meridien, schwebte im Glaslift nach oben zu meiner Suite.

Als ich die Suite betrat, fiel sofort mein Blick darauf: An der Wand lehnte eine große, längliche, in Stoff eingeschlagene und mit Bindfaden verschnürte Kiste, daran ein Schildchen mit meinem Namen in großen Buchstaben. Das Geschenk. Ich ignorierte es und ging ins Badezimmer. Zog mich aus und schminkte mich ab. Ging ins Bett. Und wartete auf den Schlaf.

Doch der Schlaf war so widerspenstig wie die Musik. Er wollte einfach nicht kommen.

Eine halbe Stunde lag ich da, totenstill. Ich bemühte mich nach Kräften, alle Gedanken zu verbannen, nicht eine Erinnerung an das Geschehene in mein Bewusstsein dringen zu lassen. Es war ein aussichtsloser Kampf. Ich spürte meine inneren Mauern in mir zusammenbrechen, als alles, was ich mir über die Jahre aufgebaut hatte, in sich zusammenfiel. Es war nicht nur meine Karriere, die in Trümmern lag. Es war meine ganze Persönlichkeit. Wer war ich denn ohne die Musik?

Ich dachte an die anderen Vorfälle zurück, sie waren an einer Hand abzuzählen. Das erste Mal vor vielen Jahren in Rishikesh war es durch meine Konfrontation mit Indien passiert, durch die Erinnerungen, die dadurch aus den Untiefen meines Geistes an die Oberfläche gestiegen waren und mich am Spielen gehindert hatten. Es war zwar peinlich, aber nicht besonders schlimm gewesen.

Dann hatte es auch weitere, kleinere Ausfälle gegeben, meist privat beim Üben. Doch von ganz oben war ich noch nie gefallen.

Noch nie aus solcher Höhe. Die immense Leere, die mich in diesem kritischen Moment überkommen hatte, war mit nichts zu vergleichen. Es war eine Leere, die sich mit jeder Sekunde tiefer in mich hineinfraß und mich mit höhnischen Worten verspottete, die in mir widerhallten, wo einst herrliche Musik erklungen war: *Versagerin! Kleiner Niemand! Abschaum von der Straße!*

Und wieder hörte ich den Teufel lachen.

KAPITEL 42

Das Telefon klingelte. Ich ging nicht ran, dann klingelte es wieder. Ich wusste, dass es Jack war. Ich nahm ab. Er war in der Lobby und fragte, ob er raufkommen dürfe. Mir war klar, dass er ohnehin nicht nachgeben würde, also stimmte ich zu. Ich stand auf, zog meinen Morgenmantel über und ging zur Tür. Jack – und direkt hinter ihm noch jemand. *Er*. Rabin.

Ich konnte mich nicht länger beherrschen. Ich weinte.

»Warum?«, schluchzte ich. »Warum hast du mir das angetan? Die Geige – ist meine einzige Hoffnung. Meine einzige Stütze. Die Geige – hat mich gerettet.«

Ich zeigte auf die Kiste. »Ich weiß, was da drin ist. Aber es ist zu spät. Du kannst das nicht tun. Du kannst nicht einfach zurückkommen und mich wieder vor die Wahl stellen. Damals hätte es vielleicht funktioniert, aber jetzt nicht mehr. Ich weiß ja nicht, was du da bei dem Konzert mit mir gemacht hast, ob du irgendwelche hypnotischen Kräfte hast. Aber wenn ja, war es nicht richtig, sie so einzusetzen, mir meine Musik zu nehmen. Mich von der Klippe zu stoßen.«

Ich spürte einen Kloß im Hals, aber schluckte ihn hinunter. »Die Musik war alles, was ich hatte, die Geige war alles, was ich hatte. Sie war mein Leben, ich will sie durch nichts ersetzen. Ich will keine Sitar.«

»Jyothi, du verstehst das falsch. Ich wollte dich nie vor die Wahl stellen«, sagte Rabin. Und endlich hob ich den Blick und sah ihn an.

Dann trat er aus dem Schatten. Er schien keinen Tag gealtert zu sein, aber sein Haar war länger und seine Augen dunkler und strahlender, als ich sie in Erinnerung hatte. Er lächelte nicht – es war nicht der richtige Zeitpunkt dafür – und statt mir die Hand zu geben, legte er die Handflächen zum Namaste-Gruß zusammen und beugte leicht den Kopf. Ich erwiderte den Gruß nicht. Seine Worte irritierten mich, seine Anwesenheit noch mehr. Trotz dem, was er gerade gesagt hatte, war mir klar, dass er aus genau diesem Grund nach Delhi gekommen war: um mein Leben zu zerstören, um mich von dem Weg abzubringen, den ich gewählt hatte. Nachdem er meine Darbietung in aller Öffentlichkeit auf dem Höhepunkt meiner Karriere ruiniert hatte, war er nun gekommen, um mir den Rest zu geben. Dazu waren keine Worte nötig, allein die Tatsache, dass er nun hier vor mir stand, dass er sich nach all den Jahren die Mühe gemacht hatte, mich zu finden, um mir meinen erbärmlichen Misserfolg unter die Nase zu reiben, war genug.

Jack ergriff das Wort. »Jyothi, ich denke, du solltest dir anhören, was Rabin zu sagen hat. Wir haben ihn in Rishikesh wiedergesehen, und er hat uns berichtet, was damals dort passiert ist, als du vierzehn warst. Ich weiß noch, wie du mir damals erzählt hast, dass du zur Sitar wechseln wolltest, und dass ich das Ganze direkt abgehakt habe. Das tut mir leid. Ich hätte dir zuhören sollen. Vielleicht wäre es dann nie so weit gekommen. Aber das war damals. Damals konnte ich das noch nicht verstehen, aber jetzt verstehe ich es. Rabin hat es mir erklärt, er war erstaunt, dass du damals tatsächlich von der Geige zur Sitar wechseln wolltest.«

Rabin sagte: »Das Instrument spielt keine Rolle, Jyothi, es

ist völlig nebensächlich. Worum es geht, ist die *Musik*. Worum es geht, bist du, dass die Musik ungefärbt und in ihrer ursprünglichen, reinen Schönheit aus dir herausfließt, sie kommt nicht aus dem Instrument, sondern durch das Instrument. Sie beginnt in dir.«

»Du hast gesagt, ich müsste mich entscheiden. Ich bin sicher, ich habe dich doch gehört.«

»Ja, aber doch nicht zwischen den Instrumenten! Du musstest entscheiden, *wie* du spielst. Ein wahrer Musiker gibt, statt zu nehmen.«

»Was habe ich denn genommen? Was habe ich denn falsch gemacht?« Meine Seelenqual stieg in mir auf und entlud sich in einem trostlosen Aufschrei.

»Du hast von der Musik genommen. Die Musik benutzt. Um berühmt zu werden. Wie ein Parasit, der sich von der Musik ernährt. Du hast versucht, die Musik zu besitzen. Aber Musik kann man nicht besitzen. Die Musik ist, was sie ist. Man kann ihr allenfalls ein Medium sein. Dann bringt man ihre schönste Seite hervor.«

»Jyothi«, unterbrach ihn Jack. »Du weißt ja, dass ich mir Sorgen um dich gemacht habe. Ich konnte nie genau sagen, was mich gestört hat, aber als wir Rabin nach all den Jahren wiedergesehen und über dich gesprochen haben, wurde mir alles klar. Du hast dich so verändert. Irgendwie hast du ... so viel verloren. Du bist so auf Distanz gegangen. So ehrgeizig geworden. Es hat sich einfach nicht richtig angefühlt. Etwas stimmte nicht mir dir. Vor allem hast du so unglücklich gewirkt.«

Ich konnte sie nicht ansehen. Ich konnte nicht sprechen.

»Was heute Abend passiert ist, ist nicht das Ende der Welt. Bevor wir hergekommen sind, haben wir noch mit Mr Harvey gesprochen, er meint ...«

»Hinter meinem Rücken! Ihr habt alle hinter meinem Rücken über mich geredet?«

Mir kamen die Tränen. In großen Wellen brachen Scham

und Erniedrigung über mich herein. Meine Karriere und meine Zukunft lagen in Trümmern zu meinen Füßen, alle zeigten mit dem Finger auf mich. Ich wollte weder Mitleid noch Beileid von ihnen. Ich konnte ihnen nicht in die Augen sehen. Ich war am Boden, wollte nur noch allein sein. Aber sie gingen einfach nicht.

Wie aus weiter Ferne hörte ich Jacks Stimme:

»... glauben wir, dass es noch nicht zu spät ist, dass es dir helfen wird. Denn wir wissen, dass du eine wahre Musikerin bist.«

Wie konnten sie es wagen, in meiner Abwesenheit über mein Leben, meine Musik, über mich zu tuscheln und zu reden? Was wussten sie denn schon? Hatten sie je diese Erhabenheit, diesen Ruhm, diese Macht erlebt? Sie konnten das doch gar nicht beurteilen!

»Das ist sie wirklich«, sagte Rabin.

Jetzt redete er auch noch in der dritten Person über mich. Als wäre ich unsichtbar. Er, der gekommen war, um mich zu Fall zu bringen, mir den Boden unter den Füßen wegzuziehen.

»Wie willst ausgerechnet du das wissen!«, schrie ich ihn an. »Ich versage doch jedes Mal, wenn ich vor dir spiele. Du machst irgendwas mit mir. Du siehst mich an, als würdest du mich vernichten.«

Rabin sprach und endlich sah ich ihm dabei in die Augen, die so ernst, ausdrucksvoll und einfühlsam waren, dass ich es nicht ertragen konnte und wieder wegsah. »Soll das eine Beleidigung sein oder darf ich es als Kompliment auffassen, dass du mir solche Macht über dich zutraust? Ich schwöre, dass ich nichts mit dir gemacht habe.«

»Warum ist es dann passiert? Ausgerechnet heute? Das war so wichtig für mich! Warum bist du hergekommen, wenn nicht, um mich zu ruinieren? Und jetzt stehe ich da wie eine Idiotin.«

»Vielleicht ...«

Doch ich konnte nicht zuhören. Ich wandte mich von Rabin

ab und zwang mich, ruhig und gesammelt zu sprechen und die in mir tobende Stimme nicht hervorbrechen zu lassen.

»Geht weg«, sagte ich in den Raum hinein. »Mir ist alles egal.«

Ich musste irgendetwas mit meinen Händen machen, diesen armen verlorenen Dingern, denen das Berühren von Saiten und Bogen genommen worden war. Sie juckten, fühlten sich nutzlos an, wie große, umherschlackernde Gliedmaßen ohne jede Funktion. Ich zog den Gürtel meines Morgenmantels enger, band die Schleife neu und verschränkte die Arme, um meine Hände zu beruhigen.

»Sag das nicht!«, rief Jack. »Es ist nicht alles verloren. Du kannst nicht einfach aufgeben.«

»Bitte geht.« Meine Stimme war ausdruckslos und entschlossen. Jack verstand.

»Na gut. Aber ich denke, es wäre gut für dich, wenn du für ein paar Wochen mit uns mitkämst. Nach Rishikesh. Rabin ist auch da und ...«

»Bitte geht jetzt einfach.«

Damit kehrte ich ihnen den Rücken zu. Ich ging in mein Schlafzimmer und schloss die Tür, und ein paar Minuten später rief Jack, dass sie nun gehen würden. Ich antwortete nicht.

Am nächsten Morgen rief ich Mr Harvey an und teilte ihm mit, dass meine Karriere vorbei war. Ich bat ihn, all meine zukünftigen Engagements abzusagen.

»Aber Jade ...« Doch ich wollte nichts weiter hören. In mir hatte sich eine Barrikade aufgebaut, hinter der die Musik und alles, was damit zu tun hatte, verschanzt war. Die Mauer war unüberwindbar, sie zu durchbrechen überstieg meine Kräfte. Diesseits der Mauer war es unglaublich leer und einsam, denn ein Leben ohne Musik war für mich unvorstellbar, und doch war jener Teil von mir wie zu Stein erstarrt.

Ich, die einmal so stark gewesen war, es einmal so hoch

hinaus geschafft hatte, lag als kümmerliches Häufchen Nichts auf dem Boden. Wie hatte es nur so weit kommen können? Ich wusste es nicht. Ich wollte es nicht wissen.

Mit Tränen in den Augen und so viel Drama und Pathos, wie ich aufbringen konnte, sagte ich: »Leben Sie wohl. Es ist aus.«

Den restlichen Tag verbrachte ich in meiner Hotelsuite. Ich nahm ein langes, luxuriöses Bad und ließ eine Kosmetikerin, eine Friseurin und eine Masseurin kommen. Dann bestellte ich das teuerste Mittagessen, das das Hotel zu bieten hatte. Ich lag auf dem Bett und schaute fern. In einem Nachrichtenprogramm sah ich mich selbst auf der Bühne, kurz vor dem Fall. Ich stellte den Fernseher aus. Mir kamen meine eigenen Worte in den Sinn: »Meine Geige wird mir niemals untreu sein.« Ich konnte mir schon die morgigen Schlagzeilen ausmalen – »Laufpass für Jade« – und errötete vor Scham. Ich nahm keine Anrufe oder Besuche mehr entgegen.

Ich musste mich umhegen und verwöhnen, mich mit Luxus umgeben. *Ich kann mir das leisten,* sagte ich mir. *Ich habe das verdient. Dafür habe ich hart gearbeitet. Ich bin ein gefeierter Star, ich bin ein Erfolg! Komme was wolle, ich bin ein Star! Das bin ich wirklich!*

Doch beim Blick in den Spiegel sah ich etwas ganz anderes.

Statt meines eigenen Gesichts sah ich das eines kleinen Mädchens in Lumpen.

Ich wandte den Blick ab.

Nein!, sagte ich mir. *Das habe ich hinter mir gelassen! Ich bin eine andere!* Doch ich kannte die Wahrheit.

Ich bestellte drei Flaschen Wein und betrank mich.

Dann ging ich ins Bett und schlief. Als ich aufwachte, war es dunkel.

Und was jetzt?, fragte die Stimme. Sie klang höhnisch. *Wohlbehauste, wohlgekleidete, wohlgenährte Jade.*

Bist du auch wohlgeliebt, Jade? Bist du zufrieden?

Oder bist du Jyothi?

Ich war allein mit mir selbst, und es war kein Selbst, mit dem ich vertraut war.

Innerlich versuchte ich, am Glanz festzuhalten, ihn an mich zu reißen, meinen Namen darin zu wälzen. *Jade, Jade, Jade,* sagte ich. *Ich bin Jade.*

Aber die Stimme gab zurück:

Jade existiert nicht mehr. Sie hat sich in nichts aufgelöst.

Du stehst wieder ganz am Anfang.

Du bist Jyothi.

Du bist ein kleines Mädchen in Lumpen, nichts weiter. Alles andere war Illusion.

Der Glanz, der Ruhm, der Applaus — alles Illusion. Wo ist das alles jetzt? Wo bist du jetzt?

Wie fühlt es sich an, so ganz ohne Glanz und Ruhm? Entblößt und wieder ganz am Anfang?

Ich zog mir einen schlichten Baumwoll-Salwar-Kamiz an, ging nach unten in die Lobby und hinaus auf die Straße, wo ich die Gesten der wartenden Taxifahrer ignorierte. Ich lief weiter und immer weiter, bis ich irgendwann mein Ziel erreicht hatte, eine Straße mit hohen, verfallenen Gebäuden, von denen lappige, zerlumpte Wäsche an Leinen hing. Die Straße selbst war voller Leben. Ich tauchte in der Menge unter, diesmal unerkannt, eine Inderin unter Indern. Die Luft war schwer von einem Durcheinander aus Tausenden Geräuschen und Gerüchen, die alle auf mich einströmten und mir die Sinne benebelten. Es war erdrückend, mir blieb die Luft weg. Ich rettete mich in eine ruhigere Seitenstraße. Hier war der Gehweg über und über von schlafenden, in schmutzige, zerschlissene Tücher gehüllten Menschen bedeckt. Leblose Gestalten, manche vielleicht tot. Einige der Gestalten waren winzig, kleine Kinder, so wie ich früher. Vorsichtig bahnte ich mir einen Weg zwischen ihnen hindurch. Und erinnerte mich.

Ich roch den Gestank der Armut, schmeckte ihn auf den

Lippen. Es war ein vertrauter Gestank, ein vertrauter Geschmack. Ich war wieder da, wo ich hingehörte.

Jade ist nicht echt!, sagte ich zu mir. *Das hier ist echt! Hier kommst du her! Das bist du! Das ist Jyothi!*

»Nein!«, heulte ich auf und rannte wie um mein Leben.

Ich hatte mich verirrt und wusste nicht, wo es zurück zum Hotel ging. Also beschwor ich Jade herbei. Es war Jade, die mit einem Fingerschnippen ein Taxi fand, Jade, die ohne einen Penny in der Tasche einfach einem Hotelangestellten auftragen konnte, sich doch bitte um den Fahrer zu kümmern und den Betrag auf die Zimmerrechnung zu setzen. Jade, die sich dieses Hotel und den damit verbundenen Luxus verdient hatte.

Als ich in meine Suite zurückkam, meldete sich der Trotz zu Wort. Ich würde Jade nicht sterben lassen – ich würde sie zurückholen. Ich rief den Zimmerservice an und bestellte Wein.

* * *

Eine Stunde später war die Flasche leer. Ich war so allein, so mutterseelenallein. Ich saß auf dem Bett und starrte das Telefon an. Es gab mehrere Leute, die ich anrufen konnte, um der Einsamkeit ein Ende zu setzen. Jack würde voller Zuneigung und Verständnis sein und sofort kommen, wenn ich ihn anrief. Er wäre für mich da, aber sein Mitgefühl könnte ich nicht ertragen. Auch wenn von ihm nie ein »Ich hab's dir doch gesagt« kommen würde, entsprach es doch der Wahrheit. Jack hatte mir Jade nie abgekauft.

Ich musste mit jemandem reden, der noch an sie glaubte. Ach, natürlich gab es da Tausende. Ich hatte so meine Fans. Sie waren alle vor mir in die Knie gegangen, aber ihr Mitleid wäre mir nun unerträglich. Ich brauchte jemand Echten, jemanden, der mir nahestand, den ich liebte. Jemanden, der mich daran erinnern würde, wer ich war, wer ich gewesen war, und der mir versichern würde, dass ich auch weiterhin existierte.

Ich brauchte Dean.

Ich durchwühlte meine Tasche, bis ich mein Adressbuch fand. Ohne große Hoffnungen wählte ich Deans Nummer in New York. Dean war kaum je zu Hause. Zwar hatte er ein Handy, aber das war meistens ausgeschaltet. Vermutlich stapfte er gerade durch den Amazonas-Regenwald (wobei – eigentlich ziemlich unwahrscheinlich, Dean verabscheute Regenwälder) oder rutschte einen Gletscher in Norwegen hinab. Ich versuchte es dennoch.

Hin und wieder geschahen noch Wunder. Am anderen Ende der Leitung, von der anderen Seite der Welt, hörte ich Deans Stimme.

»Dean! Oh, Dean!«

»Jyothi, hey! Schön, von dir zu hören. Wo bist du?«

»Oh, Dean! Du warst immer der Eine für mich!«

Einen Moment herrschte Stille, bevor er mit einer Spur weniger Begeisterung antwortete.

»Jyothi? Ist alles in Ordnung?«

»Ich liebe dich, Dean. Ich habe dich immer geliebt. Du liebst mich doch auch, oder? Du liebst mich doch?«

Wieder eine Pause, Zurückhaltung, Zögern. Eine Gleichgültigkeit, die ich zu ignorieren beschloss.

»Aber ja doch, Jyothi! Das weißt du doch!«

»Wirklich? Ehrlich? Da ist niemand anders? Keine Kathy? Hat sie wirklich gelogen?«

»Jyothi. Irgendwas stimmt doch nicht. Raus mit der Sprache. Was ist los?«

»Ich muss nur wissen, ob du mich liebst. Ich brauche jemanden, der mich liebt. Jemanden, der an mich glaubt.«

»Ja natürlich liebe ich dich, aber ...«

»Dann lass uns heiraten!«

»Heiraten?« Diesmal war da keine Pause, kein Zögern. Aber ich ließ ihm keine Gelegenheit, weiterzureden.

»Ja, heiraten, Dean. Verstehst du nicht? Ich bin diejenige, die dich immer geliebt hat, diejenige, die nach deinen Affären immer treu auf dich wartet. Das weißt du. Und ich weiß, dass du mich liebst, tief in deinem Herzen. Du kennst mich. Du bist der Einzige, der mich wirklich kennt. Und ich kenne dich. Wir gehören zusammen, du weißt es, ich weiß es. Diese anderen Frauen, die kennen dich gar nicht wirklich, denen liegt nicht wirklich an dir. Ich habe kein Problem mit ihnen. Sie machen mir keine Angst, wir können eine offene Ehe führen, zumindest von deiner Seite aus, solange du die anderen brauchst. Dean, bitte ...«

Dann hörte ich etwas im Hintergrund. Ich habe ein sehr gutes Gehör und nehme Geräusche wahr, die andere nicht hören. Und da war ganz eindeutig eine Frauenstimme, die sagte: »Wer ist denn das, Dean? Komm, mach endlich Schluss.«

Also machte ich Schluss und legte traurig den Hörer auf. *Ja,* sagte ich bei mir. *Mach einfach mit allem Schluss.*

Ich schluchzte, und mit meinen Tränen brach all die angestaute Verzweiflung durch die Mauern hindurch, und herausgeströmt kamen hundert Jahre des Leids, Jades Leid und Jyothis, und das Leid Tausender Jyothis und Tausender Jades.

Jade tauchte vor meinem inneren Auge auf. In Gedanken sah ich sie vor mir stehen, ein goldenes Bildnis. Eine lässige, erfolgreiche Jade. Eine arrogante, gemeine, selbstsüchtige Jade. Ihr Lächeln war falsch, ihr Blick war kalt. Jade war ein Bildnis, eine Illusion. Ich hatte sie aus nichts erschaffen. Ich hatte sie für stark gehalten, dabei war sie schwach – nur schöner Schein ohne Substanz. Ich hatte sie für reich gehalten, aber sie war arm, so arm wie Jyothi. Ich mochte sie nicht. Ich hatte an ihr gehangen wie am Leben selbst, aber sie hatte mir nichts zu geben. Ich musste sie gehen lassen.

Also ließ ich sie los, und sie implodierte und fiel in ihre

Schöpferin zurück. Irgendwo in mir drin vermischten sich Jade und Jyothi und wurden eins. Sie waren nie getrennt gewesen – das hatte ich damals in Rishikesh in meiner Vision gesehen, aber erst jetzt verstand ich es. Jade war immer Jyothi gewesen, und unter dem Glanz und Ruhm war auch das Leid immer dagewesen. Jade war nie mehr als eine Maske gewesen. Ein geistiges Konstrukt, das ich in meiner Verzweiflung nach Mums Tod hatte erstehen lassen, eine Maske, hinter der ich mich verstecken konnte, um mich der höhnischen Welt zu stellen und schließlich auch, um Deans Liebe zu gewinnen. Sie war nicht echt. Ich war immer Jyothi gewesen, das kleine Mädchen aus den Gassen Bombays, und kein Ruhm und Erfolg der Welt hatten daran etwas ändern können. Jade und Jyothi: die eine so arm und zerlumpt wie die andere, die eine das Spiegelbild der anderen – zwei, die verzweifelt nach Liebe hungerten.

In dem Moment klingelte wieder das Telefon, und diesmal nahm ich den Hörer ab. Es war Jack. Er war in der Hotellobby.

»Oh, Dad!«, rief ich. »Ja, komm hoch. Bitte komm hoch!«

Jack wurde wieder mein Vater, und ich war wieder Jyothi, ein verzweifeltes kleines Mädchen, dessen Welt gerade aus den Fugen geraten war. Jack hatte es schon einmal geschafft, mich vom Rande des Abgrunds zu retten. Genau wie vor all den Jahren schaffte er es auch jetzt, mit Liebe. Und mit Musik.

Zusammen packten wir die Sitar aus, die die ganze Zeit über unbeachtet auf dem Sofa gelegen hatte.

»Einen Schritt nach dem anderen. Eine Note nach der anderen«, sagte Jack. »Eine Saite nach der anderen. Genau wie damals in Bombay, als du noch ein kleines Mädchen warst – weißt du noch? Das hat dich damals gerettet. Versuch es mal.«

»Nicht hier«, sagte ich. »Nicht in diesem Hotel. Dad – nimm mich mit nach Rishikesh.«

KAPITEL 43

Es waren nur Jack und ich. Keine Rachel, kein Rabin, und dafür war ich dankbar. In Rishikesh war es kühl um diese Jahreszeit, die Nächte waren klar und die Sterne wirkten so nah, als könnte man sie berühren. Jack und ich verbrachten viele Stunden auf dem Dach unseres Bungalows, in Nacht und Musik gehüllt.

Ich fing langsam an. Ich berührte eine Saite, hörte jenen tiefen, satten, sehnsüchtigen Klang, und er hallte in meiner Seele wider. Danach war es ganz einfach. Es reichte, wenn ich immer jeweils nur eine Saite anhörte. Der Klang durchströmte mich, hallte in jeder Faser meines Körpers nach und glättete die Wogen meines aufgewühlten Geistes. Nur ein Ton, immer wieder aufs Neue wiederholt, der sich bis an den Grund meines Bewusstseins wand, mich zurück zu mir selbst führte.

Ich zeigte Jack, wohin ich mit Rabin gegangen war, zu Swami Satyanandas Hütte. Sie war halb verfallen und verlassen, das Dach war eingestürzt und von Unkraut überwuchert. Als ich die Ruine sah, kamen mir die Tränen, es war, als wäre etwas aus meiner Vergangenheit gestorben, etwas Herrliches, Besonderes. Ein absolut perfekter Morgen. Ohne zu zögern hätte ich all die Jahre des Erfolgs gegen nur einen Augenblick jenes Morgens eingetauscht. Ohne zu sprechen wandte ich mich zu Jack um, bedeutete ihm, mir zu folgen, und gemeinsam gingen wir zurück zum Ashram.

Die Vergangenheit lässt sich nicht zurückholen, erkannte ich. *Die Wände jener Hütte sind zerfallen, jener Morgen ist vergangen – und dennoch lebt er weiter, im Hier und Jetzt, in der Musik.*

Und allmählich wurde ich des Wunders der Musik gewahr, jenem unbeschreiblichen Etwas, das allenfalls als ein Kribbeln bezeichnet werden kann, als magischer Bann jenseits der Substanz von Tönen, als etwas, das dem Geist der Musik innewohnt und vom Musiker nicht geschaffen werden kann, sondern ihm gegeben wird und nur offenbart werden kann. Die Sprache des erhabensten Teils meiner Seele, die Sprache der Engel, eine Sprache, die mir noch fremd war, die ich jedoch mit der Zeit erlernen würde.

Ich ließ den Gedanken Wurzeln schlagen wie ein zartes Pflänzchen. Ich sah ihm beim Wachsen zu, und mit ihm wuchs auch etwas anderes heran, etwas zu Beginn noch Vages, Kleines, das jedoch eine Wärme ausstrahlte, die eigenständig den Tiefen meines Wesens zu entspringen schien. Ich ging aufs Dach, stellte mich in den Wind, breitete die Arme aus und schloss die Augen, und es war, als würde sich diese Wärme in mir ausbreiten und jede einzelne Zelle erfüllen. Und da wusste ich, was ich zu tun hatte.

* * *

Rabin kam. Nun war ich bereit für ihn. Ich traute mich wieder, an die Vergangenheit zu denken – nicht nur an die Gassen Bombays, an Lumpen und Schmutz und Elend, sondern auch an andere Vergangenheiten, andere Jyothis, und endlich auch an die Musik. Wir saßen auf den Betonstufen und ließen unsere Füße vom Ganges umspülen.

»Weißt du noch, wie wir uns das erste Mal begegnet sind?«, fragte Rabin.

»Natürlich! Wie könnte ich diesen Morgen je vergessen?«

»Ich glaube nicht, dass du dich erinnerst. Es war ein anderer Morgen.«

Verwundert sah ich ihn an. »Was meinst du?«

»Du hast es vergessen. Natürlich, wie hättest du dich auch daran erinnern sollen? Wie alt warst du, vielleicht vier? Fünf?«

»Rabin, wovon redest du überhaupt?«

»Ich werde es dir erzählen«, sagte Rabin und lächelte mich an. »Als wir uns hier in Rishikesh begegnet sind, hatte ich so ein Gefühl: eine Gewissheit, dass eine Verbindung zwischen uns besteht. Aber ich habe das Gefühl nicht weiter verfolgt. Ich nahm an, die Verbindung läge in der Zukunft, nicht in der Vergangenheit. Oder wenn in der Vergangenheit, dann in einem früheren Leben. Erst nach unserer zweiten Begegnung, nach unserem Besuch bei Swami, ging ich dem Gefühl weiter auf den Grund. Mittlerweile kannte ich deinen Namen und wusste auch ein bisschen mehr über deine Vergangenheit, dass du als kleines Kind adoptiert worden warst. Und wie aus dem Nichts kam mir eine Erinnerung in den Sinn: an einen sonnigen, weißen Raum in unserem Haus im Dorf und an ein kleines Mädchen, das eines Morgens kam, um mich spielen zu hören. Die Tochter des *Dhobis*.

Später im selben Jahr bin ich in mein Heimatdorf zurückgekehrt und habe noch mehr in Erfahrung gebracht. Die Frauen in meiner Familie haben sich natürlich gut erinnert. Deine Familie war im Dorf bekannt, die *Dhobi*-Familie mit einem kleinen Mädchen namens Jyothi. Es hieß, ihr wärt nach Bombay gezogen, und seitdem habe niemand mehr etwas von euch gehört. Die Daten stimmten. Und auch dein Name, Jyothi. Das kleine Mädchen, das die Musik liebte.

Ich war damals etwa zwölf Jahre alt«, fuhr Rabin fort. »Aber dieses Mädchen hatte sich mir ins Gedächtnis eingegraben wie manche Ereignisse im Leben, die man nie wieder vergisst.«

Ich starrte ihn an. Und dann überkam es mich, keine Erinnerung, sondern eine Gewissheit, und da wusste ich, dass Rabin recht hatte.

Das kleine Mädchen, das auf der Straße getanzt, das Mädchen, das Jack gefunden hatte. Wir saßen eine Weile schweigend da. Dann sagte ich: »Was ist mit der Zukunft, Rabin? Was sollen wir nun tun?«

»Wer weiß?«, gab er zurück. »Swami Satyananda ist vor zwei Jahren gestorben. Nun bin ich selber Sitar-Lehrer.«

»Kannst du mich unterrichten?«

»Natürlich. Aber weißt du, die Geige wirst du nie ersetzen können.«

»Ich weiß. Das will ich auch nicht.«

»Genauso wenig musst du die westliche Musik durch indische Musik ersetzen.«

»Das weiß ich auch. Aber die indische Musik gibt mir innere Ruhe. Sie führt mich zurück zu mir selbst. Zu meinem Ursprung. Sie macht mich ganz.«

»Und aus dieser Ganzheit heraus wirst du wieder Geige spielen. Und zwar ganz anders.«

»Ich weiß.«

»Aber man kann Geige und Sitar auch sehr gut kombinieren.«

Ich nickte. »Yehudi Menuhin und Ravi Shankar. Ich weiß.«

»Es gibt also viele Möglichkeiten.«

Ich nickte. »Ja. Das glaube ich auch.«

Er schwieg. Eine Stille lag zwischen uns, eine entspannte, angenehme Stille.

»Man sollte nicht zu weit vorausplanen«, sagte Rabin dann. »Es ist besser, den Moment auf sich zukommen zu lassen und abzuwarten, was passiert.«

Ich nickte wieder.

»Und was deine Karriere angeht ...«

Ich schüttelte energisch den Kopf. »Das ist abgehakt. Jetzt muss es weitergehen. Ich habe das Ganze falsch angegangen. Zuerst habe ich für meine Mutter gespielt. Dann für Dean. Und dann für mich selbst. Das war am schlimmsten. Ich wollte mich durch die Musik erheben lassen, mich verherrlichen lassen. Es ging immer nur um mich, mich, mich.«

Ich hielt inne und lauschte in meiner Erinnerung dem Bach, der sich den Hügel hinabwand und in dem Tümpel sammelte, in dem Dean und ich einst gespielt hatten. Der dort in der Erde versickerte und als sprudelnde Quelle kristallklaren, sonnenbeschienenen Wassers wieder auftauchte und den Stein umspülte, auf dem wir gesessen hatten.

»Dabei ist es genau andersherum«, sagte ich zu Rabin. »Diesmal muss ich um der Musik willen spielen. Nicht *für* jemanden, sondern um der Freude willen, die ihr innewohnt. Wirklich auf meine innere Musik horchen, so wie sie gerade kommt. Ich muss die Musik in all ihrer Reinheit entdecken, sie aus den Tiefen aufsteigen lassen wie eine Quelle aus der Erde. Ich will mich von ihr davontreiben lassen. Wohin auch immer sie mich führt. Ich weiß noch, wie du mir das vor langer Zeit einmal gesagt hast. Aber erst jetzt verstehe ich es.«

»Ja«, sagte Rabin. »Und im Laufe deiner Entwicklung wirst du feststellen, dass sich die Spontaneität und Reinheit des Ausdrucks, ein so wichtiger Aspekt religiöser indischer Musik, sich Gehör verschaffen wird.«

»Es gibt da ein Zitat von Bach – warte mal ...«

Rabin lachte. »›Ziel und Zweck aller Musik soll nichts anderes sein als Gottes Ehre und Rekreation des Gemütes.‹ Genauso hält man es in Indien. Und genauso wirst auch du es halten.«

Ich lächelte, denn ich verstand genau.

»Es könnte allerdings noch ein weiter Weg dahin sein«,

sagte er neckisch. So war er, ernst und neckisch, und statt mich anzuleiten, ließ er mich lieber selbst dahinterkommen. Er würde ein toller Lehrer sein, der beste, den ich je gehabt hatte. Das hatte ich im Gefühl.

»Ja, allerdings«, räumte ich ein. »Aber sieh dir diesen Fluss hier an. Auch er hat einen weiten Weg zurückzulegen, bis er das Meer erreicht. Und er fängt als kleiner, lustiger Bach irgendwo hoch in den Bergen an, verspielt im Hier und Jetzt. Aber er scheint sich keine Sorgen um die lange Reise zum Meer zu machen. Nicht im Geringsten. Er ist überhaupt nicht gestresst.«

»Ah, ja«, sagte er. »Aber weißt du, manchmal treffen zwei Flüsse zusammen und fließen ineinander.«

Ich lächelte, wieder verstand ich.

»Und da ist noch etwas«, setzte ich leise nach, so leise, dass ich erst dachte, er hätte mich nicht gehört. Aber dann wandte er sich mir zu und sah mich fragend an.

»Ich hatte viel Glück im Leben. Unglaubliches Glück. Ich habe es so weit gebracht. Ich war verloren und habe meinen Weg zurückgefunden. Aber dennoch fehlt etwas.«

Zwischen uns herrschte Stille, während Rabin mir zuhörte. Er drängte mich nicht, sie zu brechen, also blieb ich still. Ich dachte nach. Und allmählich, unaufgefordert, nahm eine Idee Gestalt an. Zuerst war es nur eine Ahnung, eine vage Vorstellung, aber nach einer Weile versuchte ich, sie in Worte zu fassen.

»Dieses Kind in Bombay – das Kind, das ich war – diesem Kind wurde sehr viel gegeben«, sagte ich langsam.

»Ja«, meinte Rabin nur.

»Ich habe das Gefühl, als Musikerin etwas davon zurückgeben zu können. Aber ...«

»Nicht genug?«, fragte Rabin.

»Nein.«

Wieder war ich einen Moment still. In der Ferne hörte ich

einen Bach rauschen, es war ein beruhigender Klang, wie der konstante Ton der *Shruti* in der indischen Musik, der den Geist zurück zu seinem Ursprung ruft.

»Ich muss noch mehr tun«, sagte ich. »Noch viel mehr zurückgeben. Es gibt so viele Kinder wie mich. Bettelkinder. Obdachlose Familien. Ich hatte die Vorzüge eines Lebens im Westen, Bildung. Vor allem Bildung.«

»Mmmm«, machte Rabin und wartete.

»Aber die Musik war schon von Anfang an da. Sie war in mir drin. Ich weiß nicht, wie sie dahingekommen ist, es ist, als hätte sie jemand eingepflanzt. Gott vielleicht, oder was auch immer. Was, wenn andere Kinder auch Musik in sich haben? Andere Slumkinder aus Bombay? Oder Delhi. Oder arme Kinder vom Land. Und nicht nur Musik. Was, wenn sie andere Begabungen haben, Tanz, Kunst, Sport? So viele Begabungen, die einfach nur brachliegen.«

»Bis jemand daherkommt.«

»Ja, wie Jack und Mum dahergekommen sind. Sie sind mir einfach auf der Straße begegnet, und mein Schicksal war besiegelt.«

»Also?«

»Also würde ich gerne noch einmal dorthin zurückkehren und mich umsehen. Mit dir. Und Jack.«

»Und dann?«

»Ach, Rabin, du weißt doch, worauf ich hinauswill. Du weißt es ganz genau!« Liebevoll zwickte ich ihn in den Arm und lachte. Ich spürte ein vertrautes Kribbeln, wie ich es meist kurz vor meinen Auftritten hatte. Aber dieses hier war anders – auf einer viel höheren Frequenz und ohne die Nervosität, die mit einem Bühnenauftritt einherging. Jetzt, wo die Idee einmal wachgerüttelt war, schienen ihr in Lichtgeschwindigkeit Flügel gewachsen zu sein, und diese Flügel flatterten voller Ungeduld.

»Oh, Rabin, verstehst du denn nicht? Es wird passieren!«

»Was genau?«, fragte er, und sein neckischer Ton entging mir nicht.

»Wenn du nicht drauf kommst, sage ich es dir auch nicht. Ich weiß es ja selbst nicht, nicht genau. Ich weiß einfach nur, dass es wunderbar wird!«

Vor lauter Überschwang breitete ich die Arme aus, und ... nun ja, ich weiß nicht genau, wie es geschah, aber auf einmal war Rabin in meinen Armen und lachte mit mir, und ich wusste, alles würde gut werden.

EPILOG

BOMBAY, 1998

Jack fand die Stelle problemlos wieder. Die Verschläge waren da, andere Verschläge mit anderen Leuten darin, aber noch derselbe aufgebrochene Gehweg und dieselbe Mauer, geschwärzt von derselben Dreckschicht, nur dicker. Ich war damals noch ein Kind gewesen, aber wie vertraut doch alles war! Diese vorzeitig gealterte junge Frau in Lumpen hätte Ma sein können, das kleine Mädchen mit dem verfilzten Haar hätte ich sein können. Die Gerüche waren dieselben und auch die Geräusche, ich erinnerte mich an alles, als wäre es erst gestern gewesen. Ich beugte mich hinab und winkte das Mädchen mit dem Zeigefinger her. Aber sie war schüchtern und versteckte sich hinter dem Rock ihrer Mutter. Sie war vielleicht fünf Jahre alt.

Rabin hielt mir den Geigenkoffer, während ich ihn öffnete. Das kleine Mädchen ließ vom Rock der Mutter ab und kam sich die Sache näher ansehen. Es waren noch andere Kinder da, ein älteres Mädchen, zwei kleine Jungen, ein Kleinkind auf dem Arm der Mutter. Ein paar Frauen sahen neugierig zu, als ich das glänzende braune Instrument aus dem Koffer nahm.

Ich spielte »Salut d'Amour«. Ich spielte Beethoven. Doch

dann sah ich ihre ratlosen Gesichter und wusste, dass sie der Musik nicht folgen konnten. Also stimmte ich einen spanischen Tanz an, lustig und beschwingt. Die Kinder starrten mich an, die Erwachsenen ebenso. Und wie sie starrten! Ihre dreckverschmierten Gesichter waren ernst, misstrauisch, aber nur zu Anfang. Fußgänger blieben stehen, um zuzusehen und zu lauschen, dann ein Radfahrer und noch ein anderer. Die Autos drosselten das Tempo, die Fahrer lehnten sich aus dem Fenster und drehten das Radio leiser. Es bildete sich ein Stau.

Die Kinder kamen näher. Einer der kleinen Jungen fing an, im Takt zu klatschen. Dann ein zweiter. Das ältere Mädchen lächelte. Das Kleinkind streckte die Arme nach mir aus.

Die Fünfjährige schlug mit dem Fuß den Takt zur Musik. Und dann tanzte sie.

Vielen Dank, dass ihr *Das indische Waisenkind* gelesen habt. Ich hoffe, die Lektüre hat euch genauso viel Freude bereitet wie mir das Schreiben.

Wenn ihr über meine Neuerscheinungen informiert werden möchtet, könnt ihr euch über diesen Link anmelden, um eine E-Mail zu erhalten, wenn ein neues Buch von mir erscheint. Eure E-Mail-Adresse wird nicht an Dritte weitergegeben und ihr könnt euch jederzeit wieder abmelden:

www.bookouture.com/bookouture-deutschland-sign-up

Diese Geschichte hat einen realen Kern. Eine der ersten Personen, die ich kennenlernte, als ich 1975 nach Deutschland kam, war die japanische Violinistin Yoriko Sato Brinkmeier. Ihr Ehemann spielte zusammen mit meinem in einem Frankfurter Orchester, doch im Gegensatz zu mir war sie auch selbst Musikerin – und zwar eine ziemlich talentierte. Wie viele der asiatischen Wunderkinder, von denen man so oft hört, hatte sie schon mit vier Jahren begonnen, Geige zu spielen, und seitdem viele Stunden freiwillig geübt. Als Erwachsene war sie nach Deutschland gekommen, um Teil eines Orchesters zu werden. Das mühsame Streben nach musikalischer Perfektion, das in *Das indische Waisenkind* beschrieben wird, ist Yorikos Streben. Sie verbrachte viel Zeit damit, ihre Technik zu perfektionieren, war aber immer unzufrieden; auch wenn sie fehlerfrei spielte, hatte sie das Gefühl, dass ein wesentliches Element, eine Seele vielleicht, fehlte.

Genau wie ich fand Yoriko zur indischen Spiritualität und entdeckte darin das fehlende Element. Ihr wurde klar, dass sie nur für ihr eigenes Ego gespielt hatte; für ihre eigene Erhöhung, statt für die Musik selbst. »Für mich hieß es immer nur: ich, ich, ich«, erzählte sie mir. »Ich wollte mich selbst durch Musik groß machen.« Doch der Schlüssel lag im Gegenteil: Sie musste sich der Musik hingeben, sich und ihr kleines Ego darin verlieren. Als sie das verstand, nahm ihr Spiel eine andere Dimension an. Das schwer fassbare Element wurde Teil davon; es wurde magisch, war voller Wärme und Seele.

Yoriko kam mit Anfang dreißig bei einem tragischen Auto-unfall ums Leben. Doch ihre Worte zur Musik haben bei mir ein Zuhause gefunden; sie lassen sich auf alle kreativen Tätig-keiten, auch auf das Schreiben, übertragen, und Yoriko inspi-riert mich über ihren Tod hinaus. Darum ist ihr dieses Buch gewidmet.

Immer wenn ich nun etwas schreibe, versuche ich Yorikos Botschaft in meiner eigenen Arbeit zu verwirklichen. Das bedeutet, dass ich mich in der Geschichte verliere und mit dem Herzen schreibe, nicht mit dem Verstand. Jyothi, deren Geschichte ihr gerade gelesen habt, gelangt zu der Erkenntnis, dass Musik die Herzen derer verbindet, die ihr lauschen. Und genauso glaube ich, dass eine Geschichte die Herzen aller Lese-rinnen und Leser überall miteinander verbindet und sie mit der Autorin oder dem Autor verknüpft. Sie verbindet uns alle. Für mich ist es ergreifend zu wissen, dass ihr – obwohl wir uns nicht kennen – irgendwo auf der Welt meine Worte lest und der Geschichte folgt, die von meinem Herzen kommt. Und dadurch kennen wir uns doch, dadurch werden wir Freunde.

Es interessiert mich sehr, wie ihr auf diese Geschichte reagiert habt. Hat sie euch traurig gemacht? Habt ihr geweint? Hat sie euch zum Nachdenken angeregt? Welche Figuren mögt ihr am liebsten und wen verabscheut ihr leidenschaftlich? Hat die Geschichte euch in irgendeiner Weise verändert? Ich würde mich sehr freuen, von euch zu hören und euer Feedback über meine Website, Facebook oder Twitter entgegenzunehmen. Solltet ihr einen Moment Zeit haben, würde ich mich natürlich auch über eine Rezension freuen, selbst wenn sie nur ein paar Worte lang ist.

Vielen Dank

Sharon Maas

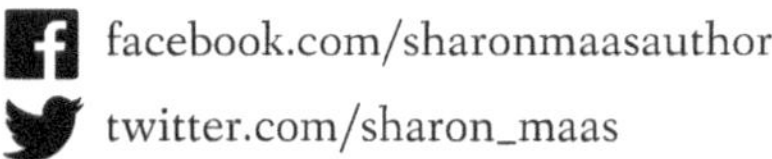

www.sharonmaas.com

facebook.com/sharonmaasauthor

twitter.com/sharon_maas

DANKSAGUNGEN

Ich möchte meinen Dank all jenen aussprechen, die geholfen haben, dieses Buch zum Leben zu erwecken, sowohl in seiner ursprünglichen Form unter dem Titel *The Speech of Angels* als auch in dieser neuen Bookouture-Ausgabe. Vielen Dank an John Pegler, Simone Clark und Joshua Mehr für ihren musikalischen Rat. Für alle Fehler diesbezüglich bin ich verantwortlich, nicht sie.

Danke an meine Freundinnen Jacqueline Leprince aus Paris und Marian McClelland aus Rockport, Massachusetts, die ihre Erfahrungen über die Höhen und Tiefen der Adoption von kleinen indischen Mädchen mit mir geteilt haben. Marian hat zwei zuckersüße Babys adoptiert, Mira und Usha; Jacqueline ist die »Französin«, die im Roman erwähnt wird. Sie hat jahrelang dafür gekämpft, Selvi zu adoptieren, die wiederum heute eine talentierte Bharatanatyam-Tänzerin und Yogalehrerin ist.

Mein Dank gilt auch dem Bookouture-Team: Oliver Rhodes, Claire Bord, Natasha Harding, Kim Nash, Lauren Finger und Ellen Gleeson haben mit ihrer unerschöpflichen Unterstützung, ihrer Beratung und ihrer Bestimmtheit dafür gesorgt, dass dieses Buch es in die große weite Welt und in die Hände von Leserinnen und Lesern geschafft hat.

Danke Mary, Helen, Judy, Ann, Angelika, Ulrike, Gisela, Gloria: Mit diesen Freundinnen gehe ich durch dick und dünn, sie sind seit Beginn dieser wunderbaren Reise an meiner Seite.

Juergen, Miro und Saskia, mit denen ich das Autorenleben teile: Danke dafür.

Last but not least danke ich meiner Mutter Eileen Cox, die zwar nicht mehr hier auf Erden, wohl aber in meinem Herzen weilt. Ohne sie wäre nichts hiervon je entstanden.

9 781803 144603